순수한 인생

* 이 도서의 국립중앙도서관 출판예정도서목록(CIP)은 서지정보유통지원시스템 홈페이지(http://seoji.nl.go.kr)와 국가자료공동목록시스템(http://www.nl.go.kr/kolisnet)에서 이용하실 수 있습니다. (CIP제어번호: CIP2017032702)

INNOCENTS

순수한 인생

데이나 스피오타 장편소설

황가한 옮김

AND

OTHERS

은행나무

애그니스에게

일러두기

*본문의 각주는 모두 옮긴이의 것이다.

차례

"제아무리 공들여 택한 시, 철학, 역사 수업 혹은 최상의 사회나 가장 감탄스러운 일상이라 한들 눈앞에 있는 것을 보는 훈련에 비힐 수 있을까."

헨리 데이비드 소로,《월든》에서

1부

여성과 영화

홈 / 영화와 드라마 탐구 / 평론 및 추천사 / 기사

연재 「나의 시작은」 32회: 메도 모리

이것은 사랑 이야기다.

내 남자 친구는 그랬다, 그랬다. 지금도 그렇다. 거대하다. 그는 걱정된다고 말한다. 사생활 노출, 책, 기사, 거짓말, 진실이. 모든 것이.

"믿어요." 나는 말한다. "믿어요. 나도 언젠간 늙을 거예요."

"네가 날 버리고 떠날 거야." 그는 말한다. "두고 봐."

"그건 너무 뻔하잖아요." 내가 말한다. 그가 웃는다.

"그래." 그가 말한다. "너무 뻔하지. 우리 관계처럼."

나는 그의 곁으로 기어오른다. 그가 아주 잘하는 일이 한 가지 있다. 모든 것이 천천히 진행된다. 그는 나를 쳐다보고, 나는 그의 시선을 느끼며 그의 몸 위로 기어오른다. 그가 웃는다. 그의 웃음소리는 낮고, 나

는 그가 웃을 때마다 그의 몸이 흔들리는 것을 느낀다.

"담배." 그가 말한다. 나는 엽궐련에 불을 붙인다. 그리고 캐미솔과 팬티 차림으로 망가진 침대에 앉아 빨간 숯을 살짝 빨아들인다.

"끔찍한 냄새예요." 내가 말한다.

"맛있는 냄새지." 그가 말하며 또다시 웃는다. 나는 때때로 그가 옷 입는 것을 돕는다. 그의 끝없이 긴 셔츠에 단추를 채운다. 그는 누군가를 만나러 갈 때 검은 셔츠와 지퍼가 있어야 할 곳에 고무줄이 있는 검은 바지와 간단한 검은 새킷을 입는다. 그는 항상 누군가를 만나러 가지만 나는 가지 않는다. 마 메종 레스토랑의 문가에는 그의 전용 테이블이 있고 사람들은 그곳에서 점심 식사를 하고 거래를 한다. 사람들이 그를 보고 다가와서 인사하고 대화를 나누고, 그가 그들을 웃게 하고 얘기를 들려주면 거기서 뭔가가 이루어질 수도 있다.

그가 없는 동안 나는 그의 집 안을 돌아다닌다. 뒤편에 콩 모양의 타일 수영장이 있는, 방 세 개짜리 단층집이다. 그가 이곳에 살았다는 사실은 훗날 부동산 중개업자의 이야깃거리가 될 것이다. 방 안에는 물건이, 대개 종이가 넘치도록 많다. 메모를 휘갈겨 쓴 봉투, 스케치, 여기저기 표시가 되어 있는 새뮤얼 프렌치 사(社)*의 희곡 카탈로그, 콘티, 안 뜯은 편지, 뜯어 본 편지, 사진, 시나리오(너무 많은 대본들, 탑처럼 쌓인 대본들), 영수증, 신문 스크랩, 프라하 아니면 파리 아니면 덴버 호텔에서 가져온 새 메모지 다발. 나는 아무것도 치우거나 정리하지 않는다. 내가 물건들을 건드리거나 엉뚱한 곳에 놓지 않는 편을 그가 좋아하기 때문이다. 그는 이것저것을 찾기 위해 지팡이를 짚고 절뚝이며 돌

* 미국의 희곡 전문 출판사. 극작가들의 에이전시 역할도 겸하고 있다.

아다니기 시작할 것이다. 그리고 찾던 물건이 아닌 뭔가를, 뭐라고 끄적인 칵테일 냅킨이나 전화번호가 적힌 성냥갑을 찾아낼 것이다. 그는 재미있는 것—예를 들면 자기가 그린 그림이나 만화—이나 예쁜 것—엽서나 종이꽃—을 발견하면 나에게 주면서 내 손에 입을 맞춘다. 그는 인심이 후하다. 그에게 돈이 없는 건 나도 알지만, 돈은 없어도 벤츠, 쿠바산 엽궐련, 가정부, 에슈조와 라 타슈와 로마네콩티 와인으로 가득 찬 저장고 같은 좋은 물건들은 여전히 갖고 있는 로스앤젤레스식 돈 없음인 것이다. 하지만 나는 청구서를 본다. 그는 돈을 벌기 위해 무엇이든 한다. "공을 떨어뜨리지 않으려면 계속 위로 던져야지." 그는 말한다. 나는 일을 찾아보겠다고 진심으로 말한다. 그는 그러지 말라고 고집을 부린다. 그는 자신이 집에 없더라도 내가 집에 있길 원한다. 나는 그 말을 받아들인다. 낮에는 혼자 있고 밤에는 그와 함께 있는 것이 좋기 때문이다. 그러는 게 좋다.

새로운 날이 밝고 그는 또 새로운 내레이션을 한다. 내 남자 친구는 굉장히 유명한 텔레비전 프로그램에 목소리만 출연한다. 그는 늙고 뚱뚱하지만 목소리는 풍부하고 힘이 있다. 그의 목소리는 미국의 목소리 같다. 자신감에 찬, 반짝이는, 승리에 취한 미국. 가능성과 야망과 활기로 가득한 미국. 그는 지금도 자기가 원할 땐 그런 목소리를 낼 수 있고 누구나 그 목소리를 좋아한다. 그의 목소리를 들으면 사람들은 이런 생각을 한다. 아, 그래, 우리가 그랬었지. 그 뒤엔 슬퍼지지만 그래도 기분 좋은 슬픔이다. 그의 목소리는 사람들에게 이런 반응을 불러일으킨다. 아직까지도.

그는 침대에 누워 베개로 등을 받친 채 나를 보고 있다. 나는 몸을 움직이면 스르륵 벌어지는 짧은 새틴 가운을 입고 있다. 내 앞에는 음식이 담긴 쟁반이 있다. 구운 감자를 곁들인 스테이크, 깍지 콩 1인분, 적포도주가 담긴 큰 와인 잔. 포도주는 내 입안에 부드럽고 따뜻하게 머물고 몇 모금 뒤에 나는 웃기 시작한다. 그는 내가 스테이크를 먹고 포도주를 마시는 모습을 지켜본다. 나는 그의 쳐다보는 시선이 좋다. 그가 나의 모든 것에 매료되는 게 좋다. 그가 한숨짓는다.

"왜 그래요?" 내가 말한다.

"노년은 난파선이다." 그가 말한다. 그는 말을 하면서도 내게서 시선을 떼지 않는다. "샤를 드골이 그렇게 말했지. 프랑스인들은 모르는 게 없고 그 사실을 스스로도 알고 있어. 남들은 모르더라도 말이야."

하지만 어떨 때는, 토크쇼 출연이나 내레이션 녹음이나 전화 회의나 사업상의 점심 식사를 마치고 나서 어떨 때에는, 그가 나를 쳐다볼 기분이 아닐 때가 있다. 우리는 잠자리에 든다. 오늘 밤은 꽤나 힘들었던 게 틀림없다. 집에 들어오는 그가 극도로 피곤해 보인다. 나에게 늙음이란 바로 이것, 피로에 찌든 적나라한 얼굴이다. 젊은 사람은 기분이 나쁘고 뭔가가 지긋지긋할 때 반드시 티를 내야 상대방이 그 사실을 알아채지만 늙은 사람의 얼굴이 형편없어 보이지 않게 하는 유일한 방법은 많이 움직이고 많이 표현하고 내 남자 친구가 헛소리라 부르는 것을 많이 하는 수밖에 없기 때문이다. 노력을 멈추는 순간, 그 즉시 끔찍한 몰골이 된다.

그는 곧장 침대로 간다. 가끔씩 그가 이럴 때면 나는 자지 않고 혼자 영화를 본다. 하지만 오늘 밤은 그의 곁에 눕기로 한다. 그는 땀을 흘리고 나는 그가 잠을 이루지 못함을 느낄 수 있다. 침대 위에서 움직이는 것은 힘들다. 그의 몸이 축 늘어져서 그를 밑으로 잡아당기기 때문이다. 옆으로 돌아눕는 그의 얼굴이 벌겋고 땀범벅이다. 그가 바람이 새는 듯한 시끄러운 소리를 내며 숨을 크게 들이쉰다.

"갑갑해요? 내가 나갈까요?" 내가 묻는다.

"아냐, 아냐." 그가 나를 쳐다본다. 그의 호흡과 함께 커져가던 뭔가가 이제는 사라진 듯하다. 한참 뒤에 그가 어둠 속에서 나에게 속삭인다. "가끔 공황 발작이 일어날 때가 있는데 그러면 더 심해져. 이 몸, 이 살…… 꼭 〈아몬티야도 술통〉*의 포르투나토가 된 기분이라고. 그 이야기 알아?"

나는 고개를 젓는다. 그리고 손등으로 두 눈을 비빈다.

"아, 정말 멋진 얘기지." 그가 말한다. "피해자를 감금해서 벽 안에 가둬 죽이는 정교한 살인이야. 알겠어? 나는 엄밀히 말해 질식하고 있는 건 아니지만 살로 만들어진 벽 속에 천천히 감금되어가고 있어. 벽돌이 하나씩 하나씩 쌓이다가 마침내 내가 사라지는 거지. 감금이 나오는 이야기나 동화가 얼마나 많은지 알아? 생매장에 관한 이야기는? 그건 가장 원초적인 공포라고."

그가 잠시 말을 멈추자 어둠 속에서 시끄럽게 숨 쉬는 소리가 들린다.

"여기 있어. 너한테 얘기하는 것만으로도 내가 얼마나 진정되는지 보이잖아." 그가 속삭인다.

나는 베개 위로 기어올라 그의 얼굴 양옆에 두 손을 갖다 대고 그가 내 눈을 들여다보게 만든다. 그의 밤색 눈은 촉촉하다. 가장자리에 웃음주름이 있는 소년의 눈 같다. 그는 자기 뺨으로 내 손바닥을 누른다. 그다음엔 입술로 꾹 누른다. 나는 그의 이마에 입 맞추고 그의 머리를 내

---

* 에드거 앨런 포(1809~1849)의 단편소설. 주인공이 좋은 아몬티야도(에스파냐산 셰리의 일종)가 있다고 포르투나토를 속여서 지하실에 데려간 다음 그를 쇠사슬로 묶고 그 앞에 벽돌로 벽을 쌓아서 죽이는 이야기.

가슴 가까이로 끌어당긴다. 그는 내게 기대어 마침내 잠이 든다.

　나는 이것이 사랑 이야기라고 말했다.

　언젠가, 가장 마지막 날들 중 하루가 되면, 그때는 다른 이야기가 될 것이다. 하지만 그 부분에 대해 얘기하기 전에 부디 이 부분을 이야기하게 해줬으면 한다. 맨 처음 부분, '우리가 어떻게 만났는가'에 대한 부분을. 나는 샌타모니카에 있는 사립 예술 중등학교인 웨이크 학교의 졸업을 앞두고 있었다. 때는 1984년이었다. 나는 모범생이었다. 반항할 이유도 없었고 솔직히 학교가 편했기 때문이다. 졸업 프로젝트 주제는 그로 했다. 일종의 모험이었지만 나는 원래 모험을 좋아했다(그리고 예상했는지 모르겠지만 장난과 속임수와 승부 겨루기도). 예전에 그가 자신이 영화제작에 대해 아는 모든 것은 찰리 채플린의 〈시티 라이트〉를 스무 번 보면서 배웠다고 했다는 글을 읽은 적이 있었다. 내 프로젝트의 제목은 '내가 가장 좋아하는 영화감독이 〈시티 라이트〉를 수차례 보고 나서 보인 반응에 대한 반응(경쟁심부터 무절제까지)'이었다. (학교 서류 양식의 칸이 너무 작아서) 공식 제목은 '(경쟁심부터 무절제까지)'가 되었다. 프로젝트는 내가 남자 친구의 가장 유명한 작품─그에게 신동이라는 별명을 안겨준 상징적 영화─을 사흘 동안 스무 번 보는 것으로 구성되었다. 즉 잠자는 시간만 빼고 연속으로 스무 번 봤다는 뜻이다. 학교 측에서는 내가 편안하게 있을 수 있도록 어떤 교실에 소파 겸 침대를 놓게 허락해주었고 음식은 그곳으로 배달받아서 먹었다. (그런 학교였다.) 나는 영화를 보면서 드는 생각을 기록해두었다가 가까운 복도의 커다란 게시판에 갖다 붙였다. 사람들은 자유롭게 나와 함께 영화를 보거나 영화를 보는 나를 볼 수 있었다. 내 메모는 그 스무 번의 관람에 대한 기록이었고 아직까지도 가지고 있다.

1차 관람

환상적, 정말 굉장하다. 어서 빨리 다시 보고 싶다.

2차 관람

구성이 너무 자의식적이다.

3차 관람

해설자가 늘 오른쪽 아래 사분면을 차지하고 있다. 이것은 암호, 추적할 수 있는 비밀 암호다. 카메라는 창문을 매끄럽게, 그러나 뽐내면서 통과해야 한다. 자신만만하고 혁명적이면서도 철저하게 계산되고 통제된 기법이다.

4차 관람

사실, 구성과 영화적 모티프 측면에서 완벽하게 일관되진 않다.
때때로 즉흥적인 듯?

5차 관람

즉흥적이지 않을지도, 일부러 양식을 파괴해서 영화에 생기를 불어넣었는 지도 모른다.

6차 관람

6차 관람에서는 일종의 연옥이 펼쳐진다. 반복으로 지루해졌지만 헤쳐나 간다. 그리고 줄거리, 이야기로부터 자유로워진다. 하지만 그것은 내가 이 미 줄거리를 잘 알고 있기 때문일 뿐이다. 이제는 이야기가 전달되는 '방 식'에 정말로 집중할 수 있다.

7차 관람

애그니스 무어헤드. 폴 스튜어트. 조지 컬로리스. 에버렛 슬론.

조지프 코튼.

8차 관람

그는 〈시티 라이트〉를 스무 번 보지 않았다. 어떤 영화에서 배워야 할 것을
모두 찾기 위해 스무 번을 볼 필요는 없다. 여덟 번은 몰라도, 절대 스무
번은 아니다.

9차 관람

대사, 오직 대사만 듣고 있다. 눈은 감았다. 음악과 대사.

10차 관람

영화를 다 외웠다. 전체를 암송할 수 있다. 이제부터 배우들이 대사를 할
때마다 동시에 말할 작정이다.

11차 관람

해냈다, 해냈다. 이제 이것이 어떻게 사람들을 감동시키고 즐겁게 하는지
에 대해서만 생각해야겠다. 그리고 영원히 간직할 거다.

12차 관람

소리를 껐다. 빛—멋진 은빛 조명—과 손에 만져질 듯한, 거의 추상적인 회
색 평면들.

13차 관람

관람이 계속되는 동안 꿈을 꾸고 있다. 마음이 이리저리 헤매고 다녀서 다시 영화로 주의를 돌리려 애쓴다. 명상이랑 비슷하다. 집중하기 위해 마음을 비워야 하는 것이다.

14차 관람

이 영화에 질렸다. 점점 더 싫어지고 있다.
콘티뉴이티상의 실수를 적고 있다.

15차 관람

잘못된 생각이었다. 내가 영화를 망쳤다. 이런 식으로 보라고 만든 것이 아닌데. 다른 영화들도 마찬가지다. 끝없이 이어지는 뇌 속의 배경 화면이 아니라 마법이었어야 했다.

16차 관람

솔직히 이제는 영화를 안 보고 있다. 차단하고 참는다. 영상과 소리에 유린당하지 않은 채, 잠잘 시간이 될 때까지 버티고 있다.

17차 관람

이제는 잠잘 때도 이 영화 꿈을 꾼다. 나 자신이 영화의 일부가 되어버렸다. 이 영화는 나보다 먼저 세상에 와서 나를 식민화했고 내가 떠난 뒤에도 계속될 것이다.

18차 관람

하지만 사실은 정말 좋은 영화다.

19차 관람

이렇게 웃긴 영화인 줄 전혀 몰랐다. 너무 웃겨서 울고 있다. 내 웃음소리가 방 안에 메아리친다. 이제는 모든 대사가 불이라도 켜진 것처럼 반짝인다. 우리, 나와 영화만이 둘만의 사적인 세계에 있다.

20차 관람

끝났다.

필름은 우리 학교 영화 교사 제이 호즈니를 통해 구한, 깨끗한 16밀리를 사용했다. 그것은 1940년대 빛과 그림자의 눈부신 결과물이었다. 내가 사용한 영사기는 릴을 수동으로 갈아 끼워야 해서 매끄럽게 이어지는 꿈을 꾸긴 거의 불가능했다. 하지만 릴의 물리적 실체감 때문에 그것을 만질 때마다 마치 내가 릴이 아닌 영화 자체를 만지고 있고, 그것과 심오한 방식으로 뒤섞이고 있으며, 확고 불변한 경계를 뛰어넘고 있는 것 같다고 느꼈다. 끝 무렵에는 스크린을 향해 말을 하기까지 했다. 먼지 가득한 그림자와 형태의 줄기 속에 서서 내 몸을 통과해 영사된 이미지가 깜빡이는 것을 바라보며 환각에 빠졌다.

졸업식 때 나는 최우수상을 받았다. 여름이 성큼 다가와 있었다. 나는 스타들의 집이 표시된 지도에서 그의 주소를 찾아냈다. 그리고 학교 신문에 실린 내 기사와 '내가 가장 좋아하는 영화감독이 〈시티 라이트〉

를 수차례 보고 나서 보인 반응에 대한 반응(경쟁심부터 무절제까지)'
에 대해 설명하는 편지를 그에게 보냈다. 편지에 그가 〈시티 라이트〉를
스무 번 본 것에 대한 오마주로 내가 그의 대표작을 스무 번 연속으로
보았다고 적었다. 그리고 영화를 보면서 그라는 인물이 상징하는 바가
무엇인지 깨달았다고 했다. '그가 미국인의 모든 것을 대변한다'고 크게
썼다. 커다랗고 굵은 산세리프체로 쓰고 형광펜까지 칠했다. 나는 어둠
속에 앉아서 그가 우리의 과거와 미래, 영광과 실망을 상기시킨다는 사
실을 알았다. 그 속에 살고 있으면서도 우리가 좋아하지는 않는 것. 사
실 우리는 그것을 싫어했다. 그래서 그도 싫어했다. 이제 빈정거림의 대
상이 된 그는 가끔씩 사람들을 불편하게 만드는, 거슬리는 말을 하곤 했
다. 자기도 모르게 그랬다. 나는 그 버릇을 절대 고치지 못하는 그가 좋
았다.

그는 즉시 답장을 보냈다. 대단히 나와 점심 식사를 같이하고 싶다고
했다. 나는 브렌트우드에 있는 그의 소박한 집으로 찾아갔다. 수영장 옆
에 앉은 우리에게 중년 여자가 생선구이를 내왔다. 그는 영화 얘기는 한
마디도 하지 않았다. 대신 브라질과 부두교와 초자연현상과 멸종 위기
동물과 기사도라는 단어의 어원에 대해 이야기했다.

그러고 나서 그가 말했다. "그건 〈시티 라이트〉가 아니었어. 비록 〈시
티 라이트〉도 아주 훌륭한 영화고 내가 좋아하는 작품들 중 하나지만
영화 만드는 법을 배우기 위해 여러 번 봤다고 한 건 〈역마차〉였던 것
같구나."

채플린이 아니라 존 포드였다고? 나는 얼굴이 달아오르는 것을 느꼈
다. 내가 잘못 읽었던 건가? 내가 그런 실수를 했을 것 같진 않았다. 그
는 롤빵의 말랑말랑한 가운데 부분에 버터를 찔러 넣었다. 그리고 계속

나를 쳐다보면서 빵을 베어 물었다. 나는 얼음물을 한 모금 마시고 그를 마주 쳐다봤다. 그때 곧바로 할 말이 생각났지만 먼저 물을 한 모금 더 마신 다음에 유리잔을 탁자에 올려놓고 뒤로 기대앉았다.

"상관없어요." 내가 천천히 말했다. "어차피 다 거짓말이었잖아요, 안 그래요?"

"그래, 맞아." 그가 말했다.

"선생님이 스무 번 보신 영화는 없어요. 거짓말이에요."

"난 딱히 거짓말이라고 생각진 않아. 그저 내가 지어낸 짧은 이야기, 사람들이 믿고 싶어 하는 이야기라고 생각할 뿐이지." 그가 빵을 한 입 더 베어 물었다. 빵은 이제 거의 다 먹어서 그의 두툼한 손가락 사이에 낀 앙증맞은 조각에 불과했다. 그는 천천히 씹어 삼켰다. "내가 벌써 너를 실망시켰구나."

"아뇨, 전혀 그렇지 않아요." 내가 말했다. "거짓말인 편이 훨씬 낫네요."

그가 내 말에 박장대소를 터뜨렸다. 너무 웃느라 눈을 꼭 감았을 정도였다. 온몸이 들썩였다. 그가 마침내 웃음을 멈췄다. "굉장해." 그가 말했다. "네가 입학할 대학교가 안됐다는 생각이 드는구나."

"모르겠어요. 대학에 가는 문제는." 내가 말했다. "사람들이 당연하게 저한테 뭔가를 기대하는 게 싫어요. 단지 제가……."

"똑똑한 젊은이라는 이유로 말이지." 그가 말했다. "하지만 그건 사람이 이 세상에서 될 수 있는 것 중에 가장 좋은 걸 거야." 가정부로 보이는 아까 그 중년 여자가 접시를 치웠다. 처음에는 아내나 여자 친구 비슷한 사람이리라 생각했지만 그런 이가 우리 시중을 들지는 않을 거라는 사실을 깨달았다. 나는 그녀가 유리 미닫이문을 통해 사라지는 뒷모습을 보고 있었다.

　그가 내 손등을 토닥였다. 그때 나는 몸을 앞으로 내밀어 내 입술을 그의 입술에 대고 부드럽게 입 맞췄다. 내가 극성팬도, 유명인을 쫓아다니는 사람도 아니었음을 알아주기 바란다. 그는 왠지 모르게 나에겐 원통한 희생자, 내가 믿을 수 있는 사람처럼 보였다. 그래서 나는 그에게 키스했고, 그러고는 뒤로 물러나서 내 인생이 바뀌길 기다렸다. 그가 고개를 내젓더니 또다시 웃음을 터뜨렸다. 아까보다 낮고 부드러운 웃음소리는 차츰 잦아들면서 또 다른 뭔가로 변했다. 그는 자신의 행운을 믿을 수 없다는 듯 나를 쳐다봤다. 만약 여러분이 그런 것, 그런 표정을 본 적이 없다면, 뭐, 모든 것을 포기할 만한 가치가 있다고 말해두겠다. 나는 다시 자리에 앉았고 우리는 크렘 브륄레*를 먹었다. 그에게는 수염이 있었다. 나는 그 전까지 수염을 좋아해본 적이 없었다. 하지만 그 전까지는 아무것도 좋아해본 적이 없음을 곧 깨달았다.

　나는 그곳을 떠나지 않았다. 선셋 대로를 따라 몇 킬로미터만 가면 되는 부모님 집에 한 번 돌아가긴 했다. 졸업 선물로 받은 남색 폭스바겐 래빗 컨버터블(내가 응석받이처럼 보이겠지만 사실 그것은 1982년형 중고차에 불과했다. 다른 애들이 졸업 선물로 뭘 받았는지를 여러분이 봐야 한다)을 몰고 벨에어의 구불구불한 길을 올라갔다. 우리는 덤불이 많은 협곡 끄트머리에 바짝 붙어 있는, 굉장히 넓고 지은 지 얼마 안 된 단층집에 살았다. 방마다 있는 유리 미닫이문은 경치 좋은 뒤뜰을 향해 나 있었다. 뒤뜰에는 수영장이 있었고 협곡 맞은편에 늘어선, 수영

---

* 우유, 생크림, 달걀, 설탕, 바닐라콩으로 만든 말랑말랑한 푸딩 위에 설탕을 뿌리고 토치로 그을려서 아삭아삭한 막을 만든 디저트.

장 딸린 집들 너머로 안개 낀 풍경이 보였다. 우리 집에는 스웨이드 패널을 덧댄 벽들과 전면에 거울을 붙인 벽들이 있었다. 부모님은 프랑스산 또는 이탈리아산 정교한 고가구와 현대적인 배경을 병치했을 때 빚어지는 효과를 좋아했다. 어머니는 스스로를 인테리어 디자인 능력이 있는 사람 또는 적어도 자기만의 독특한 감각이 있는 사람이라고 생각했고 그것이 어떤 의미로는 사실이었음을 인정한다. 최소한 실수가 아니라 일부러 그런 것처럼 보이기는 했으니까. 나는 아름답게 금장된 루이 14세 양식의 탁자 세트가 유리판 너머로 보이는 야자수와 선인장 앞에 생뚱맞게 놓여 있는 것을 보는 게 싫지 않았다. 하지만 나라면 아르데코* 스타일의 파이프식 가구로 장식된, 지중해풍의 크래프츠맨 양식** 단층집을 더 좋아했을 것이다. 그 가구들의 크롬도금 된 곡선과 뽀드득한 가죽은 매끄러운 현대성으로 가득한 삶을 암시한다. 충족되지 못한, 혹은 완전히 무너지기 직전인 미래에 대한 기대를 담고 있는 한물간 현대성, 그게 바로 나다. 일종의 자아도취적인 향수가 포함됐다는 건 나도 인정하지만 무엇을 아름답다고 느끼느냐는 자기 맘대로 안 되는 거다. 나는 1930년대 패션을 너무 좋아해서 학교 무도회 '드레스'로도 웨스턴 코스튬에서 빌린, 날씬한 실루엣의 하이웨이스트 구제 양복―그 시절의 나는 남자 옷 입길 좋아했다. 비록 한량 같고 여성화된 '남자'이긴 했지만―을 입었다. 오래전에 잊힌 은빛 흑백영화에서 어느 단역배우가

---

* 1920~1930년대 파리를 중심으로 유행한 장식미술. 아르 누보가 수공예적, 곡선적이고 엷은 색조를 사용한 데 반해 기능적, 직선적이며 강렬한 색조를 사용하였다.
** 조잡한 대량생산품에 반하여 일어난 영국의 '미술과 공예 운동'을 미국에서 발전시킨 것. 19세기 말부터 1930년대까지 단순한 형태, 천연 자재, 장인의 솜씨를 강조한 단층집에 많이 사용되었다.

입었던 옷이었다. 하지만 어머니는 나와 달랐다. 어머니는 최최신 아니면 아주 오래된 것을 좋아했다. 겨우 몇십 년 된 것들은 어머니 취향이 아니었다. "골동품?" 근래 멜로즈로(路)에 우후죽순으로 생긴 값비싼 골동품상에 들어갈 때마다 어머니는 말하곤 했다. "누구네 다락방에 있던 이런 쓰레기를 요즘은 그렇게 부르니?" 혹은 큰 소리로 코웃음을 짓곤 했는데 그것이 자기가 예전에 비슷한 걸 갖고 있었으나 기쁘게도 몇 년 전에 없애버렸다는 의미였음은 나중에야 알게 되었다. 어머니는 내가 초등학교 다닐 때 굉장히 인기를 끌었던, 감상적인 1950년대 복고풍도 진저리 칠 정도로 싫어했다. 우리가 '50년대 주간'을 위해 속 홉 의상*을 입고 싶어 하는 마음도 전혀 이해하지 못했고, 영화 〈그리스〉를 보는 것도 우스꽝스럽다고 생각했다. (게다가 어머니의 의견은 부정확하기까지 했다. "어쨌거나 50년대는 재미가 없었어.") 아버지는 그런 강렬한 감정의 소유자는 아니었지만 실내장식을 비롯한 거의 대부분의 문제에서 어머니의 뜻을 따랐다.

두 사람을 같이 앉혀놓긴 했지만 내가, 그것도 지금 당장, 떠나는 이유에 대한 설명은 어머니를 향한 것이었다.

나는 어머니에게, 친구 캐리와 함께 자동차 여행을 떠날 계획이라고 말했다. 캐리를 선택한 이유는 걔가 실제로 여름 동안 전국 횡단 여행을 떠날 예정이었기 때문이었다. 자기 남자 친구랑 말이다. 내가 걔랑 같이 간다는 얘기는 부모님 집을 향해 운전하는 동안 생각해낸 것이었지만 양쪽 집에 다 먹힐 핑계였기에 눈가림으론 안성맞춤이었다. 캐리는 자

---

* 여자는 잘록한 허리를 강조하는 길고 풍성한 플레어스커트, 남자는 소매를 말아 올린 흰 반팔 티, 청바지, 가죽 잠바로 대표된다. 신발을 벗고 양말(sock) 바람으로 뛰어야(hop) 하는 댄스 파티 '속 홉'에서 유래한 명칭이다.

기 엄마한테 나랑 있지 않으면서 나랑 있다고 말할 수 있었고, 나는 캐리랑 있지 않으면서 같이 있다고 말할 수 있었다. 앙피르양식*의 크림색 벨벳 소파에 앉은 부모님에게 내 계획을 말하는 동안 나는 바닥 깔개 위에 앉아서 부모님을 마주 보며 손에 쥔 다이어트 닥터 페퍼를 계속 홀짝였다. 홀짝임은 시간을 버는 데 도움이 됐다. 내가 적어도 부분적으로는 말하면서 이야기를 지어내고 있었기 때문이다. 대강의 얼개는 운전하고 오는 동안에 짰지만 자세한 윤곽은 홀짝임 사이사이에 문장을 만들면서 비로소 형태를 갖추었다.

"뉴욕주 북부에 영화제작 집단이 하나 있어요." 내가 말했다. 홀짝. 나는 위대한 감독 니컬러스 레이**와 그가 할리우드에서 잊힌 존재가 된 후 70년대에 제자들과 결성했던 이상한 집단***에 대해 생각하고 있었다. [나는 늘 내세, 코다****, 후기, 두서없는 여담, 특히 오도(誤導)에 매력을 느꼈다. 이 점에 주목하라.] 니컬러스 레이가 학생들과 만든 영화를 본 적은 없었지만 그것은 전설적인 작품이었다. 적어도 나한테는.

"북부 어디 말이니?" 어머니가 눈살을 찌푸렸다. 롱아일랜드*****에서 자랐으면서도 서부 해안 출신처럼 뉴욕의 극단적인 기온을 혐오하게 된 탓에, 어머니에게 '뉴욕주 북부'란 눈 덮인 툰드라나 버려진 공장 지대와도 같았다. 그래서 북부보다 더 구체적으로 말할 필요가 있을 줄은 예

---

* 나폴레옹 1세의 제1제정 당시 유행한 건축·가구·공예 양식. 같은 신고전주의이지만 직전에 유행한 디렉투아르 양식보다 무겁고 장중하다.
** 미국의 영화감독(1911~1979). 대표작으로 〈자니 기타〉, 〈이유 없는 반항〉 등이 있다.
*** 빙엄턴 대학교에서 강의하던 시절(1971~1973), 니컬러스 레이는 학생들과 공동 작업으로 〈우린 다시는 집에 돌아갈 수 없어〉라는 실험 영화를 만들었다.
**** 악곡이나 악장의 끝에 종결부로서 덧붙이는 부분.
***** 뉴욕주 남부의 섬. 롱아일랜드의 서쪽 끝에는 뉴욕 시에 속하는 브루클린과 퀸스가 위치해 있다.

상 못 했다. 우선은 시러큐스, 버펄로, 로체스터가 떠올랐다. 그다음에는 트로이, 올버니, 킹스턴이 떠올랐다. 그리고 니컬러스 레이가 교편을 잡았던 빙엄턴이 떠올랐다. 하지만 내가 부모님에게 말한 것은 다른 지명이었다.

"글러버스빌요. 거기에 방음 스튜디오로 쓰이는 버려진 장갑 공장이 있대요. 사용료가 엄청 싸고, 야외촬영을 할 수 있는 숲이나 호수나 낡은 집들도 가까워요." 이렇게 말하고는 탄산음료를 한참 벌컥벌컥 마셨다. 나는 약간 미지근한 다이어트 닥터 페퍼의 박하 맛 감미료에 중독되어 있었다. 그걸 마시면 처음에는 단맛, 그다음에는 쓴맛, 그다음에는 금속 맛의 파도가 차례로 밀려왔다. 거의 역하게 느껴질 정도였는데도 미친 듯이 좋아하게 됐다. 마실 때마다 나는 거의 매번 알아내려 애썼다. 마시멜로인가 박하인가? 아니면 과일 향 나는 콜라인가? 사카린 맛이 밑에 깔린? 어쩌면 그 노골적인 인공성이 마음에 들었던 건지도 모른다. 다이어트 닥터 페퍼는 다이어트 환타나 다이어트 프레스카*가 '과일' 맛을 내려고 했던 것처럼 실제의 뭔가와 같은 맛을 내려고 하지 않았다. 나는 계속 마셨다. 홀짝, 홀짝.

"뉴욕주 글러버스빌에서 영화 촬영을 한다고?"

"제작 집단요. 예술가 공동체처럼 장비랑 생각을 공유하는 거예요. 뉴욕주 글러버스빌에서요." 아무렴. 안 될 것 없지.

내가 글러버스빌이라는 마을을 떠올린 이유는 옛 영화관에 관한 거실 탁자용 책** 때문이었다. 글러버스빌의 글러브 극장. 그곳은 1939년에

---

* 코카-콜라 사에서 생산하는, 라임과 그레이프프루트 향의 탄산음료.
** 크고 비싸고 사진이나 그림이 많아서 자세히 읽기보다는 대충 훑어보거나 장식용으로 거실 탁자에 놔두는 책.

바깥 간판을 고급 아르 데코 양식으로 바꿔 단 옛 보드빌* 공연장이었다. 어쩌면 글러브라는 단어가 마을 이름과 간판에 모두 들어간 까닭에 내 머릿속에 박혀 있다가 탄산음료가 내 혀를 간질이는 동안 갑자기 튀어나왔는지도 모르겠다. 훗날 마침내 그곳을 실제로 보게 됐을 때 눈물이 차올라 눈앞이 흐려졌다. 그곳은 텅 빈 가게들로 가득한 죽어가는 거리에 있는, 완전히 황폐해진 상태의 노후한 극장이었다. 문이 열려 있어서 안으로 들어갔다. 유령 마을에 있는 유령 극장. 여전히 눈에 띄는 예전의 웅장함, 벗겨진 금색 벽지, 찢어지고 낡긴 했지만 벨벳 커버를 씌운 관객석들. 나는 왜 울었을까? 그곳이 폐허였기 때문이 아니라 역사를 느꼈기 때문이었다. 나는 미국의 방방곡곡, 영화가 닿지 않은 곳이 없음을 알고 있었다. 영화는 어디에나 있다. 오지 중의 오지에서까지 그 사실을 발견하고 나자 영화의 중요성을 믿게 되었다. 쇠락한 모습조차도 어딘가 날 위한 자리가 있음을 의미할 뿐이었다. 그것이 내가 운 이유였다. 나는 기쁨과 흥분으로 가득 차 있었다.

"야심만만하게 들리는구나." 아버지가 말했다. 아버지는 야심을 좋아했다. 그는 연예계 전문 변호사였지만 자기 일 얘기를 나한테 하는 법은 없었다. 하지만 나에 대해, 내 '일'에 대해 얘기하는 것은 좋아했다. 아버지는 내가 스스로의 특별한 가능성에 한계가 없다고 믿게끔 격려했고, 그러한 자신의 생각을 전하기 위해 금전적 측면을 비롯한 여러 면에서 내가 어떠한 한계에도 부딪치지 않게 하는 전략을 공공연히 사용했다.

"이름이 뭔데?" 어머니가 물었다.

---

* 1880년대부터 1930년대까지 미국에서 유행한, 노래와 춤과 촌극과 곡예와 동물 묘기 등이 혼합된 무대예술.

"영화제작 집단요?" 나는 다이어트 닥터 페퍼를 홀짝였다. 삼켰다. "스펙트로 단요." 내가 말했다. 부모님은 내 말을 제대로 못 들은 듯 고개를 갸우뚱했다. "스펙트로 단요. 평화 봉사단이나 해병대 같은 이름*이라고 보시면 돼요." 아무도 말이 없었다. 나는 말을 계속하려다가 아버지가 미소 지으며 고개를 끄덕이기 시작하는 것을 보고는 (때로 내겐 힘든 일이지만) 입을 다물기로 했다.

"넌 어디서 살 건데?" 어머니가 물었다.

"스펙트로 단의 아파트에 있어야죠. 그래야 언제든 일할 수 있으니까." 어머니가 입술에 힘을 주었다.

"영화를 만든다고. 그거 잘됐구나." 아버지가 말했다. "쟤가 하고 싶은 일이 그거라면 당연히 하게 해줘야지."

"캐리랑 같이 영화를 만들 거니?" 어머니가 말했다. 어머니는 나의 단짝 캐리를 아주 좋아했다. 어른이 내 친구 한 명을 좋아하기로 마음먹는 것은 우스꽝스러운 일이다. 약간의 눈 맞춤과 중고생의 고맙다는 말 한마디가 일종의 기적인가 보다. 캐리만 끼워 넣으면 어떤 터무니없는 수작도 즉시 어머니에게 믿을 만한 것이 된다는 사실을 나는 알고 있었다.

"네, 맞아요. 다른 애들도 있고요." 부모님이 나를 쳐다보면서 몸을 앞으로 기울였다. 말로는 알았다고 하면서도 더 자세한 얘기를 기대하기에, 들려줬다. 방금 터득한 방법으로 나에 관한 이야기를 지어냈다. 창조적인 거짓말, 나 자신에 관한 거짓말은 거짓말이라고 부르면 안 된다. 다른 단어가 필요하다. 가공, 일종의 희망 사항, 사실에 가까운 무엇, 아

---

* 스펙트로 단(Spectro Corps), 평화 봉사단(Peace Corps), 해병대(Marine Corps) 모두 corps 로 끝난다.

직까진 아무것도 없는 가능성의 안개라 해야 할지도 모르겠다. 훔친 요소들과 지어낸 요소들로, 그러니까, 지어낸 것. 그것을 말하는 동안에는 거짓말보단 꿈에 가깝게 느껴져야 한다. 나는 그것이 조이트로프* 속의 그림처럼 내 머리에서 풀려 나오는 것을 볼 수 있었다. "소실되거나 완성되지 못한 영화들을 다시 만들 거예요. 윌리엄 S. 하트의 〈복수의 사도〉, 세실 B. 데밀의 〈꿈꾸는 소녀〉, 라울 월시의 〈뱀〉, D. W. 그리피스의 〈영원한 어머니〉나 앨리스 기블라셰가 1920년 이전에 만든 모든 단편영화가 될 수도 있겠죠. 이제는 존재하지 않는 유명한 무성영화가 굉장히 많아요. 질산염이 발화하거나 그냥 버려져서요. 사라진 거죠. 제목, 설명, 스틸 사진 몇 장만 남아 있는 거예요. 저는 이런 영화들을 만들고 싶어요. 남아 있는 설명에 따라 영화를 재현해서요(재현하되 재해석하기도 하는 거예요. 재해석을 포함하지 않는 재현은 없잖아요). 그게 스펙트로 단의 여름 프로젝트예요." 어떤가? 즉석에서 만들어낸 건데도 나는 이미 하고 싶다고 느꼈다. 이때 부모님은 더 이상 질문하지 않았다. 내가 영화에 대해 자세하게 이야기하기 시작할 때마다 짓곤 하는 상냥한 미소만 지어 보였다. 내 얘기가 재미있길 너무나 바란 나머지 정말 그렇게 느끼기라도 한 것처럼.

"하지만 새 학기가 시작될 때에는 당연히 뉴욕 시에 가 있을 거지?" 어머니가 말했다. 나는 가을에 뉴욕 대학교에 입학하기로 되어 있었다.

"물론이죠." 내가 말했다. 그리고 진심으로 그렇게 믿기도 했을 것이다.

"오리엔테이션은 8월 25일이야."

---

* 원통의 안쪽에 움직이는 물체의 연속 동작을 그려 넣고 수평으로 돌리면서 바깥에서 틈새로 들여다보면 마치 물체가 움직이는 것처럼 보이는 장난감.

나는 고개를 끄덕였다.

"언제 출발하니?"

"오늘…… 적어도 이번 주 내에요."

나중에 내가 방에서 짐을 싸고 있을 때 아버지가 방문을 두드렸다. 뭐든, 뭐가 됐든 좋으니 혹시 필요한 것 없니? 나는 아버지를 쳐다봤다. 에클레르 사(社)의 ACL 16밀리 카메라, 16밀리 필름, 쿠델스키 사의 나그라 IV-STC 전문가용 녹음기, 좋은 마이크, 매그나싱크 사의 무비올라 필름 편집기, 소니의 베타캠 비디오카메라, 소니의 비디오테이프 편집기, 비디오카세트요. 내가 이 장비들을 가지고 뭘 할 것인지는 확실치 않았다. 일단은 수영장과 덩치 큰 영화감독이 있는 브렌트우드의 집으로 돌아갈 작정이었기 때문이다. 아버지는 내가 그것들을 사리라 믿고 충분한 금액의 수표를 써 주었다. 나 또한 아버지에게 말한 것들을 살 작정이었다. 나는 수표를 현금으로 바꿔서 여행 가방 옆 주머니에 든 양말 속에 숨겼다. 언젠가는 내 장비를 살 것이다. 하지만 지금은? 나는— 공교롭게도—영화를 만들 준비가 안 되어 있었다. 여전히 생각하고, 원하고, 바라기만 할 뿐이었다. 영화를 만드는 척할 뿐이었다.

이제 내 거짓말에 맞춰 처리해야 할 일들:

1. 8월 말에 뉴욕 대학교에 가는 것. 연기할 수 있나? 언제로? 연기한 다음에 기정사실로 어머니한테 알리기만 할까? 그래야겠다.

2. 주소. 어머니는 우편물을 보낼 주소를 원할 것이다. 직접 방문하지 않고도 사서함을 만들 수 있나? 그리고 거기서 다시 다른 주소로 전달받을 수 있나?

3. 전화번호도 마찬가지. 하지만 이 경우에는 그곳에 전화가 없다고, 일주일에 한 번씩 공중전화로 걸겠다고 말할 수 있다.

4. 로스앤젤레스에서 어슬렁거리는 모습이 부모님, 부모님 친구들, 내 친구들의 눈에 띄어서는 안 된다.

나는 여행 가방 하나, 공책 다섯 권, 비디오카세트 한 상자, 페이퍼백 한 무더기—여기에는 1864년에 출간된, 착시에 관한 신기한 책《스펙트로피아 또는 모든 곳, 모든 색깔의 유령을 보여주는 놀라운 환상》의 재판이 포함되어 있었다. 영화제작 집단의 이름은 이 책에서 따온 것이다—를 가지고 브렌트우드의 집으로 들어갔다. 내 래빗은 차고에 넣고 차고 문을 닫은 뒤에 아홉 달 동안 꺼내지 않았다.

그가 혼자 자야 할 때가 있었기 때문에 내 방이 따로 있었지만 나는 많은 밤을 그와 함께 보냈다. 그가 대개 시나리오와 트리트먼트*를 쓰며 일하는 동안 나는 소파에서 시나리오나 그의 책꽂이에서 고른 책을 아무거나 읽곤 했다. 나는 대실 해밋의 《붉은 수확》을 읽었고 셰익스피어의 모든 희곡을 읽었다. 그리고 〈스완네 집 쪽으로〉**(번역판)와 부스 타킹턴***의 소설 몇 권을 읽었고 알랭 로브그리예의《질투》를 다 해진 페이퍼백으로 읽었다. 내게 부족한 건 딱 한 가지였다. 나는 그와 함께 영화를 보고 싶었다. 브렌트우드의 집에는 필름만 볼 수 있는 것이 아니라

---

* 시나리오 집필 과정에서 시놉시스보다 더 발전된 것으로, 줄거리를 장면별로 적은 것을 말한다.
** 프랑스의 소설가 마르셀 프루스트(1871~1922)의 장편소설《잃어버린 시간을 찾아서》의 1권 제목.
*** 미국의 소설가(1869~1946). 풀리처상을 두 번 이상 수상한 작가 세 명 중 한 명이다. 대표작 《위대한 앰버슨가》(1918)는 오슨 웰스에 의해 영화화되었다.

VCR나 비디오디스크 플레이어와도 연결되는 영사기를 갖춘 작은 영사실이 있었다. 사람들은 그에게 많은 영화를 보냈고 대부분이 뜯지도 않은 채로 보관되어 있었다. 그가 영화를 보고 싶어 하는 일은 드물었다. 나중에는 나도 그 이유를 알게 되지만 이 시기의 나는 모든 것을 봐야만 했다. 이 작은 욕구의 차이가 나의 유일한 진짜 불만이었다. 그는 나 혼자 보는 것을 막지 않았지만 나는 그와 함께 보고 싶었다. 영화─흑백영화, 테크니컬러* 영화, 반짝이는 무성영화, 단편영화와 장편영화, 옛날 영화와 최근 영화, 웃긴 슬랩스틱 영화, 자막 있는 난해한 영화, 영광스러운 미국 영화─를 어둠 속에서 그와 함께 보길 바랐다. 그 애정을 공유하고 싶었다.

그가 영화를 보고 싶은 마음이 든 어느 특별한 밤에 우리는 손 글씨가 적힌 비디오테이프로 테런스 맬릭의 〈황무지〉를 보았다. 그는 나에게 그 영화를 보았냐고 물었고 나는 새로운 것을 보여주는 그의 즐거움을 망치고 싶지 않아서 안 본 척했다. 그것은 킷과 홀리라는 두 미국 아이의 이야기다. 그들은 마치 일요일 오후 공연에 나선 사람처럼 차분하게 살육을 시작한다. 우리는 함께 영화를 보았지만 그는 영화를 보는 동안 아무 말도 하지 않았다. 나는 실망했다. 이 영화의 어떤 점이 훌륭한지 그가 꼬집어 말해주길 바랐기 때문이었다. 그가 가르치듯 아는 척하면서 "감독이 롱숏을 어떻게 사용하는지 보이지? 영화가 진행될수록 킷이 우리한테서 점점 멀어지고 있잖아"라고 말해주길 원했다. 하지만 그는 그러지 않았다.

* 미국의 테크니컬러 사에서 개발한 색채영화 제작 기법으로, 화려한 색감을 특징으로 하며 1920~1950년대 할리우드 영화에 많이 쓰였다.

영화에는 이런 장면이 나온다. 홀리가 입체경*을 가지고 사진을 보기 시작하면 우리는 그녀의 시점으로 보게 된다. 낯선 사람들과 세계의 불가사의들을 찍은, 낡은 사진의 영상들이 그녀의 눈앞을 맴도는 동안 우리는 그녀의 내레이션을 듣는다.

> "그때 등줄기가 서늘해지면서 난 생각했다. 지금 이 순간 난 어디에 있었을까? 만약에 킷이 나를 만나지 않았다면…… 혹은 아무도 죽이지 않았다면? 지금 이 순간…… 만약에 엄마가 아빠를 만나지 않았다면? 엄마가 죽지 않았다면? ……내가 결혼할 남자는 어떻게 생겼을까? 지금 뭘 하고 있을까? ……우연의 일치로 내 생각을 하고 있을까? 나를 모르는데도? 그게 표정에 드러날까?"

이것:

예전에 나는 뷰매스터 입체경과 거기에 딸린 원판 여러 '세트'를 가지고 있었다. 각 원판에는 해당 주제와 연관된 슬라이드가 열두 개씩 들어 있었는데 플라스틱과 판지로 만든 이 원판을 뷰매스터에 넣고 버튼을 누르면 딸깍하고 다음 사진으로 넘어갔다. 그중에는 세계의 불가사의 세트도 있었다. 그 세트도 많이 보긴 했지만 내가 제일 좋아했던 것은 아폴로 우주선의 달 착륙 장면을 담은 슬라이드들이었다. 화면에서 빛나는 작은 우주선 캡슐. 얇은 금속으로 만든 우주복을 입은, 연약하고 무방비해 보이는 우주인들. 나는 그 캡슐에 올라타서 인류 최초의 인간이 되는 것, 구름 사이로 날아 올라가는 것, 불타는 발사체가 멀어져가

---

* 평면 사진을 입체적으로 보이게 만드는 기구.

는 것, 발밑으로 세계가 내려다보이는 것을 상상했다. 내게 그걸 할 만한 용기가 있을까? 그들은 처음 우주를 향해 쏘아 올려졌을 때 무슨 생각을 했을까?

하지만 이것도:

홀리는 더 이상 킷을 사랑하지 않았다. 영화는 홀리가 분명 킷은 아닌, 미래의 남편에 대해 상상하는 것을 통해 그 사실을 보여준다. 이 상상은 그녀가 얼마나 공상적이고 자기중심적인지를 보여주며, 그녀의 도덕적 상상력이 얼마나 얄팍한지를 보여준다. 이러한 사실은, 일부는 홀리의 단조롭지만 유치한 내레이션에, 일부는 배경음악의 흥겨운 드럼 소리에 담겨 있다.

그리고 이것:

나는 맬릭 작품의 예술성을 이해한 동시에 — 마치 계시처럼 — 내가 홀리임을 알았다. 아직 자아실현을 하지 못한, 미래가 불확실한, 가능성만 있고 성과는 없는 아이. 내가 가진 것은 아직, 아직, 아직인 꿈과 유치함뿐이었다. 내 꿈은 미래의 남편들에 대한 것이 아니라 〈황무지〉처럼 관객을 기쁘게 하는 동시에 공범자로 만드는 영화를 제작하는 것이었다. 내가 눈을 깜빡이자 눈물 때문에 시야가 흐려졌다. 관객이 홀리와 킷에게 감정적으로 공감하지 않게 하려고 감독이 굉장한 공을 들였음에도 불구하고. 나는 눈을 깜빡였지만 눈물을 닦아내진 않았다. 내가 울고 있다는 사실을 남자 친구에게 알릴 필요가 없었기 때문이다. 우리가 무언가의 영향을 받는 방식은 참으로 신기하다. 마치 어둠 속에 앉아 있는 여러 명 중에 오직 나에게만 비밀 메시지가 전달되는 것과 같다. 우리는 함께 영화를 봤지만 내 감정은 공유되지 않고 입 밖에 내어지지 않은, 나만의 것이었다.

우리가 같이 영화를 본 횟수는 손에 꼽을 정도였다. 그가 잠든 후에 혼자 영화를 본 적이 훨씬 더 많았다. 비디오를 보거나 Z 채널에서 하는 영화를 볼 때도 있었지만 잔뜩 취해서 로드 설링의 으스스한 70년대 드라마 〈야간 갤러리〉*의 재방영을 볼 때도 비슷하게 많았다. 굉장히 취했던 어느 날 밤, 나는 식물을 사랑하는 엘사 랜체스터**가 이사 가라는 부동산 개발업자의 요구를 거부한 뒤에 땅에서 자라나는 것을 보았다. 개발업자가 그녀를 죽이자 그녀가 복수를 위해 자기 정원의 식물이 되어 돌아온 것이다. 겁에 질린 나는 그의 방에 숨어들어야 했다. 그러다 자고 있던 그를 놀라게 하고 말았다. 내 계획은 그의 곁에서 자는 것이었지, 그를 깨우는 것이 아니었다. 하지만 그는 헉 소리를 내더니 씩씩대며 잠에서 깼다.

"무슨 일이야?" 그가 쉰 목소리로 심각하게 말했다.

"아무것도 아니에요. 미안해요."

"지금 한밤중이야, 메도." 그가 한숨을 내쉬었다.

"정말 미안해요."

"이런 법이 어디 있어. 이제 몇 시간 동안 잠자긴 글렀군." 그는 몸을 일으켜 세워서 베개에 기대앉으며 눈을 비볐다.

"무서워서 그랬어요." 내가 말했다. 그 말이 마치 다른 사람의 입에서

---

* 〈환상 특급〉의 작가 로드 설링(1924~1975)이 작가 겸 사회자로 참여한 공포 연속극. 설링이 어떤 그림을 소개하면 그 그림에 얽힌 이야기가 극화되어 나오는 형식이었다.
** 영국의 배우(1902~1986). 대표작으로 영화 〈헨리 8세〉, 〈프랑켄슈타인의 신부〉, 〈정부〉 등이 있다.

나온 것이기라도 하듯 몸서리치게 싫었다. 그리고 나는 거기 서서 그가 기분이 누그러지거나 무슨 말이라도 해주길 기다렸다. 하지만 그는 그러는 대신 전등갓에 술이 달린 램프의 줄을 잡아당겨 불을 켜더니 협탁에 있던 책 한 권을 집어 들었다. 그러곤 책을 펼쳐 읽기 시작했다. 그가 고개를 들거나 말을 하길 기다렸지만 그러지 않았다. 결국 나는 내 방으로 갔다. 내가 기억하기론 그가 나에게 화낸 적은 그때 한 번뿐이었다. 그리고 내가 본 중에서 가장 크게 화냈을 때 역시 그때였다.

그렇다고 불평하는 건 아니다. 그는 좋은 동거인이었다. 셰익스피어를 암송할 때면 그 깊고 낭랑한 목소리로 너무나 아름답게 읊었다. 그가 낭송을 멈춘 뒤에도 단어들이 공중에 남아 있는 것만 같았다. 그는 배우 훈련을 통해 단련된 정확한 기억력을 갖고 있어서 내가 한 말을 잊는 법이 없었다. 한 순간 한 순간을 마지막 순간과 엮었고, 뭔가를 다른 뭔가와 연결 짓는 것을 절대 멈추지 않았다. 모든 것을 기억하는 사람과 함께 있다는 게 어떤 느낌인지는 아마 결코 잊을 수 없을 것이다. 그는 냅킨을 펄럭, 눈썹을 씰룩 하는 것만으로 포크를 사라지게 할 수 있었다. 그가 마술을 부리는 동안 계속 얘기를 하면서 원리를 가르쳐주는데도 외려 더 잘 속아 넘어갈 뿐이었다. 그는 절대 나를 지루하게 만들지 않았다.

그의 가장 좋았던 점들 중 하나는 편지였다. 그는 나에게 연애편지를 썼고, 나는 책 속에서 그의 편지를 발견했다. 그가 낮에 외출하고 나면 나는 내 입술, 웃음소리, 부드러운 손길에 관한 글을 읽곤 했다. 그리고 반바지와 헐렁한 양말을 신은 긴 다리에 대해서도. 그렇다, 거의 내 몸에 관한 내용이긴 했지만 몸도 그 사람의 일부다. 설사 그러길 원한대도 몸을 빼고 생각할 수는 없다. 게다가 나는 내 몸 구석구석에 대한 관심이 좋았다. 지금 생각하면 이상하게도 그 전까지는 한 번도 그런 관심을 받아본 적이 없었다. 줄곧 나라는 존재는 하나의 뇌 그리고 거기 딸린 두 팔과 거기서 자라난 쓸모 있는 두 다리 같다고 느꼈었다. 무슨 이유 때문이었는지는 몰라도 또래 남자애들은 아무도 내게 접근하지 않았다.

그는 거의 매일 내게 편지를 썼다. 가끔은 나도 답장을 썼다. 그날 읽은 것, 본 것 또는 생각한 것을 보고했다. 그리고 내가 좋아하는 것과 그이유도. 나는 그의 편지들을 침대 밑 버들고리 안에 모아뒀다. 그가 내편지를 어떻게 했는지는 전혀 모른다.

우리는 아홉 달 동안 그렇게 살았다. 영화 보기와 책 읽기와 마술 부리기와 편지 쓰기를 하면서. 나는 수영장에서 헤엄쳤고 조급하게 미래로 뛰어들지 않았다.

일주일에 한 번 나는 심호흡을 하고 부모님에게 전화를 걸어서, 전국 횡단 여행을 마치고 글러버스빌의 공장에 도착하여 여름과 겨울 동안 영화 만드는 이야기를 지어내 들려줬다. 아뇨, 괜찮아요, 돈 안 보내셔도 돼요—나는 8월 말에 그렇게 말했다—그런데 이 영화들을 완성하려면 대학 입학을 1년 미뤄야겠어요. 부모님은 입학 연기에 조금 반대하다가 어쨌든 돈은 보내겠다고 우기기 시작했다. (그런 유의 부모였다.) 나는 영화를 만드는 대신 거대한 남자 친구와 함께 살았다. 숨 쉬는 공기 속에서 영화제작을 호흡했고 그것을 삼켜서 내 안에 받아들였다. 낮에는 만들고 싶은 영화를 상상했고, 밤에는 남자 친구를 사랑했다.

때로는 그와 함께 바깥세상에 나가고 싶었다. 식당이나 파티에 가고싶었다. 나는 그 정도로 무모했다. 하지만 그가 허락지 않았다. 그는 우리에 대해 아무도 모르길 원했다. 사람들이 오해할 거라고 생각했기 때문이다. 그는 사람들이 얼마나 변할 수 있는지 그리고 그로 인한 피해가 얼마나 커질 수 있는지도 알았다. "넌 그게 어떤 기분인지 몰라." 그는 말했고 "네가 계속 몰랐으면 좋겠어"라는 그의 말을 나는 믿었다.

"저는 당신이 생각하는 것보다 강해요." 나는 말했지만 그다지 확신은 없었다. 그 말을 입 밖에 내는 자체가 일종의 시험이었다. 내가 정말 강한 사람일 수도 있었다.

우리는 대체로 행복했다. 뭔가가 영원하지 않음을 아는 사람이 행복할 수 있는 만큼, 그 순간을 원 없이 꼭 쥘 수 있는 만큼 행복했다. "사랑해요." 내가 그에게 속삭였다. "나도 널 사랑해." 그가 말했다. "그래, 이게 바로 사랑이지." 그가 마치 스스로도 그 말을 믿지 못하는 것처럼 말했다.

그리고 마지막 날이—맞이할 준비가 됐는지와 상관없이—왔지만 물론 당시에는 그것이 마지막 날인 줄 알지 못했다.

우리는 수영장 옆에서 점심을 먹는다. 수면에서 햇빛이 반짝인다. 그는 창백하고 왠지 모르게 허약해 보이기까지 한다. 음식도 음료수도 거의 입에 대지 않는다. 요즘은 통통한 볼살이 뼈보다 한참 밑에 늘어져 있기라도 한 것처럼 얼굴이 수척해졌다. 앞으로 닥칠 일이 무엇이었는지 이때 예상했어야 했다. 그는 예상하고 있었음이 분명하다.

"좋은 소식이야." 그가 말한다.

"뭔데요?"

"제작자가 나타났어. 일이 착착 진행 중이야. 이제 그 빌어먹을 영화를 만들 때까지 살아 있기만 하면 돼."

"그러지 마요…… 당신은 할 수 있을 거예요. 준비돼 있으니까."

"그래, 맞아. 내 최고 걸작을 만들 수 있을 것만 같은 기분이야. 정확히 어떻게 만들고 싶은지 알고 있거든. 몇 년 전부터 꿈꿔왔으니까. 이제 드디어 기회가 생긴 거지."

나는 그가 생각만으로도 흥분해서 잠시 기운을 차리는 것을 본다.

"이렇게 한참 만에야 비로소 새 영화를 만들게 되는군." 그가 말한다. 하지만 그가 숨을 내쉴 때 내 눈에는 다른 무언가, 겉모습 밑에 숨겨진 속임수가 보인다.

그는 결국 영화를 만들지 못했다. 지금은 우리 모두가 그 사실을 알고 있지만 그 마지막 날, 마지막 밤에 대해서는……

그는 〈머브 그리핀 쇼〉에 출연해서 새로운 프로젝트 얘기를 하며 분위기를 띄울 예정이다. 제작비를 어느 정도 마련했지만 아직 부족하기 때문이다. 사람들이 재치 넘치고 재미있는 늙은 퇴물인 그를 이용하듯 그도 역으로 그들을 이용해서 자기 이익을 위한 선전을 슬쩍 끼워 넣을 것이다. "그게—그가 말한다—이 동네가 돌아가는 방식이고, 이 빌어먹을 동네가 돌아가는 방식을 나는 처음부터 알고 있었으니까."

나는 텔레비전에 나온 그를 본다. 그는 너그러운 달변가다. 나는 그를 보면서 내가 운 좋은 사람이라고 생각한다.

방송은 그가 예상한 대로 흘러가지 않는다. 스튜디오에서 돌아온 그는 창백하고 땀에 흠뻑 젖어 있다. 그가 지팡이를 짚고 비틀거리며 걸어오더니 신음 소리와 함께 소파에 털썩 주저앉는다.

"어땠어요?" 내가 묻는다.

"끔찍했어. 나는 준비해둔 이야기를 하러 갔는데 도리어 품위 있는 늙은이가 되고 말았지. 무덤 냄새를 풍기는 애절한 늙은이 말이야."

"말도 안 되는 소리." 내가 말한다. "난 당신이 정말 굉장하다고 생각했어요." 나는 그의 발치에 앉아 신발을 벗긴다. 무겁고 넓적한 발은 새하

얇고 부어 있다. 나는 한 발을 손에 쥔다. 이 무겁고 작은 것과 평생 동안 그것을 짓눌러온 무게에 다정한 감정이 느껴진다. 나는 그 발을 잠시 손바닥으로 누르고 있다가 다른 발에도 똑같이 한다. 그의 발은 이상할 정도로 부드럽고 굳은살이 없지만 왠지 모르게 쓸모없고 버려진 것처럼 보인다. 나는 그의 두 다리를 감싸 안고 내 얼굴을 그의 무릎에 기댄다.

"미안해." 그가 말한다.

나는 그의 다리에서 몸을 일으켜 그를 올려다본다. 그의 몸이라는 경치 너머로는 얼굴이 거의 보이지 않는다.

"뭐라고요?"

"나는 너한테 줄 수 있는 게 아무것도 없어. 돈도 없고. 전처들에다, 사실은 아내에 자식들까지 있어서 남은 게 거의 없지. 넌 아마 사람들의 관심을 끌게 될 테고 그걸 이용해서 뭔가 할 수 있을 거야. 내 말 믿어. 관심은 독이 될 수 있으니 반드시 거기서 뭔가를 얻어내도록 해."

나는 울기 시작한다. 그는 말을 멈추고 내 머리에 손을 얹는다.

"입 좀 다물 수 없어요? 제발?" 내가 말한다. 그는 한숨을 쉬고, 나는 그를 부축해 침대까지 데려간다.

그 후의 일은 추측 가능할 것이다. 그에게 무슨 일이 있었는지는 뉴스에 나왔다.

가정부가 내 방에 들어와서 나를 깨운다. 그녀의 얼굴은 땀에 젖었고 말을 하면서 떨고 있는 듯하다. 그녀는 나에게, 자기가 911에 전화를 했으니 곧 구급차가 와서 그를 데려갈 거라고 말한다. 나는 침대에서 허둥지둥 일어나지만 뭘 해야 할지 몰라 문간에 멈춰 선다. 사람들이 그를 들것에 싣고 나가는 것을 본다. 그의 새하얀 얼굴은 아무 반응이 없고, 이미 무너지고 있는 육중한 몸은 내 눈엔 오래전에 죽은 것으로 보인다.

가정부가 말한다. "가족한테 전화할 거예요." 그리고 그의 방 안으로 사라지면서 문을 닫는다. 곧—한 시간 안에—사람들은 병원으로 갈 것이다. 그러고 나서는 이곳에 들이닥칠 것이다. 친척들, 매니저, 기자들이. 나는 청바지를 입는다. 어젯밤에 입고 잔, 큰 치수의 머큐리 극장* 저지 셔츠를 지금은 튜닉**으로 사용하는 거다. 내가 이곳에서 빨리 나가야 하는 듯하다. 옷장에서 여행 가방을 꺼낸다. 그와 함께 살기 시작한 지 며칠 후에 가져왔던 바로 그 가방을.

내 방을 둘러본다. 가져갈 물건들은 나음과 같다. 내 옷, 내 비디오테이프, 내 공책, 그가 준 작은 선물 몇 가지(래커 칠한 저글링 공 몇 개, 트럼프 한 벌, 그의 마지막 걸작의 로비 카드***, 그가 작고 깔끔한 글씨로 여백에 주석을 단《리어 왕》책과 그가 썼지만 촬영하지 못한《리어 왕》시나리오, 긴 누비아****풍 드레스, 목에 거는 끈이 달린 최고급 마크 IV 감독용 뷰파인더*****). 그가 준 연애편지로 가득 찬 버들고리도 챙긴다. 챙기는 게 당연하다. 침대를 정리한다. 옷장 문을 닫는다. 이 방에도, 집 안 어디에도 나의 흔적은 없다. 누가 오고 있을 경우에 대비해 뒷문을 향해 걸어간다. 그의 방 앞을 지날 때 멈칫한다. 방문을 밀어 연다. 침대가 엉망이다. 사람들이 그를 잡아당겨 들것에 실을 때 시트와 커버까지 다

---

* 1937년 오슨 웰스와 제작자 존 하우스먼이 뉴욕 시에 설립한 레퍼토리 극장. 레퍼토리 극장이란 상주 극단이 시즌별 레퍼토리에 따라 공연하는 극장을 말한다.

** 엉덩이 아래까지 내려오는 헐렁한 여성용 상의.

*** 28cm×36cm 또는 20cm×25cm 크기의 영화 포스터. 1910년대부터 1980년대 중반까지 6~12장 세트로 출시되어 극장 로비에 전시되었으며 수집가들 사이에서 고가에 거래된다.

**** 기원전 2000년경부터 나일 강을 중심으로 고대 아프리카 문명이 발달했던 지역. 현재의 이집트 남부와 수단 북부에 해당한다.

***** 영화감독이 초점거리, 화면 비율, 프레이밍을 확인하는 도구로 목에 걸고 다닐 수 있는 작은 망원경 같은 형태이다. 마크 IV는 미국의 앨런 고든 사에서 1979년경 출시한 모델.

벗겨진 게 틀림없다. 서랍장으로 시선을 돌리니 그가 놓아둔 손목시계와 수첩이 보인다. 조끼와 스카프가 어젯밤에 그가 놔둔 대로 의자 등받이에 걸려 있다. 스카프를 집어 얼굴에 갖다 댄다. 그의 머릿기름과 애프터셰이브 냄새가 난다. 스카프를 조심스럽게 서랍장 위에 걸쳐놓는다. 가야 한다. 침대 옆 협탁에 놓인 술잔. 그가 잠이 안 와서 술을 마시고 책을 읽은 것이다. 책 옆에는 끼적인 메모와 튼튼한 만년필이 있다. 만년필을 집어 든다. 녹색 수지로 만든 그것을 손에 쥐니 두툼하고 단단하다. 그냥 작은 물건 하나일 뿐이야. 주머니에 집어넣는다. 그리고 미닫이문을 통해 집 뒤편의 테라스로 빠져나간다. 차고 문을 열고 내 래빗 뒷좌석에 여행 가방을 던져 넣은 다음 출발한다.

  나는 브렌트우드빌리지에 가서 공중전화로 부모님에게 전화를 건다. "별일 없어요." 내가 말한다. "그냥 안부 전화 한 거예요." 자동차 라디오에서는 벌써 내 남자 친구가 UCLA 병원에서 사망 선고를 받았다는 보도가 흘러나온다. 창밖을 내다보며 고별사 같은 부고에 귀 기울인다. 오래전에 세심하게 작성해놓고 마침내 방송에서 낭독될 때까지 매년 갱신한 글이다. 그러니까 그가 쿵쿵대며 방송국 세트에 걸어 나와서 이야기하는 모습을 정말로 보고 싶어 한 사람은 아무도 없었던 셈이다. 사람들은 그의 죽음이 선언되기만을, 그의 인생이라는 긴 이야기가 제대로 종결되기만을 기다려온 것이었다.

  나는 아버지에게서 얻은 현금 뭉치를 가지고 카메라 장비 가게로 직행하여 몇 가지를 고른다. 그리고 15번 국도를 타고 가다 40번으로 넘어가서 홀로 뉴욕을 향해 달린다. 뉴멕시코주 경계 바로 너머의 모텔에 도착하고서야 멈춘다. 모텔 침대에 털퍼덕 누워 텔레비전을 켠 뒤에야 비로소 실감이 난다. 특별방송을 틀자 젊고 아름다운 그가 보인다. 사실상 내 나이에 가깝다. 그 젊은이에게서 내 남자 친구의 목소리가 나온다. 나는 울면서 모텔 베개에 얼굴을 파묻는다. 들것에 누워 있는 그의 얼굴이 보인다. 그 영상에 의해 비로소 느낀다. 내가 그를 영영 잃었음을. 내가 그를 얼마나 그리워할 것인가를. 내가 그를 영원히 사랑하리라는 사실을. 나는 잠이 든다.

여명 속에서 나는 모텔 침대에 앉아 내가 산 장비를 살피기 시작한다. 설명서를 읽고 부품을 조립한다. 카메라를 들고 뷰파인더를 통해 본다.

나는 여행을 할 것이고 여행에 대한 영상 일기를 만들어서 〈내가 부모님에게 한 거짓말을 들키지 않기 위해 만든 영화〉라는 제목을 붙일 것이다. 고등학교 졸업 후 처음 만드는 영화다. 올 봄과 여름 동안 영화를 만들고 또 만들 것이다. 가을에는 학부에 훌륭한 영화 전공 과정이 있는 대학에 잠깐 다닐 것이다. 내 인생은 평범한 형태를 띠기 시작할 것이다. 마치 지난 아홉 달이 없었던 일인 것처럼. 마치 그것이 꿈, 미완성된 영화, 주파수를 잃은 라디오방송인 것처럼.

나는 다른 수천 명의 젊은 여자들과 똑같은, 굶주린 젊은 여자다. 하지만 나한테는 좋은 생각이 몇 가지 있다. 그럼 지금부터 변변찮은 설명. 나는 일하고 또 일할 것이다. 처음에 말했듯이 이것은 사랑 이야기이므로 영화에 대한 나의 사랑으로 시작된다. 내가 지금껏 알아온 어떤 사랑 못지않게 순수한 사랑. 영화 만들기, 보기, 생각하기. 나는 영화 기계, 외눈의 창작자가 된다. 마치 내가 평생 동안 뒤로 잡아당겨진 고무줄이었던 것처럼, 내가 원했던 삶으로부터 점점 멀어지다가 마침내 놓아지면서 커다란 탁 소리와 함께 앞으로 날아가는 것과 같다. 나는 더 이상 소망하기만 하는 것이 아니라 실제로 하고 있다. 무엇을 하느냐고? 나를 흥분시키고 기쁘게 하고 때로는 짜증 나게 하는 영화들을 만든다. 그리고 오랫동안 그것만으로도 충분하다고 느낀다. 하지만 먼 훗날에는 그것이 여러 면에서 불충분함을 알게 될 것이다. 먼 훗날에는 그것이 자기광고적이고, 문제가 많고, 쓸모없을 뿐만 아니라 남들에게 상처를 준다고 생각하게 될 것이다. 먼 훗날에는 그 일을 그만둘 것이다.

하지만 다시 원래 이야기로 돌아가서 좀 더 얘기해야 할 것이 있다. 내가 어떻게 시작했는가의 끝에 해당하는 부분, 다른 이야기와 엮지 않고 내버려두었던 실이다. 자, 그럼 지금부터 시작한다. 그가 죽고 나서 1년 뒤의 어느 날 늦게까지 일하고 있던 나는 문득 그를 생각하기 시작했다. 당시 대대적인 회고전이 열리고 있던 탓에 신문은 그의 기사로 도배되다시피 했다. 나는 이 모든 사람들보다도 그와 그의 작품에 관해 더 많이 알았다. 나의 미래와 기회에 대해 생각하다가 버들고리를 꺼냈다. 편지를 읽었다. 아름다운 문장이었다. 어떤 것은 조금 에로틱했고, 어떤 것은 재밌었다. 여하튼 멋있게 편집할 수 있는 글이었다.

나는 비상계단에 버들고리를 가지고 나가 담배를 피우며 편지를 읽었다. 에이전트에게 보여주거나 출판하거나 가장 높은 금액의 입찰자에게 건네줄 수도 있었다. 그것이 그가 내게 제안—아니, 종용—했던 바이기도 했다. 제대로 접근하기만 한다면 나에 대한 관심이 영화를 만들 기회로 이어질 수도 있었다. 그런 관심을 끌어서 내 이익을 위해 이용할 수 있는, 단 한 번의 작은 기회. 확실한 보증수표라기보다는 내가 풀어야 할 퍼즐 같은 것이었다. 내가 생각한, 세상 돌아가는 방식은 그랬다. 내가 생각한, 내가 그 세상 안에서 살아가야 할 방식은 그랬다.

편지를 태울 수도 있었다. 하나씩, 흑백영화에 나오는 소녀처럼. 마지막 한 통까지.

　하지만 그러는 대신 나는 깊은 밤 여름 별의 희미한 빛 아래서 계단에 걸터앉아 처음부터 다시 읽기 시작했다. 한 통을 읽고, 접고, 치웠다. 그리고 또 한 통, 또 한 통, 또 한 통을 읽었다. 마지막 한 통까지 다 읽었을 때 전부 버들고리에 다시 넣고 상자를 닫은 다음 치워버렸다. 영원히 나의 비밀로 남도록.

　이것은 사랑 이야기라고 내가 말하지 않았나.

—2014년 11월 5일, 메도 모리

　메도 모리는 1966년에 로스앤젤레스에서 태어났다. 그녀가 감독하고 제작한 장편 다큐멘터리, 에세이 영화, 단편영화, 비디오 설치 작품으로는 아카데미상 장편 다큐멘터리상 후보에 오른 〈켄트 주립 대학교: 회복〉*(1992), 〈트루먼 연기하기〉(1993), BATT 은메달과 시애틀 영화제 심사위원 대상을 수상한 〈디크의 초상〉(1987), 선댄스 영화제 심사위원 대상을 수상한 〈내부의 교환원〉(1998), 〈사라진 자들의 아이들〉(2001) 등이 있다. 윗글에서 제작 과정을 설명한 〈내가 부모님에게 한 거짓말을 들키지 않기 위해 만든 영화〉의 일부를 **여기**에서 볼 수 있다. 모리가 (1984~1985년에) 재현한, 사라진 유명 영화들은 **여기**에서 볼 수 있다.

---

* 켄트 주립 대학교 총격 사건을 가리킨다. 1970년 5월 4일 오하이오주 방위군이 베트남전 반대 시위를 하던 비무장 상태의 학생들에게 발포하여 4명이 죽고 9명이 부상했다.

관련 링크

캐리 웩슬러, **미라 셜리핸과의 대담**: 8회

메도 모리 인터뷰, 〈사운드 온 사운드〉, 1999년 6월 호

Gleaners.net과 **비메오**의 메도 모리 영화 채널

댓글 (866)

무셰트 01.06.

진짜 역겹다.

외박녀 01.06.

캐리 웩슬러랑 단짝이었는데 여기서는 거의 언급을 안 하네.

유산인정 00:15

그래서 편지는 어떻게 된 거야?! 결국 출판을 한 건가?

에즈 00:30

캐리 웩슬러의 인터뷰는 **여기**에서 읽을 수 있습니다.

맑은못 00:33

내가 이상한 거냐, 아니면 이게 진짜로 유명인이랑 붙어먹기/잠자리
로 출세한 얘기인 거냐? 페미니즘 만세, 는 개뿔.

맑은못 00:40

무셰트 님 말대로 역겹네요.

무셰트 00:41

맑은못 저는 미성년자가 뚱뚱한 노인이랑 잔 부분을 얘기한 거예요. 그걸 '사랑 이야기'라고 부른 것하고요. 뭐, 자기 마음대로 부르라죠. 그냥 한심하네요.

개의세월 07:22

맑은못 위대한 예술가를 그렇게 욕하시고 참 잘나셨습니다. 여성 연대 만세.

맑은못 09:30

개의세월 내가 언제 여자랬냐? #페미니즘폭망

콜리아코눈드룸22 09:33

유산인정 편지는 출판하지 않았습니다. 영화제작도 몇 년 전에 그만뒀고요. 신경쇠약 같은 거에 걸렸나 보더라고요.

에버하드페이버 09:37

나는 그 편지를 읽고 싶다. 이제 자기 입으로 두 사람 관계를 만천하에 공개했으니 편지를 출판할 생각인지 궁금하다. 이게 출판계약 발표를 위한 포석이라고 해도 난 놀라지 않을 거다.

방해꾼 10:02

다들 참 삐딱하네! 이 글의 핵심은 모리가 편지를 이용할 계획이 없다는 얘기라고 생각하지 않나? 자기 경력은 혼자 힘으로 쌓은 거라는 애기잖아. 그 사람 도움은 영감을 준 것뿐이었다고. 모리의 작품은 유명한 남자 친구와는 관계가 없어.

돈벌기 12:42

제 눈으로 직접 보기 전까지는 믿지 않았어요! 저는 집에서 일하면서 간단한 받아 적기와 데이터 입력만으로 일주일에 1050달러나 번답니다. 지금 바로 www.workfromhome.com에 방문하셔서 고생에서 해방되세요.

자유위한영화 13:00

메도 모리의 영화를 좋아하신다면 theendpoint.net에 방문해보세요. 기업 제국주의와 환경 파괴에 대한 저항을 조명하는 기록영화와 에세이 영화가 망라되어 있습니다. 주요 다큐멘터리 작품들이 모두 무료 관람 가능합니다.

리타헤이워스 15:30

그래, 이 여자가 오슨 웰스랑 떡 쳤다 치자. 안 친 사람도 있냐?

롤라렌스카 15:37

캐리 웩슬러는 어떻게 됐나요?

비현실적서법 15:38

리타헤이워스 리타 님 때문에 미치겠네요. 님 댓글 보고 너무 웃겨서 사레들릴 뻔했어요.

이제내말이들리냐 15:39

롤라렌스카 웩슬러가 모리를 완전 엿 먹여서 서로 말도 안 해요. 모리도 웩슬러도 그 얘기는 안 할걸요.

맑은못 15:45

모리가 웰스의 발자취를 따라갔다고 볼 순 없지. 그렇게 끔찍한 영화를 만들었는데. 그 가식적이고 사실을 왜곡하는 다큐멘터리들 말이야. 그 여자는 괴물들의 품위 없고 독선적인 옹호자야. 이세 할리우드 여자의 전형 중에서도 최악이라는 사실까지 밝혀졌……펼쳐보기

방해꾼 15:49

맑은못 페미니즘이 어떻게 여자들한테 영향을 미치는지 남자들이 설명하기 시작할 때가 저는 차암 좋더라고요. 고오맙네요. 시작이 어땠든 간에 모리는 결국 굉장한 예술가가 됐어요. 왜 남자들만 화려한 과거가 있어야 하는 거죠?

맑은못 15:51

방해꾼 남자는 여자의 행동에 의견도 가지면 안 된다, 이건가? 그런데 이걸 어쩌나, 난 사실 여자거든.

제니W28 15:55

〈사라진 자들의 아이들〉은 걸작이다.

초보자실수 16:00

그런데 왜 〈시민 케인〉은 재현하지 않은 걸까?

개의세월 16:02

맑은못 네가 남자인지 여자인지는 아무도 관심 없어. 넌 그냥 어그로일 뿐이니까. #어그로에게관심주지말자

바비인형의자궁 16:02

여러분, 저는 이 글 전체가 개소리임을 알립니다. 웰스가 브렌트우드가 아닌 할리우드의 스탠리로(路)에서 살다가 죽은 것은 유명한 사실입니다. 모르는 사람이 없죠. 사망일조차 틀렸네요. 이 여자가 여러분을 갖고 노는 겁니다.

더 보기

2부

젤리와 잭

1985

젤리가 분홍색 플라스틱 트림라인 전화기의 수화기를 집어 들자 발신음이 윙윙대며 그녀의 귀로 흘러들었다. 수화기를 살짝 기울여 귀에서 떼니 듣는 이를 찾아 헤매는 슬픈 신호음이 멀리서 들렸다. 작별 인사를 한 뒤에 수화기를 미처 거치대에 올려놓지 못하고 잠들어버린 적이 대체 몇 번이던가. 그의 전화는 끊겼지만 내 전화는 아직 연결되어 있는 잠깐의 시간, 한쪽만 연결된 통화의 이상한 반감기 그리고 뒤늦은 최종적 끊김의 딸깍 소리, 그 뒤의 정적, 그리고 나서도 끊지 않으면 계속되는 날카로운 삑삑 소리. 전화기가 소리로 소통하는 이상한 방식은 그랬다. 끊으라고 말할 때는 다급하게 삑삑대고, 받으라고 말할 때는 길게 따르릉거리고, 받을 수 없다고 말할 때는 무례하게 뚜뚜거리고. 전화기는 항상 그녀에게 뭔가를 말했다. 열한 번 버튼을 누르는 그녀의 손끝은—1, 지역 번호, 전화번호, 온 신경을 모으고, 무한한 것처럼 느껴지는 숫자의 조합을 밀어낸다—숫자들의 리듬을 느낄 필요가 없었지만 그래도 느꼈다. 필요하지도 원하지도 않는, 주의를 흩뜨리는 것이 너무 많았다. 쓸데없는 정보들을 물리치기 위해 집중해야 했다. 바깥에서 새 한 마리가 그녀를 향해 지저귀고 있었다. 닫힌 창문에서 적어도 5미터는 떨어진 데서 들려오는데도 신경이 쓰였다. 안뜰의 참나무에 앉아 있는 게 분명했다. 다른 사람의 전화벨은 처음에는 아주 희망적으로 들리다 차츰 쓸쓸해졌다. 가능성이 사라지고 나면 텅 빈 집 안에서 울리는 벨 소리가 눈에 보이는 듯했다.

그에게는 자동 응답기가 없었다. 적어두자. 특이 사항. 하루 종일 전화벨을 울릴 수 있다. 정말 그럴까? 시도해본 사람이 아무도 없을까? 턱과 귀가 플라스틱에 배겼다. 그녀는 다시 한번 수화기를 귀에서 뗐다. 모로 누워서 수화기를 머리에 얹고 한 손으로 균형만 잡으면 몇 시간이든 얘기할 수 있었다.

"여보세요?" 남자 목소리가 말하는 동시에 헛기침을 해서 기침이 말끝을 뚫고 나왔다. 그리고 또 한 번의 헛기침이 이어졌다. 오늘 처음 말한 건가? 아니면 내가 그를 깨운 걸까? 잠에서 깨운 것은 친밀해질 수 있는 특별한 기회였다. 하지만 그만큼 위험 부담도 컸다. 자다 깬 사람은 겁먹거나 무방비인 상태로 시작했다가 전화 때문에 깼다는 사실을 깨달으면서 점점 화를 내게 되는 경우가 가끔 있었다. 젤리도 한 번 겪은 일이었다. "빌어먹을, 네가 뭔데 남의 잠을 깨워? 잠드는 게 나한테 얼마나 힘든 일인지 알아? 그리고 지금. 깬 지 한참 돼서 잠이 다 달아났잖아, 이 쌍년아." 젤리는 다신 그런 기분을 맛보고 싶지 않았다. 젤리 같은 사람조차도. 하지만 막 헛기침을 끝낸 이 남자는 기다리고 있었다. 그녀는 눈을 감은 다음, 마음이 편해지고 차분해지고 즐거워지는 흰색을 생각했다. 낯선 사람에게 전화를 겲으로써 공간을 뛰어넘어 타인의 삶으로 파고드는, 순수하고 다정하면서도 인간적인 행위에 의식을 집중했다.

"여보세요(Hello)." 그녀가 말했다. 그녀의 목소리는 두 개의 L 사이로 쉽게 미끄러져 들어가, 기다리고 있는 희망적인 O에 다다랐다. 그녀는 항상 시간을 끌곤 했다. 서두르는 것보다 빨리 인내심을 바닥나게 하는 것은 없다.

"누구시죠?"

"니콜이에요."

"니콜요? 니콜 누구요? 전화 잘못 거신 것 같은데요."

바로 지금이 결정적 순간이었다.

"마크 워시본네 집 아닌가요?"

"아, 아니에요. 제 말은, 마크가요. 아니라고요. 그런데 누구시랬죠?"

"니콜요. 마크 친구예요. 이게 새로 바뀐 번호인 줄 알았는데요."

"아니에요. 이상하네요. 저도 마크를 알거든요. 그러니까, 친한 친구예요."

"어머. 민망해라. 번거롭게 해드려서 정말 정말 죄송해요, 어……." 그녀가 "어"를 사용하는 일은 드물었지만 그 '말에 가까운 소리'는 강력한 무의식적 작용을 유발하는 중요한 요소였다. 제대로만 사용하면, 그러니까 습관적으로 혹은 반복적인 버릇처럼 사용하지만 않는다면, 상대방이 대신 문장을 끝맺도록 유도할 수 있었다. 그것은 복잡한 결합이자 내용 없는 도입부, 구문이 가진 인력과 완성하려는 인간 욕구일 뿐이었다.

"잭, 잭 쿠사노예요."

"잭 쿠사노요? 설마 음반 제작자 잭 쿠사노 씨는 아니죠?"

"어, 맞아요."

"그러니까 영화 음악 작곡하는 잭 쿠사노 씨란 말씀이세요? 로버트 더마코 감독 영화 음악 너무 좋았는데."

"그랬죠." 그가 웃었다. 그 웃음 덕분에 목이 조금 더 트였다. 그녀는 베개에 등을 기대고 수화기를 뺨에 닿을락 말락 하게 들었다. 그리고 상상하기 시작했다. 송화기 속으로 들어간 자기 목소리의 음파가 전기 펄스로 바뀌고는 전화선을 타고 교환국으로 가서 마이크로파로 변한 다음에 자신의 정확한 어조, 높고 낮은 주파수, 우아한 성조의 기억—각인—과 함께 순식간에 전국을 횡단하여 샌타모니카의 교환국에 다다라 태평양 연안 고속도로를 따라 전류를 올려 보내서 맬리부 해변의 집으로, 날렵한 검은색 무선전화기일 것이 분명한 잭의 수화기 속으로 들어가는 것을. 빠르기도 굉장히 빨랐다. 곧바로 그의 귀 가까이에 있는 자그마한 증폭기에서 다시 음파로 바뀌었던 것이다. 그 먼 거리를 이동하면서 그렇게 수많은 변형을 거쳤는데도 일그러짐이 전혀 없었다. 과학기술의 기적이었다. 마치 한방 안에서 말하는 소리를 듣는 것처럼 선명했다. 그녀는, 그녀는 심지어—놀라웠다—뒤편의 바다에서 나는 소리도 들을 수 있었다. 갈매기 소리와 바닷물 빠져나가는 소리. 그녀는 서향 창문으로 들어오는 햇빛 소리도 들었노라고 맹세했다.

젤리와 오즈

젤리가 잭에게 전화하기 오래전, (일 때문이 아니라) 사랑 때문에 남자들에게 전화 걸기 전 그리고 시력을 되찾기 전에, 그녀는 오즈와 사랑에 빠졌었다. 그를 만난 건 1970년 여름 맹인 센터에서였다.

오즈는 대머리에, 비틀거리며 느릿느릿 움직이는 193센티미터의 거구였다. 하지만 그의 손은 부드러웠고 그녀는 그가 자신의 어깨에 팔을 두를 때 공기에 희석된 희미한 정향 냄새와 함께 훅 끼치는 땀내가 좋았다. 젤리는 오즈보다 30센티 이상 작았으므로 그가 그녀의 어깨에 팔을 두르면 높이가 딱 맞았다. 훗날 그녀는 자신이 오즈의 땀내 밑—혹은 바로 위—에서 맡았던 희미한 정향 냄새가 오래된 향주머니에서 나는 것이었음을 알게 된다. 그를 위해 빨아서 갠 옷을 집어넣으려고 속옷 서랍을 열었을 때 발견한 것이다. 이런 여성스러운 물건, 리본으로 묶은 낡고 네모난 실크 주머니를 보고 그녀는 충격을 받았다. 그녀의 눈에는 분홍색 멍처럼 보였을 뿐이지만 오래된 실크 옷감을 통해 스며 나오는 희미한 향이 느껴졌다. 향주머니는 오즈가 구세군에서 서랍장을 받았을 때부터 안에 들어 있었던 게 분명했다. 오즈가 향주머니를 사서 서랍에 넣을 리 없지 않은가. 그럴 가능성은 굉장히 낮아 보였다. 하지만 틀림없이 냄새를 알아차리긴 했을 터였다. 보이지 않는 눈이 모든 냄새를 감지할 수 있게 만들었으니까. 심지어는 정신이 없을지도 몰랐다. 지나치게 민감해지면 여러 겹의 냄새에 착각하거나 헷갈릴 수 있었기 때문이다. 젤리는 차츰 냄새를 '좋다'거나 '나쁘다'고 하지 않게 되었다. 그 대신 '진짜' 냄새 또는 '덧씌운' 냄새라고 생각했다. 그녀는 그저 모든 것이 원래 냄새를 풍기길 원했다. 정말로. 겨드랑이에서는 땀과 털과 살 냄새가 나야 마땅했다. 입은 깨끗하되 박하 향이 나서는 안 됐다. 머리카락에서는 약한 식물성 향이 나야 했다. 그리고 방에서는 오래된 나무 같은 냄새가 나야 했다. 양초에서는 녹은 밀랍. 길거리에서는 비와 나뭇잎. 뒤뜰에서는 잔디, 흙, 꽃 냄새가 나야 했다. 가게에 들어갔다가 가짜 솔잎 향 밑에서 코를 찌르는 고약한 암모니아 냄새를 맡으면 몇 분 만에 속이 메슥거릴 수도 있었다. 그러면 그녀는 콧구멍을 손으로 틀어막고 숨을 헐떡이며 밖으로 뛰쳐나갈 것이었다.

요즘은 진짜 냄새조차도 부담스러웠다. 웃기지도 않는 라일락 나무가 있는 이웃집 앞을 지나기가 너무 힘들었다. 철 지난 꽃들이 갑자기 무거운 봉오리를 터뜨린 이 나무는 도대체 뭐란 말인가? 이 냄새에도 그녀는 코끝에 손가락을 갖다 댔다. 썩어가는 꽃을 상상하는 것만으로도 그 짙고 독한 냄새가 다시 생각났다. 그래서 그 집과 나무가 있는 방향으로 가지 않을 수 없을 때는 길을 건넌 다음, 비난하듯 고개를 반대편으로 돌리고 지나가기 시작했다.

오즈는 그녀에게 조금씩 전화에 대해 가르쳤다. 캡틴 크런치 콘플레이크에 사은품으로 들어 있던 빨간 아동용 플라스틱 호루라기를 가지고 정확한 높이의 음을 내는 법을 알려줬다. 오즈는 절대음감의 소유자여서 호루라기 없이도 잠금장치를 푸는 음들을 낼 수 있었다. 일곱 번째 옥타브의 미, 2600헤르츠. 짧은 음은 혀를 입술에 대면서 순간적으로 숨을 훅 밀어내거나 장난감 호루라기의 두 번째 구멍을 막아서 냈다. ("헤르츠가 뭐야?" 그녀가 물었다. "진동수." 그가 대답했다. "음파랑 진동수만 알면 돼.") 그는 요금 한 푼 내지 않고 어디의 누구에게건 전화를 걸 수 있었다. 젤리는 절대음감은 없었지만 호루라기 사용법을 배웠다. 나중에는 오즈의 전화 친구들, 즉 전화 해커들 중 한 명에게서 버튼음 내는 기계인 블루 박스까지 받았다. 이 전화 친구들은 오즈보다 훨씬 어렸고 아직 대학생이었다. 그들이 소형 블루 박스 만드는 법을 배워야 겨우 하는 일을 오즈는 귀와 입만으로 했다. 오직 오즈만이 할 수 있었다. 그가 전화기에 대고 일련의 음을 부는 것은 듣기만 해도 인상적이었지만 단순한 속임수 이상의 일이었다. 그는 마치 기술자처럼 전화 시스템과 관련된 복잡한 이야기를 그녀에게 들려줄 수 있었다. 예를 들면 '단일 주파수 다이얼 시스템'과 '훅 다이얼'*과 '스트라우거 스위치'**. 또는 모든 것을 가능하게 해준 물건이라는 4급(그다음에는 5급) 크로스바 교환기에 대해서. 크로스바 교환기는 음의 조합으로 모든 것을 처리하는 전자 기계식 변환 시스템을 가능케 한 혁신적 제품이었다.*** 이 세상은

---

* 수화기를 본체에 올려놓을 때 눌리는 버튼(훅)을 아주 빠른 속도로(1초에 약 10번) 눌러서 공짜 전화를 거는 방법.

** 미국인 앨먼 브라운 스트라우거(1839~1902)가 발명한 자동교환기로 1892년 상용화됐다. 이전까지는 다이얼 없는 전화기에 대고 전화 걸고 싶은 곳을 말하면 교환원이 연결해주는 시스템이었다.

전화선으로 모두 연결되어 있기에 오즈는 휘파람으로 어디에든 갈 수 있었다. 때로는 회선망 깊숙이 있는 사람, 즉 내부의 교환원에게 접속해서 자신이 원하는 회선에 연결해달라고 하기도 했다. 하지만 그가 제일 좋아한 건 전자식 교환국에 접속하는 것이었다. 그러면 그다음부터는 말을 할 필요가 없었기 때문이다. 날카로운 휘파람 음으로 원하는 곳 어디에든 닿을 수 있었다.

오즈가 그녀를 앉혀놓고 시범을 보인 적이 있었다. 휘파람을 짧게 일곱 번. 그러자 딸깍, 또 한 번 딸깍 소리가 났다. 밀려서 뚜르르 하는 연결음이 들렸다. 한 번 더 불었다. 뉴욕 교환국에 연결됐다. 또다시 여러 음을 불자 런던 교환국에 연결됐다. 그다음엔 시카고. 일련의 딸깍 소리가 시작되기 전에 기다리는 동안 전화선상으로 응답 신호—휴지와 거리에 따른—를 들을 수 있었다. 그때 다른 전화, 오즈가 쓰는 두 번째 전화번호의 전화가 울렸다.

"받아." 그녀가 받았다. 멀리서 들리는 딸깍 소리. "안녕, 예쁜이." 오즈가 자신의 송화기에 말했다. 잠시 후 젤리의 귀에 댄 수화기에서 그 말이 찌지직거리며 나왔다. 그 잠깐의 기다림 속에 바다를 넘나드는 수천 킬로미터가 담겨 있었다.

"안녕, 오즈." 젤리가 말했다.

"당신 목소리가 방금 런던에 갔다가 다시 나한테 왔어." 이런 행동에 특별한 이유는 없었다. 그저 소리가 몇 초 동안에 세계 곳곳을 왔다 갔다 하는 걸 상상하는 재미가 있었을 뿐이다. 그는 그것을 휘파람 세계

*** 다이얼식 전화기는 다이얼을 돌릴 때 나는 딸깍 소리의 횟수로 숫자를 감별하지만 버튼식 전화기는 각 버튼을 누를 때 나는 음의 높이로 숫자를 감별한다. 즉 버튼을 누르지 않더라도 버튼음과 동일한 소리를 송화기에 들려주면 전화를 걸 수 있다.

여행이라고 불렀다. 가끔은 오즈가 자신의 기술로 남을 골탕 먹일 때도 있었다. 그는 그녀에게 공중전화에서 시끄럽게 통화하는 남자 앞을 지나갔던 이야기를 들려주었다. 오즈가 휘파람을 날카롭게 불자 그 즉시 전화가 끊겼다. 그는 남자가 말하는 것을 들을 수 있었다. "여보세요, 여보세요?" 하지만 대개는 전화를 가지고 놀기만 했다. 광대한 네트워크 속에서 무아지경에 빠지는 게 좋았고, 자기 입술에서 나온 소리가 전 세계를 가로지르며 진동할 때의 기분이 좋았기 때문이다.

오즈는 때때로 개방형 슬리브* 회의 통화 회로에 접속하곤 했다. 그것은 두 명 혹은 그 이상을, 추적 불가능하고 요금이 청구되지 않는 비밀 회선에 접속하게 해주는 회로였다. 전화 해커들—앞서 말한 대학생들—은 이런 모임을 '지저귐'이라고 불렀는데 사실은 거의 전화에 대해 수다 떠는 것에 불과했다. 로스앤젤레스의 디토, 시애틀의 모 그리고 영국의 데이비드와 함께. 그들은 마 벨**을 타도한다는 도취감으로 하나가 되었다. 수다 떨기와 동료 찾기가 지저귐의 목적이었다. 이런 행위는 불법이었기 때문에 모두가 별명이나 가명을 썼다. 무해한 장난처럼 느껴졌지만 감옥에 갈 수도 있는 불법행위였다. 그래서 지저귐에서는 어떻게 해야 잡히지 않을 것인가, 누가 잡혔는가, 누가 녹취되었는가에 대한 얘기도 했다. 본명이 윌리엄인 오즈는 최초이자 최고의 전화 해커였기에 '위대한 오즈'가 되었고, 본명이 에이미인 젤리는 오즈가 그녀를 부드럽고 둥그렇고 겉보다 속이 더 달콤하다고 표현해서 젤리 도넛***이

---

* 교환기의 플러그는 팁, 링, 슬리브로 구성되는데 팁과 링은 통화 회선을 구성하고 슬리브는 접속, 유지, 복구 등 통화를 제어하는 역할을 한다.
** '마더 벨'이 변형된 말. 1984년 독점금지법 위반으로 강제 해체 되기 전까지 벨 시스템이 100년 이상 미국의 전화 시장을 독점한 데서 유래했다.

되었다. 모두가 오즈와 얘기하고 싶어 했지만 재밌는 건 오즈는 얘기하는 데 별 관심이 없었다는 것이었다. 그는 버튼음과 메커니즘과 먼 딸깍 소리, 휘파람으로 이 회선 저 회선을 왔다 갔다 하는 것만 좋아했다. 하지만 젤리는 달랐다. 젤리는 이야기하는 것을 좋아했다. 젤리는 이야기를 잘했다. 그녀는 다른 사람들과 함께 개방형 슬리브 회의 통화 회로에 접속하는 것을 즐겼다. 그들의 목소리는 공간 속을 부유했다. 젤리는 그 목소리를 듣고, 웃고, 목소리 주인을 구분해냈다. 그녀는 유일한—유일한—여성 선화 해커였다. 나머지는 수줍음 많고 사교성 없는 남자들이었다. 그들은 그녀에게 주목했지만—그녀는 그것을 즐겼다—불쾌한 말은 절대 하지 않았다.

오즈는 그녀가 다른 해커들과 얘기하며 보내는 시간을 좋아하지 않았다. 처음에는 그녀를 자랑스러워했지만 나중에는 질투하게 됐다. 하지만 그 사실을 인정하려 들지 않았다. 결국 오즈는 그녀가 대화를 시작하면 집을 나가서 대화가 끝난 지 한참 뒤에야 돌아오기 시작했다. 말로는 괜찮다고 했지만 그들의 이야기 소리를 들으면 머리가 아팠다.

그가 떠난 뒤 몇 년 동안 젤리는 어쩌다 두 사람이 소원해졌나를 머릿속으로 되짚어보곤 했다. 그들이 멀어지게 된 지점을 알아낸다면 잘못을 고쳐서 그가 돌아오게 만들 수도 있다고 생각했다. 홀로 남겨진다는 건 끝없는 추락과도 같았다. 그 순간에만 그렇게 느껴지는 것이 아니라 함께한 모든 순간이 거짓이 되어버린다는 점에서. 정말 그럴까? 사랑은 계속되는 동안에만 진짜이고 진실한 걸까? 사랑이 깨지면 '사랑이 아니었음'이 드러나는 걸까?

*** 안에 잼이 들어 있는 도넛.

64

젤리와 잭

지금이 두 번째 결정적 순간이었다. 이제 자신이 시작할 수 있는 것은 아무것도 없음을 그녀는 알았다. 그가 대화를 계속 이어나가길 기다려야 했다. 조바심 내선 안 됐다. 젤리는 왼손으로 수화기를 들고 다시 베개에 등을 기댔다. 다리를 발목에서 꼬고 기모노 스타일의 가운을 잡아당겨 무릎을 덮었다. 조금 쌀쌀한 기운이 들었다. 바다 냄새와 햇살 드는 창이 있는 그 방에 있고 싶었다. 그녀는 기다렸고, 눈을 감았다. 조용한 회선에 귀 기울였다. 그가 기침하는 소리가 들렸다.

"그런데 마크하고는 어떻게 아는 사이세요?" 그가 말했다. 친근하고 조금 즐거워하는 목소리였다.

젤리는 목구멍으로 '음' 소리를 내면서 콧바람을 조금 내보냈다. 생각에 잠겼지만 약간은 긍정하는 듯한 소리가 났다. 설사 '아니'라고 대답해야 하는 순간이 오더라도 낮고 둥글고 길게 발음해서 어떻게든 긍정의 의미가 담긴 것처럼 들리게 해야 함을 그녀는 알고 있었다. 혹은 높은 소리에서 낮은 소리로, 마치 언덕을 내려오는 것처럼 내는 음음 소리도 괜찮았다. 콧소리를 사용하면 말 한마디 하지 않고도 코앞에서 상대방을 속일 수 있다.

"우리는 대화를 많이 해요. 일요일 아침에도 하고, 월요일 오후 늦게도 하고요. 한밤중에도 하죠. 몇 시간씩 얘기할 때도 있어요."

"그래요? 뭐에 대해서요? 그럼 당신은 마크의 여자 친구들 중 한 명인가요?"

젤리가 웃었다. 이런 남자들은 다들 '여자 친구들'이 있었다. 항상 여러 명이란 뜻이다. 그녀는 다수 중의 하나가 되고 싶진 않았다. 젤리는 유일이 되길 원했다. '친구들 중 한 명'도 싫었다. 그녀는 자기가 직접 만들어낸 범주를 원했다. 그들이 존재조차 알지 못하는 뭔가를 원했다.

"아뇨." 그녀가 말했다. "사실은 마크가 글 쓰는 얘기를 해요. 그날 쓴 걸 저한테 읽어주죠. 전 그걸 듣고 제 생각을 말하고요. 동기부여가 된다고 하더라고요. 제가 전화할 걸 아니까 저한테 읽어줄 만한 걸 써야 해서."

"정말요?"

"제 얘기 한 번도 안 하던가요?" 그녀가 물었다.

"네, 하지만 마크가 하는 말을 제가 다 귀담아듣진 않으니까 또 모르죠. 마크는 공간을 잡음으로 채우는 경향이 있거든요. 어떤 시점엔 환경소음이 돼버려요. 왜, 계속 들리지만 쉽게 무시하게 되는 거 있잖아요."

그녀가 웃었다. 그도 웃었다. 젤리는 일어나 앉아서 등을 쭉 폈다. 엉덩이 위로 늘어선 등뼈가 정렬되는 것이 느껴졌다. 그녀는 수화기를 반대쪽으로 바꿔 들고 목 근육의 긴장을 풀었다. 그리고 심호흡을 했다. 이 일의 대부분은 기다림, 침묵, 타이밍 맞추기로 이루어졌다.

"그럼 이만 끊을게요, 잭. 방해해서 미안해요."

"아니에요. 제 말은, 괜찮다고요. 어차피 일어나야 했어요. 평소에는 이렇게 늦게까지 자지 않아요. 그런데 어제 밤새 일했거든요. 곡 쓰느라."

"그러면 커피 끓여서 다시 작업에 들어가고 싶으시겠네요."

"네, 그런데 그렇게 급하진 않아요."

"영화음악인가요?"

"사실은, 아니에요. 그냥 머릿속에 떠오른 걸 이리저리 바꿔보는 중이죠. 키보드로요. 아마 언젠가는 영화음악에 들어가겠지만."

"정말요? 영화를 보지도 않고 음악을 작곡한다고요?" 그녀가 말했다.

"네, 맞아요. 예전에 써둔 멜로디나 악상을 가져다 쓰기도 해요. 말하자면 서류철에서 꺼내 쓰는 셈이죠."

"굉장하네요."

"그러면 조금 들어보실래요?"

"정말요?"

"그럼요."

"우아, 그거 정말 좋은데요. 네, 그럴게요."

"좋아요, 그럼." 그가 웃었다. "잠깐만요." 그가 말했다.

젤리는 다시 눈을 감고 뒤로 기댔다. 그녀는 이것을 몸으로 듣기라고 불렀다. 어떤 음악이나 이야기에 완전히 빠져든다는 뜻이었다. 몸을 기대고 눈을 감으면 자신의 반응을 의식하지 않은 채 반응할 수 있었다. 그냥 귀를 기울이는 것이다. 그 반대는 누군가가 이야기나 연주나 노래를 끝내는 순간 말하기 시작하는 사람들이었다. 그들은 자신의 생각을 빨리 얘기하고 싶어 안달이 난 나머지 상대방이 끝마칠 때까지도 못 기다렸다. 방금 들은 것에 자신의 말을 덧붙여서 자기 것으로 만들려고 조바심쳤다. 그 일부를 차지할 수 없다는 생각조차도 견딜 수 없었다. 그들은 감상하는 내내 어떻게 반응할까를 고심했다. 그들에겐 오직 자신의 반응만이 가치 있었기 때문이다. 그것은 감상 혹은 작품 자체를 망치는 방법이었다. 젤리가 어떤 작품 혹은 어떤 사람의 이야기를 듣는 데에는 다른 목적이 있었다. 그것은 완벽한 몰두와 관계가 있었고, 공감과 관계가 있었다. 그 목적을 위해 그녀는 뒤로 기대서 다른 모든 자극을 차단하곤 했다. 전화란 이를 위해 만들어진 것이었다. 거기에는 어떠한 시각적 요소도, 촉각적 요소도, 희망찬 혹은 당황한 표정을 한 사람도, 퍼져나가는 향기도, 입안에 머금은 시큼하고 끈적한 액체도 없었다. 오직 진동과 길고 짧은 파동만 있을 뿐이었다. 그것을 자신의 생각으로 묶어버리는 건 옳지 않았다. 가능성에 대한 명백한 거부였다. 한마디로 사랑의 부재였다. 왜냐하면, 최대한 왜곡하지 않고―억누르지 않고―듣지 않는 것이 무슨 사랑이란 말인가.

잭이 음악을 들려주는 동안 그녀는 듣는 것에 대해 생각하지 않았다. 그저 심호흡을 하고, 긴장을 풀고, 음악이 자신의 몸을 찾아오도록 놔두었다. 전화를 끊은 뒤에야, 기억해두기 위해 아까 주고받은 얘기를 돌이켜볼 때에야 비로소 이것저것에 대해 생각했다. 세세한 것들은 적어두었지만 뭔가를 기억에 새기는 가장 좋은 방법은 처음에 잘 듣는 것이었다.

"자, 끝났습니다." 그가 말하더니 딱딱하고 긴장한 웃음소리를 냈다.

젤리가 눈을 뜨고는 짧은 한숨을 송화기에 내뱉었다. "훌륭해요." 그녀가 말했다.

"그래요?" 그가 말했다.

"네." 그녀가 말했다. "고마워요."

"다행이네요." 그가 말했다.

"테마가 반복될 때마다 작은 도약진행*이 나오더군요."

"맞아요." 그가 말했다.

듣기가 끝나고 나서야 비로소 그녀는 뭐라고 해야 할지를 생각하기 시작했다. 그 말인즉 그 경험을 묘사할 단어를 (수백만 개 중에서) 찾아냈다는 뜻이다. 그 부분, 그러니까 딱 맞는 표현을 찾는 과정은 재밌었고 퍼즐 풀기와 거의 비슷했다. 먼저 단어를 떠올리고 입속에서 오물거린 다음 거기에 진동을 주면서 소리 내어 발음했다. 그 말이 정말로 뜻하는 바는 소리에 담겨 있었기에 그녀의 선택이 옳은지 알려면 실제로 들어봐야만 했다. 그리고 그 소리가 공중에 머무는 동안 내용을 수정하고, 다시 처리하고, 단어를 더 갖다 붙였다.

"그리고 제 몸이 들어 올려지는 놀라운 느낌을 받았어요. 누가 위에서 잡아당기거나 내 힘으로 올라가는 것도 아니고, 엘리베이터를 탔을 때의 느낌과도 달랐어요." 그녀가 말했다. "에스컬레이터도 물론 아니고요. 전혀 달랐어요. 떠올랐다고 해야 하나. 어쩌면…… 공중 부양에 가까울지도요."

잭이 웃었다. "제 음악을 듣다가 공중 부양을 했다고요. 그거 좋네요."

정말 공중 부양처럼 느껴졌다. 음악을 들음으로써 공중 부양 하기. 소리의 물결. 바다의 물결. 물 위에 떠 있기. 그리고 음파 위에 떠 있기, 즉 공중 부양. 그녀가 이 단어를 얼마나 쉽게 떠올렸는지 잭은 알지 못했다.

"이제 끊어야겠어요, 잭. 이러다 늦을 것 같아요."

* 한 음과 다음 음 사이의 음정이 3도 이상 차이 나는 것.

"저런, 정말요?" 그가 말했다. 그녀는 단단한 것이 칙 하고 부딪치는 소리와 짧은 들숨에 이은 긴 날숨 소리를 들었다. 담뱃불 붙이는 소리였다. 그녀는 사람들이 전화 저편에서 내는 소리의 정체를 잘 알았다. 병마개를 비틀어 열거나 코르크 마개를 따서 얼음 위에 액체를 붓고 난 뒤 얼음이 쩍 하고 갈라지는 소리. 그리고 홀짝임. 고통스러울 정도로 느리고 멀리서 들리는, 섬세한 삼키는 소리. 그리고 바로 이, 담뱃불 붙이는 소리. 하지만 라이터가 아니라 성냥으로. 그는 라이터 대신 성냥을 쓰는 골초였고, 그 사실은 색을 특정한 유형의 사람으로 만들어주었다. 성냥에는 드라마가 있었고, 성냥은 흔들거나 불어 꺼야 하는 불꽃을 남겼기 때문이다. 그리고 성냥은 기분 좋은 인 냄새를 오래도록 공중에 남겼다.

"아침에 이렇게 당신과 얘기 나눠서 즐거웠어요. 반가웠어요, 잭." 그녀가 말했다.

"제가 더 즐거웠어요, 니콜. 또 언제 통화할 수 있죠? 제가 전화 한번 해도 될까요?"

젤리가 일어나 앉았다. 그리고 잠시 동안 가만히 수화기를 들고 있었다. 이런 순간에 그녀는 천천히 움직였다. 그의 속마음을 본의 아니게 드러낸 것은 그의 요청이 아니라 그녀의 이름을 불렀다는 사실이었다. 완전히 그녀에게 넘어온 것이다.

"저 정말 빨리 가야 돼요. 꼭 다시 전화하겠다고 약속할게요." 그녀가 말했다.

"그럼 기대하고 있겠습니다. 아무 때나 전화 주세요." 잭이 말했다.

"이제 끊을게요." 그녀가 말했다.

"네."

그녀는 아무 때나 전화하지 않을 것이다. 일요일, 같은 시간에 전화할 것이다. 일요일에만, 그녀가 그에게만 전화할 것이다. 한정 요건. 예측 가능성. 이것이야말로 두 사람 모두에게, 그들 사이에 형성되고 있는 무언가에 가장 적합한 방식이었다. 그는 이해하지 못할 테고, 그녀에게 전화하고 싶어 할 것이고, 그녀의 전화번호를 알아내려 할 것이다. 다른 시간대를, 더 자주 통화하길 원할 것이다. 하지만 그녀는 무엇이 최선이고 옳은 방법인지 알았다. 속도가 중요했다. 그녀는 그를 일요일 통화 상대로 삼을 것이고, 그렇게 몇 주 통화하고 나면 그는 그녀가 내건 조건을 받아들일 것이다. 일요일까지 남은 날짜를 세는 데서 엄청난 기쁨을 느끼게 될 것이다.

젤리와 오즈

젤리는 오즈를 그룹 상담에서 처음 만났다. 그는 그녀가 자신의 고민에 대해 이야기하는 것을 주의 깊게 들었다. 그리고 나서 다양한 사람들이 해결책을 제안하고 힘내라는 말을 하는 동안 그녀는 아무 말도 하지 않았다. 상담이 다 끝난 후 오즈가 그녀에게 다가왔다. 안내견과 함께 있어서 자신감 있게 성큼성큼 움직였다. 그녀는 그가 괜찮아질 거라고, 곧 적응할 수 있을 거라고 말하길 기다렸다. 하지만 그는 자기 이름이 오즈라고 하고는 이렇게 말했다. "당신 목소리가 마음에 들어요. 속으로 이렇게 생각했죠. 저 여자가 들려주는 이야기를 듣고 싶다. 아이와 동물이 나오는 길고 슬픈 이야기 말이에요. 깨어나고 싶지 않은 꿈 같은."

"고마워요." 그녀는 말하고 나서 얼굴을 붉혔다. 유혹의 말을 들을 마음의 준비가 되어 있지 않았기 때문이다. 이런 곳에서 무슨. 지금 나한테 추파 던진 거 맞지? 아닌가?

그가 간 후에 다른 여자가 다가와서 오즈에 대한 얘기를 들려주었다.

그의 아이큐가 160이고 전자 기기를 천재적으로 잘 다룬다고 했다. 그리고 젤리가 참석한 다음번 상담에서 또 오즈가 다가왔다.

"잘 지냈어요?" 오즈가 말했다.

"안녕하세요, 오즈." 그녀가 말했다. 그의 높고 부드러운 목소리는 커다란 덩치와 안 어울렸다. 그가, 즉 커다랗고 흐릿한 형체가 그녀 옆에 앉았다.

"제가 어떻게 해야 당신과 사귈 수 있을까요?"

젤리는 그에게 들릴 만큼 큰 소리로 웃음을 터뜨렸다.

"음악 좋아해요?"

"엄청 좋아하죠." 그녀가 말했다.

"존 콜트레인*의 음악을 당신이랑 같이 듣고 싶어요. 우리 집에 한번 와요. 포장 음식 사가지고 가서 콜트레인을 들으면 멋질 거예요. 예를 들면 〈최상의 사랑〉 앨범?" 그녀의 생각이 옳았다. 그는 그녀에게 빠져 있었다. 그렇게 생각하니 긴장됐다. 이 사람 나이가 몇 살이지? 그녀의 흐릿한 시력으로는 알 수 없었다. 모든 사람이 주름 하나 없는 완벽한 피부를 가진 것처럼 보였다. 상대방이 몇 살인지 또는 얼마나 못생겼는지 알 수 없다는 건 우스운 일이었다. 그녀는 다른 특징들, 덩치나 냄새 같은 것에 의존해야 했다. 하지만 주로 의존하는 것은 목소리였고, 그래…… 그 목소리가 무슨 말을 하느냐도 중요했다.

"저는 처음 들어보는 것 같……."

"오, 저런! 당신은 정말 아름다운 걸 놓치고 있는 거예요……."

---

* 미국의 재즈 색소폰 연주자(1926~1967). 디지 길레스피, 마일스 데이비스의 밴드에서 활동했다. 초기에는 비밥과 하드 밥을 연주했으나 후기에는 프리재즈의 선두 주자가 되었다.

"근데 오늘은 안 돼요. 친구랑 약속이 있거든요. 좀 있으면 저를 데리러 올 거예요."

젤리가 그의 제안을 거절했지만 그는 전혀 불편해하거나 낙담한 것 같지 않았다. 오즈는 늘 느긋하고 편안했는데 그 점이 불안스러우면서도 이상하게 매혹적이었다. 그리고 다음번 상담 때 그는 또다시 그녀에게 데이트 신청을 했다. 그녀는 승낙하고 싶었고, 오즈와 데이트하고 시간을 함께 보내고 가까워지고 싶었지만 스스로도 바보 같은 이유라 생각하는 것 때문에 망설였다. 그가 맹인이라는 사실이 자신을 더더욱 우스꽝스러워 보이게 만들지 않을까 걱정했던 것이다. 그녀의 시각 장애는 유동적이었다. 뇌막염으로 죽다 살아나면서 하룻밤 새에 시력을 잃었지만 서서히 어느 정도 회복했다. 형체와 빛과 색깔을 볼 수 있었지만 흐릿한 시야가 90도로 제한되어 있어서 아무리 애를 써도 지팡이 없이 돌아다니기는 힘들었다. 시각장애인 둘이 길거리 걷는 모습을 상상하기, 여기서 끝이 아니었다. 오즈는 선천적인, 완전한 맹인이었다. '한 번도 눈이 보인 적이 없다'는 것은 차원이 다른 얘기였다. 둘 사이에는 넘을 수 없는 간극이 있었다. 하지만 그런 생각 자체가 터무니없었다. 마치 어떤 경험도 공유할 수 없다는 것 같지 않은가. 그렇다면 어떻게 간극을 넘을 것인가? 서로 이야기를 나누고 상대방의 이야기에서 자신이 이해하는 것을 찾으면 된다. 다른 사람의 경험에서 자신의 경험과 비슷한 부분을 찾는 것이다. 그게 간극을 넘는 다리지, 그녀는 생각했다. "좋아요." 그녀가 말했다. "저도 그러고 싶네요."

그녀는 오즈의 아파트에 갔다. 그들은 저녁 식사를 했고 오즈는 약속했던 존 콜트레인의 LP판을 틀었다. 그녀가 예상했던 것보다 신비롭고 덜 낭만적이었다. 그는 마리화나를 피우면서, 이걸 피우면 '최상의 사랑'이 '최고의 사랑'이 되고 그 앨범에 담긴 신성함, 신의 소리를 듣는데 도움이 된다고 장담했지만 그녀는 거절했다. "집에 돌아갈 일이 걱정이에요." 그녀가 말했다.

"그럼 여기서 자고 가요." 그가 말했다. 그녀가 웃었다. "뭐가 그렇게 웃겨요? 그래도 된다니깐."

"알아요." 그녀가 말했다. 그녀는 큰 소리로 한숨을 내쉬었다. "시간이 지나면 편해지나요? 그게, 저는 한 장소에서 다른 장소로 이동하는 걸 좋아하지 않거든요. 이러다가 은둔형 외톨이가 될 수도 있을 것 같아요."

"맙소사, 지금이 그룹 상담 시간인가요?" 그가 웃으며 말했다. "울보 장님들이 여기 모여 있어요?"

"미안해요." 그녀가 말했다.

"안심해요. 당신은 안전하니까. 소파에서 자고 내일 아무 때나 집에 돌아가요."

"알았어요." 그녀가 말했다.

그녀는 소파에서 잠을 잤다. 오즈가 자기 침대에서 자라고 하지도 않고, 키스조차 하지 않아서 깜짝 놀랐다. 그녀의 결론은, 비록 그가 잘생기긴 않았지만 그녀가 원하는 견실함을 가졌다는 것이었다. 그는 매사에 똑 부러졌던 반면에 그녀는 대개 흐리멍덩했다. 젤리는 거기서 자고 다음 날 아침에 떠나게 되어 기뻤다. 해가 떠 있는 편이 그녀에겐 더 나았다. 뚜렷한 명암 대비가 필요했기 때문이다. 오즈는 어느 쪽이든 상관없었다. 그에게는 어둠도 밝음만큼이나 안전한 장소였다.

두 번째 데이트는 자신의 집에서 하자고 그녀가 말했다. 말해놓고 나서 보니 낯선 아파트에 오면 그가 더 불편하리라는 생각이 들었지만 의 외로 오즈와 안내견은 작은 탁자 옆에 놓인 의자를 금방 찾았다. 그녀는 그에게 포도주 한 잔을 가져다주었다.

"음악 들을래요?" 그녀가 물었다.

"네, 좋아요." 그가 말했다. 그녀는 〈푸른 열차〉를 틀었다. 그날 낮에 사 온 음반이었다. 그녀가 콜트레인 앨범은 뭘 사야 되냐고 묻자 레코드 가게 직원이 그 음반을 건네줬다.

곧바로 오즈가 "이 앨범 정말 좋아해요"라고 말했고 그녀는 그의 목소리에서 미소를 들을 수 있었다. 그들은 마리화나를 조금 피우고 포도주를 조금 마셨다. 두 사람 다 술잔을 금방 비워서 그녀는 잔을 다시 채운 다음, 식사를 내오기 시작했다. 문득 자신이 얼마나 오즈와 이야기하고 싶었는지, 얼마나 그의 인생 이야기를 듣고 싶었는지 깨달았다. 한 번도 앞을 본 적이 없는 사람은 덜 힘들까? 오즈가 혹은 그 누가 알까? 그는 꿈을 꿀 때 무엇을 볼까? 색이름을 들으면 무엇을 떠올릴까? 이런 걸 물어봐도 될까? 그는 내 질문을 웃어넘겨버릴까? 하, 넌 질문이 너무 많아. 술기운에 그녀는 용감해졌다.

"너무 개인적인 질문일지도 모르겠는데요……." 그녀가 말했다. 개인적인이라는 단어가 우스꽝스럽게 들렸다. 당신이라는 개인, 개인으로서의 경험에 대한 질문. "자기가 맹인이라는 걸 언제 알았어요? 그러니까 눈이 안 보인다는 게 뭔지, 대부분의 사람들은 맹인이 아니라는 걸 알게 된 게 언제였냐고요. 기억나요?" 젤리가 이 말을 했을 때 그들은 뭉근하게 끓인 소스를 스파게티에 얹어서 먹고 있었다. 소스 때문에 방 안의 공기는 바질, 토마토, 살짝 탄 마늘 향으로 가득했다. 토마토는 그녀가 베란다에 선반과 기둥을 설치해서 키운 것이었다. 그녀는 토마토 열매보다 초여름의 토마토 잎을 더 좋아했다. 물을 줄 때마다 고개를 갖다 대고 희미한 토마토 향을 풍기는 축축한 잎에서 훅 끼치는 냄새를 들이마시곤 했다. 앞으로 열매가 될, 이제 막 자라나기 시작한 녹색 공. 여름이 깊어질수록 냄새는 점점 더 알싸해졌다. 때로는 이파리 하나를 따서 코에 대고 냄새 맡으려고 집 안에 가지고 들어오기도 했다. 그 신선한 흙냄새를 맡으면 마음이 편안해졌다. 그렇게 어린 것에서 어떻게 그토록 깊은 향이 날 수 있을까? 그녀는 오즈가 이 냄새와 맛을 좋아하리란 걸 알았다.

하지만 오즈는 음식에 그녀가 예상했던 만큼의, 그녀만큼의 관심이 없었다.

그가 아무 말도 하지 않자 그녀는 그가 원치 않으면 대답하지 않아도 된다고, 이런 얘기 하지 않아도 된다고 말할까 말까 망설였다. 계속 분위기를 파악하는 중이었으므로 많이 고민했다. 하지만 그녀는 뭔가를 말하는 대신, 자신이 던진 질문이 두 사람 사이의 허공에 걸려 있도록 내버려두었다. 그리고 스파게티를 한 입 먹었다. 기다렸다. 마침내 오즈가 몸을 약간 숙였고 그녀는 그가 긴 한숨을 내쉬는 소리를 들었다.

"우리 어머니……" 그가 천천히 말했다. "이탈리아 사람인 우리 어머니한테는 내가 세상의 중심이었어요. 아버지가 곁에 없었기 때문에 나는 하루 종일 어머니와 같이 있었죠. 어머니는 항상 내게 말을 걸고, 노래를 불러주고, 책을 읽어줬어요. 눈이 안 보인다는 게 뭔지도 그렇게 안 거예요. 책을 통해서요. 아기 곰이 본 것에 대한 이야기가 나오면 나는 그게 무슨 뜻이냐고 묻곤 했어요. 어머니는 설명하려고 애썼죠. '어떤 사람들은 만지지 않고도 사물의 모양을 알 수 있단다.' 어머니는 과하게 설명하지 않았어요. 내게 필요한 것 이상은 말해주지 않았죠. 책을 읽다 뭔가가 나오면 그것을 만지게 해줬어요. 나도 별로 개의치 않았고요. 그러다 어느 시점에 '어떤' 사람들이 사실은 '대부분의' 사람들이라는 걸 가르쳐주더군요."

오즈가 그녀의 손 위에 자신의 손을 얹었다. 그것은 명백하게 성적인 행위는 아니었다. 단지 함께 있는 두 사람의 눈이 보이지 않는다면 더 많은 접촉, 더 많은 몸짓을 통한 의사소통이 필요함을 뜻할 뿐이었다. 오즈가 평소 이야기하는 방식—느긋한 척하고, 속어를 많이 쓰고, 약간 몽롱한—은 대화가 깊어갈수록 사라지는 듯했고 그녀는 그 사실이 중요함을 깨달았다. 그의 목소리가 부드럽고 낮아서 잘 듣기 위해선 몸을 앞으로 기울여야 했다.

"하지만 나에게 청천벽력, 난생처음 겪은 절망은 대부분의 사람들에 겐 있는 것이 내게는 없다는 사실을 알았을 때가 아니라 줄곧 어머니가 피해왔던 질문을 내가 던졌을 때였어요. 그걸 물어볼 생각을 하기까지 걸린 시간만 해도 당신 예상보다는 길겠지만 어머니가 정말로 자신과 별개의 존재라는 생각을 하는 건 어려운 일이에요. 시간이 걸리죠. 어머니가 나를 이해하지 못한다는 걸 알고 좌절하는 순간이—한 번이 아니라 여러 번—지나야 어머니가 나의 일부, 내가 아니라는 사실을 상상이라도 할 수 있게 돼요." 젤리가 아주 집중해서 듣고 있었지만 그는 머뭇거리다가 이야기를 멈춰버렸다.

그녀는 희끄무레한 형체, 즉 오즈가 와인 잔을 집어 들고 한 모금 마시는 것을 쳐다보았다. 포도주는 시큼했다. 적포도주는 입술을 일그러뜨리고 마치 날카로운 모서리가 있는 것처럼 느끼게 만들었다. 적포도주는 거칠거칠한 표면, 입술이 갈라지거나 바짝 마른 곳 또는 혀 표면의 울퉁불퉁한 곳을 찾아내어 더 두드러지게 만들었다. 그녀는 자신이 그의 입을, 그와 키스하면 어떤 느낌일까를 생각하고 있다는 사실에 깜짝 놀랐다. 그에게 끌린다는 생각은 아직까진 안 들었지만 키스하는 모습이 계속 상상됐다. 그들의 입은 둘 다 포도주 때문에 거칠고 시큼할 터였다.

"무슨 일이 있었는데요?" 혹은 "그래서 어떻게 됐는데요?"라고 물을 수도 있었지만 그녀의 육감이 기다리라고 말했다. 그래야 그에게 말할 여지가 생길 것임을 알았다. 채근해선 안 됐고, 할 수도 없었다.

"하루는……" 마침내 오즈가 말했다. "책을 읽어주는 어머니의 무릎에 앉아 있었어요. 어머니의 가슴에서 단어들의 울림이 느껴졌고 나는 우리 앞에 놓인 부드러운 책장을 만졌죠. 그때 어머니의 이야기가 그 책장에서, 나에게는 아무것도 말하지 않는 그 책장으로부터 나오고 있다는 걸 깨달았어요. 그 전부터 이미 알고 있었던 것 같긴 해요. 하지만 그제야 모든 퍼즐이 맞춰진 거죠. 나는 어머니의 말허리를 끊고 '근데 엄마, 엄마는 눈이 보여요?'라고 물었고 어머니는 그래, 보인단다 하고 인정할 수밖에 없었어요. 어머니는 나와 같지 않았고, 나는 어머니와 같지 않았어요. 나는 장님이었고, 어머니는 아니었죠."

젤리는 나머지 한 손을 뻗어서 오즈의 손 위에 얹었다. 여전히 말은 안 했지만 그는 그녀가 자신의 이야기에 어떻게 반응하고 있는지를 이해했다. 그녀 손의 온기에서 느낄 수 있었고, 호흡의 미세한 변화에서 들을 수 있었다. 그는 자기 얼굴이 그녀의 얼굴에 바싹 붙도록 다가들었다. 두 사람은 가까이에서 숨 쉬고 있었다. 그들의 입 냄새와 머리칼 냄새 옆에는 음식 냄새와 방 냄새가 있었다. 그가 자신에게 키스하리라는 것을 그녀는 알았지만 지금은 두 사람 다 거의 꼼짝하지 않았다. 그녀는 어느 입에선가 나온 중얼거림을 들었다. 그리고 이것이 키스에서 끝나는 게 아니라 그들이 발가벗고 몸이 서로 뒤엉키는 데까지 갈 것임을 깨달았다. 그들은 굶주린 듯이 서로의 몸 구석구석을 만질 것이었다. 그녀는—키스도 하기 전부터—숨이 차고 머리가 어지러웠다. 그녀는 아무 말 않고, 생각조차 않으려 애썼다. 멈추려고 애썼다. 그녀는 그대로 가만있고 싶었다.

캐리가 버스를 타다

1985

항만 공사 아래층에 선 캐리 웩슬러는 일산화탄소를 들이마시지 않으려고 애썼다. 21이라고 쓰인 문으로부터 구불구불 늘어선 줄에서는 문 너머에서 공회전 중인 버스들이 보였고 냄새도 맡을 수 있었다. 그녀는 배낭을 발 위에 내려놓고 디스크맨의 음량을 높였다. 로시니의 〈이탈리아의 터키인〉을 항만 공사라는 풍경의 배경음악으로 깔았다. 그것은 그녀가 갖고 싶어 했던 1950년 녹음으로, 아버지가 그녀의 '이상한 오페라들' 중 하나라고 적은 쪽지와 함께 보내준 것이었다. 아버지의 대학 입학 선물은 최신 휴대용 CD플레이어였다. 그는 '최첨단' 마니아였기에, 디스크맨은 예전의 카세트 워크맨과 달리 소리가 자주 튀었지만, 그녀는 기꺼이 아버지 말에 맞장구쳐주었다. 그는 신기술에 미쳐 있어서 (그녀가 어머니에게 들은 바로는) 최근에 파산 신청을 했음에도 불구하고 딸에게 사치스러운 전자 제품 사 보내는 걸 좋아했다. 아버지가 10년 전 이혼했을 때부터 늘 파산 혹은 파산 직전 상태였음을 캐리는 알고 있었다. 어쩌면 이혼이 그가 딸에게 열심히 선물을 사주는 이유 중 하나 인지도 몰랐다. 그는 오페라와 뮤지컬에 대한 그녀의 열정을 알았고 공감했다. 카세트는 버려, 아버지가 말했다. 자신이 모든 카세트를 깨끗하고 완벽하고 늘어나지 않는 콤팩트디스크로 교체해줄 작정이었기 때문이다. 지금 그녀의 기숙사 방에는 CD 컬렉션이 쌓여갔지만 아직 CD로 살 수 없는 것이 많았으므로 그녀는 방대한 카세트테이프 컬렉션도 계속 간직했다. 기술적 과도기는 언제나 지저분했다. 한 가지 이상의 기기와 포맷을 농시에 써야 하는 경우가 많았기 때문이다. 그녀는 필름 카메라뿐 아니라 비디오카메라도 갖고 있었다. 비디오가 확실히 질이 떨어지긴 했지만 필름은 너무 비쌌다. 그래서 찍는 게 제한되고 무엇을 찍을 것인가에 있어서 인색해질 수밖에 없었다. 예술을 하려면 눈 딱 감고 결정을 내리는 것도 필요했다. 비디오는 아름답지 않은 대신 더 자유롭고 너그러웠다. 더 많은 실험을 할 수 있었다. 기술은 계속해서 변하고 발전할 것이고 그녀는 중복되는 장비에 깔려 죽겠지만 그래도 아무것도 완벽하진 않을 것이다. 그녀는 새것에 대한 아버지의 헌신을 존경했다. 새것은 모름지기 그렇게 다뤄야 했다. 그냥 지르고 돌아보지 않아야 했다.

줄 앞쪽에 선 여자가 여행 가방에서 뭔가를 꺼내려 하고 있었다. 가방에 짐이 너무 많이 든 탓에 지퍼를 열자 가방 윗부분이 확 열려버렸다. 캐리는 로시니의 등장인물들이 싸우듯 대사를 주고받는 바보 같은 난장을 들으면서 불쌍한 여자가 지퍼가 다시 닫히도록 물건들을 욱여넣으려 애쓰는 모습을 지켜보았다.

"여러분의 눈은 카메라예요." 자크레브스키가 수업 중에 말했다. "여러분의 카메라가 어디로 갈지, 카메라를 어디에 놓을지, 뭐가 프레임 밖에 놓이고, 뭐가 프레임 안에 놓일지를 상상하세요." 그녀는 정말로 자기 눈이 카메라라고 생각했다. 특히 귀에 음악이 흘러들고 있을 때는 더 그랬다. 그때는 세상이 그녀의 방음 스튜디오로 변했다. 음악은 어떻게든 그녀의 눈이 어딜 볼지를 지시했다. 음악이 시선에 영향을 미치는 방식에는 뭔가 특별한 점이 있었다. 하지만 물론 영화에는 배경음악이 들어가고, 그 음악은 영상에서 영감을 받아 나중에 작곡된다. 여자가 여행 가방에 올라앉자 몸무게가 누르는 힘 덕분에 마침내 지퍼가 겨우 채워졌다. 캐리는 자신의 배낭과 장비 가방을 확인했다. 메도의 '스튜디오'에서 뭔가 찍을 수 있을 거란 생각에, 새로 나온 휴대용 베타캠 비디오카메라를 학교에서 대출해 왔던 것이다. 거기서 찍은 것은 뉴욕에 돌아오면 편집할 수 있을 터였다. 하지만 그냥 슈퍼 8밀리 필름 카메라를 가져왔어야 했는지도 몰랐다. 물론 메도는 필름 카메라만 쓰거나 자기가 지금 빠져 있는 장비를 쓰겠지만. 메도만의 무엇, 그녀만의 프로젝트.

뒤에서 누가 밀었다. 줄이 움직이고 있었다. 캐리는 헤드폰을 벗어서 목에 걸었다.

"빨리 가요!" 뒤에 선 여자가 사납게 속삭였다. 캐리는 가방을 집어 들었다. 그리고 짐을 몽땅 든 채로 앞으로 움직이는 동시에 주머니에서 버스표를 끄집어내면서 넘어지지 않으려 애썼다. 왜 서두르고 난린가? 표를 사고 나서 탈 때까지 기다린다. 버스가 달리는 동안 세 시간을 기다린다. 그리고 올버니에서 내려서는 다음 버스를 기다린다. 그 버스는 아마 모호크강을 따라 있는 모든 유령도시에 멈춰 서다가 마침내, 메도가 데리러 오기로 한 폰다에 도착할 것이다. 하루 종일 기다림의 연속이었다.

I-90* 고속도로를 타고 서쪽으로 달리는 버스 여행은 막상 해보니 흥

* I는 Interstate, 즉 주간(州間) 고속도로의 약자이다.

미로웠다. 이 도로가 철로와 강을 따라 나 있었기 때문에 북쪽으로는 애디론댁산맥이, 남쪽으로는 캣스킬산맥이 보였다. 캐리는 마리아 칼라스가 1958년에 녹음한 〈노래에 살고 사랑에 살고〉*를 들었다. 그녀의 눈 카메라는 전경의 강을 따라가다가 시선을 들어서 근경의 조각보 같은 농지와 그 너머로 멀리 보이는, 구름이 점점이 떠 있는 애디론댁의 봉우리들을 보았다. 이 카메라 움직임은 눈부시게 아름다웠다. 지금 그녀는 몇 킬로미터 밖까지 볼 수 있었지만 지금껏 그녀가 사용해본 어떤 카메라나 렌즈도 근거리와 원거리를 세대로 동시에 잡아내진 못했다. 그녀의 눈과 같은 것은 없었다.

그녀는 폰다에서 버스를 내렸다. 강가에 위치한 대부분의 마을처럼 그곳은 가까이서 보기 전까지는 예스럽고 예뻐 보였다. 그녀는 헤드폰을 벗고 주위를 둘러봤다. 텅 빈 가게들과 벗겨진 페인트칠만이 문제가 아니었다. 주유소의 번쩍이는 플라스틱 표지판들도 있었다. 심지어 그 주유소는 이 마을에서 유일하게 영업 중인 가게인 듯했다. 버스가 떠나고 나자 주유기들 뒤에 있는 편의점 모퉁이마다 달린 스피커에서 흘러나오는 음악을 들을 수 있었다. 그녀와 함께 버스에서 내린 두 사람이 이글스가 부르는 〈호텔 캘리포니아〉 소리에 홀린 듯 편의점 안으로 직행했다. 캐리도 그들을 뒤따랐다. 이미지가 중첩된 이상한 곳. 예전에 메도에게서 이곳에 누가 사는지를 들은 적이 있었다.

"이러쿼이 연맹** 사람들, 뚱뚱한 백인 쓰레기 사람들, 아직까지 남아 있는 시골 히피들, 햇볕에 그을린 농부 사람들."

---

* 푸치니의 오페라 〈토스카〉에 나오는 아리아.
** 북아메리카 북동부에 거주하는 아메리칸인디언 여섯 부족(모호크, 아넌다가, 오나이다, 케이유가, 세니커, 터스커로라)의 연합.

"농부 사람들?" 캐리가 송화기에 대고 웃었다. "농부들 말이야?"

"그래. 이상한 게르만 농부들. 독일 팔츠 출신들, 모라비아* 출신들, 아미시** 교도들 조금. 그 사람들은 왜, 어쩌다 여기 오게 됐을까?" 메도가 말했다.

"너는 왜, 어쩌다 거기 가게 됐는데?" 캐리가 말했다. "농담 말고 진짜로."

"내가 얼마나 끝내주는 곳을 발견했는데. 네가 와서 볼타 극장을 직접 보면 알 거야!" 그녀는 각 음절을 길게 늘여 발음해서 유럽풍으로 들리게 만들었다. 보올타 그윽자앙.

"기대되네."

볼타 극장은 제임스 조이스가 더블린에서 개장했다 망한 영화관 이름이었다. 메도는 실패라면 사족을 못 쓸 정도로 좋아했다. 그리고 세상에는 마음대로 골라잡을 수 있을 만큼 많은 실패가 있지 않은가. 모호크 계곡은 실패 또는 (그보다 나아봤자) 명백히 무용한 것들의 집합소였다. 뉴욕주 북부는, 하나같이 이유가 있어서 생겨났지만 그 이유가 사라진 지 오래되었는데도 계속 존재할 수밖에 없는 도시들로 가득 차 있었다. 시러큐스, 버펄로, 올버니, 트로이, 모두가 서서히 쇠퇴하고 있었다. 반면에 뉴욕 시는 성공의 집합소였다. 마약과 쥐 문제만 제외하면, 정말로, 그 도시의 역사는 기나긴 성공의 연속이었다. 메도가 여기를 좋아하는 것도 무리가 아니었다.

---

* 체코 동부의 지역 이름. 전통적으로 게르만족이 많이 거주하던 지역이었으나 2차 세계대전 이후 나치에 대한 보복으로 모두 추방되었다.

** 재세례파의 분파. 대부분 미국 펜실베이니아주에 거주하며 18세기 생활양식을 고수한다. 스위스의 독일어 사용 지역으로부터 이주했기 때문에 펜실베이니아 독일어를 사용한다.

메도가 약속 시간이 지나도 오지 않자 캐리는 뭘 마실까 생각하며 편의점 안을 어슬렁거렸다. 계산기 옆 진열대에 '모호크족의 백합' 가데리데가귀타의 코팅된 기도 카드가 놓여 있었다. 캐리는 하나를 사서 뒷면을 읽으며 옅은 커피를 홀짝였다. 가데리는 가톨릭으로 개종한 모호크족 소녀였다. 나중에 두 사람이 탄 차가 폰다를 벗어날 때 메도는 그곳에 가데리의 사당뿐 아니라 17세기에 순교하여 미국인 최초로 성인이 된 예수회 사제 두 명을 위한 큰 사당도 있다고 말했다. 신부들의 사당은 모호크강 남안의 언덕 위에 있었는데 가톨릭 순례자들이 전 세계에서 그곳을 찾아왔다. 하지만 뭔가를 간청하는 사람들 사이에서 높아져가는 가데리의 인기에 비할 것은 아무것도 없었다. 그녀는 '천연두 흉터로 망가진 얼굴'이라는 기록이 남아 있음에도, 진부하기 짝이 없는 채프먼* 그림 속의 포카혼타스 같은 인디언 미녀로 묘사됐다. 최근 가데리는 시복되어 시성 후보 명단에 올랐다.**

"정말 후보 명단이라고 불러? 무슨 아카데미상 후보처럼?" 캐리가 말했다. 메도는 낡은 스바루 스테이션왜건을 몰았다. 차 뒤쪽은 조명, 마이크, 젤라틴 조명필터, 렌즈 케이스 등 촬영 장비로 가득했다.

"그래." 메도가 말했다. "하지만 이러쿼이 쪽에서는 순교자가 따로 있다고 생각해. 예수회가 여기를 완전히 휩쓸고 지나갔기 때문에 상충되는 두 이야기가 나란히 존재하는 거지. 기도 카드를 산다는 건 둘 중 한쪽을 편드는 거나 다름없어."

---

* 존 개즈비 채프먼(1808~1889). 미국의 화가. 미국 국회의사당 원형 홀에 걸린 〈포카혼타스의 세례〉(1840)를 그렸다.
** 가톨릭에서는 생전에 성덕을 쌓은 사람을 가경자로 선정한다. 가경자가 시복을 받으면 복자, 복자가 시성을 받으면 성인이 된다. 데가귀타는 1980년에 시복, 2012년에 시성되었다.

"정말? 그래서 기분 나빠?" 캐리가 카드를 높이 들어 보였다.

"복잡한 문제야." 메도가 말했다. "가데리는 열렬한 믿음을 가졌던 걸까, 아니면 개종함으로써 인디언 공동체의 영적 관습을 저버린 걸까? 천연두를 이겨내고 정말로 신을 영접한 용감한 고아일까, 아니면 원주민을 영적으로 식민화하기 위한 현재진행형 영웅담의 주인공에 불과할까?" 메도는 한 손가락으로 핸들 아랫부분을 잡고 다이어트 닥터 페퍼 캔을 들어 한 모금 마셨다. 그리고 미소 지었다. "어쩌면 둘 다 사실일지도 몰라. 개종도 했고 선전 도구이기도 한 거지." 메도는 북쪽으로 뻗은 길로 접어들어서 모호크 계곡을 굽어보는 언덕들 사이로 달렸다. 공기에서는 퇴비 냄새가 났고 들판에는 소들이 여기저기 흩어져 있었다.

"하지만 가데리가 평생 지킨 순결과 고행 의식이─당연하게도─독실함을 증명한다는 사실에 내가 가장 흥미를 느낀다는 건 인정해야겠지. 기도 카드에는 너무 예쁘게 그려져 있어. '백합'이라고 부르고 말이야. 하지만 실제로 봤다면 엄청났을 거야. 얼굴은 얽은 데다 계속 자기 살을 찢어발겼으니. 이 열성적인 흉터투성이 여자는 하느님을 더 가깝게 느끼기 위해 뜨거운 석탄과 아홉 가닥짜리 채찍으로 자해를 했어. 자, 이 여자라면 흥미로운 영화를 만들 수 있을 것 같지 않아? 카를 드레위에르의 〈잔 다르크의 수난〉에서 화면을 가득 채웠던, 깊은 고통에 잠긴 마리아 팔코네티의 눈처럼 말이야."

"너 여기를 좋아하는구나." 캐리가 말했다.

"잉그리드 버그먼 같은 예쁘고 귀여운 수녀는 안 돼."*

---

* 잉그리드 버그먼(1915~1982)도 빅터 플레밍 감독의 〈잔 다르크〉(1948)에서 잔 다르크를 연기했다. 〈잔 다르크의 수난〉은 1928년 작이다.

"절대 안 되지! 그 천방지축은."

"그래, 좋아해." 메도가 말했다. "〈모호크족의 북소리〉 기억나?"

"아니." 캐리가 말했다. "그 영화는 안 봤어."

"존 포드 감독의 1939년 작이야. 헨리 폰다와 클로데트 콜베르가 주연했지. 폰다는 계속해서 모호크족과 영국군의 공격을 받는 정착민을 연기해."

좀 더 달리다가 메도가 다시 핸들을 꺾자 존스타운 시내가 눈에 들어왔다. 그리고 여기에서, 나무 표지판 하나를 제외하곤 아무런 경고문도 없이 농지가 도시로 바뀌었다. 어서 오세요라고 적힌 표지판을 지나자 농장이 사라지고 도로변에 집이 나타나기 시작했다. 쓸쓸한 기둥이 있는 거대한 낡은 집 몇 채, 폭이 보통 집의 두 배인 조립식 주택, 대지 저편에 있는 석조 저택, 빅토리아 양식을 본떴지만 조잡하게 장식된 새하얀 오두막집. 페인트칠이 특히 측면에서 벗겨지고 있었다.

"굉장히 애국적인—물론 정착민의 관점에서—영화인데 재미있는 점은 헨리 폰다의 집안이 아까 그 마을 폰다 출신이고 그 조상이 거기서 5부족 연합*을 몰아낸 유럽인 정착민이라는 거야." 메도가 캐리 쪽을 한번 쓱 쳐다봤다. 캐리가 웃었다.

"정말? 실제 조상이라고?" 캐리가 말했다. 도로가 구시가지를 우회한 다음에는 목초지가 뉴저지주 3번 고속도로나 로스앤젤레스의 샌퍼낸도 계곡에나 있을 법한 상점가로 대체되었다. 슈퍼 8 모텔, 맥도날드, 프렌들리스 레스토랑, 먼로 머플러/브레이크 카센터, 빅 라츠 할인점,** 여러

---

* 이러쿼이 연맹 중 터스커로라족을 제외한 다섯 부족. 터스커로라는 1722년에 연맹에 가입했다.
** 모두 대형 체인점.

개의 자동차 대리점들. 캐리는 낯익은 상업용 건축양식이 자아내는 마비 효과 같은 것을 느꼈다.

"굳이 여기에 저런 걸 지을 만큼 인구가 많기나 해?" 캐리가 말했다.

"나도 이해가 안 가. 여기는 존스타운과 글러버스빌을 연결하는 흉한 간선도로일 뿐이거든. 하지만 읍내는 인적이 없어서 그렇지, 고풍스럽고 꽤 예뻐."

과연 글러버스빌 중심가는 20세기 초 모습이 그대로 남아 있는 텅 빈 가게와 그 뒤편의 석회암 건물에 붙은 화려하게 장식된 코니스*의 연속이었다. 벽돌로 지은 커다란 창고에는 여러 장의 유리판으로 이루어진 큰 창문이 있었는데 유리판이 없는 곳도 많았고 몇몇 창문에는 널빤지가 덧대어져 있었다. "이런 빈 창고들을 허물지 않아서 다행이야." 인상적으로 생긴 마을 도서관 역시 석회암 재질이었다. "이 건물들 중에서 어떤 건 정말 웅장하지 않니. 이 동네의 나머지 부분과 대조돼서 더 충격적이지.

건물을 허물려도 돈이 들어. 그래서 '가난의 보존'이라고 부르더라." 메도가 말했다. "자, 그래서. 실제 조상이었던 것 말고 또 있어. 1980년에 제인 폰다**가 여기에 왔어. 영국인 침략자들에게 살해당한 증조할아버지의 증조할아버지의 증조할아버지의 기일을 기리기 위해서기도 했지만 분명 모호크족의 땅을 몽땅 훔친 것을 보상하기 위해서였지. 어쩌면 지금도 이곳에 공동체를 재건하려는 모호크족을 돕고 있을지도 몰라."

---

* 지붕과 기둥 사이의 장식(엔태블러처) 중에서 가장 윗부분. 돌림띠라고도 한다.
** 미국의 영화배우(1937~). 헨리 폰다(1905~1982)의 딸이다.

캐리는 희화적 수준의 의구심을 나타내는 미소를 지어 보이면서 고개를 삐딱하게 기울이고 눈썹을 치켜세우지 않을 수 없었다. "어디서 들은 얘기야?" 그녀는 메도가 즉석에서 이야기를 지어내거나, 약간 틀리게 말하거나, 일부를 빼먹거나, 과장하는 데 익숙했다.

메도가 어깨를 으쓱했다. "어떤 모호크족한테서 들었어. 소문이라는 식으로 말하더라."

"아까는 이러쿼이라 그러지 않았어?"

"캐리, 모호크가 이러쿼이야. 이러쿼이 연맹 또는 5부족 연합이 모호크, 세니커, 오나이다, 아넌다가, 케이유가로 이루어져 있는 거라고."

"아, 그래. 그거 알아둬야겠네."

"난 요즘 기차를 찍고 있어."

"기차?"

"봄내 찍었어. 오직 기차만." 메도가 말했다. "〈야간 우편〉이라는 영화 기억나? 제이 호즈니 선생님 수업에서 봤잖아."

그들은 벽돌로 지은 창고 앞에 차를 댔다.

"그럼. 스코틀랜드의 우편물이 배달되는 과정에 관한 지루한 다큐멘터리였지."

메도가 차에서 내렸고, 캐리도 배낭과 장비가 들어 있는 더플백을 들고 뒤따랐다. 메도가 열려 있는 외문으로 들어가서 내문의 자물쇠를 열자 숨이 턱턱 막히는, 먼지 쌓인 계단통이 나왔다. 세 층을 올라간 뒤에 그녀는 젖빛유리가 끼워진 나무 문과 사슬로 연결된 그 위의 채광창을 밀어 열었다. 탁 트인 창고 바닥이 스튜디오 공간이었다. 작은 창문이 여러 개 있는 벽을 통해 사방에서 햇빛이 들어왔다. 이 방은 천장이 높고 널찍했지만 덥고 바람이 안 통했다.

"지루하지 않아." 메도가 말했다. "〈야간 우편〉은 밤새워 전국을 종단하는 우편열차를 충실하게 따라가."

메도는 캐리가 본 영화에 대해 얘기할 때조차도 약간 무시하듯 말하는 습관이 있었다. 마치 캐리가 확실하게 '이해'하기 위해서는 자신이 요약하고 설명해줘야만 하는 것처럼. 마치 캐리가 그 영화들을 보긴 했지만 그것들과는 아무런 연관이 없는 것처럼. 하지만 캐리는 그것이 메도가 생각을 정리하는 방법임을 알았다. 메도는 늘 뭔가에 관한 생각들을 차곡차곡 쌓고 있었고, 말하면서 생각하길 좋아했다. 그 사실을 이해하고 나자 캐리는 무시당하는 기분을 느끼지 않았다. 그 대신 메도와, 그리고 그녀의 우수한 두뇌와 친밀해진 데 기쁨을 느꼈다. 캐리는 메도와 친구가 되는 법을 알았다.

"기차는 거의 멈추지 않고 달리기만 해. 우리는 우편물을 싣고 내리고 분류하는 자동화 설비를 보지. 그건 속도와 기술에 대한 기계시대의 예찬이야."

"기억나. 그런 내용의 시가 나오잖아."

"맞아. W. H. 오든이 시를 쓰고 벤저민 브리튼이 음악을 작곡했지. 아까부터 그 생각을 하고 있었어."

"그런 것 같네."

"시와 음악은 이 영화의 효율성을 복잡하게 만들어. 반(反)한다고도 할 수 있지. 아니면 장초점렌즈*로 기차만 찍은 탓인지도 몰라…… 그렇게 한 가지만 집중해서 보면 뭐든 신비로워 보이니까." 메도가 커다란 선풍기를 틀었다. 종이 몇 장이 날아다녔지만 캐리는 얼굴에 바람이 닿

---

* 좁은 앵글로 멀리까지 찍을 수 있는 렌즈.

으니 기분이 좋았다.

"훨씬 낫네! 고마워."

"이 영화는 명상이야. 아니, 처음에는 이 멈출 수 없는 열차를 찬양하고 그것에 경탄하면서 시작하지. 그 힘에 대적하려고 해. 하지만 그 뒤부터—마치 하룻밤 사이에 감독이 변해버린 것처럼—차츰 힘겨워하면서 어두워져. 효율성에 바치는 1930년대의 헌사는 결국 그렇게 암울하게 끝나고 말았지."

캐리는 바람에 얼굴을 식히고 나서 이리저리 걸어 나녔다. "그래서 너는 기차가 도착하는 모습을 계속 촬영해온 거야?"

메도가 끄덕였다. "기차가 지나갈 때 철로 옆에 누워 땅바닥 높이에서 굉장히 많은 장면을 찍었어. 앰스터담에서 기차를 타서 철로 위를 달릴 때 차량 사이의 연결부에 서 있었던 적도 있고. 거기서 카메라를 밑으로 향하고 그 사이로 보이는 것을 찍었어."

"지붕 위에도 올라갔어?"

"아니, 아직은. 하지만 그러고 싶어. 너무 겁이 나서 그렇지."

"그게 무섭다니 다행이다."

"기관차 배장기* 위에 내 몸과 삼각대를 묶고 미국을 횡단하는 유령 질주**를 실시간으로 찍고 싶어. 오직 철길을 집어삼키는 기관차의 시점에서 그 주위로 펼쳐지는 세상을 찍는 거지. 60시간짜리 원 테이크 영화***로."

* 철로 위의 장애물을 제거하기 위한, 기관차 앞에 뾰족하게 튀어나온 부분.
** 줄거리 있는 영화가 등장하기 전에 영미에서 유행했던 양식으로, 기관차 앞에 카메라맨을 묶어놓고 풍경을 찍었다. '파노라마'라고도 불렸다.
*** 처음부터 끝까지 한 번도 편집하지 않은, 하나의 컷으로만 이루어진 영화.

"지금이 1895년이라면 가능할 텐데." 캐리가 말했다.

"그러게 말이야." 메도가 말했다.

캐리는 웃었다. 메도는 곡예비행사, 줄꾼, 탈출 마술사, 발명가가 되고 싶어 했다. 혹은 단순히 영화는 영화감독의 위업을 기록한 것이라는 생각을 좋아하는지도 몰랐다. 영화를 만드는 과정이야말로 진정한 예술이고 영화는 예술이 아니라 그러한 예술적 행위의 산물에 불과하다는 것이었다. 자신의 창의성이 주목받길 원하는 메도의 성향을, 캐리는 '쇼맨' 스타일이라 여겼다. 카메라가 어디를 향하고 있건 결국엔 모든 관심이 영화감독에게 쏠리게 만드는 눈부신 개념. 캐리는 메도가 영화 만드는 과정을 찍은 영화를 만들고 싶었다. 열차에 묶인 저 여자를 보세요!

"내가 찍은 거 좀 볼래?" 메도는 자기가 말하면서도 자신 없다는 표정을 하고 있었다.

"그래."

"알았어." 메도가 말했다. "좋아." 하지만 영사기 두 대 중 한쪽에 다가가는 대신, 메도는 소형 냉장고로 가서 맥주 두 병을 꺼냈다. 그리고 탁자 가장자리에 내리쳐서 병뚜껑을 땄다. 먼저 하나 그리고 나머지 하나. 그녀는 그 자리에 서서 병을 내민 채 기다렸다. 캐리가 그녀에게 걸어가 맥주를 향해 손을 내밀었다.

"고마워."

메도는 한참을 벌컥벌컥 마시더니 미소를 지어 보였다. 머리를 짧게 자르고 청바지와 소매 없는 티셔츠를 입은 그녀는 야윈 소년 같아 보였다. 탁자 위 담뱃갑에서 한 개비를 꺼내 불을 붙이자 한층 더 그랬다. 한 모금 빨아들이며 미간을 찌푸리는 그녀의 이마 위로 앞머리가 내려왔다. 그녀가 잘 발달된 이두박근을 드러내며 (혹은 뽐내며) 한 팔을 반대쪽 겨드랑이에 껴서 담배 든 팔을 받쳤다. 그녀는 캐리보다 강인하고 나이 들어 보였다. 특히 캐리가 1년 내내 기숙사 카페테리아에서 녹말을 너무 많이 먹은 끝에 몸무게가 (5.7킬로) 는 후로 더 그랬다.

복도로 통하는 문이 열리더니 젊은 남자 한 명이 들어왔다. 어려 보였다. 열여섯쯤 되었을까. 턱까지 내려오는 머리카락은 끝이 뭉뚝하게 잘리고 검게 염색되어 있었다. 창백한 피부 때문에 속눈썹이 검은 눈이 더 도드라져 보였다. 아이라인이 번졌기 때문인지 여성스럽다기보다는 중성적으로 보였다. 그는 메도와 똑같은 차림을 하고 있었다. 소매 없는 티셔츠와 통 좁은 청바지. 그리고 메도처럼 마른 근육질이었다. 그가 캐리에게 미소 지었다. 좀 이상해 보이긴 해도 미남이라고 캐리는 결론지었다.

"이쪽은 이 동네 사는 데이브야." 메도가 말했다. 그러자 그가 지쳤다는 듯이 고개를 내저었다. "디크! 농담이야. 진짜 이름은 디크야. 글러버스빌의 아들이자 아웃사이더고 지금은 내가 영화 만드는 걸 돕고 있어." 아웃사이더라는 말에 디크가 눈을 크게 뜨더니 커다란 양손을 들어서 반지 낀 손가락들을 캐리를 향해 흔들었다.

"나는 캐리야."

"안녕." 그가 말했다. 그가 메도 옆에 서자 그녀와 어깨가 맞닿았다. 그는 살짝 메도에게 기댔다. 글러버스빌에서 이상하지만 멋있는 유일한 애를 찾아서 메도의 음향 담당/남자 친구로 만드는 일이라면 안심하고 메도에게 맡겨라.

"메도랑 나는 LA에서 같이 자랐어."

"너에 대해서라면 애도 다 알아, 캐리." 메도가 말했다. "내가 네 얘기를 많이 하거든."

"단짝이라며?" 그가 말했다.

"응." 캐리가 말했다. "맞아." 그 말을 들으니 기분이 좋았다. 메도도 그렇게 생각한다면 좋을 테지만 그녀가 자신의 뭔가를 딱히 필요로 한다는 생각은 해본 적이 없었다.

그날 밤 그들은 치즈 토핑이 두꺼운 피자를 배달시켜 먹고, 포도주를 마시고, 디크가 창고 벽에 건 시트에 영화를 영사해서 보았다. 메도가 영사기를 돌렸다. 메도는 옛 스승인 제이 호즈니에게 도움을 청해 뉴욕현대 미술관과 뉴요커 극장을 비롯한 여러 영상 자료원에서 영화를 빌렸다. 그들은 미켈란젤로 안토니오니의 〈붉은 사막〉을 16밀리 프린트로 보았다. 일주일 동안 대여한 그 영화를 메도는 이미 다섯 번이나 봤다.

캐리는 거대한 녹슨 선체를 배경으로 서 있는 모니카 비티를 바라보았다. 폐공장, 예를 들면 무두질 작업장이나 장갑 공장 한가운데서 영화를 찍고 있는 사람이 보면 좋은 영화였다.

그다음에 메도는 캐리에게 자신의 기차 영화를 보여주었다. 기차 영화들이라고 하는 편이 낫겠다. 그녀가 만든, 이 짧고 이상한 기록물은 열 개가 넘었다. '철로 바로 옆에서 찍은' 굉장히 인상적이고 일그러진 장면 몇 개를 보면서 캐리는 생각했다. 뭔가에 대한 집착과 광란에 빠져 있던 메도는 지난봄을 여기서 어떻게 보냈을까? 상투적 이미지의 예술가 역할을 행하듯 귀신에 홀린 사람처럼 광기에 사로잡혀서? 하나의 생각을 끊임없이 반복하고 수정하는 이 모든 행위는 흥미로웠지만 대체 무엇을 위해서란 말인가? 이 영화들이 무엇인지 말할 수 있는 사람이 과연 있을까?

고등학교 시절, 메도가 이제부터 영화를 좋아하겠노라고 결심했을 때 (그것은 정말로 중대한 결정 혹은 선언과도 같았다. 마치 그녀의 전기가 이미 집필 중이듯, 전기 영화가 이미 촬영 중이듯, 굵은 글씨의 자막이 그녀의 머리 위에 떠 있었다) 그녀는 뷰어, 렌즈, 영사기, 필름 같은 오래된 영화 관련 물품에 집착하기 시작했다. 뮤토스코프*도 직접 만들었다. 낡은 분광사진기와 키네토스코프**, 조이트로프를 여러 개 사서 재조립하기도 했다. 장난감처럼 갖고 놀았다. 마치 영화사적 발견들을 차례차례 오롯이 혼자서 경험해야 하는 것 같았다. 그 모든 것을 혼자 힘으로 발명해야만 했다. 캐리는 메도의 극단적 방식에 종종 당황스러움을 느꼈다. 영화를 만드는 것만 해도 충분히 어려웠다. 왜 그냥 중간에 들어가서 거기서부터 시작하지 않는가? 왜 그렇게 힘들게, 지름길이 아닌 방법을 매번 택하나?

몇 달 동안 캐리에게 무성영화만 보여준 후에 메도는 특정 감독들의 영화로 넘어갔다. 존 포드, 니컬러스 레이, 더글러스 서크, 오슨 웰스, 하워드 호크스. 그다음에는 유럽의 뉴 웨이브***였고 그다음에는 일본 감독들을 발견했으며 그다음에는 1970년대 미국 감독들이었다. 그리고 그다음에는 시네마베리테**** 다큐멘터리, 다이렉트 시네마,***** 키노프라브

* 커다란 원통에 뚫린 작은 구멍으로 들여다보는 1인용 영화 감상 기구. 움직이는 물체를 연속 촬영한 사진들을 중심축에 매달고 빠른 속도로 돌려서 활동사진처럼 보이게 했다.
** 에디슨이 발명한, 뮤토스코프와 비슷한 장치. 원통형인 뮤토스코프와 달리, 성인 허리 높이까지 오는 상자를 위에서 들여다봐야 했으며 내부 구조는 일반 영사기와 흡사했다.
*** 프랑스의 누벨바그, 독일의 뉴 저먼 시네마, 체코슬로바키아의 뉴 웨이브, 영국의 뉴 웨이브를 말한다.
**** 프랑스어로 '진실 영화'라는 뜻. 키노프라브다의 영향으로 1960년대 프랑스에서 일어난 다큐멘터리 운동. 감독이 전혀 개입하지 않는 다이렉트 시네마와 달리 내레이션이나 인터뷰가 들어간다는 특징이 있다.
***** 1960년대 미국과 캐나다 퀘벡에서 발전한 다큐멘터리 운동. 시네마베리테와 달리 피사체가 카메라의 존재를 인식하지 못하도록 숨겨서 혹은 멀리서 촬영하였으며 제작진은 철저히 관찰자 입장에만 머물렀다.

다*였다. 메도는 모든 것을 총망라하겠다는, 사실상 불가능한 야망을 갖고 있었다. 하지만 그 야망은 그녀가 예전에 수용했던 것을 퇴출시킴으로써 새로운 것을 수용한다는 점에서 부정직했다. 존 포드는 하워드 호크스보다 대단히 열등한 것으로 간주되어야 했다. 그리고 장뤼크 고다르와 프랑수아 트뤼포 중에서 택일해야 했다. 마치 매력적인 예술 작품이 무슨 각성의 순간이 된 것처럼. 캐리에게는 이것이 유치하고, 음, 지나친 단순화로 느껴졌다. 캐리는 단점이 보이는 영화도 좋아했다. 반드시 홀딱 빠지거나 환멸을 느낄 필요는 없었다. 그것은 대단히 피곤한 일이었으므로. 그녀는 여자가 만든 영화를 의식적으로 찾아서 봤다. 노골적인 상업 영화든 아주 구하기 힘든, 분실된 영화든 상관없었다. 그녀는 퍼넬러피 스피리스**나 에이미 헤컬링***뿐만 아니라 아이다 루피노****나 리나 베르트뮐레르*****에 대해 생각하는 것도 좋아했다. 그리고 한 가지 장르—예를 들면 학원물—를 골라서 정말 흥미롭게 각색하면 재미있지 않을까 하는 생각을 했다. 형식을 파괴하지는 않되 미묘한 방식으로 한계까지 밀어붙이는 것이다. 이런 것을 좋아할 관객이 있지 않겠는가?

* 러시아어로 '진실 영화'라는 뜻. 소련의 영화감독 지가 베르토프(1896~1954)가 '아무런 연출 없이 찍은 화면들을 편집하여 영화로 만들면 직접 그 사건을 목격했을 때보다 더 깊은 진실을 알 수 있다'는 주장과 함께 1920년대에 만든 20여 편의 뉴스릴을 말한다.

** 미국의 영화감독(1945~). 〈웨인즈 월드〉 같은 상업 영화도 만들었지만 〈서구 문명의 몰락〉 시리즈처럼 작품성 높은 록 다큐멘터리도 다수 연출하였다.

*** 미국의 영화감독(1954~). 〈리치몬드 연애 소동〉, 〈마이키 이야기〉 시리즈, 〈클루리스〉를 감독하였다.

**** 영국 출신의 배우 겸 감독(1918~1995). 1950년대 할리우드에서 배우 겸 감독으로 활동한 유일한 여성이었다. 주로 TV 드라마를 연출했으며 장편영화 대표작은 〈히치하이커〉다.

***** 이탈리아의 영화감독(1928~). 1970년대에 잔카를로 잔니니 주연의 영화 네 편으로 유수의 국제영화제에 초청되었다. 아카데미 감독상 후보에 오른 최초의 여성이기도 하다.

게다가 예상 밖의 설정을 집어넣을 여지도 있었다. 심지어 체제 전복적인 내용까지도.

밤늦은 시간이 되었을 때 캐리가 어디서 잘 것인지가 불분명했다. 알고 보니 메도는 그 부분을 전혀 생각지 않았던 것이었다. 그들은 메도가 빌린, 창고 근처의 아파트로 돌아갔고 캐리는 소파에서 얇은 시트 한 장을 덮고 쿠션을 베고 잤다. 메도 방에서 중얼거리는 소리가 들려왔다. 처음에는 그냥 듣지 않으려 애쓰다가 나중에는 헤드폰을 쓰고 마리아 칼라스의 노래를 들었다.

라시오타 역에 도착하는 기차

1

메도는 캐리가 자신의 기차 영화에 들어 있는 요소들을 좋아하지 않을 줄 알면서도 기어이 보여줬다. 봄내 메도는 매일 5시에 일어났다. 실질적인 이유가 있어서가 아니라 몰입감을 느끼기 위해서였다. 자신의 헌신이 가져다주는 고통을 느낄 필요가 있었다. 그녀는 낡은 스바루를 몰고 모호크강과 평행하게 난, 뉴욕주 5S 고속도로를 달렸다. 그것이 과거에는 말이 다니던 길이었음은 알고 있었다. 서쪽으로 가려면 산맥들 사이로 난, 하나뿐인 좁은 길을 지나야 했는데 물론 사람은 누구나 언제든 서쪽으로 가야 했다. 모호크강과 평행하게 이리 운하가 생긴 이후 그다음에는 철도가, 그다음에는 I-90 고속도로가 생겼다. 새로운 기술에 추월당했는데도 그중 어느 하나 없어지지 않았다는 사실이 메도는 좋았다. 강, 운하, 철도, 고속도로가 2세기에 걸친 기술의 진보를 보여주는 그래픽처럼 나란히 위치해 있었다. 하지만 그녀는 화물열차에 더 관심이 갔다. 다가왔다가는 순식간에 지나가버리는 기차는 우르릉거리며

I-90을 단조롭게 질주하기만 하는 화물 트럭보다 무한히 많은 매력이 있었다.

메도는 역과 역 사이에, 아무런 안전시설도 없어서 철로에 다가갈 수 있는 장소가 몇 군데 있음을 알게 됐다. 울타리를 넘어야 할 때도 가끔 있었다. 처음에는 가벼운 슈퍼 8밀리 카메라를 가져오다가 나중에는 캠코더를 사용했고 또 어떤 때는 비싼 16밀리 카메라를 설치해놓고 디크를 불러서 소리를 녹음하게 했다. 아, 기차 소리! 처음에는 멀리서 기차가 다가올 때의 리드미컬한 소리, 열차 바퀴가 철로에 부딪혀서 빠르게 덜거덕거리는 소리가 났다. 그러다 기차가 가까워질수록 점점 박자가 빨라지고 소리가 커졌다. 그것은—그러니까 기차가 다가오는 것은—고유한 긴장감을 자아냈다. 아니, 정확히 말하면 긴장감은 아니었다. 만족감을 느끼고 싶은 욕구를 만들어내고 강화하는 힘이었다. 그리고 다음 순간, 정확히 그녀가 예상한 대로, 그 소리는 굉음으로 변했고 기차는 쏜살같이 지나갔다. 분기기* 위를 지날 때의 털커덕 소리, 역에 가까워질 때 열차가 지나감을 알리는 기적 소리, 건널목을 지나갈 때 땡땡거리는 경고음. 지나감의 순간은 짧지만 만족스러웠다. 고대했던 순간, 즉 순식간에 사라지면서 보는 사람을 작아지게 만드는, 강력하고도 기계적인 뭔가에 푹 빠질 수 있었기 때문이다. 그토록 압도되어 있는 동안에도 이 순간이 곧 끝나리란 사실은 인지하고 있었다. 소음, 움직임, 금속과 금속의 마찰. 이 모두가 곧 사라지겠지.

메도는 차갑고 축축한 진흙탕에 누워 정확히 바퀴와 철로가 맞닿는 지점에 카메라를 향한 채 기차를 찍었다. 또 같은 위치에서 카메라를 위

---

* 철도에서 선로를 변환하기 위한 장치.

로 돌려 차체를 찍었다. 혹은 옛날 컨트리음악 가사 속의 지나가는 기차를 보는 느낌으로 멀리서 찍기도 했다. 때로는 앰스터댐의 작은 역에서 여객열차에 올라타서는 다음 역이 있는 스커넥터디까지 갔다가 다시 서쪽으로 가는 열차로 갈아타고 앰스터댐으로 돌아오기도 했다. 그 짧은 시간 동안 그녀는 두 차량 사이의 연결부에 무릎을 꿇고 앉아 있었다. 열차가 철로 위를 질주하는 모습을 보고 소리를 들을 수 있는 틈새에 카메라를 가까이 들이댔다. 차량 간의 접합부는 초점이 맞지 않아 흐릿하게 보였고 열차가 휘청이면 카메라도 휘청였다. 그녀는 카메라를 흔들리지 않게 드는 연습을 했다. 그러고 나서 몸에 힘을 빼고 카메라가 기차의 리듬에 따라 같이 휘청이도록 놔두었다. 기계의 견고함과 단순함, 철로를 누르는 기차의 무게, 지속적인 마찰의 힘, 이 모든 것을 영화에 집어넣을 방법을 그녀는 찾고 싶었다. 그리고 기차의 갈망까지도. 토요일에 멀리서 들려오는 기적 소리는 이렇게 꾸짖는 것만 같았다. 넌 왜 기차에 안 타고 여기 있는 거야? 기차를 타고 멀리멀리 가버렸어야지.

메도는 자신이 찍은 필름을 뉴욕 시 44가에 있는 현상소로 보냈다. 나중에 찾아온 필름은 글러버스빌 창고에 만들어둔 스튜디오에서 편집기로 봤다. 다 보고 나면 필름에 색연필로 표시를 해서 2분 또는 8분 길이로 자른 후, 빨랫줄처럼 쳐둔 쇠줄에다 집게로 집어서 주위에 주렁주렁 매달아놓았다. 그녀는 일부러 싱크를 안 맞게 해서 소리와 화면이 어긋나게 해보았다. 그다음에는 다시 싱크를 맞추고 음량을 만져서 특정한 부분에서 소리를 확 죽여봤다. 그러고 나서는 지금껏 녹음한 소리를 전부 버렸다. 변수, 그것이 너무 많아서 감당이 안 됐기 때문이다. 하지만 또 어떨 때는 샘솟는 아이디어 때문에 흥분해서 한밤중에 일어나 작업을 하거나 메모를 적기도 했다.

메도는 자기 영화에 브리튼의 음악을 좀 넣어보려고 했다. 그다음에
는 보다 반복적이고 긴장감 높은 스티브 라이시를 시도했다. 화려하고
선율이 아름다운 조지 거슈윈도 넣어봤다. 음악은 보이지 않게 영상의
효과를 증폭할 수도 있고, 영상과 아이러니한 대조를 이룰 수도 있다.
음악은 관객을 유혹할 수도, 약간 불편하게 만들 수도 있다. 그녀는 강
압적인 배경음악은 사기라고 늘 생각해왔으면서도 지금은 자신이 그저
모든 것을 단순화하기 위해 변수를 제거하고 싶어 하는지도 모른다는
사실을 깨달았다. 그녀는 단순하고 소박했다. 그녀는 아무것도 알지 못
했다. 그녀는 영화를 봐야 했다! 그들은 음악을 어떻게 사용했지? 음향
효과는? 정적은? 정적에는 진짜 정적―소리의 반대처럼 느껴져서 기가
빨릴 것만 같은―과 숨소리나 의자 끄는 소리 같은 주변 소음이 존재
하는 영화적 정적이 있었다. 그녀는 자신의 기차 영상을, 향수를 불러일
으키는 밝은 음악과 짝지었다. 그다음에는 오직 강물 소리만 나왔다. 처
음에는 너무 목가적이고 기차에 가려서 존재감이 거의 없었던 강이 갑
자기 그녀의 주의를 끌 기회를 얻은 것이다. 그녀는 한물간, 쓸모없어진,
칙칙한 모호크강을 찍었다. 기차는 멀리 배경에 보였다. 그녀는 오직 강
만 찍었고 기차는 아예 없거나 전경을 지나갔다. 이것들을 편집해서 붙
였다. 기차에 의해 훼손되고 지워진 강. 그것은 논리적 시퀀스였지만 시
간순이라는 논리는 존재하지 않는 시퀀스였다. 좌우에서 예상되는 저항
이 들렸다. 논리를 잃으면 가독성을 잃는 거야. 관객이 불안해진다고. 그
래! 그녀는 기차 없고 사람 없는 세상을 찍었다. 새, 강, 나뭇잎에 부는
바람을 찍었다. 기차의 포효에 묻힌 강의 포효. 하지만 그것은 기차가
지나가고 나면 다시 원래대로 되돌아온다. 그녀가 소리를 제거해서 기
차가 규칙적인 덜컥 덜컥 덜컥 소리 없이 배경에서 지나가게 했더라도

기차는 여전히 관객의 머릿속에서 제 리듬을 찾을 수 있었다. 관객이 다른 영화 또는 실생활 속의 기차 100여 대로부터 들은 덜컥 덜컥 덜컥 소리를 제공했기 때문이다. 가능했다, 사람들의 머릿속에 이미 존재하는 소리를 재생하는 것이. 기차에 대한 기억 덕분이었다. 하지만 그조차 아니고 영화에서 본 기차에 대한 기억은 어떠한가? 기억으로 추정되는 것에 의지하는 행위—혹은 고려 대상에 넣는 행위 자체—가 정당하다고 혹은 좋다고 혹은 옳다고 할 수 있나? 하지만 사실은 모든 영화가, 우리가 영화에서 본 모든 것에 대한 일종의 공유된 기억에 의존하지 않나?

메모:

기차에 대한 나의 기억

⟨야간 우편⟩(1936), 배질 라이트와 해리 와트 감독. ⟨야간열차⟩(1959), 예지 카발레로비치 감독. 히치콕의 ⟨의혹의 그림자⟩에 나오는 기차 안 장면. 여기서 음흉한 찰리 삼촌은 자신을 뒤쫓는 조카딸을 죽이려고 한다. 테리사 라이트는 조지프 코튼이 다른 열차 앞으로 떨어져—그녀가 밀어서?—죽게 놔둔다. ⟨북북서로 진로를 돌려라⟩에서 터널 안으로 들어가는 기차. ⟨열차 안의 낯선 자들⟩. 이 영화에선 서로 모르는 사람들이 만나는 사적인 장소에 불과하다. 불안정하게 빙글빙글 도는 회전목마야말로 가장 중요한 기계장치다. 됐어, 히치콕은 이제 그만. 또 뭐가 있지?

뤼미에르 형제. 열차가 라시오타 역에 도착하는 모습을 담은 40초짜리 영화. 제목 ⟨라시오타 역에 도착하는 기차⟩(1895). 아직 영화가 뭔지 몰랐던 사람들은 비명을 지르며 극장 밖으로 뛰쳐나갔다. 영화 관람이라는 관습이 생겨나기 전이었기 때문이다. 기술이란, 새로운 것에 놀라 지르는 비명이었다. 〈퍼시픽 231〉, 아르튀르 오네게르의 증기기관차 교향곡이 사용된 단편영화. 그런데 오네게르의 음악 또한 아벨 강스의 영화 〈바퀴〉에 나오는 기차에서 영감을 얻은 것이었다(즉 다른 사람이 기억하는 것에 대한 기억인 셈이다). 그리고 당연히 장 르누아르의 〈야수 인간〉. 〈톨 타겟〉(1951), 앤서니 맨 감독. 뿜어져 나오는 증기, 야간 기적, 일정한 딸깍 소리. 〈아라비아의 로렌스〉에서는 칙칙거리며 사막을 가로지르다가 폭파되고 습격당한 기차의 지붕 위로 눈부신 피터 오툴이 올라서서는 하얀 겉옷을 바람에 펄럭이며 카메라 앞에서 한차례 뽐내고 난 뒤에 지붕을 걷기 시작한다. 데이비드 린은 이 장면을 오툴의 스웨이드 부츠—모두가 내려다보이는 곳에서 반항적으로 걸어가는—를 중심으로 찍었다. 린의 다른 영화 〈밀회〉와 〈콰이강의 다리〉에도 기차가 나왔다. 샘 페킨파의 〈와일드 번치〉에도 기차가 나오지. 세르조 레오네의 〈옛날 옛적 서부에서〉(1968)에도. 서부영화 열몇 편이 생각난다. 그리고 베르톨루치의 〈순응자〉에서는 장루이 트랭티냥이 기차에서 섹스를 하고, 베라 히틸로바의 〈데이지즈〉에는 환각적인 기차가 나온다. 또 뭐가 있더라?

아! 1950년대 인도의 가난한 아이들에 관한 사티아지트 라이의 영화 〈길의 노래〉에 굉장히 멋진 기차 장면이 있다. 소녀와 남동생은 드넓은 밀밭 혹은 논에 서 있다. 사방을 둘러봐도 이 꼬맹이들 외에는 아무도 없다. 멀리 보이는 지평선은 텅 비어 있다. 눈에 거슬리는 전화선만이 이 풍경에서 유일한 산업의 흔적이다. 그들은 걷는다. 배경음악은 없다. 풀숲에 부는 바람 소리만 들릴 뿐이다. 그들은 제 키

를 넘는 수풀 속으로 사라진다. 누나가 먼저 소리를 듣고 하던 일을
멈춘다. 그다음에 우리가 듣는다. 먼 기차 소리. 지평선 한구석에서
기관차가, 굴뚝에서 뿜어져 나오는 검은 연기가 보인다. 그것은 다가
오고 있다. 아이들은 키 큰 수풀을 헤치며 기차를 향해 달리기 시작
한다. 여자아이가 넘어졌다 다시 일어난다. 그들은 달리고 또 달려
서, 지나가는 기차 앞에 다다른다. 기차 소리가 시끄러운 가운데, 라
이는 바퀴 높이에서 아이들의 모습을 보여준다. 우리는 철로 반대편
에 있다. 기차는 우리와 아이들 사이를 지나가고 피스톤과 바퀴 사이
의 틈새로 아이들이 흘끗흘끗 보인다. 우리는 거대한 기차를 아이들
의 시선으로 본다, 육중하고 시끄럽고 빠르게. 그리고 그것은 사라진
다. 아이들 앞을 지나쳐버린다. 우리는 사라져가는 기차를 바라보는
아이들을 바라본다.

라시오타 역에 도착하는 기차

2

메도는 5시에 일어나서 커피를 마시고 자신이 지난 두 달간 만든 영화를 봤다. 수십, 수백 시간에 걸쳐 편집한 결과물은 이렇게 읽혔다. 산업에 지배당한 자연. 하느님 맙소사, 정말? 기껏 나온 결론이 이건가? 자연은 좋고, 기술은 나쁘다? 이 얼마나 고릿적 기차 영화의 상투인가. 그녀는 전부 갖다 버리고 사티아지트 라이나 샘 페킨파가 기차를 어떻게 찍었는지나 보고 싶었다. 하지만 마음속 어딘가에서는 알고 있었다. 어디에 다다랐는가는 어떻게 그곳에 다다랐는가만큼 중요하지 않음을. 힘들게 얻었다면, 힘들게 얻었다는 사실만이 중요했다. 그녀는 그저 자신의 작품을 보여주고 정리만 하면 됐다. 그 후에는 그냥 내버려둬라. 여유를 갖고 이상(異常)이 통할 때까지 기다려라. 어쩌면 그녀는 상투적인 작품으로도 호평을 받을 수 있을지도 모른다. 어쩌면.

젤리와 잭

1986

"안녕, 젤리." 잭이 전화를 받으며 말했다.

"안녕, 잭." 젤리가 말했다. 그녀는 소파에 앉아 있었다. 그녀 앞의 거실 탁자에는 업계지─〈버라이어티〉와 〈할리우드 리포터〉─가 놓여 있었다. 잡지 옆에는 커다란 돋보기와 형광펜이 있었다. 비가 세차게 쏟아지고 있어 날씨가 몹시 추웠다. 이 비가 나중에는 질척한 눈으로 변하게 된다. 뉴스에서는 그것을 '겨울의 혼합물'이라고 불렀다. 이것이 다음 날 아침에는 얼어붙어서 보도를 빙판으로 만들게 된다. 그녀에겐 가혹한 날씨였다. 해가 나오지 않으면 바깥은 어둡고 대비가 낮은 회색에, 얼음이 숨어 있기까지 했다. 운이 좋으면 걸음을 내디딜 때 발밑에서 얼음이 깨지는 것을 듣고 느낄 수 있었지만 대개는 움직이지 않는 미끄러운 표면일 뿐이어서 걷는 게 두려웠다. 반대로 해가 나오면 모든 표면에서 햇빛이 반사되어 아름답지만 고통스럽게, 눈부시게 반짝였다. 새하얀 일렁임을 마음껏 뿜어내는 번쩍임이었다. 겨울은 매일매일이 달랐기 때문에 미리 계획하고 반응하고 적응해야 했다. 그녀 같은 사람은 다른 곳에서 사는 게 편했다. 아니, 누구라도 마찬가지겠지만.

"그래미상 후보에 오른 거 축하해요." 그녀가 말했다.

"고마워요. 솔직히 말하면 별로 대단한 건 아니에요. 그 부문 후보에 오를 자격이 되는 사람이 다섯 명이 될까 말까거든요. 이런 상 중의 일부는 좀 알려진 사람이 신청만 하면 자동으로 후보에 올라요." 그가 말했다.

"하지만 당신은 수상한 적도 있잖아요. 그건 확실히 자동으로 받는 게 아니죠?" 젤리가 셔닐사*로 짠 두꺼운 가운을 추어올렸다. 감기에 걸려서 오전 내내 레몬과 꿀을 넣은 홍차를 홀짝인 터였다. 목이 부어서 침만 삼켜도 날카로운 통증이 느껴졌지만 아직 목소리에는 이상이 없었다. 그녀는 마른 행주에 싼 얼음주머니를 들고 있다가 잭의 말을 들으면서 그 차가운 꾸러미를 목에 갖다 댔다.

"그렇죠." 그가 말했다.

"그리고 그건 완벽하게 구현된 녹음이었어요. 프로듀싱이 훌륭해서 누구나 들으면 알 거예요." 그녀가 말했다. 그가 담뱃불 붙이는 소리가 들렸다.

"어제 〈영향 아래 있는 여자〉를 봤어요." 젤리가 말했다. 잭이 존 캐서베티스 감독의 영화를 좋아해서, 시중에서는 구할 수 없는 비디오를 그녀에게 보내줬던 것이다.

"그래요? 어땠어요?"

"지금까지 본 영화 중에 최고인 것 같아요. 제나 롤랜즈의 연기가 정

---

* 약간 고슬고슬한 실. 대부분 면이지만 아크릴, 레이온 등으로도 만든다.

말 흡입력 있었어요. 그 유약함이 주위 사람 모두를 망가뜨리잖아요."

"그런 식으로는 생각 못 해봤네요." 그가 말했다. "나는 제나가, 아이들이 버스에서 내리길 기다리는 장면을 좋아해요."

"네, 너무 흥분해서 깡충깡충 뛰잖아요. 길 저쪽을 계속 쳐다보면서 사람들한테 시간 물어보고."

"맞아요! 바로 그거요. 나랑 너무 많이 비슷해요. 내가 집에서 일하고 딸이 어렸을 때 개가 집에 올 시간인 3시가 되면 그렇게 들뜨곤 했거든요."

"당신이요?"

잭이 웃었다. "니콜, 내가 겉은 이래도 속은 제나 롤랜즈라고요."

"그 말 믿어요. 좋네요." 그녀는 그렇게 말하곤 차를 한 모금 삼켰다. 귓속에서 꼴깍 소리가 들렸다. "어젯밤 작업은 어땠어요?"

"엉망이었어요. 요즘은 영감이 영 안 떠올라요."

잭은 밤샘 작업을 하는 일이 잦았다. 젤리는 그가 일어난 지 한 시간 정도 됐을 오후 2시에 전화를 했다. 그가 달걀을 먹고 커피를 다 마셨을 때쯤, 일요일판 〈뉴욕 타임스〉도 다 읽었을 때쯤.

"말은 그렇게 하면서 또 놀라운 돌파구를 찾아내잖아요." 그녀가 말했다. "몇 주 전에도 감흥이 없다고, 메말랐다고 하더니 더마코 감독 영화에 쓰일, 가슴 아린 완벽한 선율을 써냈잖아요."

"그건 맞아요. 그게, 보통은 기분이 엉망이지만 그렇다고 영영 안 나아지는 건 아니니까. 그러고 나면 또 불평하고, 듣는 사람은 지겨울 거예요."

"당신이 진심을 다하고 자신한테 엄격하니까 기분이 나쁜 거예요. 어쩌면 그게 과정의 일부인지도 모르죠."

"네?"

"가망 없다는 느낌이 뭔가가 생겨날 여지를 만들어주는지도 모른다고요." 그녀가 말했다. 그가 한숨을 내쉬는 소리가 들렸다.

"내가 절망하고 포기해야 뭔가를 떠올릴 수 있다는 말이에요?"

젤리는 그의 말에 동의하되 그의 생각을 방해하지는 않는 모호한 소리를 냈다. "으으음."

"그럴지도 모르겠네요." 담배를 길게 빨아들이는 소리. "어쩌면 모든 뻔하고 진부한 쓰레기를 내 머릿속에서 몰아내야 하는지도 몰라요. 쫓아내고 갖다 버리고 나야, 모든 잡소리를 들어보고 처내고 나야, 새로운 (혹은 적어도 흥미로운) 뭔가만 남겠죠." 커피를 휘젓는 티스푼이 달그락대는 소리, 홀짝이는 소리 그리고 숨을 내쉬는 소리가 들렸다. "그 말이 맞을지도 몰라요. 하지만 정말 끔찍한 방법이네요."

"당신이 쓰고 있는 방법이 효과가 있잖아요. 결국엔 항상 필요한 걸 얻으니까, 영감이 떠오르니까요."

"내가 정말 그러긴 하죠? 그런 식으로는 한 번도 생각 못 해봤어요."

"그래요?" 그녀가 말했다.

"내가 좀 더 의도적으로 그렇게 할 수 있을까요? 지금 거미줄을 헤치고 나가고 있다는 걸 스스로 아는 거죠, 말하자면. 뻔한 얘기를 장황하게 늘어놓는 거. 헛소리가 한차례 휩쓸고 지나가는 거. 그 과정을 좀 더 효율적으로 바꿀 수 있을지도 모르겠어요."

"재밌네요. 그 단계를 제거하고 난 다음에 그 사실을 알면 진짜 작업이 시작되겠네요." 그녀가 말했다.

"그러면 완전한 좌절감도 피할 수 있을 거예요." 그가 말했다. "지금 내가 하고 있는 일을 다른 관점에서 바라보는 것만으로도요."

"결국엔 항상 해내잖아요. 우울할 때 많이 힘들어하긴 하지만."

"맞아요." 그가 말했다. "정말로 패턴이 있네요."

"한창 우울할 때 스스로를 안심시킬 수 있다면 그렇게까지 힘들진 않을지도 몰라요." 그녀가 말했다. "당신한테는 자부심이 필요하고 또 그걸 가질 자격도 있으니까요. 자기가 지금 뭘 하고 있는지 안다면 힘든 순간도 그저 과정의 일부일 뿐이에요."

"그 말을 들으니 오늘 밤에 작업할 게 그리 두렵지 않네요." 그가 말했다.

"그거 잘됐네요." 그녀가 말했다.

"당신은 항상 내 기분을 나아지게 해줘요." 그가 말했다.

"그러면 다행이고요." 젤리가 말했다. 그리고 얼음주머니를 목에 대고 꾹 눌렀다. "그만 끊고 다시 작업할래요? 난 상관없어요."

"안 돼요!" 그가 말했다. 젤리가 웃었다. 잭도 웃었다. "벌써 끊을 생각은 꿈에도 하지 마요."

"알았어요"라고 그녀는 대답했지만 평소에는 퇴장할 타이밍에 대한 본능적 판단을 굽히는 일이 드물었다. 대개는 한 시간 동안 통화했고 가끔은 30분만 할 때도 있었다. 두 시간, 심지어 세 시간이나 통화하는 일은 흔치 않지만 최근 들어 점점 더 잦아지고 있었다. 그럴 때면 잭이 음악을—자신의 혹은 다른 작곡가의—틀어주거나 둘이 텔레비전에서 방송하는 영화를 같이 봤다. 요즘은 그가 편지랑 다른 작은 선물들과 함께 VHS 카세트를 정기적으로 보내줬다. 그녀가 그에게 알려준 건 시러큐스 주소였다. 설사 그녀가 시러큐스 대학교 대학원생이라는 인상을 그가 받았다 한들 그녀에게서 직접적으로 뭔가를 들었기 때문은 아니었다. 그녀가 남긴 빈칸을 그가 알아서 채웠을 뿐이다. 그 윤곽은 그의 욕망과 그녀의 생략에 의해 만들어진 합작품이었다. 그녀는 이것을 거짓말이라고 생각하지 않았다. 그가 추측했고 그녀는 정정하지 않았을 뿐이다. 게다가 그녀는 스스로 대학원생 같다고 느꼈다. 예전에 도움이 필요했을 때 그녀는 사회복지사의 도움을 받았었다. 그 후 젤리는 맹인 센터에서 맹아를 돕는 자원봉사를 했다. 그 아이들의 부모도 도왔다. 그녀는 이를테면 사회학을 전공하는 대학원생 같았다. 그렇게 느꼈다. 잭과 얘기할 때는 자신이 금발에 유연하고 젊은 몸을 가진 것처럼 느끼듯이. 손과 손목도 우아하다고 느꼈다. 그녀가 느끼지 않은 것은 다음과 같다. 스스로 촌스럽고 무겁다고 느끼지 않았다. 불룩한 배의 말랑말랑한 굴곡을 느끼지 않았고, 넓적다리 살이 무릎까지 내려와서 무릎이 움푹 들어가고 울퉁불퉁하다고 느끼지 않았다. 울룩불룩 튀어나온 실핏줄이나 굳은살이나 튼 살을 느끼지 않았다. 애를 낳은 적도 없는데 단지 청소년기에 성장이 빨랐다는 이유로 살이 빨갛게 터져서 가슴과 위팔과 넓적다리에 영구적인 흰 자국으로 남은 것이 공평한가? 자신의 몸을 누군가에게 보여주기도 전에 늙고 망가졌다고 느끼는 게 말이 되나? 그녀는 스스로 마흔한 살 여자라고 느끼지 않았다. 이렇게 무겁고 눈에 띄지 않고 보잘것없는 존재라고 느끼지 않았다. 그녀는 자신이 젊고 탱탱하다고 느꼈다. 남자들을 구슬릴 수 있는 사람, 남자들을 사랑하고 이해하는 사람이라고 느꼈다. 그것이 진실이었고 나머지 사실들은 두 사람 중 어느 쪽에게도 전혀 중요치 않았다.

"하지만 오래는 못 있어요." 그녀가 말했다.

"안 돼요, 니코." 잭이 말했다.

젤리는 그가 여전히 자신을 원할 때, 그가 만족하기 한참 전에 전화를 끊고 싶었다. 하지만 잭은 거부하기 힘든 남자였다. 그녀는 그가 자신을 니코라고 부를 때가 좋았다. 그가 그토록 솔직하게 뭔가를 부탁하는 게 좋았다.

"안 돼요? 왜요?" 그녀가 말했다. 아픈 목 때문에 목소리가 약간 갈라졌다.

"왜냐하면 오늘 당신 목소리가 너무 섹시해서 내가 꼭 들어야겠거든요." 그가 말했다. 노골적인 욕망으로 그녀를 설득하려 했다. 그것은 우회적으로 성적인 대화를 향해 가고 있었지만 그녀는 절대 그렇게 되도록 내버려둘 생각이 없었다. 그녀는 대놓고 성적인 얘기 하는 것을 싫어했고 그녀와 통화하는 남자들은 그 사실을 눈치로 알았다. 어떤 여자들은 손안의 나비와 같아요. 그들에겐 상스러운 얘기는 하면 안 돼요. 숨도 살살 쉬어야 하고 갑자기 움직여선 안 돼요.

하지만 그녀가 예전에 전화했던 남자 몇몇이 그녀를 전혀 이해하지 못했던 것 또한 사실이었다. 그녀의 지도 편달과 그들에 대한 확고한 통찰과 지침에도 불구하고 그들은 그녀를 이해하지 못했다. 그녀에게 진정한 관심이 없었기 때문이다.

"나 지금 당신 때문에 완전 섰는데"라고 어느 한심한 상대는 그녀가 방금 한 말과 아무 상관 없이 내뱉었다. 그녀는 즉시 전화를 끊었고 다시는 그에게 전화하지 않았다. 그녀의 우아하고 은근한 접근법과 그녀의 지식과 그녀가 그의 지인과 아는 사이라는 사실에도 불구하고 이런 일은 있었다. 하지만 잭은 점잖았다. 욕을 하고 담배 때문에 줄기침을 하긴 했지만 정중했다. 신사였다.

"아직은 시간이 있을지도 모르겠네요." 그녀가 말했다. "우울해요? 목소리가 좀 우울한 것 같아요."

"약간은 그런지도 모르죠."

"일 말고도 무슨 문제 있어요?"

"모르겠어요. 화창한 일요일의 슬픔, 일종의 옛날식 우울이랄까요. 가끔은 그냥 이렇게 앉아 있으면 이런저런 것들이 슬프게 느껴져요. 그게 이상해요? 내가 이상한 사람이란 건 당신도 알잖아요. 그냥 외로운 게 아니에요. 어떤 사람들이 그립고, 어떤 사람들 때문에 슬프고, 그건 외로움이랑은 다른 것 같아요."

"누가 그리운데요?"

"톰 삼촌이 보고 싶어요. 몇 년 전에 돌아가셨는데 오늘 생각이 났어요. 재미있는 분이셨죠. 내가 하는 일이나 나를 제대로 이해하시진 못했시만 상관없어요. 가족이었으니까 삼촌은 항상 날 예뻐하셨고 그 사실을 내가 느끼게 하셨죠. 돌아가시기 전까지 만날 때마다 돈을 주시곤 했어요. 삼촌은 은퇴한 보험 판매원이었고 나는 돈 잘 버는 성공한 작곡가에 자식이 있는 어른이었는데도 가족 모임에서 만나거나 하면 작별인사를 할 때 100달러를 내 손에 쥐여주시면서 '기름값에 보태' 하고 눈을 찡긋하셨죠. 거절하려고 했지만 그건 항상 나를 생각하고 있다는 삼촌만의 표현 방식이었어요. 이탈리아 사람이라서겠죠. 그런 가족 간의 소소한 것들이 그립네요." 잭이 기침했다. "모르겠어요, 어쩌면 사촌들이랑 수다 떠는 대신 삼촌한테 조언을 구하거나 했어야 했는지도 모르죠.

그리고 미지도 그리워요. 잡종견이었는데 이렇게 축 처진 사냥개 눈에 길고 보드라운 귀를 갖고 있었죠. 20대 때 데려와서 처음 이혼하고 두 번째로 결혼할 때까지도 계속 키웠었는데 개가 원하는 만큼 산책시켜주질 않았어요. 항상 서둘러서 끝내버리거나 가정부한테 시켰죠. 나중에는 점점 개를 참을 수 없게 됐는데 오늘은 미지가 여기 있으면 한참 산책시켜줄 텐데 싶네요."

"너무 자기 자신한테 엄격하네요." 그녀가 말했다.

"그것만이 아니에요." 그가 담뱃불을 붙이고 숨을 내쉬는 소리가 들렸다. "그것만이 아니에요. 딸애랑 어머니도 보고 싶어요. 딸은 아직 살아 있긴 하지만……." 잭이 말했다. 그리고 웃음을 터뜨렸다.

"뭐가 우스워요?" 그녀가 물었다.

"모르겠어요. 후회를 주절주절 늘어놓는 거겠죠."

자신의 부드러운 목을 어루만지면서 젤리는 잭이 담배 피우는 소리에 귀 기울였다.

"어렵네요." 그녀가 말했다. "아주 어려워요."

"당신은 그리운 사람 없어요, 니코?" 그가 말했다. "어쩌면 당신은 너무 젊어서……."

"아뇨, 있어요." 젤리가 잭의 말이 끝나기 전에 끼어들며 말했다. 평소에는 절대 하지 않으려 애쓰는 행동이었다.

"그래요? 누군데요?"

"열여섯 살 때 아버지가 돌아가셨어요." 젤리가 말했다. "아버지랑 같이 산 적이 없어서 그렇게 자주 보지는 못했어요. 일주일에 한 번쯤 아버지랑 외출을 했죠. 보통 영화를 보고 식당에 가서 햄버거를 먹곤 했어요. 아버지가 갑자기 심장마비로 돌아가셔서 힘들었는데 아버지를 마지막으로 만났을 때가 계속 생각나는 거예요. 그날 기분이 안 좋아서 아버지랑 밥 먹으러 나가고 싶지 않았거든요. 친구들이랑 있고 싶었어요. 그래서 나가서도 삐져 있었죠. 영화도 보기 싫었고 저녁도 먹는 둥 마는 둥 했어요. 내가 코카-콜라병에서 라벨을 잡아 뜯는 동안 아버지가 내 생활에 대해 어색한 질문을 계속 던졌던 게 기억나요. 그때는 아버지가 하는 말이 다 짜증 나고 지루했어요. 어쨌든 돌아가시고 나서는 그날 저녁을 생각하면 마음이 안 좋았죠. 침대에 앉아 있다가 내가 아버지랑 같이 시간을 보낸 게 몇 번인지 셀 수 있다는 사실을 깨달았던 게 생각나요. 일주일에 하룻밤 더하기 여름에 연속으로 일주일. 곱하기 내 나이 아니면 최소한 내가 기억하는 햇수, 대충 12년이라고 쳐요. 그게 전부였는데 마지막으로 만났을 때 얼굴조차 안 쳐다봤다니.” 그것은 그녀가 아무에게도 얘기한 적 없는 진짜 자기 얘기였다. 머릿속 한구석에서는, 그만해. 지금 뭐 하는 거야? 그녀는 그 생각을 한쪽으로 밀어버렸다. 잭은 그녀를 사랑할 것이었다, 그녀는 알았다.

“오, 저런.” 잭이 말했다. “그런 일이 있었다니. 하지만 어린애였잖아요. 그 삐진 얼굴 뒤로는 아버지를 사랑했다는 걸 아셨을 기예요. 우리 딸도 그렇고, 애들은 다 그러니까. 아버지는 이해하셨을 거라고 내가 장담해요.”

“네.” 젤리가 말했다. 그 한마디를 좁아진 목구멍에서 쥐어짜냈다. 볼이 손난로를 붙인 것처럼 화끈거리고 눈이 따끔거리기 시작하는 것을 느낄 수 있었다.

“우리 딸은…… 못 본 지 몇 달 됐어요.” 그가 말했다. 그러곤 큰 소리로 숨을 내쉬었다. 반은 한숨 소리, 반은 소음이었다. “몇 달 전에 바보 같은 일로 싸웠거든요. 우리가—내 말은, 내가—더 잘해야 되는데 매번 그러질 못하죠.” 젤리는 아무 말 않고 그가 다음에 어떤 말 혹은 소리를 낼지 기다렸다. 코 훌쩍이는 소리. “괜찮아요.” 그가 말했지만 여전히 목소리가 잠겨 있었다. “가끔 이런 것도 좋아요, 기분이 엿 같긴 하지만.” 그가 말했다. 젤리는 그의 목소리에서 목메임이라는 것을 들을 수 있었다. 단어 중간에 숨이 막히는 것, 그것이 그녀를 무너뜨렸다. 그녀의 목이 메어왔던 것이다.

“알아요.” 그녀가 부드럽게 말했다. 그때 절대 다른 소리로 착각할 수 없는, 사람이 우는 소리, 우는 게 익숙지 않은 남자의 소리가 들렸고 그녀는 그가 다 쏟아내도록 내버려두었다. 그의 숨소리, 훌쩍이는 소리, 인간의 감정이 유발하는 작은 소리들을 들을 수 있었다. "알아요." 그녀는 정말로 알았다. 아주 깊이, 평범하지 않은 방식으로 사랑하고 사랑받고 싶은 갈망을.

"네." 그가 말했다. "미안해요."

"미안해하지 마요, 잭. 내 앞에서는 그래도 돼요."

"네, 네. 당신 앞에서는 그래도 되죠. 그래요."

그녀는 잭을 너무 가깝게 느낀 나머지, 한 번도 해본 적 없는 행동을 했다. 다른 남자들, 다른 상대들에게 전화 걸기를 그만둔 것이다. 심지어는 잭에게 자기 전화번호를 가르쳐주고 언제든 걸고 싶을 때 걸라고 했다. 그들은 매일 통화하기 시작했다. 너무 빠르게 진전됐지만 그녀는 걱정하지 않으려고, 앞으로 어떻게 될지 생각하지 않으려 애썼다. 특유의 부드럽고 조용한 방식으로 약간의 신중을 유지하면서 속도를 늦추려고 했다. 하지만 힘들었다. 왜냐하면, 음, 그녀가 잭과 사랑에 빠졌기 때문이었다. 그녀는 그와 자신이 이어져 있다는 생각에 하루 중 매시간 행복을 느꼈다.

그는 그녀를 믿었고 그녀는 그를 믿었다. 전화를 끊을 때 그녀는 사랑받고 있다고 느꼈다. 하지만 그러고 나면 그녀의 삶—그녀의 진짜 삶, 가혹한 진짜 삶—이 순식간에 그녀를 둘러쌌다. 그녀는 수화기를 쥔 자신의 손을, 가운에 싸인 다리를, 통화 내용이 가득 적힌 공책을 내려다보았다. 그러곤 눈을 찡그리고 아파트 천장을 올려다보면서 자신이 남들에게 어떻게 보일까 상상했다. 괜찮을 거라고 스스로에게 말하려 했지만 간극이 너무 컸다. 숨이 턱 막힐 정도였다.

젤리와 오즈

섹스는 오즈와 함께하는 생활 중에서 쉬운 부분이었다. 데이트를 시작한 지 겨우 몇 주 만에 곧바로 그녀는 그의 집에 이사 들어오기로 했다. 처음 몇 달은 육욕과 열기로 몽롱한 나날이었다. 젤리는 오후엔 대부분 콜 센터에 가서 일해야 했다. 광고 전화를 거는 사이사이에 그녀는 그날 아침 또는 전날 밤 섹스에 대한 몽상에 빠지곤 했다. 대학 졸업반때 남자 친구 한 명을 사귀어본 것이 전부였으므로 이런 경험은 이제껏한 번도 해본 적이 없었지만 이렇게 강박적인 강도가 지속될 수 없다는건 알았다. 그녀는 이런 식으로 느낌을 기억하는 것이 나중에 중요해지리란 걸 감지하고 맨 첫날 밤부터 그들이 해온 모든 것을 세세한 부분까지 정확하게 순서대로 곱씹었다. 몽상으로 달아오르는 와중에도 그것을 의도대로 끌고 나갔다. 마치 하나하나의 오르가슴이 각각 다른 이야기의 일부여서 반드시 순서대로 따라가야만 하는 것처럼 차례차례 되짚었다. 하지만 실제로는 그렇지 않았다. 그것은 직선적인 하나의 이야기라기보다는 뱅글뱅글 원의 중심을 향해 다가가다 되돌아 나오기와 방향 틀기에 가까웠다. 시간이 흐르자 그녀는 좋아하는 순간과 장면을 차곡차곡 모으게 되었다(오즈가 그녀의 귓가에 입을 댄 채 가면서 그녀에게 속삭이는 장면, 거기서 컷 하고 오즈가 천천히 그녀의 옷을 벗기는 장면으로, 거기서 다시 오즈가 저녁을 먹다가 그녀의 치마 속으로 손을 뻗어서 얘기하고 있는 그녀의 안으로 부드럽게 손가락을 집어넣는 순간으로). 항상 젤리는 그 열기가 자기 몸속에서 솟아나길 원했고 그 열기를 찾아 돌진하곤 했다. 젤리는 광고 전화 한 통을 또 걸고 나서 몽상에 빠지는 시간을 가졌다. 백일몽, 기억과 환상의 방종한 조합, 자신이 원하는 대로 꾸는 꿈. 젤리의 생생하고 자세한 백일몽은 거의 실제만큼이나 좋았고 하이라이트만 모아서 편집한 버전과도 같았다. 그 안에서 그녀는 부드럽고 화사한 빛에 둘러싸인 것처럼 보였다. 처음 몇 달 동안은 마침내 퇴근해서 집에 도착할 때마다 말 그대로 오즈와 그의 몸을 찾아 뛰어 들어왔다. 양손과 얼굴을 그의 가슴에 묻곤 했다. 그리고 숨을 들이마시면 그의 체취에 몸이 달아올라 부들부들 떨었다.

젤리는 특히 자기가 엎드려 있고 그가 자신의 위에 올라타서 온몸이 완전히 덮일 때를 좋아했다. 그의 큰 몸의 무게가 천천히 눌러오는 것을 느낄 수 있었고 그러면 완전히 둘러싸인 자신이 안전하게 느껴졌다. 충만하되 넘치지 않았다. 오즈는 그렇게 침대에서 깜짝 놀랄 만큼 우아했다. 젤리는 자신이 위에 있는 것을 좋아하지 않았다. 리듬감도 조정력도 없었기 때문이다. 그녀는 오즈의 침대에 정강이를 부딪쳤고, 거실 탁자에 발이 걸려 넘어졌다. 그녀의 사지는 조심성이 없어서 항상 팔이나 다리에 멍을 달고 살았다. 그녀에겐 사실 멍이 거의 보이지 않았지만 시력 나쁜 그녀의 눈에는 모든 곳이 멍 들어 보였다. 오즈는 멍을 볼 순 없었지만 그녀의 움찔거림은 느낄 수 있었다. 시간이 지나자 그녀의 서투름은 거의 문제가 안 됐다. 그들이 처음으로 같이 잤을 때―젤리가 열에 달뜬 절정 부분 때문에 몇 번이나 반복해서 떠올리게 되는―오즈는 그녀에게 하나로 정해야 한다고 말했다. 여러 가지 체위를 이미 시도해봤기 때문이었다. 그녀는 너무 흥분해 있어서 그의 손이 닿기만 해도 움찔거렸지만 그는 천천히 움직였다. 그의 침착함 때문에 그녀는 더욱더 그를 원했다. 오즈가 자신의 큰 손을 그녀의 손 위에 얹더니 그녀의 다리 사이로 가져갔다. 그녀는 그의 가슴에 머리를 기댄 채 기다렸다. 하지만 그의 손은 그녀의 손에 얹혀만 있을 뿐 움직이지 않았다. 그가 말했다. "보여줘. 혼자서 가봐."

"못해." 그녀가 말했다. "너무 긴장돼." 오즈는 계속 자기 손을 그녀의 손에 얹고 있었지만 거의 힘을 주지 않았다. 그때 스물다섯 살이었던 젤리는 갑자기 더 어려진 것 같다고 느꼈다. 오즈가 자신을 볼 수 없다는 사실이 떠오르긴 했지만 그는 나름의 방법으로 볼 수 있었다. 모든 동요와 떨림을 느낄 수 있었기 때문이다. 왜 그에게 보여주는 것이 그가 그녀 안에 있을 때보다 훨씬 더 은밀하게 느껴진 걸까?

"해봐, 부탁이야." 그가 속삭였다. 그녀는 가운뎃손가락을 뻗어서 피부 밑의 작은 돌기를 찾았다. 그곳에 손가락이 직접 닿은 느낌은 너무 강렬했다. 가끔 그럴 때가 있었다. 그녀는 옆에서 간접적으로 누를 수 있는 곳을 찾아냈다. 너무 어려웠다. 왜 이렇게 복잡하고 매일매일 다르지? 매일매일뿐만 아니라 오르가슴과 오르가슴 사이에도 달랐다. 좋게 느껴지는 게 순간순간 달라졌다. 그녀가 손가락을 움직이자 오즈가 손을 떼었다가 커다란 손가락으로 그녀의 손을 살며시 쓸어내렸다. 그녀는 더 빨리 움직이기 시작했다. 오래 걸리지 않을 것임을 알 수 있었다.

그의 손이 살짝 누르는 느낌이 그녀를 흥분시켰다. 눈을 감고 있었지만 절정이 가까워질수록 그의 숨소리가 빨라지는 것이 느껴졌다. 그녀는 자신에게서 이런 반응을 끌어내는 것이 그의 손이라고 상상했다. 그녀의 손가락은 결코 그곳에서 떨어지지 않은 채 계속 누르면서 빠르게 문질렀다. 온몸에 힘이 들어갔다. 그녀가 절정에 달했을 때 오즈는 다른 한 손을 그녀의 얼굴에 갖다 댔다. 절정이 몇 초간 지속된 후 온몸에 힘이 빠지면서 축 늘어졌다. 달랐나? 그랬다. 잠시 후에 자신이 한 번 더 할 수 있음을 알았기 때문이다. 그녀는 더 밑의, 더 깊은 곳을 찾을 때까지 손가락을 움직였다. 오즈가 한 손은 그녀의 뺨에 대고 다른 손은 다리 사이에 놓인 그녀의 손에 댄 채 뭔가를 중얼거릴 때 그녀는 또다시 가기 시작했다. 이번에는 더 빨랐지만 떨림이 몸속에서부터 밖으로 뻗어 나와 다리를 타고 내려갔다.

오즈는 곧 입 또는 손만으로 그녀를 보낼 수 있게 됐다. 그녀는 자신이 과연 절정에 달할 수 있을지 더 이상 걱정하지 않아도 됨을 깨달은 순간을 기억했다. 언제든 갈 수 있음을 알게 된 것이다. 오즈는 그녀를 유혹하는 것을 좋아했고 잘했다. 두 사람이 함께 보낸 밤이 쌓여갈수록 그녀는 자신이 세세한 부분에서 까다로움을 알게 됐다. 정말 그랬다. 하지만 그녀의 반응을 읽는 것도, 그녀를 보내는 것도 불가능하진 않았다. 그녀는 오즈를 사랑했고, 오즈와 섹스 하는 것을 좋아했다. 자신에게 성생활이, 그것도 일상생활 바로 옆에 나란히 존재한다는 사실이 놀라웠다.

결국 두 사람의 모든 성행위를 기억하려는 시도는 불가능해졌으므로 그녀는 그냥 최근에 했던 것을 떠올린 뒤 거기에 과거의 순간들이 스며들게끔 했다. 각각의 행위가 그 행위의 예전 버전을 떠올리게 했기에 나중에는 어떤 행위도 개별성을 갖지 않게 되었다. 그저 모든 게 그들 삶의 일부였을 뿐이다. 좋아하는 사적인 행위들을 약간씩 변형하며 반복하는 것도, 쾌락을 정확히 재현하려는 욕구가 결국 새로운 것에 대한 갈망을 이기는 것도. 궁극적으로 그렇게 될 수밖에 없다고 생각했다.

하지만 두 사람이 함께하는 다른 일들은 더 어려웠다. 돈 벌기가 힘들었다. 오즈의 주 수입원인 장애인 수당은 월세나 겨우 낼 정도밖에 안 됐다. 그래서 그녀가 이사 들어온 직후부터 그는 시간제로 대학의 후각 연구 프로젝트에 참여하기 시작했다. 시각에 백색광이 있듯 후각에서도 정말로 중립적인 향을 개발하려는 프로젝트였다. 오즈는 예민한 후각 덕분에 향들 간의 미묘한 차이를 구분할 수 있었다. 또 후각 피로를 느끼지 않아서 같은 냄새를 반복적으로 맡아도 무뎌지지 않았다. 사람들이 자기 체취나 자기 집의 악취—거기에 지속적으로 노출된 후에—를 맡지 못하는 이유가 바로 후각 피로 때문이다. 하지만 오즈의 후각은 둔화되지 않았다. 그는 일주일에 두어 시간만 일했는데, 실험 후에 몇 시간 동안 두통에 시달리는 일이 잦았으므로 그 정도가 적당했다. 그토록 여러 분야에서 그토록 명백하게 뛰어난 오즈가 제대로 된 직업을 찾을 수 없다는 사실이 젤리는 화가 났다. 그는 학사 학위도 있었고 기계에 대한 이해력도 뛰어났다. 예를 들면 지하실에 있는 세탁기도 그가 고쳤다. 세탁기가 돌아가는 소리를 듣고 귀만으로 어디가 잘못됐는지 찾아낸 것이다. 그녀는 그가 자동차도 소리만 듣고 어디가 문제인지 알아낼 수 있을 거라고 생각했다. 그가 모든 일을 할 수 있는 건 아니었지만—어쨌든 맹인이었으니까—할 수 있는 일은 특출하게 잘했다. 문제는 세상이 (아직까지는) 그의 기량을 이용하기 위해 그의 한계까지 받아들일 생각은 없다는 것이었다. 세상은 이 덩치 큰 맹인 남자를 제대로 사용하려 하지 않고 오히려 괴물처럼 대했다. 괴물처럼 높은 IQ, 괴물처럼 완벽한 절대음감, 괴물처럼 냄새를 맡는 능력, 괴물처럼 기계를 다루는 솜씨. 하지만 문제는 오즈 스스로도 자신이 지극히 평범하지 않다고 느꼈다는 사실이었다. 눈이 안 보이는 것과는 거의 상관이 없었다. 다른 맹인들—선천적인 완전한 맹인들조차—도 그가 소름 끼칠 만큼 특이하다고 생각했다. 그의 자아는 뚫기 어려울 정도로 두꺼운 껍데기에 싸여 있었다. 젤리는 그와 함께 살면서도 그가 그녀나 그녀의 삶과는 반대 방향의 궤도를 돌고 있다고 느꼈다. 가장 힘들었던 부분은 그가 그녀의 몸 외에는 별로 공유하고 싶어 하는 것 같지 않았다는 사실이었다. 육체적으로는 그토록 가깝게 느꼈음에도 그들은 거의 매일 밤 말없이, 아니 적어도 오즈는 말없이 밥을 먹곤 했다. 젤리가 말을 하거나 어떤 이야기를 들려줄 때면 오즈는 듣고 있다가 고개를 끄덕였다. 하지만 그가 목소리의 내용은 안 듣고 겉만 듣고 있음을 알 수 있었다. 남자가 여자의 얼굴만 처다보고 얘기는 안 들을 때의 청각적 버전이었다. 오즈는 그녀가 말할 때 미소를 짓고 고개를 끄덕였다. 또는 "그래"라고 말했지만 그것은 마치 그가 좋아하는 음악을 듣는 것과 같았다. 그녀의 말을 듣고 있는 것 같지 않았다. 그래서 그녀는 말을 더 많이 했지만 어느 시점에 이르자 그가 대답하지 않을 것이고 할 수도 없음을 깨달았다. 그들이 진정한 대화를 나눴던 시절은 사라지고 없었다. 그녀는 그 느낌을, 두 사람이 서로에게 다가가려 애썼던 순간들을 되찾고 싶었다. 이야기를 나누고 새로운 사실들을 발견했던. 그것은 아주 짧은 시간 동안만 열려 있다가 두 사람이 정말로 함께하게 되자 천천히 닫혀버리고 만 창문과도 같았다. 이럴 줄 알았더라면 더 많은 질문을 해서 이 사람에 대한 사실을 더 많이 모았을 텐데. 연인과 편한 사이가 되면 아무 얘기를 할 수도 들을 수도 없다는 걸 왜 아무도 그녀에게 경고해주지 않았을까? 그녀는 걱정하지 않으려 애썼다. 그녀한테만 그런 것이 아니었으니까. 오즈는 그녀가 아는 한 아무와도 얘기하지 않았다. 어쩌면 이건 남과 같이 산 지 오래되면 일어나는 일인지도 몰랐다. 얘기할 필요가 없어지니까. 하지만 그러면 왜 그녀는 그토록 외롭다고 느꼈을까?

사람들에 대한 오즈 특유의 과묵이 그가 전화에 대한 열정을 잃었음을 뜻하진 않았다. 거의 매일 오후 그녀는 그가 수화기를 들고 버튼음을 휘파람으로 불고는 강박적으로 집중한 채, 귀 기울이는 모습을 보았다. 오즈는 전화라는 기계와 소통하는 것을 좋아했다. 버튼음과 딸깍 소리가 자신의 머리를 식혀준다고 느꼈다. "전화 신호음은 내 자장가야." 그가 말했다. 오즈가 전화번호를 두 개 쓰고 싶어 했기 때문에 그들의 쥐꼬리만 한 월수입의 엄청난 부분이 전화료를 내는 데 쓰였다. 통화료는 한 푼도 내지 않았지만 기본료 자체가 비쌌다. 그것은 감당할 수 없는 금액이었고 젤리는 왜 오즈가 하나로 만족 못하는지 이해하지 못했다. 오즈는 이것을 해결할 방법을 찾아내려 애쓰고 있었다. 둘 중 하나를 취소한 다음에 다시 연결할 방법, 돈을 내지 않고 새로운 회선에 접속할 방법을 찾을 생각이었다. 통신사에서 알아내기 전에 어디까지 무임승차가 가능할지는 그도 확신하지 못했다. 서로 입 밖에 내진 않았지만 언제 들킬지 모른다는 불안감이 젤리와 오즈를 짓눌렀다. 새로운 연인 관계의 황홀함이 차차 사라지면서 그들에게 남은 것은 경제적 궁핍에서 시작되어 이제는 모든 곳에 스며든 듯한 결핍감이었다.

오즈는 가전 회사에서 공고가 날 때마다 지원했지만 취직을 하진 못했다. 거의 될 뻔한 적도 있었다. 에어컨을 설계하고 제조하는 캐리어사의 큰 공장 일자리에 면접을 보게 됐던 것이다. 하지만 면접 후에 전화가 오지 않았다. 그가 지나치게 별나고 까다로운 사람임을 보여준 탓이었다. 그녀는 그가 좌절했음을 알았지만 그가 말해줘서 안 것은 아니었다. 그날 밤 그리고 며칠 밤 동안 오즈가 머나면 도시의 미리 녹음된 메시지를 듣기 위해 지치지도 않고 계속 전화에 버튼음을 불어낸 탓이었다. 오즈는 녹음된 여자 목소리―항상 여자 목소리였다―가 효율적이지만 정중하게 외국어로 뭔가를 말하게 했다. 그러고 나서는 오류를 알리는 뻭삑 소리가 난 후에 다시 목소리가 나와서 정확히 똑같은 방식으로 정확히 똑같은 말을 되풀이했다. 그는 한동안 반복해서 듣고 있다가 또 다른 나라의 또 다른 없는 번호로 접속했다. 그리고 또다시 미리 녹음된 여자 목소리가 정중한 대사를 몇 번이나 반복하는 것을 듣고 있었다.

전화 해킹에서 젤리의 주 관심사는 멀리 떨어져 있는 사람들과 이야기하는 것이었다. 녹음이나 버튼음이 아니었다. 저 멀리 있는 다른 사람들이었다. 이것은 현대의 불가사의였다. 전화로 낯선 사람들과 연결되는 것. 장난 전화를 거는 게 아니라 다른 사람들과 연결된 네트워크로 들어가서 자기 마음에 드는 사람들을 찾는 것. 병 속에 편지를 써 넣는 것처럼, 여기 내 주위의 삶에서는 나와 연결되고 싶어 하는 사람이 아무도 없다 해도 저 바깥―드넓은 '바깥세상'―의 누군가는 내 이야기를 들으려고 기다리고 있다는 믿음.

젤리는 얼마 동안 언론정보학과 대학원을 다니면서 영화 과목을 중점적으로 들었었다. 하지만 시력을 잃고 나서는 그만둘 수밖에 없었다. 정부에서 매달 주는 장애인 수당은 아주 적었기 때문에 시력이 나아지자 직장을 찾기 시작했다. 말솜씨 덕에 콜 센터 일을 쉽게 구했고 처음에는 고객 상담을 하다가 텔레마케팅 쪽으로 옮아왔는데 이쪽이 벌이가 더 좋았다. 이곳 사람들은 다들 전화 거는 것도, 고객도 싫어했다. 젤리도 마찬가지였지만 영업에는 뛰어났다. 그녀는 매일 자기 '구역'에 할당된 카드 한 벌을 받았다. 거기에는 이름과 통화 이력이 적혀 있었다. 매번 마지못해 돋보기를 집어 들고 카드 한 장을 골라 시작했다. 보통은 노스캐롤라이나주에 있는 숙소의 휴가철 임대 상품을 팔았다.

데이비드 존슨. (973) 623-1816.

때로는 고객의 재정 상태와 이 상품 혹은 관련 상품의 구매 내역이 카드에 적혀 있기도 했다. 완전히 신규 고객인 경우는 드물었다.

젤리는 대본을 갖고 있었고 이미 영업 기술 교육도 받은 디었다. 짧고 간단하게 말해라. 이름을 자주 불러라. 작은 것을 먼저 수락하게 한 후에 큰 쪽으로 발전시켜라. 질문을 해라. 고객이 질문에 대답하면 마음을 열었다는 뜻이다. 하지만 그녀는 골자만 숙지한 후에 자기 마음대로 변형했다. 곧잘 대본에서 벗어나 길게 얘기하곤 했다.

"데이비드 씨, 아우터 뱅크스* 휴가 상품은 잠시 잊으세요. 본인이 원하는 걸 얼마든지 자유롭게 할 수 있다고 가정했을 때 데이비드 씨가 생각하시는 이상적인 휴가는 어떤 건가요? 자녀들이나 부인이 아니라 본인이 원하시는 거요." 젤리가 말했다.

데이비드 존슨—뉴저지주 메이플우드 거주, 고급 헬스클럽 회원권 구입 후 6개월 뒤 취소, 38세, 15년째 국제 전기 기사 노조원, 소득 중하위권—은 아무 말도 하지 않았다.

젤리는 기다렸다. 데이비드가 말없이 콧바람을 내보내 흥 소리를 내는 것이 들렸다. 그런 생각을 하는 것 자체가 터무니없다는 뜻이었다. 하지만 다음 순간, 기다리고 있는 공기 속으로, 그가 말했다.

* 노스캐롤라이나주의 해안 지방을 가리키는 말.

"낚시를 하고 싶어요. 전화도 없고, 텔레비전도 없고, 가족도 없는 곳에서. 나랑 물만 있는 곳요." 그가 말했다. "여기 아닌 어딘가, 차가 다니지 않는 조용한 곳. 끝내고 나서 시원한 맥주 한잔이랑 생선튀김, 오두막집이 있어도 좋겠죠."

젤리는 그가 말한 것들을 머릿속으로 그리고, 낚싯대를 잡고 있는 잘생기고 피곤한 데이비드를 상상했다. 고객이 잘생겼다고 상상하는 편이 도움이 됐다. 데이비드는 머리가 검고 플란넬 셔츠를 입었다. 플란넬에 싸인 그의 팔을 만지면 천 너머로 단단한 근육을 느낄 수 있었다. 보드라운 플란넬, 단단한 근육.

"이웃도 없고요." 데이비드가 말했다. "일도 없고, 대화도 없고. 아무것도 없어요. 라디오도 있으면 안 돼요."

"네." 그녀가 낮고 느린 목소리로 말했다. 그녀는 전화를 걸기 전에 심호흡을 하고 목을 이완시키라고 배웠다. 이것은 콧노래처럼 청아하고 부드러운, 그녀의 통화용 음역이었다.

"전화도 없어야 돼요!" 그가 말하곤 웃었다.

젤리도 밝은 웃음소리를 송화기 속으로 흘려보냈다. "고요해야 된다고요?" 그녀가 말했다.

"기타를 칠 수도 있겠죠. 여유롭게 앉아서 치고 싶은데 시간이 없어요. 하지만 이상하게, 저녁 먹고 나서 텔레비전 볼 두 시간은 있는 거 있죠? 왜 안 치게 됐나 모르겠어요. 퇴근하고 나면 녹초가 돼서 텔레비전 외의 모든 것은 피곤하게 느껴져요. 그래서인가 봐요." 어둠 속에서 오직 텔레비전 화면만 껌벅이는 쓸쓸한 방 안의 검은 머리 데이비드.

"그러니까 단출하고 조용하고, 일과 의무에서 벗어날 수 있는 곳을 원하시는군요. 스트레스도, 쇼핑센터도, 교통 체증도 없는 곳. 쉬기도 하고 기타 연주나 낚시처럼 자기가 좋아하고 잘하는 것도 할 시간이 있는 곳 말이에요." 그녀가 말했다.

"그래요." 그가 말했다.

"때로는 자기가 좋아하는 일을 하는 게 피로 회복에 가장 도움이 되죠. 텔레비전을 보면 피로가 풀리는 것 같아도 그건 피로 회복제를 먹는 것과 같아요. 단지 무감각해질 뿐이라 더 깊이 있고 만족스러운 뭔가를 원하게 되거든요."

"꼭 최면에 걸린 것 같아요. 내가 뭘 보는지도 신경 쓰지 않으니까. 우리―아내랑 나―는 조니 카슨 쇼랑 뉴스를 보고 그 전에는 9시 드라마를 아무거나 봐요. 뭘 보든 똑같거든요. 나는 애들이 보는 그 코미디 프로그램이 싫어요. 녹음된 웃음소리가 계속 터져 나오는 걸 들으면 미쳐 버리겠어요. 아, 정말 최악이에요. 우습지도 않은데 웃음소리가 들리는 것보다 끔찍한 건 없잖아요. 애들이 매일 그 쓰레기를 보고 나중에 어떻게 될지 모르겠어요. 우리 식구 다 형편없는 텔레비전에 홀려 있어요. 정말이라니까요." 쓸쓸한 방의 문간에 서 있는 데이비드. 텔레비전을 보는 아이들을 보고 있다. 텔레비전 스피커에서 짧고 날카로운 웃음소리가 터져 나오는데도 무표정한 아이들의 얼굴.

그들 사이에 뭔가가, 거래가 일어나게 될 것이다. 임대하는 것이 호숫가 오두막집이 아니라 바닷가 아파트여도 상관없었다. 적절한 부분을 강조하는 것으로 충분할 테니까. 고객의 대답에 대꾸할 필요 없이 그들의 대답을 그대로 다시 들려주는 편이 낫다. 들어주는 것이야말로 그들에게 줄 수 있는 선물이고 그다음에는 내가 무엇을 제안하든 따를 것이다. 고객이 다음번으로 미루게 하지 마라. 사적인 얘기를 이용해서 나의 인간미를 강조하고 고객과 유대를 형성해라. ("아우터 뱅크스 임대

상품을 이용할 때 저는 아침 일찍 바닷가를 산책하며 시간을 보내요. 차소리 대신 파도 소리를 듣죠. 파도 소리를 들으면 심장박동이 차분해진대요, 알고 계셨어요?" 젤리가 말했다.

"어디선가 들은 것 같네요."

"그렇다니까요. 파도 소리를 들으면 엄마 배 속에 있었을 때처럼 진정이 된대요. 하지만 저는 부두를 걷는 것도 좋아해요. 사람들이 작은 보트랑 생선을 꺼내놓잖아요. 아니면 부두에서 낚시를 하기도 하고요.")

반드시 신용카드 번호를 받아라. 유리한 쪽은 언제나 그녀였다. 그녀는 일주일에 수십 번 이 일을 한 반면, 전화를 받은 사람들은 영업 전문가가 아니었기 때문이다. 그들은 늘 예상대로 평범한 사람들이었다. 그 사실이 그녀는 조금 불편했다. 그녀가 좋아한 것은 고객들과 느끼는 유대감이었다. 바로 그것, 사람들이 뭔가를 살 때 낯선 두 사람 사이에 생기는 진정한 유대감. 그들은 나를 믿는다. 그럼으로써 거래 관계에서 신뢰 관계로 옮아간다. 이 부분이 그녀는 좋았고, 전화상에서는 자신이 거부할 수 없을 만큼 매혹적임을 알았다. 그녀는 거짓말을 지어내는 것도 개의치 않았다(예를 들어 아우터 뱅크스 임대 상품과 관련해서 그녀가 실제로 경험한 것은 팸플릿 사진을 보고 감정적인 묘사를 늘어놓은 것뿐이었다). 지어내는 것은 괜찮았다. 중요한 것은 감정, 진짜 감정과 진짜 욕망이었기 때문이다. 그것이 어떻게 생겨났는가, 환상인가 아닌가는 그녀에게 중요치 않았다. 싫었던 점은 순전히 돈이 목적이라는 부분이었다. 모든 것이 결국은 숫자로 귀결되고 수량화되는 게 싫었다. 할당량이 있다는 사실은 모욕적이었고 스트레스를 줬다. 그러던 어느 날 그녀는 콜 센터에서 돈이 아니라 재미를 위해 낯선 이들에게 전화를 걸기 시작했다. 그것은 약간 반항적으로 느껴졌고 기분도 좋았다.

처음으로 영업용이 아닌 전화를 건 상대는 팀 에스테스였다. 팀은 마흔 살이었고 뉴욕주 머매러넥에 살았다. 이혼했고 세 아이의 아버지에 소득은 중상위권이었다. 고객 카드에 누군가가 그려놓은 기호는 그에게 문지기, 즉 전화를 따돌리는 가정부나 여자 친구가 있음을 뜻했다. 좋지 않은 징조였다.

어쨌든 그녀는 전화를 걸었고 기쁘게도 에스테스 본인이 전화를 받았다.

"여보세요." 그가 말했나.

"팀 에스테스 씨와 통화할 수 있을까요?"

"제가 팀입니다." 그의 목소리 톤에서 뭔가 슬픈 기운이 느껴져서 젤리는 그에게 뭔가를 팔기가 싫어졌다. 하지만 그렇다면 이 통화의 목적이 무엇이란 말인가?

"안녕하세요, 저는 니콜 램포어라고 해요." '에이미'라는 이름은 싫었고 해킹할 때 별명인 '젤리'는 너무 이상하고, 음, 사적이었다. 그래서 영업할 때 쓰는 '니콜'을 지금 이것—이것이 무엇이든 간에—에 사용하게 된 것이다.

"제가 아는 분인가요?" 그가 말했다. 그녀는 한 박자 쉬었다가 송화기를 향해 미소 지었다. 젤리는 팀이 전화기를 통해 자신의 미소를 느낄 수 있음을 알았다. 미소를 지으면 그녀의 호흡, 그다음엔 목소리까지 달라졌기 때문이다.

그녀는 그냥—차분히, 천천히—사실대로 말했다. "그런 건 아닌데 정말 신기하네요. 목소리가 굉장히 익숙하게 들리거든요. 고향이 어디세요?"

침묵. "올버니요." 그가 말했다. "올버니 근교예요. 길덜랜드라는 지루한 교외 마을이죠. 하지만 교외가 원래 다 지루하잖아요, 안 그래요? 그러라고 있는 거니까."

"재밌네요. 저도 뉴욕주 북부의 교외 마을 출신이에요." 그녀가 말했다. "하지만 거기는 아니에요. 저는 시러큐스 교외의 솔베이라는 데서 자랐어요." 전부 사실이었다.

"거기도 지루했나요?" 팀이 약간 놀리는 투로 말했다.

"지루하다기보다는 끔찍했죠. 그곳은 소금층을 채굴해서 소다회*를 만들기 위해 지어진 마을이었어요. 저는 소다회가 뭔지 몰랐지만 그곳에서 자란 사람은 누구나 소금 광산에서 새어 나온 유독한 화학물질이 지하수와 호수로 스며든다는 사실을 알고 있었죠. 솔베이 아이들은 어둠 속에서도 빛나기 때문에 절대 길을 잃지 않는다고 말하곤 했어요."

그가 웃었다. "뭐, 길덜랜드의 가장 큰 특징은 간선도로가 가깝다는 거였어요. 그렇다고 무슨 일이 일어난 건 아니지만 그 빌어먹을 곳을 벗어나서 어느 방향으로든 갈 수 있었죠. 그리고 대부분이 그렇게 해요. 그러니까, 떠난다고요."

"솔베이에서도 다들 떠나려고 해요. 이젠 마땅한 일자리가 없으니까요. 경기는 침체되고 환경은 오염되고, 단순히 우울하기만 한 대부분의 뉴욕주 중부 마을과는 다르죠."

"좋아요, 당신이 이겼네요. 하지만 이름은 멋있어요. 소올베이."

"꼭 프랑스 이름 같죠." 젤리가 말했다. "뉴욕주의 춥고 오염된 마을에 이국적으로 들리는 이름을 붙이는 건 잔인하지 않아요? 롬, 시러큐스, 트로이, 솔베이 같은 이름 말이에요."

* 무수탄산나트륨. 유리, 도료, 조미료, 세제 제조 등 다양한 용도로 쓰인다.

"맞아요, 잔인하죠. 하지만 솔베이는 솔번트*랑 발음이 비슷하니까 적절한 이름 아닌가요?"

"그 생각은 안 해봤네요. 아유, 기분 나쁜데요." 그녀가 웃으며 말했다.

팀이 웃는 소리가 들렸다. 두 사람은 웃음소리 덕분에 긴장이 풀어져서 더 크게 웃었다. 그들은 20분을 더 통화했고 전화를 끊을 때 그녀는 곧 다시 걸겠노라고 약속했다. 그는 그녀에게 왜 전화했냐고 한 번도 묻지 않았고 그녀도 말하지 않았다. 그것이 그녀의 첫 번째 '순수한' 통화 경험이었다. 통화 자체가 목적이었고 '이유'는 없었다.

젤리는 좋았다. 남자가 자신에게 굴복하는 것, 기분 좋게 자신과 어울리는 것. 흥분된 느낌이 그날 하루 종일 가시지 않았다. 전화 통화를 하고 나니 섹스 장면을 몽상할 때처럼 약간 반짝반짝하고 붕 뜬 기분이 들었다. 그 기분은 오즈가 있는 집으로 돌아왔을 때도 지속됐고 그가 자신에게 말을 거의 하지 않는데도 화가 나지 않음을 깨달았다. 하지만 오즈에게 그 얘기를 할 수는 없었다. 지난 몇 달 동안 두 사람 사이에는 어떤 패턴이 생겨났다. 그녀는 집에 오면 자기 목소리가 아닌 목소리를 듣고 싶었다. 하지만 오즈는 그의 하루 혹은 세상에 대한 그녀의 질문에 짧고 제한적인 답변 이상은 하려 들지 않았다(얘기할 것은 너무 많았다. 닉슨 대통령, 여성 대회, 전쟁, 비틀스 해체 등. 오즈는 비틀스를 좋아하지 않았지만 그래도). 오즈가 간단한 생각이나 농담을 말했어도 그녀는 개의치 않았을 텐데도. 그래서 그녀는 저녁 식사 후에 거의 매일 밤 개방형 슬리브 회의 통화 회로에 접속해서 거침없고 자유로운 대화를 들었다. 영업도 돈도 존재하지 않고 그저 사람들이 서로에 대해,

* 용제.

정치에 대해 이야기하는. 오즈가 싫어했지만 그녀는 계속 걸었다. 그래서 그는 늘 두어 시간 아파트를 나가 있게 되었다. 그녀도 어쩔 수 없었다. 그녀에겐 정말로 필요했기 때문에. 하지만 팀과 통화한 날은 개방형 슬리브에 접속할 필요를 못 느꼈다. 그래도 오즈는 여전히 나갔다. 이미 그의 저녁 습관이 돼버렸던 것이다.

첫 번째였던 팀을 뒤로하고 그녀는 다른 사람들로 옮아갔다. 이런 관계에는 예상 수명 또는 한도가 있었다. 곧, 어떤 경우에는 아주 빨리, 상대방이 그녀를 직접 만나려고 했다. 혹은 사진을 보내달라고 했다. 젤리는 신비감을 완전히 잃어버리고 싶지 않았기 때문에 약속을 잡겠다든가 사진을 보내주겠다든가 하고는 다신 전화를 걸지 않았다. 새로운 사람과 다시 시작했다. 이 과정을 반복할 때마다 그녀는 위기를 모면하는 데 조금 더 기민해지고, 불가피한 관계 진전을 미루는 데 조금 더 능숙해졌다. 그들은 그녀의 손바닥 안에 있었다. 그녀는 이 일을 몇 번이나 해봤고 그들은 난생처음이었기 때문이다. 영업용 전화처럼.

몇 달 후 젤리는 자신이 콜 센터 근무 시간의 거의 반을 비영업용 전화에 썼음을 알게 됐다. 수수료가 내려가는 걸 감당할 순 없었다. 하지만 이제 이런 통화는 그녀의 일부, 그녀가 바라보는 자신의 일부가 되어 있었다. 완전히 끊는 것은 너무 힘들 터였다. 그래서 그녀는 통화 수를 줄였다. 순수한 전화는 하루에 한 통만 거는 것으로 제한했다.

그렇게 하면 그들, 즉 오즈와 젤리에게 좋을 거라고 생각했다. 더 이상 저녁에 전화 해커들과 대화할 필요가 없었기 때문이다. 대화를 향한 욕구가 충족되었기에 오즈를 집에서 쫓아내지 않아도 되었다. 심지어 그에게 개방형 슬리브에 대한 흥미를 잃었다고 말하기까지 했다. 하지만 놀랍게도 오즈는 계속해서 거의 매일 밤 몇 시간씩 외출했다. 다른 여자가 생겼나? 그는 자기가 참석하고 싶은 모임과 합창단에 대해 모호하게 얘기할 뿐 절대로 같이 가자고 하진 않았다.

얼마 후 젤리는 오즈가 없을 때 영화를 보러 가기 시작했다. 오즈에게는 말하지 않았지만 사실은 시력이 꾸준히 나아지고 있었다. 거대한 스크린에 비친 영상은 더 선명하게 볼 수 있었다. 영상을 가리는 하얀 점이나 줄이 보일 때도 가끔 있었지만 자세히는 아니더라도 영상을 볼 수 있었고 듣는 데는 전혀 문제가 없었다. 그녀는 다시 영화를 볼 수 있게 된 것에 진심으로 감사했다. 이럴 때는 애 보기 아르바이트를 해서 빈 돈을 전부 영화에 썼고 토요일은 대개 하루 종일 연속으로 영화를 보며 보냈다. 병에 걸렸을 때 그녀는 영원히 영화를 잃어버렸다고 생각했다. 하지만 지금은 거의 매일 밤 보러 갔다. 연이틀 같은 영화를 볼 때도 있었다. 이런 일이 몇 주간 계속됐다.

오즈와 젤리가 함께 보내는 유일한 시간은 침대에서뿐이었다. 그가 집에 왔을 때 그녀가 깨어 있으면 여전히 섹스는 했지만 그녀가 곯아떨어질 때가 잦아서 섹스 하는 횟수가 줄어들기 시작했다. 섹스를 할 때 여전히 오르가슴을 느끼긴 한다는 말은 그녀가 예상한 것보다 강도가 약하다는 뜻이었다. 둘 사이를 연결해주는 모든 것이 점점 더 적어지고 있었다. 거기에 대해 진지하게 생각하진 않으려 했지만 그녀는 두 사람의 관계가 곧 끝날 것임을 알았다. 커피를 마시면서 그 부분에 대해 생각해보려고도 했다. 잠자고 있는 오즈 옆에서 일어나 그를 깨우지 않으려고 조심하며 거실로 나온 뒤에. 배려하느라 깨우지 않은 거야. 아니야. 섹스 하기 싫어서 깨우지 않은 거야. 마땅히 해야 할, 입맞춤과 어루만지기로 깨우기를 하기 싫은 거야. 하지만 그러고 나선 고개를 내저으며 생각하지 않으려 했다. 그랬다. 곧 끝날 것처럼 느껴지면서도 영원히 이렇게 살 수 있다는 생각도 들었다.

그러던 어느 토요일 오후, 벽시계가 3시를 알린 직후에, 오즈가 전화기 옆 소파에 젤리를 앉혔다. 오즈는 자기랑 같이 개방형 슬리브에 접속하자고 제안했다. 젤리가 한 회선을 쓰고, 오즈가 다른 한 회선을 쓴다는 것이었다.

"몇 분 뒤에 특별한 일이 일어날 거야." 젤리는 수신자 부담인 안내 센터에 전화를 걸어서 교환이 전화를 끊고 난 뒤에 열린 무료 회선에 머물렀다. 그리고 블루 박스를 사용해서 개방형 슬리브에 연결되는 데 필요한 소리를 냈다. 오즈는 이미 접속해 있었고 다른 사람들도 있었다.

"안녕, 오즈, 나 왔어요." 한 목소리가 말했다. "멤피스의 날라리예요."

"약속대로 나도 왔어요. 디트로이트의 따발총입니다. 무슨 일이에요?"

"다들 와줘서 고마워요." 오즈가 말했다. "이건 집회예요. 지금부터 전화 해킹 모험에 나설 겁니다. 시간이 좀 걸릴 거니까 마음 편하게 가져요." 더 많은 사람들이 들어왔다. 젤리는 곧 자신도 모르게 깨달았다. 오즈가 지난 몇 주간 매일 개방형 슬리브 번호에 접속해서 모두에게 특별한 행사가 있으니 이 시간에 들어와달라고 말했다는 것을.

3시 30분에 오즈가 말을 시작했다. 그의 목소리에 담긴 기쁨을 느낄 수 있었다. 오즈는 행복해 보였고, 그녀는 그의 그런 목소리를 듣는 것이 실로 오랜만임을 깨달았다.

"좋아요, 그럼 시작합시다. 마 벨과 각지의 지역 통신사 여러분 환영합니다. 아직 우리를 추적 중이진 않겠지만 충분한 시간을 드리죠. 다들 조용히 해요!" 그리고 그가 휘파람으로 숫자 몇 개를 불자 곧 그들 모두가 이집트의 미 대사관 직원과 연결되었다.

"안녕하세요! 저는 뉴욕주 시러큐스의 WSYR 방송국에서 라디오 프로를 진행하고 있는 디제이 오즈입니다. 거기서 하시는 일에 대해 인터뷰 좀 할 수 있을까요? 기본적인 질문 몇 개만 드릴 건데요." 그러고는 그에게 잠깐만 기다려달라고 하고 다른 사람과 또 연결했다. 몇몇 곳의 몇몇 사람이 승낙했고 오즈는 그들에게도 끊지 말고 기다려달라고 부탁했다. 그리고 또 다른 대사관에 전화를 걸어서 똑같이 말했다. 그는 개방형 슬리브에 사람들을 모으고 있었고 정부 기관들을 포함함으로써 노골적으로 말썽을 자초하고 있었다. 일부 해커는 그가 뭘 하는 건지 깨닫자마자 나가버렸지만 대다수는 이 장난의 완성도를 위해 계속 미물렀다.

"저는 뉴욕주 시러큐스에 사는 오즈 교수입니다. 지금 전 세계 대사관들과 함께하는 토크쇼를 진행 중이거든요. 끊지 말고 기다리세요."

그는 세계 각국의 미 대사관 여러 곳에 전화한 후, 워싱턴에 있는 외국 대사관들에도 걸었다. 문외한인 젤리도 정부 기관에—그중에서도 확실히 대사관에는—해킹한 회선으로 거는 게 위험한 행동이라는 건 알았다. 이런 곳에 걸려 오는 전화는 국가 안보 기관이 감시하기 때문이다. 그들이 얼마나 많은 회선을 추적할 수 있는지 혹은 추적했는지, 그 주체가 통신사인지 FBI인지는 아무도 몰랐지만 이것이 그들의 이목을 끌 만한 일인 것만은 확실했다. 젤리는 뱃속에서 아드레날린이 솟구치는 것을 느꼈다. 자신의 심장이 빠르게 뛰는 소리를 들을 수 있었다. 그녀도 연루된 이 일이 좋게 끝날 리 없었다. 그녀는 수화기를 얼굴에서 떼고 숨을 훅 들이마신 다음, 본체 위에 쾅 하고 내려놨다. 오즈가 웃었다.

"몇몇 분과 해커와 대사관이 떠나가고 있네요. 이제 막 절정, 클라이맥스에 다다르려는 참인데 말이죠. 조용히 해주세요!" 그리고 젤리는 오즈가 윙윙대는 배경음 속으로 날카롭게 지저귀는 소리를 들었다. 그가 수화기를 살짝 귀에서 뗐다.

"백악관 교환입니다." 젤리는 여자가 말하는 것을 들었다. "어느 분과 연결해드릴까요?"

"시러큐스의 시민 오즈가 닉슨 대통령과 통화를 원합니다." 오즈가 말했다. "생방송 인터뷰입니다."

"죄송합니다만 대통령님은 지금 전화를 받으실 수가 없습니다. 메시지를 남겨주시면 제가 전달해드리겠습니다."

"우리는 캄보디아에서 지금 무슨 일이 일어나고 있는지* 알고 싶습니다. 대통령님께서 말씀해주실 수 있을까요? 미군이 거기서 정확히 뭘 하고 있는 거죠?"

정확히 이 시점에 사람들이 전화를 끊거나 말을 하기 시작했음을 알 수 있었다. 전화기에서 들려오는 수많은 목소리를 젤리가 들었기 때문이다.

"쉬이이잇!" 오즈가 방백으로 크게 외쳤다. "아무것도 못 보고 모든 것을 듣는 눈먼 오즈한테만 살짝 말씀해주세요. 켄트 주립대 사건은 어떻게 된 겁니까? B-52기의 폭격 항정은요? 대통령님의 비밀 전쟁에 대해 물어봐도 될까요? 대통령으로서의 은밀한 활동은요? 그러니까 남몰래 직권을 사용해서 비공식 경로로 지시를 내리는 활동들 말입니다."

오즈가 또다시 수화기를 귀에서 멀리 떼자 젤리는 아우성치는 목소리들을 들었다. 오즈는 전화선상의 혼돈 —와자지껄—을 비웃고는 부드럽게 수화기를 본체에 올려놓아 전화를 끊었다.

---

* 베트남 파견 병력 감축을 선언했던 닉슨은 1970년 크메르루주의 요청에 의해 북베트남이 캄보디아를 침공하자 B-52기를 이용한 캄보디아 폭격을 감행했고 이에 대한 반발로 켄트 주립 대학교에서 반전 시위가 일어났다.

"그런 짓을 하다니 믿기지가 않네." 젤리가 말했다. 몇 분 뒤 전화벨이 울렸다. 오즈는 벨 소리가 방 안에 울리도록 놔두고 전화를 받지 않았다. 끊길 때까지 울리게 내버려뒀다. 잠시 후 벨이 다시 울리기 시작했다. 젤리는 침대로 가서 베개로 귀를 틀어막았다. 울렸다 끊기기는 밤늦게까지 계속됐다. 최근에는 오즈가 침대로 오기 전에 늘 젤리가 잠들어 있었지만 오늘 밤은 그가 침실에 들어왔을 때도 깨어 있었다. 그녀는 그가 방 안을 돌아다니며 옷 벗는 소리를 듣고는 숨 쉬는 속도를 늦춰서 잠든 척했다. 그들은 때때로 한밤중에 반쯤 잠에 취한 채 섹스 할 때가 있었다. 하지만 그날 오즈는, 그녀가 잠들었다고 생각했는지 안 했는지는 몰라도, 그녀에게 손대지 않았다. 그리고 잠시 후에 오즈가 누워 있는 쪽에서 잠든 사람의 숨소리가 들려왔다. 그녀는 몸을 돌려서 반듯이 누웠다. 정신이 또렷했다. 그 순간 놀랍게도 눈가에서 눈물이 흘러내리는 것이 느껴졌다. 눈물이 나고 있음을 깨닫자 눈물이 더 많이 났고 입가에선 짠맛이, 목구멍 뒤에서는 켕김이 느껴졌다. 그녀는 그대로 누운 채 소리 없이 울었다.

며칠이 걸렸지만 결국 FBI가 와서 오즈를 신문했다. 그는 고의적 재물 손괴죄로 기소되었고 그날 밤을 유치장에서 보내야 했다. 젤리는 기소되진 않았지만 블루 박스를 압수당했고 다시는 전화 해킹을 하지 않겠다고 맹세했다. 그리고 실제로도 그렇게 했다. 이 사건이 언론에 대대적으로 보도되었을 때 오즈는 인터뷰에서 단지 통신사에 취직하고 싶었을 뿐이라고 말했다. 그래서 그런 행동을 한 것이었다. 젤리는 통신사가 그렇게 공개적인 방식으로 맹인 청년을 거부하길 원하지는 않을 거라고 판단했다. 실제로 그들은 오즈를 채용해서 그가 누구보다 잘 아는 일인, 회선 보안 및 시스템 취약성 관련 업무를 맡겼다. 두 달 뒤 오즈는 이사를 나갔고 그녀는 말다툼 없이 그를 보내주었다.

자신이 오즈를 잃은 것이 사실은 해킹 사건이 있기 한참 전임을 젤리는 알고 있었다. 고통스러웠던 마지막 몇 주 동안, 섹스는커녕 서로에게 손조차 대지 않은 채 같은 침대에서 잠만 자는 무기력한 밤이 깊어갈 때, 그녀는 때때로 그 점에 대해 생각했고 불행의 줄기를 거꾸로 타고 올라가서 문제의 첫 징후를 찾아내려 애썼다. 하지만 아침이 되어 현실을 깜빡하고 잠시 행복에 잠길 때면 젤리는 모든 것을 전화 사건 탓으로 돌리곤 했다. 우리가 단시간에, 초침이 한 칸 이동할 동안에 결론 내버리길 좋아하듯, 몇몇 영화나 이야기 속에서 볼 수 있듯이. 하지만 마음속 한편으로는 그것이 사실이 아님을 알았다. 수년 후 어느 날 그녀는 그때 자신도 몇 달 동안 다른 곳에서 몰래 딴짓을 하고 있었음을 떠올리게 된다. 그러니 어떻게 오즈를 비난할 수 있었겠는가?

젤리와 잭

어느 날 아침 아주 이른 시각에 전화벨이 울렸다. 젤리는 침대에서 자다 깼고 방은 어두웠다. 그녀가 전날 밤 잭과 통화하다 잠든 탓에 수화기는 거치대와 함께 협탁 위에 놓여 있었다. 그녀는 이불 속에서 손을 뻗어 수화기를 집어 들었다. 그리고 그것을 귀에 갖다 대고 반수면 상태로 속삭였다. "여보세요?"

"니코." 잭이 낮은 목소리로 말했다.

"당신 괜찮아요?"라고 묻는 그녀의 목소리는 소녀 같았고 잠에 취해 있었다.

"네." 그가 말했다. "자고 있었어요?" 젤리는 이불을 끌어당겨서 머리에 뒤집어쓰고는 수화기를 귀에 갖다 대면서 눈을 감았다.

"약간요." 그녀는 이렇게 대답하곤 수화기 옆의 매트리스에 대고 긴 숨을 내쉬었다.

오래전 대학 재학 시절 젤리는 캠퍼스 바로 옆의 아파트에 처음으로 세를 들었다. 자신만의 공간과 자신만의 전화를 갖게 되어 들떠 있었다. 어느 날 밤 그녀는 전화벨 소리에 잠이 깼다. 어떤 남자 목소리가 아는 사이인 양 "안녕" 하고 말했을 때 그녀는 여전히 반쯤 자고 있었다.

"안녕." 그녀가 말했다.

"나야." 그가 말했다. "나 때문에 깼어?"

"아니." 그녀가 말했다.

"졸린 목소린데."

"약간 졸리긴 해." 그녀가 말했다.

"좋네." 그가 말했다. 그때 그녀는 그의 목소리에서 뭔가 이상한 기색을 느꼈다. "아주 좋아." 그가 속삭였다. "너도 좋지?"

"너 누구야?" 완전히 잠이 깨서 화가 난 그녀가 말했다. 그러자 그는 전화기에 대고 약한 신음 소리를 냈다. 그 소리를 듣고 잠시 얼어붙었던 그녀는 쾅 하고 수화기를 내려놨다. 누구지? 그녀가 아는 사람은 아니었다. 그냥 무작위로 건 장난 전화였다. 아마 전화번호부에서 여자 이름을 골라 전화를 건 다음 상대방이 한밤중에 자다 깨서 정신없을 때 친한 척 속삭여서 대화를 끌어낸 것이었다. 젤리를 가장 화나게 한 것은 그의 목소리가 점잖고 편안했다는 점이었다. 머릿속에서 다시 재생해 봐도 이상한 목소리는 아니었다. 섹시했다. 그가 다시 전화를 거는 일은 없었다. 그녀는 약간 그러길 바랐지만. 이때 젤리는 처음으로 깨달았다. 전화가 그렇게, 친밀을 얻기 위한 무기가 될 수도 있음을.

젤리는 눈을 감은 채 송화기에 대고 그의 이름을 불렀다. "잭." 그녀는 엎드려 누운 상태에서 전화기를 자기 옆으로 가져왔다. "나 지금 침대에 있어요." 그리고 그의 숨소리에 귀 기울였다.

솔랙스 스튜디오스[*]

　메도는 가을에 뉴욕 대학교에 입학하려던 시도가 좌절되자 다시 뉴
욕주 북부로 완전히 돌아와 있었다. 하지만 캐리는 메도를 만나러 글러
버스빌에 그렇게 자주 올 순 없었다. 2학년이어서 학교 일로 굉장히 바
빴던 데다 월과 사귀게 되었기 때문이다. 메도는 캐리가 요리를 하거나
월과 소꿉장난하는 데 많은 시간을 써야 하는 것으로 이해했다. 6월이
되자 메도는 자신이 실행하고 싶은 프로젝트 예정표를 완성했다. 캐리
는 여름내 글러버스빌에 있을 순 없었지만 약속한 대로 6~7월의 대부
분은 그곳에 와서 보냈다.

　처음에는 유실되거나 소실된 무성영화를 재현했다. 특히 알리스 기
블라셰의 사라진 영화들을 중점적으로 다뤘다. 여성이라는 이유로 영화
사의 초기 거장으로 충분히 인정받지 못한 감독이었기 때문이다. 메도

[*]　1910년에 알리스 기블라셰가 남편과 함께 미국 동부에 설립한 영화사.

는 캐리를 설득할 필요가 없었다. 캐리는 메도가 생각한 것이라면 무엇에든 참여할 준비가 되어 있었다. 흑백 무성영화를 찍으면서 메도는 한동안 소리에 대해 생각하지 않아도 된다는 사실에 커다란 안도를 느꼈다. 고요한 무채색 세계. 적어도 두 가지 변수가 제거되었고 몇 가지 제한이 있었다. 그들은 '장 루슈 감독이 〈나, 흑인〉을 만들 때 사용한 것과 똑같은' 벨 앤드 하월 사(社)의 오래된 태엽형 필모 카메라를 사용했다. 이 카메라는 20초 동안 찍고 나면 다시 태엽을 감아야 했다. 그들은 마치 꿈의 한 조각 같은, 소리 없는 흑백 장면들을 찍을 것이었다.

메도는 영감을 얻기 위해 18세기 유럽에 관한 스탠리 큐브릭의 영화 〈배리 린든〉을 보자고 우겼다. 그것은 포즈와 책략에 관한 영화였다. 각각의 장면은 회화처럼 구도가 명확했고, 각각의 배우는 거대한 가발과 섬세한 의상을 걸친 채 뻣뻣한 자세로 꼼짝하지 않았다. 메도는 캐리와 자신이 이 영화를 얼마나 싫어했었는지 기억했다. 그것을 메도네 집에서 비디오로 봤던 고등학교 2학년 여름, 기나긴 큐브릭의 여름에 둘은 큐브릭의 모든 영화를 연속으로 보고 나서 마음에 드는 작품(〈영광의 길〉, 〈2001 스페이스 오디세이〉, 〈닥터 스트레인지러브〉)만 보고 또 보았다. 〈배리 린든〉은 첫 15분 동안은 우스꽝스러운 불발탄 같았고 그 이후에는 난해하고 지루했다.

하지만 얼마 전 메도는 우습게 봤던 〈배리 린든〉을 새로운 70밀리 프린트로 단기 상영 한다는 기사를 읽었다. 그녀는 네 시간 반 동안 버스를 타고 가서 아무에게도 말하지 않고 뉴욕에 숨어들었다. 웨스트 58가에 있는 아름다운 패리스 극장으로 곧장 가자 3시 30분 상영에 아슬아슬하게 도착했다. 이번에도 첫 15분은 참기 힘들었지만 사실은 그때도 이미 이 영화에 대한 자신의 태도가 변하고 있음을 느꼈다. 바로크음악,

최소한의 대화. 그것은 무성영화 같은 효과를 냈다. 이것은 배우나 배경의 움직임이 거의 없는 영화, 정(靜)의 영화였다. 움직이는 것은 과하게 호화로운 장면 속으로 무기력하게 트랙인* 하거나 트랙아웃 하는 카메라뿐이었다. 이런 특징은 배리가 장래의 아내, 린든 부인에게 처음으로 키스하는 놀라운 장면에서 가장 강하게 느껴졌다. 음악: 슈베르트의 피아노 삼중주 2번 2악장. 규칙적인 박자로 연주하는 피아노로 시작되었다가 첼로 선율에 의해 복잡해지고 강렬해지더니 그다음에는 역할을 바꾸어 바이올린과 첼로가 박자를 맞추고 피아노가 멜로디를 연주한다. 배우: 풍성한 실크 드레스를 입은 린든 부인이 테라스 끝까지 걸어가서 달빛을 향해 선다. 하늘을 올려다보는 그녀의 얼굴은 분을 발라 새하얗고 아름다우며 움직이지 않는다. 배리는 배경에서 천천히 움직인 끝에 마침내 테라스로 들어오는 문에 다다른다. 큐브릭은 이들을 중거리 숏으로 보여준다. 천천히—아주 천천히, 태엽 장난감만큼 천천히—배리가 그녀를 향해 걸어간다. 그들은 떨어져 있으나 서로에게 끌리고 있다. 마치 한 사람은 우리에게 들리는 음악 속의 피아노이고 다른 한 사람은 현악기인 것처럼. 그리고 시간의 길이—영화가 지속된 시간, 관객이 견딘 시간—가 기다리고 있는 관객을 설득하여 마음을 돌려놓는다. 그 순간은 한 시간 만에 올 수도 있지만 어쨌든 관객은 계속 본다. 그리고 영화에 마음을 빼앗긴다. 음악의 긴장이 완전히 풀어질 때 마침내 두 인물이 키스를 한다. 비정상적으로 느린 속도로 인해 배리의 키스는 가발과 의상만큼이나 멋스러운 미뉴에트가 된다. 이 얼마나 숨 멎을 만큼 매혹적인 장면인지. 이어서 메도는 욕조에 앉아 있는 린든 부인의 차갑고

* 미리 깔아놓은 레일을 따라 카메라가 피사체를 향해 다가가는 것. 트랙아웃은 그 반대.

창백한 넓적다리를 바라보았다. 슬픔에 빠진 긴장증* 환자 같은 그녀의 하얀 얼굴은 단테이 게이브리얼 로세티의 그림에 나오는 오필리아** 같다. 거의 움직이지 않는 여배우로부터 카메라가 점점 멀어져간다. 메도의 몸은 의자에 못 박힌 것만 같았고 온 마디마디가 매 순간 영화에 반응했다. 그녀는 다음 회까지 그대로 앉아서 총 일곱 시간에 가까운 시간 동안 아름다움과 장식과 타락에 짓눌리고 스스로 만든 무표정의 감옥에 갇힌, 움직이지 않는 슬픈 얼굴들을 한 번 더 보았다. 눈물이 흘러내리는 게 느껴졌지만 닦지 않았다. 어떻게 이 영화의 아름다움을 놓칠 수가 있었지? 그녀는 어리고 미숙했던 자신을 경멸했고 자기가 놓치거나 오해한 것이 또 뭐가 있을까 걱정했다.

두 번째 상영이 끝난 후에 메도는 캐리에게 전화할까 하다가 걸지 않았다. 아무와도 얘기하고 싶지 않았다. 그녀는 심야 버스를 타고 졸다 깨다 하면서 다시 북부로 향했다. 그리고 지금, 〈배리 린든〉을 캐리와 공유하고 싶었다. 계속 그러길 고대해왔고, 함께 보려고 필름도 빌려놨던 것이다. 그녀는 자신들의 무성영화에도 음악을 이 영화처럼 사용해서 관객들을 매혹하고 싶었다. 그리고 너무 적은 초당 프레임 수 때문에 빨라진 동작이나 빛의 깜빡임 같은 통상적이고 전형적인 무성영화 스타일은 사용하지 않을 작정이었다. 대신 〈배리 린든〉처럼 느리디느린 시간, 회화 같은 장면 속으로 무기력하게 들어가는 카메라워크—하지만 20초마다 잘리는—에 충실할 것이었다. 그래서 그들은 움직임이 거의

* 조현병이나 우울증 같은 심인성정신병에서 나타나는 증상으로, 환자가 의식은 있으나 말하지도 움직이지도 않는 상태를 가리킨다.
** 오필리아가 등장하는 로세티의 그림으로는 〈오필리아의 첫 광기〉(1864)라는 수채화가 있지만 여기서는 작가가 존 에버렛 밀레이의 〈오필리아〉(1851~1852)를 착각한 듯하다.

없는 장면을 구성했다. 젊은 남자와 함께 탁자에 앉아 있는 아가씨. 새끼 고양이에게 먹이를 주는 소년. 침대에서 깨어나는 소녀. 모든 움직임이 길고 느렸지만 20초마다 어색한 점프 컷*과 함께 정확히 같은 장면으로 되돌아왔다. 기술적 문제, 카메라의 한계에 의한 점프 컷이었지만 어쨌든 효과가 있었고 모든 것이 달라졌다. 동적인 동시에 정적이라는 점에서 신기했다. 일하는 동안 캐리가 계속 음악을 틀어놓은 까닭에 (세르조 레오네가 총격전 장면을 발레처럼 보이게 하기 위해 그랬던 것처럼) 배우들은 사신의 몸으로 이상하게 음악을 표현했다. 캐리는 소실된 영화들과 같은 시대 혹은 그 이전의 음악만 사용했다. 동네 골동품상에서 축음기와 78회전 반** 무더기를 발견한 덕이었다. 그렇게 그들은 제목과 기술적 제약과 우연히 발견한 레코드로부터 영화를 창조해냈다. 하나를 만들고, 또 하나를 만들고 나서, 또 하나를 만들었다. 그들 모두가 연기와 카메라 조작을 번갈아가며 했다. 그리고 필름을 이중노출 해서 천천히 움직이는, 자기 자신의 유령을 만들었다. 또 필터를 사용해서 모든 것을 옅은 보라색으로 바꿨다. 뭔가 괜찮은 것이 될 수도 있다는 느낌이 들었고 굉장한 가능성이 느껴졌다. 이것이 행복이었다.

나중에 밤늦게 혼자서 장면을 편집하고 캐리의 음악을 입히면서 메도는 그것이 얼마나 좋아지고 있는지를, 자신이 괜찮은 뭔가를 정말 특별한 뭔가로 만들었음을 느낄 수 있었고 이것 또한 진정한 행복이었다.

캐리가 머문 마지막 2주 동안 메도는 다른 것도 재현하자고 우겼다. 소실된 영화 말고 상징적인 고전 영화를 하자는 것이었다. 그들은 유명

한 미국 서부영화의 한 장면을 골라서 메도와 캐리가 주인공을 연기하는 한에서 최대한 정확하게 재연하곤 했다. 존 웨인 또는 앨런 래드 또는 게리 쿠퍼의 역할이었다. 유일한 필요품인 의상을 마련하고 나서는 메도가 정한 장면을 보고 또 보았다. 재밌었다. 장면을 재현하면서 메도는 그것이 어떤 효과를 내는지를 이해했다. 연기하면서는 자기 안에 있는 남자의 힘을 느꼈다. 수수께끼에 싸인 서부의 사내. 그것은 아주 간단했고, 음, 아주 쉬웠다. 자신의 다른 많은 아이디어처럼 이것도 실제로 했을 때보다는 머릿속으로 생각했을 때 더 재밌는 게 아닐까 하는 의구심이 들었다. 메도는 자신이 개념과 이론과 이미지를 완벽하게 조합하는 데 약함을 알았다. 그리고 자신들이 무성영화를 만들 때 일어났던 우연한 마법—형식의 한계에서 영감을 받아 예상 밖의 일을 했던 것과 같은—이 서부영화에는 없음을 느낄 수 있었다.

8월에 캐리가 떠날 때 메도에게는 어마어마한 양의 필름과 앞으로 그것을 편집하며 보낼 수개월이 남았다.

"내가 제일 좋아하는 순간이네." 메도가 말했다. 캐리가 그녀를 끌어안았다.

"영화가 어떻게 나올지 너무 기대돼." 캐리가 말했다.

"안 가고 날 도와줘도 된다니까." 메도가 말했다.

"학교, 학교가 날 기다리잖아." 캐리가 말했다. "그리고 월도."

"그래, 나도 알아."

결과적으로 알리스 기블라셰 작품의 재현은 놀라웠다. 일단 아름다웠고, '오래됨'에 대한 진부한 표현이 아니라 감성 면에서의 오래됨이 느껴졌다. 기블라셰 영화의 제목들과 어느 정도는 관련이 있었지만 모든 곳에서 메도와 캐리의 관심사의 흔적 또한 발견할 수 있었다. 큐브릭과 골동품상에서 찾아낸 음악과 글러버스빌에서의 여름. 재현이 아닌 재상상을 통해 그들은 영화의 역사와 협력하는 방법을 찾아냈던 것이다.

하지만 서부영화의 재현 쪽은 메도가 염려했던 것만큼이나 형편없었다. 바보 같고 뻔하고 우쭐댔다. 처음의 아이디어로부터 예상 밖의 지점에 이른 것은 전혀 없었다. 메도는 관객이 첫 우스개를 이해하고 나서 다음 지점으로 옮아가길 바랐다. 하지만 그런 일은 일어나지 않았다. 편집으로 새미있게 만들 수도 없었다. 애초의 콘셉트가 원작의 편집을 그대로 따라 하는 것이었기 때문이다. 형식 면에서도 너무 도식적이고 따분했기에 습작이라고밖에 생각할 수 없었다. 메도는 완전히 좌절감에 빠졌다. 3주 동안 영화 관련 일은 하나도 하지 않았다. 밤늦게 자고 소파에 누워 뒹굴거리고 신문을 읽었다. 너무 따분해서 하루에 세 번씩 디크와 섹스를 했다.

"왜 그래?" 디크가 물었다. 그녀는 대답 대신 어깨를 으쓱했다. 3주가 지났을 때 그녀는 아침에 일어나 멀리 조깅을 나갔다. 글러버스빌을 가로질러 중심가가 갑자기 농지로 바뀌는 곳에 다다랐다. 멀리 보이는 지평선에서 애디론댁산맥의 봉우리들이 보였다. 그녀는 숨을 쉴 수 있었고, '어둠 속에 앉아 그림자 쳐다보기'를 떨쳐버릴 수 있었다. 멍청하고 따분한 그림자. 그녀는 숨이 차서 달리기를 멈출 수밖에 없을 때까지 속력을 높였다. 그리고 나서 허리를 숙이고 호흡이 안정되길 기다렸다. 갑자기 배 속에서 뭔가가 울컥했다. 입안에 침이 고이고 욕지기가 났다.

기분이 나빠졌다. 어떤 아이디어는 그녀가 아무리 열심히 노력해도 실패할 터였다. 매번 미리 알 수는 없었다. 그녀는 실패할 수도 있었다.

캐리가 선물을 받다

월의 밴드가 무대에 오를 순서는 끝에서 두 번째였다. 즉 자정도 넘어서야 연주가 시작될 터였다. 캐리는 바에서 맥주를 홀짝이며 적당한 때를 기다리고 있었다.

"이쪽은 캐리야. 캐리, 이쪽은 마이크." 월이 말했다. 그는 저녁내 음악 하는 친구들에게 그녀를 소개했다. 캐리가 월과 사귄 지 몇 달이 지났건만 아직도 처음 만나는 친구들이 있었다. 그들이 있는 곳은 브루클린 그린포인트의 이니즈라는 바였는데 월을 모르는 사람이 없었다. 그들은 찬찬히, 하지만 불쾌하지는 않게 그녀를 뜯어봤다. 마치 월에게 드디어 여자 친구가 생겨서 잘됐다는 것처럼. 월은 캐리보다 여섯 살이 많았는데 3년 전의 요란한 이별 후로는 진지하게 사귄 여자가 없었다. 밴드를 하고 있긴 했지만 잘생긴 록 스타 타입은 아니었다. 약간 과체중에 머리도 벗어지고 있었다. 처음에는 캐리도 그가 매력적이라고 생각하지 않았지만 곧 좋아하게 됐다. 그는 아주 재밌는 사람이었고, 가장 끌렸던 점은 그가 그녀를, 그녀의 모든 부분을 매력적으로 느낀다는 사실이었다. 알면 알수록 윌이 점점 더 섹시해 보였다.

그들이 처음 만난 것은 그녀가 과 동기 린지의 단편영화 제작진으로 일할 때였다. 학생들은 다들 서로의 작품에 제작진으로 참여했다. 윌은 린지의 친구여서 배우로 섭외됐다. 일종의 박식한 낙오자로 분한 그의 연기는 정말 훌륭했다. 마치 그 역할을 연기하기 위해 태어난 사람 같았다. 캐리와 윌은 음악 얘기를 했다. 아니, 사실은 그가 약간 의기양양해하며 자기 밴드를 언급하자 캐리가 자신은 오페라와 뮤지컬을 더 좋아한다고 말했다. 그러자 그가 그녀를 공연에 초대했고 그녀는 거기에 참석하고 춤까지 추는 자신의 모습에 스스로 놀랐다. 캐리는 밴드의 앨범 세 장─지역 인디 음반사에서 냈지만 어쨌든 발매는 됐다─을 모두 사서 한 장 한 장 주의 깊게 들었다. 윌은 재치 있고 시적인, 뛰어난 작사 작곡가였다. 하지만 그녀가 가장 마음에 들었던 점, 그녀를 정말 놀라게 했던 점은 그의 왕성한 호기심이었다. 그녀가 지금껏 만난 남자들은 대부분 매사에 초연하고, 음, 심드렁했다. 그래서 그녀는 늘 자신의 열정을 숨겨야 한다고 느꼈다. 캐리는 누군가를 좋아하면 그냥 사랑에 빠졌다. 그녀는 그런 사람이었다. 하지만 그러면 남자들이 겁먹는다는 사실을 알고 있었다. 윌: 겁먹지 않았다. 윌은 그녀와 열정이 비등하거나 더 많았다. 예를 들면 그는 별 가치 없는 오래된 물건들을 수집했는데 그중에서 오래된 광고지나 장난감이 들어 있던 상자에 검은 잉크로 긴 편지를 써서 그녀에게 주곤 했다. 그 글은 아이러니하게도 그가 자기 공책에 적은 글─그것이 무엇이건 간에─과 경쟁하는 모양새가 되었다. 얼마 안 가 꽤 많이 모인 연애편지를 한자리에 모아놓으니 마치 하나의 미술 작품처럼 보였다.

캐리는 맥주를 마시면서 자신의 직감에 자랑스러움을 느꼈다. 그녀는 짝사랑의 매력을 결코 이해하지 못했다. 자신을 사랑해주는 사람을 사랑하는 편이 훨씬 정신 건강에 좋았다. 그녀는 누군가가 자신을 돌봐주는 것을 좋아했다. 월은 그녀에게 매일 전화했다. 그녀의 수업이 끝나면 만나서 집까지 바래다줬다. 그녀에게 저녁도 샀다(싸구려 폴란드 식당에서긴 했지만 그래도). 그렇게 만난 지 몇 주가 지나자 두 사람 다 자기가 사랑에 빠졌노라고 선언했다. 캐리는 월을 사랑해서 행복하다고 느꼈다. 이제 그녀는 걱정하거나 추측하지 않아도 됐다. 그녀에겐 월이 있었다.

12시 45분에 마침내 밴드가 무대에 올랐다. 캐리는 생기를 되찾았고 월은 그녀에게 노래 한 곡을 바쳤다. 공연이 끝나고 나서 그들은 그의 집으로 돌아갔다. 기찻길 옆의, 엘리베이터도 없는 건물에 있는 침실 하나짜리 아파트였다. 겨울에는 얼어 죽을 정도로 춥지 않으면 철커덕거리는 스팀 난방 때문에 지나치게 더웠다. 그녀가 불평하자 월은 "오, 나의 캘리포니아 연인아"라고 노래했는데 그것은 그가 그녀를 위해 쓴 노래의 일부였다. 하지만 그 아파트는…… 맙소사. 쥐가 나왔고 어두컴컴했다. 창문으로는 철창문이 다섯 개 있었는데 침실에 세 개, 부엌에 작은 창문 두 개가 있어 화재용 비상계단으로 나갈 수 있었다. 널찍했지만 공간이 어딘가 이상했다. 가운데에 있는 '거실' 부분은 밴드 장비로 가득했다. 그녀는 자신들이 둘 다 장비가 그렇게 많다는 점이 재밌다고 생각했다. 필요한 것이 너무 많았다.

월이 야식으로 햄버거를 만들어서 적포도주 한 잔과 함께 그녀에게 줬다. 그리고 선물 포장 된 상자 하나를 건넸다.

"이게 뭐야?" 캐리가 말했다. 음식을 한 입 베어 물자 잠이 깨면서 갑자기 허기가 느껴졌다.

"생일 선물." 그가 말했다.

"내 생일은 두 달 후야."

"그럼 토요일 밤 선물이라고 쳐."

그녀는 자그마한 펠트 상자의 포장을 풀었다. 그 안에는 무색투명한 플라스틱 하트 목걸이가 있었다. 하트에는 금색 철사를 구부려 만든 스위트하트라는 단어가 박혀 있었다.

"어머." 그녀가 말했다.

"이게 뭔지 알아?" 월이 물었다.

"골동품 같은데." 그녀가 말했다.

"이건 2차 세계대전 때의 스위트하트 주얼리*야. 루사이트** 하트는 전투기 창문으로 만든 거고. 수공으로. 어떤 병사가 자기를 잊지 말라고 고향의 여자 친구를 위해 만든 거래. 참호 예술***이나 동전 공예처럼."

캐리는 그것을 목에 걸었다. "너무 맘에 들어."

월이 미소 지었다. "다음에 또 줄게."

"고마워." 그녀는 몸을 앞으로 내밀어 그에게 입 맞췄다.

아침에 그녀는 협탁에서 그것을 집어 들어 줄 끝을 잡고 하트가 뱅글뱅글 도는 것을 지켜봤다. 목에 걸자 움직일 때마다 하트가 가슴에 부딪히는 것이 느껴졌다. 집으로 돌아온 후에는 매일 그것을 보고 사랑과 갈망이 얼마나 강할 수 있는가를 상기하기 위해 책상 위에 걸어두었다. 누

---

* 양차 세계대전 당시 파병 가 있던 미군 병사들이 고국의 가족이나 연인, 친구에게 보냈던 배지, 메달, 핀 같은 기념품을 말한다.

** 투명 합성수지인 폴리메타크릴산메틸의 상표명.

*** 병사들이 참호 속에서 탄피 등을 조각해서 만든 작품.

군가가 사랑하는 이를 위해 자기 손으로 직접 이것을 만들었다. 운명이 자신을 위해 준비한 것이 뭔지도 모른 채 기다리면서. 그는 멀리 떨어져 있었지만 그들의 사랑은 견뎌낼 터였다. 사람들은 자신이 사랑받고 있음을 기억하기 위해 징표와 기념물을 필요로 한다.

하지만 정반대의 말도 사실이었다. 모든 사랑은 끝난다는 말. 이 소중한 물건, 어떤 두 사람의 오래전 관계에 대한 징표를 어떻게 월이 골동품상에서 살 수 있었겠는가? 어느 시점엔가 끝이, 죽음 혹은 이별이 오자 남에게 주거나 팔기 위해 상자 안에 던져졌던 것이다.

디크의 초상

영화를 만들고 싶다는 메도의 욕망은 어느 날 밤늦게까지 디크와 깨어 있을 때 돌아왔다. 그들은 술 두어 잔을 마신 상태였고 디크는 담배를 피우고 있었다. 젊은 디크는 너무 미인이어서 때때로 그가 하는 말을 듣기 힘들 때가 있었다. 그의 미모가 관심을 가로챘기 때문이다. 하지만 그래도 그는 이야기했다. 디크의 특징 중 하나는 안 취한 낮에는 조용하고 내성적이다가 밤에는 하이드 씨처럼 돌변한다는 것이었다. 자신의 청춘에 관한 모든 것을 그녀에게 이야기할 때 완전히 풀어져서 자제하지 못하는 그가 메도는 좋았다. 그는 담배를 피우고 술을 마셨고 끝없이 이어지는 기나긴 이야기 끝에 꼭 한마디를 덧붙였다. 디크는 그녀가 듣기 좋아하는 목소리와 보기 좋아하는 얼굴을 가졌다. 한 시간 동안 보고 듣다가—실제로는 듣다 말다 하면서 보기였지만—메도는 그를 찍기 시작했다. 그냥 카메라를 집어 들어서 그가 이야기하는 모습을 담은 3분짜리 무성영화를 만들었다.

"그래서 내가 그랬지…… 잠깐, 지금 나 찍는 거야?" 디크가 물었다.

"응." 메도가 말했다.

"나 어때 보여?" 그가 물었다.

"너도 당연히 알겠지만, 이제껏 네 얼굴보다 더 뷰파인더에 적합하게 만들어진 얼굴은 없었어." 그녀가 말하자 디크가 웃었다.

"그래서 내가 그랬지, 거기에 구멍 뚫을 거야? 그러니까 녀석이 그러는 거야, 아픈 건 잠깐이지만 피가 엄청 많이 날 거야……."

디크는 말할 때 얼굴을 많이 움직였다. 눈썹을 찌푸리고 입술을 씰룩였다. 지금은 술에 취해서 바보 같아 보이는 데다 눈이 너무 큰 탓에 애니메이션의 등장인물, 만화 캐릭터처럼 보였다. 그녀가 기대한 미인이 아니었다. 그녀는 카메라를 내려놓았다.

"왜 그만둬?" 그가 그녀를 쳐다보며 말했다. 애니메이션이 이제는 찌푸림을 향해 가고 있었다.

메도가 새 필름 통을 들어 보였다.

"오, 저런." 그가 말했다.

"게다가 소리도 없고." 그녀가 말했다.

"이건 영영 글렀어." 그가 눈을 뒤룩거리며 말했다. 목소리는 농담과 진지함 사이의, 뭔가 연극적인 톤을 띠었다. 그는 자기도 모르게 누군가를 흉내 내고 있었다. 형편없는 영화에 나오는 어떤 가짜 게이의 흉내였다. 그러니까 흉내의 흉내였던 셈이다. 메도는 카메라에 필름을 넣고 나서 그를 향해 들었고 그녀가 찍기 시작하자 그는 아까 하던 이야기로 되돌아갔다. 그녀의 카메라를 기다렸던 것이다. 가짜 같고 연극적인 요소는 여전히 있었지만 누군가를 3분 단위로 찍으면 거의 항상 그렇다. 3분이란 시간은 가짜티를 떨어내기엔 너무 짧지만 출연자에게 뭔가를 하기엔 충분히 길다. 물론 사람에 따라 다르지만.

　메도가 처음으로 진짜 영화 카메라를 갖게 됐던 고등학교 시절 그녀는 앤디 워홀의 스크린테스트 같은 영화를 만들고 싶었다. 그래서 차고 벽에 침대 시트를 걸고 그 앞에 삼각대를 놓았다. 가혹하리만치 환한 조명 세 개를 밝혀서 인물이 숨을 수 있는 그림자가 하나도 없게 만들었다. 워홀의 작품과 달리 그녀의 스크린테스트에는 색채와 소리가 들어갈 예정이었다. 하지만 필름은 여전히 15미터, 즉 3분 길이에 불과했다. 그것은 남의 작품을 본뜬, 어린애의 단순한 프로젝트였다. 다양한 사람들이 아무것도 하지 않는 모습을 찍는다. 매번 똑같은 배경과 정확한 설정을 사용한다. 인물은 등받이 없는 의자에 앉고 카메라 삼각대는 1미터 떨어진 곳에 놓는다. 정확히 똑같은 가혹한 조명. 그런 다음 녹화를 누르고 3분 동안 그들을 찍는다. 메도는 생각했다. 자신이 워홀 작품을 크게 변형한 부분은—소리와 색채를 추가한 것 외에—워홀처럼 필름을 천천히 돌려서 상영 시간을 4분으로 늘리지 않았다는 점이라고. 그녀는 자신의 얼굴들을 실시간으로 보여줄 예정이었다. 필름의 속도를 늦추는 것은 약간 속임수처럼 느껴졌다. 마치 출연자와 감독은 견디지 않은 무언가를 관객은 견뎌야만 하는 것 같았다. 그녀는 시간을 경험하고 싶었고 필름이 돌아가는 동안의 불편함이 모두에게 동등하게끔 만들 작정이었다. 3분은 확실히 길게 느껴졌다. 어떤 사람들은 굉장히 불편해하리라는 생각이 들었다. 카메라 앞에서 아무것도 안 하는 데 필요한 평정심은 아무나 갖고 있지 않았다. 그것이 애초에 그녀가 관심을 갖게 된 이유이기도 했다.

　메도는 그게 어떤 기분인지 알았다. 자기 자신을 가장 먼저 찍었기 때문이었다. 그녀는 카메라 렌즈를 똑바로 쳐다보면서 움직이지 않았다.

카메라를 즐겁게 해주고 싶은, 뭔가를 하고 싶은 충동을 억눌렀다. 위홀이 찍은 제라드 멀랭가*의 스크린테스트처럼 동상이 될 작정이었다. 데니스 호퍼**의 스크린테스트처럼 불안해하는 척하는 일련의 오버액션을 할 생각은 없었다. 그런 건 사절이었다.

그녀의 스크린테스트 콘셉트가 고등학생치고도 좀 지나치게 뻔하다는 건 스스로도 알고 있었다. 하지만 그것은 여러 면에서 그녀가 예상했던 대로 진행되지 않았다.

제일 먼저 찍은 사람은 캐리였다. 캐리는 촬영 내내 웃으면서 메도에게 말을 걸었다(촬영 시작됐어? 내가 카메라를 쳐다볼까? 재밌네, 어렸을 때는 엄마가 홈 무비를 찍으려고 하면 그렇게 싫어했는데. 뭘 하고 있었건 카메라를 보자마자 동작을 멈추곤 했지……). 메도는 대꾸하지 않고, 팔짱을 끼고 무표정을 유지한 채 캐리를 뚫어져라 쳐다봤다. 대화가 이어지지 않는데도 캐리는 당황하지 않았다. 곧바로 어머니가 뒤에서 몰래 다가오곤 했던 이야기를 느긋하게 하기 시작했다(마치 발진이 돋는 것처럼 카메라가 날 찍고 있다는 걸 느낄 수 있었어. 그냥 본능적으로 알았지……).

"좋아, 됐어. 촬영 끝이야." 메도가 말했다.

"3분이 벌써 지났어?" 캐리가 말했다. "네가 원하면 더 찍을 수도 있는데."

"집어치워." 메도가 말했다. 캐리가 웃었다.

하지만 다른 사람들은 캐리처럼 편안해하지도, 메도처럼 고집스럽지

---

* 미국의 시인, 사진가, 영화감독(1947~). 앤디 워홀의 중요한 예술적 동료로 1963~1970년에 만들어진 대부분의 작품에 관여했으며 500편이 넘는 스크린테스트를 함께 만들었다.

** 미국의 영화배우, 영화감독(1936~2010). 대표적 출연작으로는 〈지옥의 묵시록〉, 〈블루 벨벳〉, 〈트루 로맨스〉, 연출작으로는 〈이지 라이더〉가 있다.

도 않았다. 예를 들어 메도의 어머니는 얼굴에 경직된 미소를 띤 채 앉아 있었다. 하지만 같은 표정을 계속 유지할 수 없었으므로 미소는 곧 사라졌고 어머니는 몇 초 만에 폭삭 늙어버렸다. 아버지는 계속 꼼지락거리며 짜증을 숨기지 않았다(너도 알겠지만 이 의자는 정말 불편하다고). 하지만 딸에게 좋은 친구가 되려 애쓰면서 기백 있게 버텨냈다.

메도는 학교 친구 몇몇에게도 부탁했는데 놀랍게도 부탁한 사람 모두가 수락했다. 여자애들 대부분은 마치 거울 앞에 있는 것처럼 고개를 움직였다. 한쪽 얼굴이 3/4을 차지하게끔 돌리고 시선은 다시 정면을 보기. 눈 앞에 내려온 머리카락 쓸어 넘기기. 그들에게 그것은 사진 촬영이었다. 그들은 자그마치 여덟 살 때부터 카메라의 시선에 익숙해지는 연습을 해온 것이었다. 그녀가 부탁한 남자애들도 몇 명은 똑같았다. 배우처럼 다양한 포즈를 취해 보이는가 하면 한 명은 아카펠라로 노래를 하기도 했다. 그리고 그 일이 일어나기 시작했다. 그녀가 알지도 못하는 애들이 자기를 찍어달라고 하기 시작한 것이다. 모두가 스크린테스트를 원했다. 그녀는 방과 후에 매일 두 명씩 몇 주 동안 찍었다. 자원자들은 본인이 원해서 온 외향적인 애들 같았으므로 영화나 드라마 좋아하는 애들 외에 펑크록 듣는 애들, 스케이트보드 타는 애들, 수학 영재들을 찾아 나섰다. 다들 좋다고 했다. 심지어 농구 선수 한 명도 촬영하고 싶다고 말했다.

많은 사람들이 선뜻 동의하거나 자원했지만 출연자 중 일부는 그들이 기대했던 만큼 실제 촬영을 즐기지 않는다는 것을 그녀는 알게 되었다. 꽤 여러 명이 처음에는 카메라에 대고 매력 발산을 하다가 나중에는 시간이 가기만을 기다리며 조금 지루해하는 듯했다. 그들은 메도처럼 이 촬영을 도전해볼 만한 뭔가로 느끼진 않는 것 같았다. 그보다는 귀찮은 것에 더 가까웠다. 극소수였지만 굉장히 싫어하는 사람들도 있었고, 그중 한 명은 촬영 자체를 불쾌해했다. 리사 헬프린은 피부가 안 좋았지만 그래도 꽤 예쁜 편이었는데 메도가 촬영하는 동안 얼굴로 흘러내리는 긴 머리를 계속 만지작거렸다. 그리고 땅바닥을 보다가 고개를 들어서 카메라와 눈이 마주치면 움찔했다. 그녀는 메도를 쳐다봤지만 메도는 카메라 뒤에서 꼼짝 않고 그녀를 마주 바라보기만 했다. 리사의 시선이 다시 땅바닥에 꽂혔다가 또다시 메도를 향했다. 리사가 입술을 물어뜯기 시작했다. 그녀의 눈이 씰룩거렸다. 무슨 생각을 하는 거지? 1분이 지났을 때는 땀이 좀 맺힌 것 같아 보였다. 그녀는 거의 한숨에 가까운 날숨을 큰 소리로 내쉬더니 깊은 숨을 들이쉬면서 한 손으로 머리를 짚었다.

다시 시선을 들었을 때 리사는 조금 짜증 나 보였고 거의 화가 난 듯했다. 메도가 그녀를 마주 쳐다봤다. 메도는 리사에게 매혹되었다. 하루 종일 그녀를 바라볼 수도 있었다. 그때 리사의 눈이 빨개지면서 눈물이 고이는 것이 보였다. 결국 그녀는 벌떡 일어나 화면 밖으로 뛰쳐나가버렸다.

"미안해." 그녀가 비틀거리며 문을 나서면서 외쳤다. 하지만 메도는 리사가 앉아 있던 의자에서 눈을 떼지 않았다. 잠시 후 필름이 끝났다. 3분이 지난 것이었다. 리사 헬프린의 것이 지금껏 찍은 스크린테스트 중에서 최고의 작품이 될 게 분명했다.

3분이 되기 전에 나가버린 출연자는 두 명 더 있었다. 또 밖으로 나가진 않았지만 마지막 1분 동안 굉장히 불편해 보였던 사람도 몇 명 있었다. 긴장한 듯한 어색한 웃음. 한 명은 아예 카메라를 등지고 돌아앉았다. 그의 태도가 너무 적대적이어서 메도는 그가 프랭크 시나트라처럼 카메라를 부수진 않을까 걱정했다. 메도는 자신의 카메라를, 사람들이 원하든 원치 않든 그들의 본모습을 드러내게 만드는 마법의 기계라고 생각하기 시작했다. 어떤 사람들은 저항하거나 통제할 수 있었던 반면, 어떤 사람들은 금방 흐트러졌다. 만약 3분 이상 찍을 수 있다면, 피사체가 촬영이 얼마나 지속될지 모른다면, 누구든 무장해제 할 수 있을 것 같다는 생각이 들었다.

그녀는 서른두 개를 찍은 후에 그것들을 이어 붙여서 한 릴당 스크린 테스트 여덟 개씩, 24분짜리 릴 네 개로 만들었다. 그리고 2학년 연말 프로젝트로 학교 소강당에서 상영했다. 촬영에 동의했던 사람들 중 한 명이라도—중간에 나간 사람들조차도—실제 촬영 후에 생각이 달라졌을 수 있다는 생각은 전혀 들지 않았다. 상영회 참석자 모두가 말로는 너무 마음에 든다고 했지만 첫 번째 릴이 끝났을 때 많은 사람들이 나갔다. 두 번째가 끝났을 때는 더 많은 사람들이 나갔다. 그리고 마지막 릴이 끝났을 때 남아 있던 관객 대부분은 교사들과 자기 스크린테스트가 나오길 기다리고 있던 출연자들 중에서도 일부뿐이었다. 결국 메도는 보는 행위보다는 만드는 행위가 더 재밌는 것으로 결론지었다. 그리고 3학년 프로젝트에서는 오로지 스크린을 보는 행위라는 주제를 탐구하기로 마음먹었다. 뭔가를 그녀에게 매력적으로 보이게 만드는 요소는 과연 무엇일까? 오직 줄거리 때문이라면 반복해서 볼수록 지루해져야 하지 않나? 줄거리를 알아버린 후에는 재미가 점점 덜해질 수밖에 없다. 그래서 그녀는 천천히 자신만의 테스트를 고안했다. 제일 좋아하는 영화를 밤새 보고 또 보는 것을 생각해냈다. 그녀는 고다르가 로베르 브레송의 〈소매치기〉를 열 번 연속으로 보면서 영화에 대해 배웠음을 알고 있었다. 그리고 오슨 웰스는 존 포드의 〈역마차〉를 스무 번 연속으로 보면서 모든 것을 배웠다. 그녀도 그런 뭔가를 해야 했다. 여러 가지 인내력 시험에 의해 세상에는 '익숙한' 것 따위 없다는 사실이 밝혀졌다고 확신했기 때문이다. 아는 사람 혹은 사물도 오래 보면 볼수록 점점 더 낯설게 변했다. 이제 메도는 새로운 유형의 인내력 시험이 생겨날 가능성을 보았다.

메도가 디크에게 한 제안—하지만 사실은 제안하는 것이 아니라 명령하고 있었다—은 간단했다. 삼각대 위에 카메라를 설치하고 밤새도록 디크를 찍겠다는 것이었다. 그녀는 셜리 클라크의 〈제이슨의 초상〉을 본 적은 없지만 그에 관한 글을 읽은 적이 있었다. 클라크는 열두 시간에 걸친 한 번의 촬영으로 그 영화를 찍었다. 가끔씩 질문을 던져서 제이슨이 계속 얘기하게 만든 다음 나중에 그것을 102분으로 편집했다. 메도는 출연자가 (아무리 편안해하더라도 결국엔) 무너지는 데 충분한 연속 시간이 허용되는 영화를 만들고 싶었다. 그렇게 무너진 후에도 계속 찍으면서 무슨 일이 일어나는지 보려고 했다. 클라크는 연속적인 음향을 사용했지만 영상은 그녀가 필름을 갈아야 할 때마다 주기적으로 암전됐다. 메도는 뉴욕에 가서 캐리의 베타캠 카메라를 빌려 와 총 두 대의 카메라를 사용하기로 결심했다. 비디오로 촬영해야 테이프를 갈지 않고 30분 연속으로 찍을 수 있었다. 삼각대 두 개를 나란히 설치하고 한쪽 테이프가 거의 끝나갈 때 다른 카메라의 녹화 버튼을 누를 것이었다. 이렇게 하면 밤새도록 연속 촬영이 가능했다. 그녀가 할 일은 그저 촬영분을 이어 붙이는 것뿐이었다. 30분마다 약간의 점프 컷, 몇 초의 누락, 한 카메라에서 다른 카메라로 넘어갈 때 살짝 달라진 각도가 있을 터였다. 그녀는 밤새도록 찍어서 그것을 여덟 시간짜리 비디오로 보여줄 작정이었다. 디크에게 지시를 하지는 않겠지만 자신이 현장에 없는 척하지도 않을 것이다. 그에게 음료수를 건네거나 심지어는 카메라를 등지고 전경에 앉아 있기도 할 것이었다. 그녀는 디크와 긴긴 밤 동안 찍을 수 있길 원했다. 그리고 그것이 디크에게 그리고 자신에게 어떤 영향을 미치는지 보고 싶었다.

"그래." 디크가 말했다. "하자."

디크의 초상

480분, 베타캠 비디오

타임 코드: 00:00

한 젊은 남자가 소파에 앉는다. 그가 미소 짓는다. 그는 하얀 티셔츠 위에 좁은 칼라가 달린 겨자색 샤크스킨* 정장 재킷을 입고 있다. 턱까지 내려오는 검은 머리는 깔끔하게 귀 뒤로 빗어 넘겼다.

디크

카메라 켜졌어? 그렇군.

그는 위스키병을 들어서 얼음이 가득 든 하이볼 잔에 위스키를 붓는다. 양손 가운뎃손가락에 낀 반지들이 유리에 부딪혀 딸그락거린다. 그가 잔을 들어 한

---

* 두 가지 색의 소모사를 지그재그 무늬가 생기도록 짜서 만든 부드러운 모직물.

모금을 마신다. 그리고 다른 손으로 담배를 들어서 한 모금 빨아들인 다음 다시 소파에 기대앉는다.

디크

어디부터 얘기할까? 네가 녹화 버튼을 누른 순간 내가 할 말이 떨어졌다고 하면 웃기지 않겠어? 하 하. 그럴 일은 없지만.

메도

네가 누군지부터 말하지그래.

디크

내가 누군지는 알잖아. 난 디크 위킷이야. 그럼 처음부터 시작하자. 나는 1969년에 뉴욕주 존스타운에서 태어났어. 그러니까 지금 열일곱 살이지. 집에서 조산사가 뜨거운 물이랑 시트 같은 것으로 나를 받았어. 부모님은 자연인이 돼서 땅으로 돌아가기 위해, 모든 물질주의와 도시나 교외의 쓰레기로부터 벗어나기 위해 여기로 이사 왔기 때문에 병원도 소독약도 없었지! 나는 시골구석 한가운데서 더러운 히피 아이로 키워졌어. 마치 그게 무슨 빌어먹을 대단한 계획이라도 되는 것처럼 말이야, 응? (위스키를 한 모금 더 마시고 새 담뱃불을 붙인다.) 내가 어떻게 배변 훈련을 받았는지 알고 싶어? 그래? (메도의 뒤통수가 끄덕인다. 디크가 웃는다.) 아, 빌어먹을, 고개만 끄덕이고 말은 안 할 거야? 좋아, 이게 어떤 식으로 돌아갈지 알겠군. 난 혼자인 거구나. 하지만 늘 그랬어. 욕조 안에 앉아서 독백을 지어내곤 했지. 내 목소리가 욕조와 타일에 튕겨 나오는 소리가 좋았어. 지금 꼭 그런 기분이네. 나는 말을 하면 편안해.

진정이 되거든. 마치 수도꼭지를 틀어서 내 전부를 쏟아내는 것처럼 말이야. 나는 평생 혼잣말을 해와서 누가 듣고 있건, 듣는 사람이 있건 없건 상관없어. 내가 들으면 되니까. 이를테면 디크, 우아, 그렇구나, 같은 거지.

메도

네가 너의 반향실*인 셈이네. 굉장히 자족적인 혹은 자립적인 기분이 들 것 같아.

디크

말을 하네! 네가 그렇게 말하니까 꼭 미친 소리처럼 들려. 내가 나 자신한테 혹은 들어주기만 한다면 누구한테든 얘기를 한다는 게. 내가 토해내고 또 토해내야 한다는 게. 하지만 내가 계속해서 얘기하면 언젠가는 사람들이 나를 보게 되리라고 늘 믿고 있어. 그러니까 네가 나를 봐주길 원한다는 거야. (그가 말을 멈추고 전경에 앉은 메도를 쳐다본다. 카메라는 그녀의 뒤통수만을 보여준다.)

메도

나야 당연히 널 보고 있지. 너를 찍는 게 내가 보는 방법이야. 네 자아의 분출. 네가 세상에 대해 그렇게 큰 믿음을 갖고 있다는 게 감동적이네. 하지만 네 이야기를 끝내도록 해야겠지. 네가 살아온 이야기 말이야. 배변 훈련 얘기를 하고 있었나?

---

* 소리가 잘 울리도록 만든 방.

디크

그러니까 배변 훈련이란 그냥 내가 벌거벗고 있는 거였어. 기저귀 없이. 나는 아무것도 안 입은 채로 돌아다녔어. 내가 똥을 싸려고 쪼그려 앉기 시작하면 부모님은 나를 끌고 가서 변기에 앉히곤 했지. 말할 필요도 없겠지만 결국 몇 번의 사고로 이어졌고 늘 다양한 사람들이 내 맨엉덩이를 쳐다보게 만들었지. 하지만 결국은 효과가 있었어. 자랑스럽게 말하건대 나는 배변 훈련을 완벽하게 마쳤다고. (씩 웃으며 한 팔을 90도로 꺾고는 고개 숙여 절한다.)

타임 코드: 01:37

디크는 이제 팔짱을 낀 채 소파에 기대앉아 있다. 협탁에 놓인 위스키병은 1/4이 비었다. 그의 머리카락이 얼굴을 가리고 있다.

디크

그래서 나는 더 이상 버스를 타지 않았어. 뒷길을 걸어 다녔고, 멀리 돌아가는 인적 없는 길을 찾아냈고, 집들 사이로 숨어 다니고, 뭐 그랬지. 하지만 그래도 그 개새끼는 날 찾아냈어. 미첼 해먼드, 그 얼간이 새끼. 사실 너도 도서관에서 가까운 윈스턴가(街)의 허름한 판잣집 알지? 다 무너져가는 현관에 이끼로 덮인 지붕이랑 미친놈처럼 맨날 짖어대는 늙어빠진 개가 쇠사슬에 묶여 있는 회색 집 말이야. 꼭 끔찍한 시골 건축양식을 보여주는 사진엽서 내지는 이 마을, 이 빌어먹을 곳의 번영과 기회를 보여주는 증거 같지 않아?

메도

응.

디크

그 자식은 거기서 제 엄마랑 살아. 미첼 말이야. 놈은 나를 때리기보다는 밀치곤 했어. 그냥 밀쳤지. 내가 땅바닥에 쓰러질 때까지 밀었어. 그러곤 내 위에 올라타서 무릎으로 내 어깨를 눌렀지. 그리고 길게 대롱거리는 침방울을 내 얼굴에 떨어뜨렸어. 아니면 흙을 문대든가. 항상 얼굴이었지. 그 새끼는 나를 호모나 계집애라고 부르고는 내 턱을 손으로 잡고 숨을 못 쉴 때까지 밀곤 했어. 하지만 씨발 난 절대 울지 않았지. 그리고 이 무렵에, 내가 열네 살쯤 됐을 때, 아버지는 이미 도시로 가버린 지 한참 뒤였어. 그리고 네드가 내 인생에 나타났지. (디크가 눈썹을 치켜세우고 흐릿한 미소를 지어 보인다.) 사악한 나의 의붓아버지, 사실은 '의붓'이 아니었지만. 그 인간은 나를 증오해.

타임 코드: 2:47

재킷을 벗은 디크는 이제 티셔츠와 검은 진 바지 차림이다. 다리는 벌어져 있다. 그가 상체를 앞으로 내밀어 두 팔꿈치를 무릎에 얹은 채 이야기를 계속 이어나간다.

디크

나는 따먹을 수 있는 모든 여자를 따먹어. 그건 (그가 손으로 나무에서 열매 따는 시늉을 하며 웃는다) 엄청 쉽거든. 늘 그랬어. 건방 떠는 것처럼 들리겠지만 그냥 내 생각에 나는 예쁘고 무섭지 않은 종류의 인간인 것 같아. 너무 마르고 여성스러워서 늘 여자들이 나랑 놀고 싶어 하지. 게다가 나는 까다롭지 않거든. 그저 모든 여자를 다 따먹고 싶었을 뿐이야. 모든 여자를 따먹고 싶어. 신경 안 써. 못생긴 여자든 뚱뚱한 여자든 멍청한 여자든. 아줌마 한두 명. 선생 한 명. 누구든 상관없어. 누구한테든 박아줄 거야. 악의는 없어. (그가 윙크한다.)

메도

내가 그 말을 믿는지 잘 모르겠다.

디크가 어깨를 으쓱한다. 그리고 담배 한 개비를 집어서 손에 쥔 채 털썩하고 뒤로 기댄다. 너무 말라서 배가 거의 오목해 보일 지경이다.

디크

생각하면 기분이 더러워. 일종의 강박처럼 점점 심해졌거든. 최악은 고 1 때였어. 나도 내가 왜 그랬는지 몰라. 한번은 이웃집에 간 적이 있었어. 맞아, 보통은 딱 한 번이지, 안 그래? 나중에 돌이켜보면 꽤 역겨우니까 말이야. 난 램퍼드 부인네 집에 갔어. 학교도 지긋지긋하고 의붓아버지도 지긋지긋해서. 부인이 집에 있다는 걸 알았고, 램퍼드 씨가 회사에 있다는 것도 알았지. 하지만 에로틱하지도 않았고 전부터 갖고 있던 환상도 아니었어. 그 여자는 그냥 지저분한 마흔 살 먹은 아줌마였으니까. 추리닝 차림으로 텔레비전을 보고 꼬불꼬불한 탈색 머리가 얼굴을 가리고 있는. 냄새도 맛도 별로였다고. 하지만 그 여자를 봤을 때 뜨거운 욕구가 솟구치는 걸 느꼈어. 그냥 초대도 없이 갔다가 그 여자가 물 한 잔을 가져왔을 때 손을 낚아채서 붙잡았지. 그리고 내 자지에 갖다 댄 거야. 말해 뭐 하겠어.

메도

너한테는 그렇게 쉽긴 하지. 거의 믿을 것만 같아.

디크

진짜라니까. 하지만 그 여자 때만 그랬어. 여자가 바뀌면 내가 하는 행동도 바뀌거든. 들어가는 방법도 다르고. 그냥 하고 싶다는 느낌이 들고 내가 너무 원하면 그렇게 되는 거야. 그리고 몇 번 하고 나면 혹은 그러기도 전에 그 느낌이 사라져버려. 하고 나서 아무 감정이 안 드는 게 꼭 방금 피운 담배 같아. 그냥 새 담배를 피우고 싶고 방금 피운 담배는 잊어버리는 거지. 나는 줄(chain)담배, 줄썹, 줄술을 하는 인간이야. 사슬(chain)에 칭칭 묶여 있다니까. (디크가 웃다가 기침을 하기 시작한다. 그러고 나서는 노래를 하기 시작한다.) 워우워, 이 사랑의 사슬에 난 묶여 있지. 사랑, 사랑의 사슬.* (그가 노래를 멈춘다.) 너를 위한 사랑의 사슬이야, 메도…….

메도

남자랑 잔 경험—혹은 경험들—에 대해 얘기해봐. 아니면 의붓아버지 얘기라든지.

---

* 쿠키스의 〈사슬(Chains)〉(1962) 가사. 비틀스의 리메이크 버전도 유명하다.

디크

난 너랑 섹스 하는 거, 너한테 얘기하는 거, 너랑 같이 있는 게 좋아. (디크의 목소리가 떨리기 시작한다. 그가 코를 훌쩍이며 전경에 앉은 메도의 얼굴을 들여다본다.) 하고 또 하고 싶어. 내가 이런 감정을 느낀 여자는 오직 두 명뿐이야. 사랑에 빠졌든 뭐든 간에. 하지만 너에 대한 감정은 그 어느 때보다도 강해. 네 옆에 있으면 납작 엎드려서 네가 하라는 대로 뭐든 하고 싶은 기분이 들어.

메도

(나지막이) 그럼 나한테 다 말해봐. 네가 평소엔 얘기하지 않는 부분. 스스로에게도 속삭이지 않는 부분. 욕조 속 독백에서도, 술에 취해 내 앞에서 발표 연습 할 때도 말하지 않는 부분.

디크

뭐 말이야? 땅바닥에 내리꽂힌 얘기는 벌써 했잖아. 뭘 원해? 못생긴 옆집 아줌마 따먹은 얘기도 했고.

메도

너는 그 얘기 하는 걸 전혀 불편해하지 않아. 네가 괴롭힘당한 얘기. 여자들을 향한 참을 수 없는 욕구. 성적인 충동. 하지만 그게 전부가 아니잖아?

그녀가 잠시 말을 멈춘다. 그가 그녀를 쳐다보다가 생각에 잠긴 듯 시선을 옆으로 돌린다. 그는 아무 말도 하지 않는다.

메도

내 생각에, 디크, 모든 피해자에게는 가해자가 돼보려고 하는 순간이 있는 것 같아. 네가 한 행동 중에는 네가 얘기하고 싶지 않은 것들이 있어. 이 이야기를 더 복잡하게 만드는 것들. 네가 아무리 애써도, 예쁘지만 불쌍한 디크한테 걸맞게 바꿀 수 없는 지저분한 결말 말이야. 모든 남자애들은 그를 두들겨 패고, 모든 여자애들은 그를 사랑하지. 그 모든 유혹과 속임수까지도.

디크

지금 여기서 얘기하는 사람이 나야, 아니면 너야?

디크가 고개를 내젓는다. 메도가 그에게 캐나디안 클럽* 병을 건넨다. 그가 얼음 통에서 얼음을 한 움큼 집는다. 술을 따르면서 뭐라고 중얼거리는데, 동작이 힘없고 약간 엉성하다.

디크

난 사기꾼이 아냐⋯⋯.

메도

뭐라고? 우물거려서 못 알아듣겠어.

* 캐나다산 위스키의 상표명.

디크

난 사기꾼이 아니라고! 이딴 건 집어치워. (그가 메도와 카메라를 향해
손을 휘젓는다.)

메도

안 돼. 밤새도록 찍기로 했잖아. 그렇게 약속했다고.

디크

네가 못하게 하고 있잖아. 네가…….

메도

말해봐, 디크. 더 이상 들볶지도 않고, 말도 안 할게. 하지만 예쁜 상처
얘기는 이제 그만둬. 네가 살면서 한 제일 나쁜 짓이 중년 여자랑 잔 거
인 척하지 말란 말이야, 이 망할 성자 새끼야. 모호크 계곡의 인정받지
못한 사나이, 백합꽃을 두른 성자님아.

디크가 술을 한 모금 마시면서 그녀를 쳐다본다. 그리고 카메라를 쳐다본다.
그가 천천히 담배를 비벼 끈다.

디크

나더러 망가지라 이거지. 좋아. 그럼 멜 얘기를 하지. 그 녀석 이름
은 멜이 아니야. 진짜 이름은 뭔지 모르거든. 그냥 불쌍한 늙다리, 역겹
고 뚱뚱하고 못생긴 평범한 사내지. 난 지금껏 남자랑 몇 번 떡 쳐봤어.
좋아하진 않지만 그럴 기회가 있었고 어떤 시점에는 거기에 바람만 닿

아도 서곤 했거든. 그러니까 신기해서랄까 뭐랄까, 혹은 호기심이었지. 꽤 좋았던 놈도 몇 있었지만 지금 중요한 건 그게 아니야. 그때 나는 기분이 좋지 않았어. 거의 매일 땅바닥에 메어꽂히고, 거의 매일 밤 집에서 두들겨 맞았으니까. 열다섯 살 때였지. 놈이 나를 패는 게 하도 규칙적이어서—미첼, 나의 고문자가—내 몸보다 그 자식 몸이 더 생생하게 느껴질 정도였어. 께름칙한 기분이었지, 그 자식의 밀치기에 익숙해지는 건. 나는 거의 신경을 안 썼어. 하지만 정말 안 쓰진 않았지. 단지 더 안으로 파고들어서 똬리를 틀고 곪아갈 뿐인 거야. 누군가를 해치고 싶은 욕구가 내 안에서 자라나서 성욕과 섹스 바로 옆에 자리 잡았어. 그 옆에는 심지어 쾌감도 있었지. 그래서 망할 멜, 도리 없는 얼간이가 등장하게 되는 거야. 그 자식을 발견한 건 폰다의 어느 술집이었어. 나는 아이라인을 그린 채 티셔츠 차림으로 당구를 치고 있었지. 내가 얻어맞을 수도 있다는 건 알았지만 상관없었어. 무모했지. 이미 너무 많이 맞아서 아무도 날 부서뜨릴 수 없는 것처럼 느껴졌거든. 원래 그런 법이야. 고통을 찾아 헤매는 인간은 세상에 이상한 신호를 내보내기 마련이지. 그리고 거기에 기꺼이 반응하는 녀석이 늘 있고 말이야. 그래서 그날도 그렇게 될 거라고 생각했어. 내가 어떤 폭주족이나 동성애 혐오자 촌놈한테 늘씬하게 맞거나 살해당할 거라고.

그는 더 이상 메도를 쳐다보지 않는다. 전경에 있는 그녀는 미동도 없다. 그가 술잔을 쳐다보다가 카메라를 들여다본다. 그는 거기에 갇혀 있다. 취하지 않은 것처럼 보이려는지 일부러 얘기하면서. 그의 눈은 즐거워 보이지도 생기 있지도 않고, 단지 크게 뜬 채 흔들림 없이 카메라를 보고 있을 뿐이다. 이제 디크는 아까보다 훨씬 나이 들어 보인다.

디크

하지만 그때 나타나는 건 빌어먹을 멜이야. 자신의 파괴적인 망할 궤도를 따라서 통제 불능인 나의 궤도로 뛰어들지. 그가 나를 유혹하고 병신처럼 나는 따라나서. 멜의 차로 가서 내 물건을 좀 빨게 해주지. 땀을 뻘뻘 흘리는 놈은 정말 못생겨 보여. 뭐, 절박한 사람을 아무런 감정 없이 쳐다보면 누구나 그렇게 보인다는 건 나도 알아. 상대방도 완전히 빠져 있지 않은 이상, 성욕은 사람을 못생겨 보이게 만들지. 하지만 나는 빠져 있지 않았어. 멜이 정말 역겨웠지. 내 물건을 빠는 것도, 내 허벅지를 잡는 것도. 그는 자동차라는 빌어먹을 우물에 빠진 짐승 같아. 뭐든 할 기세지. 오, 맙소사, 그 불쌍한 망할 자식. 오, 맙소사. 그 불쌍하고 멍청한 얼굴이 가끔 떠오를 때면 빨리 사라지라고 내 머리를 치곤 해. 너무 수치스럽거든. 당시의 내 모습이 부끄러울 뿐이야. 이런 짓을 하는 내가 너무 싫은데 그 순간에는 내가 나로 느껴지지조차 않아. 꼭 영화를 보고 있는 것 같지. 하지만 그건 나고, 그래서 이 역겨움을 느끼고, 그 다음에는 그 자식을 패고 싶어져. 나는 한 번도 누구를 때려본 적이 없어. 하지만 지금이 기회야. 이런 기분을 내가 감당할 수 있는 순간이라고. 땅에 처박혀 있을 때도 아니고, 어떤 배고픈 여자애나 섬세한 사람이랑 있을 때도 아니고, 이 덩치 크고 소심하고 못생긴 사내랑 있을 때. 그는 내게 민달팽이처럼, 약한 인간처럼 보였어. 그래서 나는 그를 밀쳐내. 차 문을 열고 차 밖으로 끌어 내려. 맙소사, 정말 빠르게. 내 몸속의 아드레날린이 느껴져. 그리고 그를 때리기 시작해. 주먹질을 해. 처음엔 배에, 그다음엔 가슴에. 코를 치니까 빠각 소리가 나. 손을 다쳤지만 통증은 느껴지지 않아. 나는 증오와 힘의 용솟음일 뿐이야. 마치 괴물처럼, 진짜 괴물처럼 말이야.

디크가 울고 있고 콧물이 흐르기 시작한다. 그가 티셔츠 밑단을 들어 올려서 얼굴을 닦는 데 쓴다.

디크

물론 그는 반항하지 않아. 오늘 밤의 거래 조건이 아니니까. "안 돼요, 안 돼. 그만해요"라고 말하기는 하지. 하지만 진심으로 내가 그러길 원하진 않아, 정말이야. 아니라고. 그는 포기하고 몸을 둥글게 말아. 양팔로 머리와 얼굴을 감싸지. 나는 그의 갈비뼈를 차, 세게. 정말로 차. 그때 깨어난 것 같아. 다시 그를 보니 완전히 엉망이 되어 있어. 나는 그냥 달려. 최대한 빨리 달려서 그곳을 벗어나. 읍내 밖으로 나와서 언덕을 올라가. 몇 킬로미터는 달렸을 거야. 아마 누군가가 그를 주차장에서 발견해서 911에 전화를 했겠지. 아니면 스스로 부러진 코와 멍 든 갈비뼈를 안고 차까지 기어가서 수치심에 싸인 채 집으로 돌아갔든가. 마치 내가 그의 기분을 아는 양, 먼지 속에 남겨진 사람이 나인 양 말하고 있네. 하지만 아니잖아, 응? 난 몰라. 나는 그를 피 흘리는 만신창이 상태로 두고 떠나. 그 누가 나한테 했던 것보다도 더 끔찍한 상태로…….

디크가 말을 멈추고 양손을 얼굴로 가져가서 두 눈을 가린다. 그리고 흐느낀다. 소리 죽인, 뚝뚝 끊기는 흐느낌이다. 그가 다시 흐느끼자 입이 일그러진다. 콧물이 흐르고 그가 훌쩍인다. 또다시 티셔츠를 사용해서 얼굴을 닦는다.

디크

내가 왜 그랬는지 몰라. 뭐, 알기야 알지. 하지만 맙소사, 그러지 않았더라면 좋았을 텐데. 자기 자신이 그런 인간이라는 사실은 절대로 잊을 수가 없거든. 그리고 너는 알지, 누군가가 어떻게 해서 그런 종류의 인간이 되는지 내가 안다는 걸. 나쁜 사람 말이야. 나쁜 사람이 되는 건 어렵지 않아. 더럽게 어려워야 하는데.

그가 말을 멈추고 바닥을 쳐다본다.

타임 코드: 6:58

디크가 소파에 기대앉아 정면을 똑바로 보면서 거의 졸고 있다. 머리는 헝클어졌다. 티셔츠는 벗은 채다. 그가 머그잔을 들고 뭔가를 마시고 있다. 그러다 갑자기 콧노래를 흥얼거리기 시작한다. 처음에는 텔레비전의 삐 소리 같은 단음에 가깝다가 그가 미소를 짓기 시작하자 선율이 생겨난다. 마침내 그가 활짝 웃으며 노래를 부르기 시작한다. 하지만 몇 소절 부르다 돌연 멈춘다. 그리고는 카메라를 쳐다보다가 어깨를 으쓱하며 시선을 돌린다. 하품을 하면서 기지개를 켠다.

디크

자, 아침이네.

메도

또 화장실 다녀오게?

디크

달걀 좀 먹고 잘 거야.

메도

그럼 끝난 거야?

디크

그래, 끝났어.

메도가 몸을 돌린다. 그녀가 카메라를 끌 때 우리는 처음으로 그녀의 얼굴을 본다. 화면이 어두워지고 타임 코드의 숫자만 남아서 계속 돌아간다. 그리고 비디오가 멈춘다.

네 작품을 보여줘

편집하지 않은 디크의 영상을 보는 것은 잔혹한 일이었다. 메도는 자신이 여러 가지 방식으로 진행할 수 있다는 걸 알았다. 계획대로 테이프들을 이어 붙여서 여덟 시간짜리 실시간 설치 작품, 밤으로의 긴 여행을 만들 수도 있었다. 아니면 앞부분은 잘라내고 뒷부분의 흥미로운 알짜배기만 담은 두 시간짜리 영화로 만들 수도 있었다. 아니면 그가 무너지는 90분의 하이라이트만 남을 때까지 편집할 수도 있었다. 그녀의 질문을 다 잘라내고 그가 홀로 고백하는 것처럼 보이게 만들어서 한층 더 흐트러져 보이게 만들 수도 있었다. 많은 것들을 할 수 있었다. 장 루슈가 인류 기록적인 영화들에서 그랬듯이 디크가 영화 속에서 자신이 하는 행동에 대해 논평하는 것을 내레이션으로 삽입할 수도 있었다. 하지만 그녀는 그러는 대신 루슈를 약간 변형했다. 메이젤스 형제가 〈김미 셸터〉에서 믹 재거에게 했던 일을 했다. 술이 깬 디크가 편집기 모니터로 그들이 찍은 것의 무편집본을 보는 모습을 촬영한 것이다. 디크가 완전히 무너져서 어떤 사람을 두들겨 팼던 일을 고백하는 장면을 보고 있는 그의 모습을 찍었다. 그는 되감기를 누르고 주의 깊게 다시 한번 봤다. 그녀가 카메라 뒤에서 그에게 질문했다.

"어때?" 그녀가 물었다.

"많이 취했네." 그가 말했다.

"맞아." 그녀가 말했다. 그리고 화면 속 디크를 보고 있는 디크의 얼굴로 줌인 했다. 그는 담뱃불을 붙이고, 우리는 그가 카메라 앞에서 우는 소리를 듣는다. 계속해서 재생되는 비디오를 지켜보던 그가 차분하게 소파에 앉는다. 비디오가 재생을 멈춘다. 그는 계속 모니터를 바라보고 있다.

"정말 마음에 들어." 그가 말했다.

"진짜?"

"응. 하지만 편집해야겠어. 여덟 시간짜리 영화를 볼 사람은 아무도 없을 거야."

"그런가?"

"우린 사람들이 봐주길 원해. 너도 원하잖아, 메도."

영화는 이렇게 끝났다. 디크가 영화의 편집에 대해 이야기하는 장면으로. 〈디크의 초상〉, 메도의 영화 중에서 첫 번째로 세상에 나온 작품. 그녀는 비디오를 필름으로 변환했고 캐리가 뉴욕 대학교에서 만든 연줄로 다큐멘터리영화제 세 곳에 출품했다. 그 결과 심사위원상을 수상하고 작지만 중요한 곳들에서 찬사를 받았다. 그녀는 이제 진짜 영화감독이 되었다.

디크는 몇 번의 시사회에 같이 갔다. 그러고는 갑작스러운 휴지기나 이별은 없었지만 메도가 여행을 많이 다니기 시작하면서 그들은 결국,

서서히 섹스를 하지 않게 되었다. 1988년 말에 디크는 연기인지 무슨 행위 예술인지를 시도해본다며 이스트빌리지에서 새로운 친구들과 동거하기 시작했다. 메도는 자주 뉴욕에 와서 겨우 몇 분 거리인 캐리네 집에 머물렀지만 디크를 만나는 일은 거의 없었다. 그들은 더 이상 연인이 아니었고, 더 이상 친구도 아니었다.

이 밖에도 〈디크의 초상〉을 만듦으로써 초래된 변화—결과—에는 이런 것들이 있었다:

1) 메도는 비디오카메라를 사용했다. 혼자 작업하는 것을 좋아했기 때문이다. 음향 기사 없이, 자연광만 가지고, 나중에 그녀는 전문가용 미니 디지털 비디오카메라를 사게 된다. 그것은 숄더백에 넣어서 가지고 다닐 수 있었다.

2) 그녀는 알았다. 영화에는 제작에 들어가기 전, 아이디어만 존재할 때의 영화가 있다. 그리고 제작, 즉 촬영하고 편집하는 동안의 영화가 있다. 하지만 제작이 끝난 후에도 영화는 계속 변한다. 완성 직후의 영화가 있고, 그다음에는 몇 달 동안 상영한 후의 영화가 있고, 그다음에는 1년 후 혹은 5년 후의 영화가 있다. 매번 그녀에겐 다르게 느껴진다. 매번 그녀에겐 달라 보인다. 하지만 그런다고 한들 그녀가 왜 놀라겠는가? 그녀가 열일곱 살에 〈배리 린든〉을 보았을 때는 끔찍했다. 하지만 열아홉 살 때는 아름다웠다. 영화란 그런 것이다. 영화가 변하는 게 아니다. 관객이 변하는 것이다. 영화의 (혹은 책의, 혹은 그림의, 혹은 음악의) 불변성은 자신을 판단하는 척도이다. 그것은 위대한 예술 작품의 역할 중 하나다. 관객이 돌아오길 가만히 기다리고 있다가 지금의 그―매번 약간 달라진―가 누구인지를 보여

준다. 하지만 자기 작품일 때는 불변이 아니다. 자신의 일부처럼 느껴지기에 자신과 함께 변하는 것만 같다. 촬영, 편집, 상영. 그때마다 그녀에겐 달라 보인다.

관객 앞에 처음 선보이는 자리에서 메도는 거의 도망치고 싶었다. 영화 속 자신의 모습을 보는 것이 낯설었다. 말을 하고 삶의 개인적인 부분을 드러내는 모습. 누가 그녀를 사랑했고 누굴 그녀가 사랑했는지. 영화 속에서 그녀가 그에게 한 일 혹은 그가 스스로에게 하도록 만든 일. 그녀의 괴롭힘과 매정함과 밤샘 촬영에 대한 고집. 그것은 일종의 기습이었다. 아무리 합의되었고, 아무리 자발적이었다 해도, 그런 것들을 보니 동요할 수밖에 없었다. 그녀는 디크가 법적인 대가를 치러야 할 수도 있는 범죄를 고백하고 있었음을 깨달았다. 그 순간까지 전혀 생각지 못했던 부분이었다. 그리고 사람들이 스스로의 이해득실을 똑똑히 따질 거라고 믿으면 안 된다는 사실도 깨달았다. 바로 눈앞에 영화가 있어도 자기 자신을 제대로 보지 못하기 때문이다. 하지만 디크가 정말 마음에 든다고 말하는데 그 말을 믿지 말아야 할 이유는 뭐란 말인가? (그러나 생각해보면 영화와 함께 둘의 관계가 끝난 것도 사실이었다. 비록 당시에는 명확하지 않았지만. 몇 년 후 그녀는 알게 된다. 어떤 종류의 관계건 누군가의 실제 모습을 찍는 것과 같은 강도와 복잡함과 권력 차이를 견뎌낼 수 있는 관계는 거의 없음을.)

3) 대부분의 평론가들과 심사위원들은 영화의 힘과 진실성과 다듬어지지 않은 감정을 언급했다.

4) 그녀는 이런 종류의 영화 연출에 굉장히 뛰어났고 본인도 좋아했다.

5) 비연기자들—연습도 하지 않고 솔직하고 적극적인 피사체—은 그녀를 사로잡았다. 일정량의 고충이 수반된다 해도 상관없었다. 뭔가 특별한 게 있다 해도 연기는 촬영하면 왠지 모르게 달라지기 마련이다. 날것의 인간 드라마야말로 그녀가 원하는 것이었다. 그녀는 다큐멘터리—이야기를 만들어내는 것이 아니라 따라가면서 발견하는—라는 복잡한 탐구 행위가 허구의 줄거리를 연기하는 배우 혹은 기차를 찍는 것보다 더 흥분된다는 사실을 깨달았다.

오즈 이후의 젤리

젤리와 오즈가 헤어지고 몇 년 후, 어느 날 콜 센터에서 집에 돌아온 젤리는 자동 응답기에 녹음된 메시지가 있는 것을 보았다. 그녀의 대학 친구 중에 배우가 되기 위해 로스앤젤레스로 간 리지라는 애가 이삼 주에 한 번씩 전화를 했는데 그때마다 그들은 한 시간가량 수다를 떨곤 했다. 그것은 젤리의 큰 즐거움이었다.

배우 일이 별로 없었기 때문에 리지는 집 청소 아르바이트를 했다. 항상 무일푼이었으므로 그녀가 메시지를 남겨놓으면 젤리가 리지에게 전화해서 요금이 자신에게 청구되도록 했다.

젤리가 전화했을 때 리지는 굉장히 흥분해 있었다.

"무슨 일이 있었게?" 리지가 말했다.

"무슨 일이 있었는데?"

"내가 이 멀홀런드 드라이브의 으리으리한—그러니까 진짜 같지 않은—집을 청소하고 있었거든. 나랑 다른 여자 셋이랑."

"말런 브랜도네 집이었어?" 젤리가 말했다.

"아니, 모르는 사람 집인데, 내 말 좀 들어봐."

"뭔데 그래?" 젤리는 수화기를 어깨와 귀 사이에 끼고 얘기하면서 설거지를 하고 있었다. 그녀는 좀 더 잘 듣기 위해 물줄기를 약하게 줄였다.

"내가 침실에서 멀리 떨어진 서재에서 먼지를 털다 보니까 이 사람이 손으로 쓴 전화번호가 엄청 많이 적힌 커다란 롤로덱스*를 갖고 있는 거야."

"그래?" 젤리가 말했다. "난 네가 채찍 같은 게 들어 있는 서랍을 찾았다고 할 줄 알았는데."

"그런 서랍은 어느 집에나 있어, 정말이야. 아무튼 내가 롤로덱스를 넘기기 시작했는데 거기에 누구 번호가 있었는지 넌 상상도 못 할 거야……."

"누가 있었는데?"

"잭 니컬슨. 워런 비티. 로버트 에번스**."

젤리는 냉장고 신선실에서 채소를 꺼내 개수대의 소쿠리에 넣고 씻었다.

"어울리는 무리를 알겠네." 젤리가 말했다. "이름이 뭐야?"

"나도 몰라. 네가 알 만한 사람은 아니야. 잠깐, 일정표에 있겠다."

젤리는 수화기를 반대쪽 어깨와 반대쪽 귀로 옮긴 다음 채소를 도마 위에 가지런히 놓기 시작했다.

---

* 회전식 주소록의 상표명. 연락처가 적힌 색인 카드들을 가로 방향의 축에 매달아 돌리면서 넘겨 보게 되어 있다.
** 미국의 영화제작자(1930~). 대표작으로 〈차이나타운〉, 〈마라톤 맨〉, 〈도시의 카우보이〉, 〈커튼 클럽〉이 있다.

"이름이 데이비드 와인트라우브래."

"영화제작자네, 엄청 대단한 제작자." 젤리가 말했다.

"넌 그걸 어떻게 알아?"

"너야말로 왜 몰라? 난 자막을 읽는다고." 젤리가 말했다. 젤리는 다시 글자를 또렷하게 볼 수 있을 만큼 시력을 회복했을 때부터 너무 신나서 요즘은 종영 자막이 다 올라갈 때까지 자리에 남아 모든 이름을 읽곤 했다.

"게다가 네가 누구보다도 영화를 많이 보긴 하지."

젤리는 양파를 가늘게 채 썰다가 매운 기가 퍼지자 코를 훌쩍였다.

"그중 한 명한테 전화해볼까? 근데 뭐라고 하겠어?" 리지가 말했다. "일자리 좀 주세요라고?" 그녀가 킥킥 웃었다. "어차피 그렇게 유명한 사람들한테는 전화할 수도 없지. 바로 끊어버리거나 조수가 받거나 할 테니까."

젤리는 칼질을 멈추고 물을 틀어서 손을 씻었다. 그리고 물을 잠그곤 자리에 앉았다.

"있잖아."

"응." 리지가 말했다.

"다음번에 그 사람 집이나 다른 진짜 부잣집에 가면 번호 몇 개를 적어 와서 나한테 가르쳐줘. 이름이랑 전화번호랑."

"알았어." 리지가 말했다.

"그런데 진짜 유명한 사람, 거물 말고 나머지 이름, 네가 모르는 이름들로."

"넌 정말 특이한 애야, 에이미."

리지에게서 번호 몇 개를 받자마자 젤리는 조사에 들어갔다. 대학교

도서관에 가서 이름을 찾아보고 업계지를 읽기 시작했다. 그리고 충분한 배경지식을 쌓았다고 생각됐을 때 전화를 걸기 시작했다. 단순히 재미를 위해서였기 때문에 처음 몇 년 동안은 가끔씩만 걸었다. 하지만 더 많은 사람들과 얘기하고 매번 더 많은 배경지식과 인간관계를 자세히 알아나가게 되면서 자신도 이 환상적인 세계의 일부라고 느끼기 시작했다. 자신의 삶과 그들의 삶 사이의 거리가 따지고 보면 그렇게 멀지 않다고 믿기 시작한 것이다. 최고의 순간은 어느 음향 기술자에게 전화했을 때였다. 그가 그녀에세 "니콜? 그 유명한 니콜이에요? 얘기 많이 들었어요"라고 말했던 것이다.

젤리와 잭

"잘 잤어요?" 그가 말했다. 그의 목소리는 오늘 일어나서 한마디도 안 한 사람처럼 꺼끌꺼끌했다.

"잘 잤어요? 기분이 어때요?"

긴 침묵이 이어졌다. 젤리는 벨벳 쿠션을 끌어다가 넓적다리 위에 놓았다. 그리고 두 팔꿈치를 그 위에 놓고 팔꿈치 사이에 전화 거치대를 놓은 다음 수화기를 살짝 귀에 갖다 댔다. 방 안은 환했다. 늦은 아침이었기 때문이다. 그녀는 여전히 실크 파자마 차림이었다. 기모노풍 가운은 아침 공기를 향해 열려 있었다. 햇볕이 강해서, 말하고 있는 그녀의 얼굴을 덥혀주었다. 잭이 담뱃불 붙이는 소리가 들렸다. 그녀는 정적을 메우고 싶은, 불쑥 끼어들고 싶은, 이야기하고 싶은 충동을 억눌렀다. 그리고 그가 이야기하길 기다렸다.

"내가 정신 나간 소리를 하면 어떡할래요?"

젤리는 그다음을 기다렸다. 하지만 무슨 말이 나올지는 짐작할 수 있었다. 늘 똑같았으니까.

"내가 표를 사줄 테니 당신이 비행기를 타고 나를 만나러 오는 게 어때요?"

그녀는 웃었다. 비웃음이 아니라 떨리는, 기뻐하는 웃음이었다. 그것은 민감한 상황이었다. 그녀는 그의 강렬한 마음을 느낄 수 있었다. 멀리서부터 전화선을 타고 온 마음이 전해졌다. 그의 거친 아침 목소리, 담배 목소리로 말한 그 문장은 전혀 질문처럼 들리지 않다가 어때요라는 말의 중간쯤 왔을 때에야 비로소 질문이 되었다. 감동적이었다.

하지만 여전히 그녀는 말이 없었다. 이것은 그녀가 갈망하는 동시에 두려워하는 순간이었다. 이 이후에는 항상 파국이 왔기 때문이다.

"진심이에요. 전부터 생각해왔어요. 내 생각에는…… 아니, 생각이 아니지. 그건 맞는 표현이 아니야. 감정. 난 당신한테 이런 감정을 갖고 있어요. 당신과 함께하고 싶어요."

"나도 당신한테 같은 감정을 갖고 있어요." 그녀가 말했다. 사실이었다. 그녀는 잭을 사랑했다.

"당신을 사랑해요." 그가 말했다.

"네." 그녀가 말했다. 그들이 말하는 동안 그녀는 자신의 가슴 속에서 심장이 뛰는 것을 느낄 수 있었다. 진정이 되지 않았다. 그녀의 몸은 점점 더 빨라지고 있었다.

"미친 짓일까요? 한 번도 만난 적 없는 사람에게 이런 감정을 느낀다는 건?"

전화를 끊고 나서 젤리는 울기 시작했다. 그녀는 자신이 사랑받고 있음을, 사랑하고 있음을, 아무리 찰나일지언정 상대방과 이어졌다는 그

믿기 힘든 느낌을, 마음껏 실감했다. 두 사람이 잘될 가능성은 없었다. 그녀가 이제껏 한 일들이 있었기 때문이다. 그녀에겐 선택의 여지가 없었다. 그래서 이 완벽한 관계가 조금 더 오래가기만을 바랐을 뿐이었다. 그 정도는 나쁜 짓 같지 않았다.

젤리가 처음 이 단계까지 이르렀던 상대는 그녀가 전화를 걸었던 다른 남자, 마크 젱크스였다. 그는 그럭저럭 성공한 영화감독이었다. 두 사람의 관계는 몇 달 동안 지속됐다. 그 관계가 갈 수 있는 만큼 멀리까지 갔을 때―한자리에 머무르는 것은 없다. 사람들은 점점 더 많은 것을 원한다―어느 날 그는 그녀에게 외모가 어떻게 생겼냐고 물었다. 그녀는 자신을 정확하게, 하지만 너무 자세하지는 않게 묘사했다. 긴 금발에 하얀 피부, 커다란 갈색 눈. 이 사실들은 그녀에 대한 환상에 들어맞을 터였다. 그러리란 것을 그녀가 알았던 이유는 그녀도 자신의 외모에 대해 똑같은 환상을 가지고 있었기 때문이었다. 하지만 몇 주가 지나자 사진 요청이 들어왔다. 그녀는 미인인 친구 린의 사진을 몇 장 찍었다. 린을 만난 계기는 맹인 센터였다. 젤리가 돕던 약시 아동의 엄마였던 것이다. 린은 누가 봐도 아름다웠다. 호리호리하면서도 티 나지 않는 확실한 볼륨이 있는 여자였다. 별로 똑똑하지도 않았고 높낮이가 없는 뉴욕주 중부의 시골 악센트를 썼지만 지나치리만큼 뿌루퉁한 입술과 거의 감긴 듯한 눈과 작은 콧등 위에 흩뿌려진 순진해 보이는 주근깨라는, 이 세상에서 가장 매력적인 삼박자를 갖추고 있었다. 어느 날 린이 아들 타이와 함께 바닷가에 놀러 가자고 그녀를 초대했다. 타이는 여섯 살이었는데 젤리가 일주일에 한 번씩 타이를 만나서 점점 나빠져가는 눈에 적응하도록 돕고 있었다. 오즈가 떠난 후에 원래 시력을 거의 되찾긴 했지만 젤리는 여전히 엄청나게 두꺼운 안경을 써야 했고 시야가 좁았으며 명암 대비가 낮은 곳에서는 굉장히 힘들었다. 타이처럼 그녀 또한 어느쪽 세상에도, 비맹인에도 맹인에도 완전히 속하지 않았다. 두 곳 사이를 떠돌도록 운명 지어진 신화 속 인물 같았다. 어디에도 속하지 않는. 속하다(belong), 바로 그 단어였다. 그녀가 얼마나 누군가와 함께 있기를, 누군가와 함께 오래 있기를(be long) ─유한하게 또는 영원히가 아니라─ 바랐던가.

그날 해변에서 린은 평소보다도 더 아름다워 보였다. 화장은 거의 하지 않았고 햇볕에 그을린 피부 위에 하얀 마크라메* 비키니를 입고 있었다. 행복하고 편안해 보였다. 젤리는 그녀의 사진을 세 장 찍었다. 그냥 싸구려 카메라를 집어 들고 셔터를 눌렀다. 한 장에는 린이 생각에 잠겨 어딘가를 바라보는 모습이 담겼다. 한 장은 흔들렸다. 세 번째에는 그녀가 카메라를 향해 미소 짓는 모습이 담겼다. 린은 섹시해 보였지만 천박하지 않았다. 행복하고 솔직하고 사랑스러운 여자. 사진을 찍으면서 젤리는 자기가 그것으로 무엇을 할지 알았다. 코닥 대리점에 현상을 맡겼고 필름은 나중에 안전한 곳에 확실히 보관했다.

그 사진들은 마크와의 시간을 좀 벌어주었지만 동시에 상황을 악화시키기도 했다. 그녀는 한번 거짓말을 하고 나면 다시는 돌아올 수 없다는 걸 알았다. 그래서 그 순간을, 자신을 향한 기분 좋은 남자의 욕망을 즐기려 애썼다. 그녀는 곧잘 린의 외모를 가진 자신이 마크에게 숭배받는 상상을 했다.

젤리는 환상 속에서도 마크가 젤리의 외모를 가진 젤리를 사랑할 거라곤 생각지 않았다. 그녀는 늘 젤리였지만 젤리가 아니었다. 마크가 그

* 실로 매듭을 지어 여러 가지 무늬를 만드는 수예 기법.

녀를 향한 사랑을 속삭인 뒤 그녀가 수화기를 거치대에 되돌려놓고 나서 불을 끄고 침대에 누워 있을 때조차도. 그녀는 눈을 감고 베개에 등을 기댔다. 그리고 손으로 팬티의 허리 고무줄을 찾아냈다. 꼬불꼬불한 털 다음에 자그맣고 축축한 돌기. 그녀는 천천히 손을 움직이면서 마크가 마침내 자신과 만나는 상상을 했다. 이 세상의 모든 가능성이 그녀에게 유혹의 손짓을 한다고 해도 그녀는 마크가 젤리를, 물컹물컹한 중년의 젤리를 사랑하는 상상은 하지 않았다. 그녀는 그녀였지만 린의 몸 안에 있는 자신이었다. 그녀는 마크가 그녀의 옷을 벗기고 브래지어 밖으로 쏟아져 나온, 분홍색 유두의 완벽한 가슴과 치마 밑의 부드러운 허벅지와 그 사이의 유연하면서도 팽팽한 배와 둥글고 볼록 솟은 엉덩이를 만지는 것을 상상했다. 젤리의 모든 환상 속에서 그녀는 자신의 나은 버전조차 아닌 린 그 자체였다. 그녀는 마치 영화를 보듯 자신의 환상을 감상했다. 남자―마크―가 완벽한 여자의 옷을 벗기는 모습을 볼 수 있었고 그가 숨을 헐떡이는 것을 느낄 수 있었다. 그는 이토록 아름다운 여자가 존재할 수 있음을 믿지 못한다. 그렇게 해서 절정에 다다르고 나면 그녀는 더 이상 별다른 생각을 하지 않았다. 자신의 환상에서 자기 몸을 제외해버리는 것이 이상한가? 뭐든 가능하다면 왜 그가 있는 그대로의 자신을 사랑해주는 상상을 하지 않는가? 왜냐하면―그녀는 그 이유를 굳이 생각할 필요도 없이 확실하게 알고 있었다―그녀의 욕망이 남자의 시선으로 봤을 때 완벽한 자신을 중심으로 만들어지기 때문이었다. 환상(그리고 그녀의 성적 흥분)은 그녀의 완벽한 몸에 달려 있었다. 그것이 그녀를 흥분시켰다. 그리고 마크 같은 남자―이론적으로는 이미 그녀를 사랑하는 남자―가 그 몸을 가진 그녀를 숭배할 거란 사실이. 하지만 그것은 현실에선 충족 불가능한 조건이었고 그녀는 마크가 그녀의 실제 모습을 사랑할 수 있을 거라고 믿을 만큼 멍청하지 않았다.

마크 이후에 그녀가 또 사진을 사용한 남자는 두 명이었다. 모든 관계가 매번 같은 방향으로만 진행되었으므로 피할 수 없는 만남이 가까워지면 그녀는 관계를 끝냈다.

하지만 잭은? 그녀는 잭에게 그 사진들을 보내고 싶지 않았다. 마음속 한구석에서 어쩌면 잭은 그 무엇에도 상관없이 자신을 사랑해줄지도 모른다고 생각했다. 목 위만 찍은 잘 나온 사진을 보내놓고 어떻게 되나 볼까 하는 생각도 했다. 하지만 그가 사진을 보내달라고 두 번째 말했을 때 그녀는 주소를 적은 봉투에 린의 사진을 넣고 봉하다가 울기 시작했다. 자신이 지금 두 사람 사이에 존재할지도 모르는 모든 미래의 가능성을 끝내고 있음을 깨달았던 것이다. 하지만 그럴 수밖에 없었다. 그녀에게 사진을 달라고 하기 전에, 자신을 만나러 와달라고 하기 전에, 그는 모든 남자들이 어떤 시점에 던졌던 질문을 했다. 하지만 잭다운, 교묘하고 점잖은 버전이었다. "당신은 웃을 때 목소리를 들으면 나이가 어린 것 같아요. 실제론 몇 살이에요?"

그녀는 웃었다. 젤리는 질문에 대답을 피하는 방법을 알았다. 하지만 영원히 웃어넘길 수는 없었다. 그녀는 잭에게 거짓말하기 싫다는 사실을 방금 깨달았다. 하지만 그가 에두르고 있는 모든 말은 결국 한 가지 질문에 이르렀다. 당신은 어떻게 생겼어요? 예상치 못한 것도 아니고 이해하지 못하는 것도 아니었다. 단지 매번 같은 상황에 처한다는 것이 절망적이었을 뿐이다. 게다가 그녀가 어떻게 대답할 수 있었겠는가? 전화를 끊고 나서 그녀는 한참을 소파에 앉아 희미한 황혼을 바라보았다.

내가 어떻게 생겼냐고? 당신이 봤을 때, 아니면 내가 봤을 때? 그건 다르지 않아? 내 시각은 명확하지 않아. 온통 열기와 흐릿한 윤곽선뿐이거든. 감정에 의해 빚어진 추상적 형태…… 본다는 건 그런 거야. 하지만 그는 대답을 원하지.

내가 어떻게 생겼냐고? 나는 젤리 도넛처럼 생겼어.

젤리는 일어나서 거울을 들여다보았다. 자신의 외모와 성격이 다를 땐 어떻게 해야 하나? 서로 어울리지 않는다면?

나는 이 사람, 이 여자가 아니야. 그리고 사진 속 린도 아니야. 잭은 알 거야, 잭은 내가 누군지 알아. 나는 창문이야. 나는 소원이야. 나는 속삭임이야. 나는 젤리 도넛이야.

나는 아름다워. 내 머리카락이 어깨에 닿을 때, 햇빛이 눈부셔 눈을 감을 때, 내 목소리가 목 안에서 울릴 때. 전화 통화를 할 때 나는 아름다워.

이제 어떻게 될까? 젤리는 알았다. 그녀가 한 번도 경험해보지 않은 수많은 일을 아는 것처럼. 그 앎은 그녀의 감각, 손끝, 피부에서 오는 듯했다. 그녀는 만약 자신이 잭을 만난다면 그녀가 일반적인 의미에서 '아름답다'고 해도 그가 실망하리란 걸 알았다. 일반적이란 흥미로운 단어다. 우리 모두가 공통으로 가지고 있는 것을 의미할 때는 위안이 될 수 있다. 하지만 그것은 평범하다는 뜻이기도 하다. 우리 모두가 수없이 봐왔기 때문에 쉽게 찾아낼 수 없는 뭔가를 의미한다. 따라서 일반적 의미의 아름다움이란 모두가 수긍하는 것인 동시에 어떤 의미로는 따분한 것이다. 하지만 그의 실망은 인간적이고 불가피한 무언가, 실제가 상상의 윤곽선과 일치하지 못하는 데서 기인할 터였다. 전화선을 타고 와서 자기 귓속으로 들어온 말을 들을 때 그는 그 말을 하고 있는 입을 상상했다. 더군다나 그가 송화기에 대고 말을 할 때는 그 말을 듣고 있는 얼굴, 그 얼굴에 떠오른 표정을 상상했다. 어쩌면 그 얼굴은 전날 밤 텔레비전에 나온 여배우에, 희미하게 기억나는 어머니의 젊었을 적 사진과 그가 해변에서 흘끔거렸던, 긴 머리에 까무잡잡한 맨다리를 가진 소녀를 더해서 만들어졌을지도 몰랐다. 하지만 상상 없이 얘기만 하는 경우는 없다. 그리고 일단 상상이 실제를 초월해버린 뒤엔 실망을 피할 길이 없다, 그렇지 않나?

그렇다면 젤리는 어떤가? 젤리는 잭에게 실망하지 않을까? 눈앞에 나타난 그가 구강 청결제와 담배 냄새를 풍기는 땀투성이 늙은이라면? 이제껏 이런 생각은 한 번도 해본 적 없었다. 하지만 그녀는 그에게 너무 집중해서 자기 감정은 개의치 않을 것이다. 그가 실망한다면 그녀도 실망할 것이다. 그의 목소리에서 실망감을 들을 테고 그러고 나면 모든 것을 잃었다고, 그와 만들었던 완벽하고 아름다운 모든 순간을 잃어버렸다고 느낄 것이다.

"당신을 만나고 싶어요." 잭은 말했었다. "당신을 만나야겠어요."

"알아요. 알아요. 알았어요." 젤리가 말했다. "사진 몇 장 보내줄게요."

린의 사진을 보낸 것은 당연히 옳은 선택이었다. 이 관계가 조금이라도 더 오래 지속되게끔 만들어야 했으니까. 하지만 그녀는 울었다. 비록 한순간이었지만, 다른 선택을 할 수도 있었기에.

젤리

알람이 울리자 젤리는 어둑한 여명 속을 바라보았다. 그날은 그녀가 캘리포니아행 비행기, 아침 9시 비행기를 타기로 되어 있는 날이었다. 짐은 싸지 않았지만 쌀까 하는 생각은 했다. 정말로 했다. 어젯밤에 그는 통화를 하다 들떠서 웃었다. 확실히 안 가기로 결심했었다면 그녀는 그가 이렇게까지 하도록 놔두진 않았을 것이다. 어젯밤 포도주를 한 잔 마신 후에는 그녀도 웃으면서 마침내 그와 함께 있게 되는 상상을 했다. 하지만 작별 인사를 하고 전화를 끊었을 때, 알았다.

그녀는 버튼을 눌러서 알람을 끄고 머리끝까지 이불을 덮어쓴 다음 어둡고 따뜻한 공기 속으로 긴 한숨을 내쉬었다.

캐리가 결혼식을 올리다

메도는 캐리와 윌의 리허설 만찬*에 한 시간 늦게 왔다. 축사 중이었기 때문에 그녀는 조용히 캐리 옆의 빈자리에 슬쩍 앉으면서 미소를 지어 보였다. 나중에 캐리가 메도는 교통 체증과 주차난에 드레스까지 찾아 오느라 늦은 거라고 설명했을 때 윌은 얼굴을 찌푸렸다. (메도는 리허설 만찬에는 실크 양복을 입고 왔지만 결혼식에는 드레스를 입고 오기로 한 터였다. 메도는 원래 절대 드레스를 입지 않았지만 캐리를 위해 입을 것이었다.)

"그래도 오긴 왔네." 그가 말했다.

"당연히 오지 그럼." 캐리가 살짝 짜증을 내며 말했다. 윌이 자기 편을 들어줬을 뿐임은 알았지만 자신은 메도 편을 들어주지 않을 수 없었다.

---

* 결혼식 전날의 저녁 식사. 결혼식 예행연습(리허설)을 마친 후에 신랑 신부의 가족 및 하객들과 함께한다.

"한 달 전에 알려줬는데도 당신 시사회에는 안 왔잖아."

캐리의 졸업 작품—〈여자 학교〉라는 단편영화—은 어느 영화제의 단편 부문에 초청되었지만 메도는 참석하지 못했다. 상영회 전날 밤에 그녀는 캐리의 자동 응답기에 메시지를 남겼다. 함께 메도의 사과를 듣는 동안 윌은 눈을 뒤룩거렸지만 캐리는 그가 메도를 오해하고 있음을, 메도는 자신만의 북쪽 세계 깊숙이 있음을 알았다. 편집하면서. 혹은 조사하고 촬영하면서. 메도는 광란의 작업 속으로 사라져버린 것이었다. "당신은 메도의 시사회에 갔잖아." 윌이 말했다. 그 말은 사실이었지만 캐리는 자신이 메도를 더 자주 찾아갔어야 했다고 생각했다. 그러지 못한 지가 벌써 한참 되었던 것이다. 그들이 못 만난 지가 얼마나 되었더라? 1년? 아니, 아홉 달이었다. 하지만 지금 메도는 캐리의 결혼식을 위해 와 있었다. 그녀는 신부 들러리였고 비록 리허설 만찬에는 늦게 나타났지만 결혼식에는 완벽하게 제시간에 나타났다. 옆에는 앙상한 조수 카일이 인파 속에서 그녀를 잃어버릴까 봐 두려운 사람처럼 그녀의 허리에 한 팔을 두르고 있었다. 초저녁에 캐리는 윌에게, 카일이 얼마나 오래갈까 궁금하다고 속삭였다. 메도의 통상적인 짧은 유효기간은 확실히 곧 넘길 것 같지? 윌은 동의한다는 뜻의 코웃음을 지었고 캐리는 곧바로 자기가 왜 그런 말을 했을까 후회했다. 그녀는 사실 카일을 좋아했다. 그리고 메도도 좋아했다. 그런데 왜 그랬을까? 그녀의 말은 원래 의도보다 가혹하고 야비할 때가 많았다. 그럴 때면 도로 주워 담고 싶었다.

그녀도 윌도 폴란드인이 아니었지만 그들은 피로연을 브루클린 그린포인트에 있는 폴란드인 예식장에서 열었다. 사순절 동안 결혼하면 할인해주었기 때문이다(이 기간에 결혼하고 싶어 하는 폴란드인 부부는 없었다). 그들은 모든 것을 직접 했고 꽃이나 청첩장이나 사진은 친구들에게 결혼 선물 대신 도와달라고 했다. 그랬는데도 캐리가 바랐던 것보다는 돈이 더 들었다. 그녀는 군데군데 금박이 박힌 거울 벽지와, 거무칙칙한 망사와 해진 하얀 리본이 누덕누덕 달린 거대한 신랑 신부 의자로 완성된 허접한 피로연을 마음껏 즐기기로 결심했다. 모든 테이블에는 폴란드산 보드카가 몇 병씩 놓여 있었는데 처음 그 병을 봤을 때 캐리는 메도에게 〈디어 헌터〉의 폴란드식 결혼식처럼 기나긴 고주망태 피로연이 되겠다고 농담했다.

"리시아야. 러시아식 결혼식." 메도가 말했다.

"내가 앉은 의자를 들어 올리는 사람만 없으면 괜찮아." 캐리가 말했다.

"하얀 드레스에 붉은 포도주가 쏟아지는 것을 클로즈업한 장면은 미묘한 전조의 정확한 예는 아니었지." 메도가 말했다.

"난 좋았어."

메도가 어깨를 으쓱했다. "나도 좋았어." 그녀가 말했다. "그 장면은 결혼식의 절박한 희망을 잘 포착했지. 실제로는 아무리 무용하더라도 말이야."

"라고 신부 들러리가 신부에게 말했습니다." 캐리가 말했다.

"아이참. 너랑 윌 말고. 너랑 윌은 최고지."

메도는 캐리의 유일한 들러리였으므로 캐리는 메도에게 파란색 계열의 드레스를 입어달라고 요청했다. 메도는 파란 실크로 만든, 소매 없는 슬립 스타일의 긴 구제 드레스 위에 검은 이브닝 재킷을 걸쳐서 평소보다도 더 키 크고 말라 보였다. 캐리는 레그오브머튼 슬리브*가 달린 66 사

---

* 양 다리처럼 생긴 소매라는 뜻으로, 어깨부터 팔꿈치까지는 커다랗게 부풀리고 팔꿈치부터 손목까지는 팔에 딱 붙게 만든 형태의 소매를 말한다.

이즈의 웨딩드레스를 살 빼서 겨우 입었는데 메도의 마른 몸 때문에 자기가 더 뚱뚱해 보이지 않을까 속으로 걱정하다가 마음을 다잡고 그런 생각은 하지 않으려 애썼다.

결혼식과 저녁 식사와 케이크 자르기가 끝나고, 신랑 신부의 첫 춤과 가터벨트 던지기*가 끝나고 나서는 분위기가 가라앉기 시작하면서 밴드가 월이 피로연이 끝날 때 연주해달라고 요청한 촌스러운 유행가들을 연주하기 시작했다. 월과 캐리가 화려한 춤을 추고 나서 월과 메도가 춤췄고 그다음에는 캐리와 카일이 춤췄는데 카일은 짐짓 심각한 척하며 캐리를 빙글빙글 돌려댔다. 밤이 깊어갈수록 카일의 유혹은 더욱더 노골적이 되었다. 하지만 마지막 두 곡은 두 남자가 같이 술 마시면서 플로어 밖에 앉아 있는 동안 캐리와 메도가 췄다. 11시가 되자 밴드는—그리고 신랑 친구들도—다음 공연을 위해 가야 했고 장소를 임대한 다섯 시간도 끝났다. 마침내 결혼식이 끝나자 캐리에게는 너무 긴 동시에 너무 짧게 느껴졌다. 몇 달에 걸쳐 준비해서인지 무슨 어려움을 극복하고 완수한 것만 같아서 마침내 끝났음에 안도했다. 바로 그렇기 때문에 역사상 가장 지루한 파티, 자유롭다기보다는 인색한 파티처럼 보이기도 했다. 하지만 그들의 예산으로는 다섯 시간이 한계였다(캐리의 어머니, 아버지와 월의 부모님이 보태줬지만 거금을 줄 수 있었던 사람은 없었다). 그런데도 예산을 초과하고 두 사람의 저금을 거의 다 쓰고 말았다.

몇 시간 전 피로연이 시작될 때 메도는 자기 아버지가 준 봉투를 캐리에게 건넸다. 메도의 부모님은 결혼식에 참석하지 못했지만 캐리와

---

* 서양 결혼식에서는 부케를 던지는 것처럼 신부가 하고 있던 가터벨트를 피로연이 끝날 무렵 신랑이 벗겨서 미혼인 남자 하객들에게 던지는 풍습이 있다.

월이 비용에 보태 쓰라고 5000달러짜리 수표를 보냈다. 캐리는 울기 시작했지만 메도가 화장이 번질 거라며 울지 말라고 명령했다. 캐리는 신랑 신부석의 월 옆에 앉아 샴페인을 마시면서 자신이 정말 운이 좋다고 생각했다.

피로연이 끝난 뒤에 캐리는 메도와 그녀의 사랑스러운 애인에게 작별 인사를 하고 월의 손을 잡았다. 그리고 결혼 선물을 전부 챙겨서 택시를 타고 아파트로 돌아왔다. 캐리는 기다렸다는 듯이 드레스를 벗고, 구두를 벗고, 팬티스타킹을 벗었다. 그런 다음 맨발에 실크 슬립 차림으로 부엌에 들어가 전화기를 집었다. 그리고 피자를 배달시켰다.

"배고파 죽을 것 같아." 그녀가 말했다.

"결혼식에 있었던 음식은 다 어쩌고?" 월이 말했다. "피로기*며 새끼 돼지 요리며 많았잖아."

"먹을 수가 없었지! 너무 흥분한 데다 드레스도 너무 꽉 끼었단 말이야." 캐리가 말했다.

"나도 그랬어." 월이 말했다. "내 드레스도 너무 꽉 끼더라고." 그러고는 허리띠를 풀면서 자기 배를 찰싹 쳤다.

"내가 피자를 너무 많이 먹은 후에도 여전히 날 사랑할 거야?"

"응."

"내가 뚱뚱해져도?" 캐리가 두 팔로 그를 끌어안으며 물었다. 그가 양손으로 그녀의 엉덩이를 잡았다.

"물론이지."

---

* 동유럽식 물만두. 감자, 다진 고기, 치즈, 과일 등이 소로 들어가며 버터, 튀긴 양파, 사워크림을 얹어 먹는다.

"내가 엄청나게 뚱뚱해져도?"

"응, 근데 일부러 그러겠다는 거야?"

캐리가 웃으며 어깨를 으쓱했다. 그녀는 허리를 굽혀 냉장고에서 로제 샴페인을 꺼내 월에게 건넸다. 그는 마개를 덮은 은박지를 벗긴 다음 코르크를 세게 잡아당기기 시작했다. 캐리가 병을 도로 가져가서 키친타월로 주둥이를 덮고 부드럽게 코르크를 돌리자 작게 뽁 소리를 내면서 빠졌다. 그녀는 월에게 병을 건네주고 잔을 꺼냈다. "메도네 아버지가 우리한테 그렇게 많은 돈을 주셨다는 게 믿어지지가 않아." 캐리가 말했다.

"돈이 남아도시나 봐." 월이 말했다.

"그야 그렇지만 그래도 너무 후하셨어."

"메도는 신탁자금이 많겠네……."

"정말 후하셨어." 캐리가 말하며 자기 잔을 들어 올렸다.

월이 잔 두 개에 샴페인을 빠르게 붓는 바람에 살짝 넘쳤다. 캐리가 "우아!" 하며 흐르는 샴페인을 혀로 핥아 먹으려다 웃음을 터뜨렸다. 그들은 바닥에 앉아 선물과 카드를 쳐다보았다. 피자 반 판을 먹고 샴페인을 거의 다 마셨다. 캐리는 갑자기 피로가 몰려오는 것을 느꼈다. 그들은 첫날밤을 치르지 않은 채 평소처럼 잠자리에 들었다. 잠들기 직전에 캐리는 먼 훗날 자신이 오늘을 돌이키며 첫날밤을 치르지 않은 것이 역시 나쁜 징조였다고 생각하게 될까 봐 걱정했다. 〈디어 헌터〉의, 웨딩드레스에 묻은 핏방울처럼. 그녀는 메도한테 이 얘기를, 징조에 대한 얘기를 해야겠다고 잠깐 생각했다. 그러고는 꿈도 꾸지 않고 깊은 잠에 빠졌다.

영화적 진실

〈디크의 초상〉의 성공 이후 메도는 다양한 보조금에 지원하고 아버지에게서 돈을 '빌려' 몇몇 비용을 지불한 끝에 새 영화 두 편 〈켄트 주립 대학교: 회복〉과 〈트루먼 연기하기〉를 제작할 돈을 겨우 긁어모았다. 이 무렵에 세 번째 영화도 만들려 했으나 초기 단계에서 중단했다.

〈켄트 주립 대학교: 회복〉(1992)

몇 년 전 글러버스빌에서 첫 봄을 보내고 있을 때 메도는 신문에서 켄트 주립 대학교 총격 사건 15주년에 관한 기사를 읽었다. 그녀는 그 기사를 오려내어 스튜디오 벽에 붙였다. 그리고 그 후로 계속 매혹된 상태였다. 이 얼마나 특별한 소재인가. 주 방위군의 총에 맞은 학생들, 사살된 학생들, 그리고 죽은 학생과 그 옆에 한쪽 무릎을 꿇고 있는 소녀의 사진. 요즘 젊은이들은 이 사건에 대해 생각하지도 얘기하지도 않지만 메도는 계속 그에 대해 생각해왔다. 하지만 총격 장면을 찍은 필름은 없었다. 다른 유명한 폭력 행위들과 달리 이 사건에는 우리가 보고 또 볼 만한 거친 입자의 기록 영상을 제공해줄, 핸드헬드 카메라를 든 아마추어가 없었던 것이다. 하지만 메도에게는 생각이 있었다. 어쩌면 방법이 있을지도 몰랐다.

우선 그녀는 사진 속 소녀, 메리 앤 베키오를 추적하자는 생각을 했다. 메도는 강렬한 피사체로서의 그녀를 쉽게 상상할 수 있었다. 여기 그녀 인생의 짧은 순간, 슬픔의 한순간이 있다. 그런데 그 순간이 그녀의 인생을 정의하게 돼버린 것이다. 그녀는 네모난 광장에서 죽은 대학생 옆에 무릎을 꿇은 채 세상을 향해 비명을 지르고 있다. 그녀는 좋아하는 대학생 제프리 밀러를 따라온 가출 소녀, 히피족이다. 그녀의 얼굴에는 고통이 담겨 있다. 그렇다. 하지만 앞으로 뻗은 두 팔과 함께 거의 항변에 가까운, 믿을 수 없다는 표정 또한 담겨 있다. 메리 앤은 이런 일이 일어났다는 걸 믿지 못한다. 미합중국에서, 그것도 바로 그녀의 눈앞에서, 시위를 한다는 이유로 학생들이 총에 맞다니. 이런 일은 다른 나라에서, 텔레비전 속에서나 일어나야 했다. 그리고 우리는 그것을 보면서 이렇게 말해야 했다. 쯧쯧, 우리가 저 불쌍한 사람들을 도와줘야 하나? 그런데 반대로 전 세계가 우리를 지켜봤다. 온 국민이 그렇게 느꼈기에 그 사진은 미국이 순수를 상실한 것을 슬퍼하는 피에타*가 되었다. 하지만 다음 날 아침 그녀는 다시 평범한 소녀일 뿐이다. 그녀는 이제 겨우 열네 살이지만 앞으로 평생 동안 사람들이 그녀를 볼 때마다 이 이야기를 언급할 것이다. 그녀가 거기 있었기 때문이 아니라 사진에 찍혔기 때문에. 그 사진은 퓰리처상을 탈 것이다. 그 사진 때문에 제프리

* 죽은 예수를 안고 비통해하는 성모의 그림 혹은 조각상.

밀러는 켄트 주립 대학교에서 죽은 학생 네 명 중에서 제일 유명하다. 그 사진은 전 세계 신문을 돌아다닌다. 플로리다의 클로드 커크 주지사는 이 소녀에게 공산주의 동조자라는 딱지를 붙일 것이다. 그녀가 무릎을 꿇은 채 진정한 비탄에 빠져 있는 사진은 티셔츠에 인쇄된다. 그녀의 부모는 판매 수익의 일부를 청구하는 소송을 낼 것이다. 그녀는 새 출발을 하려 하겠지만 이 사진은 앞으로도 오랫동안 그녀의 삶에 영향을 미칠 것이다. 면전에서는 아니고 주위에서. 그녀가 자식의 학부모 회의에 참석했다 돌아갈 때 한 학부모가 옆 사람에게 몸을 기울이며 속삭일 것이다. "저 여자 누군지 알죠?"

옆 사람이 고개를 젓는다.

"켄트 주립 대학교 사진 속 여자잖아요. 무릎 꿇고 있던 여자, 울던 여자요."

"정말요?"

"네. 신기하죠?" 그리고 그들은 놀라움에 미소 지을 것이다. 역사의 일부가 자신들의 삶 속에, 자신들 옆에 존재하다니. 메리 앤은 어쩌면 결국 누구에게도 그 사진에 관해 얘기하지 않기로 결심할지도 모른다. 그녀는 주위 사람들에게 그 일을 비밀로 할 것이다. 부끄러운 건 아니지만 그 일이 그토록 중요하게 받아들여지거나 그녀의 삶을 규정짓길 바라지 않기 때문이다. 자신에 대한 다른 생각들, 자신의 다른 모습들이 들어설 여지를 원한다. 하지만 그날에 대한 기억은 생생하다. 그녀는 그날 죽은 남자를 사랑했다. 내 눈앞에서 누군가가 총에 맞아 내가 무릎 꿇고 다가가는 동안 숨을 거두는 장면은 절대 잊히지 않는 법이다. 그들은 그곳에서 미국의 캄보디아 침공에 항의하면서 그들이 옳다고 생각하는 행동을 하고 있다. 그런데 다음 순간, 마리화나를 피우러 가거나 기숙사

방에서 애정 행각을 하는 대신 제프리는 아스팔트 위에 엎드린 채 피를 흘리며 온몸에서 죽음의 분위기를 풍기고 있다. 그 사건은—사건을 찍은 사진이 아니라—그녀를 완전히 다른 사람으로 만들었고 그 후로도 오랫동안 그녀에게 흔적을 남겼다.

메도는 그 유명한 사진 속 소녀를 추적하여 인터뷰하고 싶었지만 이미 다른 사람이 그 일을 했음을 알게 됐다. 어떤 텔레비전 프로그램에서 아이디어—뻔하고 평범한 아이디어—를 내서 소녀와 사진가를 다시 만나게 했던 것이다.

메도는 다른 사람들을 인터뷰하기로 결심했다. 학생들도 원했지만 군중을 향해 발포한 주 방위군—학생들 또래의 젊은이들—도 원했다.

메도는 모든 사람을 아무것도 없는 방, 정적인 공간에서 인터뷰할 작정이었다. 그녀는 자기 집 거실에 있는 사람들을 보여주는 다큐멘터리를 싫어했다. 관객이 인테리어디자인과 집주인의 심리에 대해 생각하게 되기 때문이었다. 그녀는 관객의 시선이 인물의 얼굴로 가길 원했고 의도적인 미장센, 그로 인한 동일성과 고립감을 원했다. 몇 명의 인터뷰를 찍은 뒤에 그녀는 디크가 유별났음을 깨달았다. 카메라 렌즈를 똑바로 쳐다보는 것을 어떤 사람들은 불편해했다. 그들에겐 얼굴이 필요했다. 메도가 카메라 옆에 서 있으면 그들의 시선은 자꾸만 옆으로 돌아가는 듯했다. 그녀의 해결책은 예전에 누아트 극장*에서 봤던 오즈 야스지로의 〈동경 이야기〉에서 나왔다. 오즈가 사용한 '다다미 숏'이라는 기법은 카메라가 위를 향하도록 고정해놓고 낮은 각도에서 배우들을 찍는 것

---

* 로스앤젤레스에 있는 300석 규모의 예술영화 전용 극장. 지금도 매주 토요일 자정에 〈록키 호러 픽처 쇼〉를 상영하고 있다.

이었다. 그녀는 이 방법을 시도했다. 인터뷰 대상의 이야기를 듣는 동안 카메라 뒤에, 약간 위에 서 있었다. 이것은 인물이 렌즈를 똑바로 쳐다보는 듯한 착시 효과를 불러일으켰다. 앉아 있는 사람들이 카메라 바로 위의 허공을 보고 있는 것처럼 보일 때도 잦았지만 다들 거짓말을 하고 있다기보다는 생각에 잠긴 것 같아 보였다.

메도는 소규모의 제작진만 데리고 다녔다. 그중 카일은 그녀의 조수로 시작하자마자 거의 곧바로 남자 친구가 되었다. 그는 컬럼비아 대학교에서 영화를 전공하는 학생이었는데 메도는 그에게 재능이 있다고 생각했다. 그는 디크의 어린 벵골*인 버전 같았다. 길고 검은 머리에 마른 근육질, 작은 키, 뾰족한 광대뼈와 턱뼈. 카일이 미소 짓거나 웃으면 갑작스럽게 번쩍이는 하얗고 가지런한 치아에 메도는 늘 정신이 산란해졌고 그를 더 많이 웃게 만들고 싶어졌다.

그녀는 소규모 제작진을 다양한 현장으로 데려가기 전에 목격자들과 참가자들에게 전화를 하거나 편지를 썼다. 그녀는 그들을 그렇게 불렀다, 참가자라고. 메도는 자신이 주 방위군, 즉 그날 이전부터 역사의 잘못된 편에 섰던 젊은이들에게 끌림을 인정해야 했다. 일군의 병사들이 발포를 하면 모두가 죄책감을 느끼겠지만 책임을 느끼는 사람은 없다. 집단이 발포할 때의 핵심은 분명 그것이다. 그 감정이 세월이 흐른 뒤에는 어떻게 달라졌는지 궁금했다. 그녀는 방 안에서 그들을 쿡쿡 찔러서 비밀을 털어놓는 모습을 찍고 싶었다. 그렇게 하는 것이 그들에게도 좋으리라고, 카타르시스를 가져다줄 거라고 생각했다. 우선은 글러버스빌 도서관의 마이크로필름에서 그곳에 있었던 사람들의 이름을 알아내는

---

* 인도의 서벵골주에서 방글라데시에 이르는 지역.

것으로 시작했다. 학생들의 목격담이 신문에 인용돼 있었다.

"그날의 경험을 말씀하시는 것을 찍어도 될까요?"라고 하면 어떤 사람들은 수락했다. 또 어떤 사람들은 그녀가 부드럽게 설득해야 했다. 예상대로 주 방위군이었던 사람들이 가장 주저했다. 결국 총을 쏜 것은 그들이었으니까.

"저는 그저 모든 관점에서 본 이야기를 듣고 싶은 것뿐이에요. 그토록 겁에 질린다는 게 어떤 기분인지. 시위자들이 돌도 던지고 그랬는데 얼마나 위험했는지 등등요."

"하지만 저는 그렇게 느끼지 않아요. 우리가 쐈다는 걸 아직도 믿을 수 없어요. 발포 명령은 있었죠. 적어도 우리는 있었다고 생각했어요. 다 같이 쐈지만 저는 믿어지지가 않아요. 그 애들이 죽었다는 게." 그가 말했다. 그는 벌써부터 털어놓고 있었다. 이런 건 소용이 없었다. 그녀는 필름에 담고 싶었지 전화로 듣고 싶은 게 아니었다.

"알겠어요. 그러면 촬영을 허락하시고 저한테 말씀해주시는 것으로 하죠, 괜찮죠?" 그녀가 그를 제지하며 말했다. "선생님 얘기를 들려주시면 방위군 중에도 고통과 후회를 느끼는 사람이 있다는 걸 사람들이 알게 될 거예요." 그녀는 그가 말하리라는 걸 알았다. 기꺼이 할 것이다. 자신이 한 일에 관한 가장 어두운 진실을 말하는 데는, "나는 이런 끔찍한 짓을 했습니다"라고 소리 내어 털어놓는 데는 특별한 기쁨이 있기 때문이다. 가슴속 비밀이 세상 밖으로 나오는 것이다. 우리 모두는 그것이 타인에 의해 밝혀지길 기다리기보다는 스스로 끄집어내고 싶어서 안달한다. 기다림은 삶을 오염하고 한밤중에 잠을 깨운다. 누구나 고백하고 싶은 이런 충동이 있고 죄책감과 전부 말해버리고 싶은 욕구를 가지고 태어남을 메도는 알았다. 그녀는 엄청난 분량을 찍었다. 사람들이 주제에서 벗어나고, 자기 인생 얘기를 하고, 심지어 몇 분 동안 말없이 앉아 있어도 내버려두었다. 그녀는 무턱대고 찍으면서 그 과정에서 새로운 것들을 발견했다.

하지만 디크를 찍을 때와 달리, 카메라 앞에서 얘기하는 이 사람들에겐 가끔 뭔가 무기력한 면이 있었다. 어떤 사람들의 얼굴은, 그들이 무슨 말을 하고 있건 간에, 생기가 없었다. 혹시 목소리 톤 때문인가? 그들은 연습한 느낌을 풍길 때가 잦았다. 마치 이 순간을 위해 샤워할 때마다 연습한 것처럼. 사실 그들은 이런 질문을 전에도 여러 번 받았다. 몇 년에 걸쳐 그날 있었던 일의 줄거리를 재구성했다. 이 사람들이 조금이라도 덜 무감정해 보이게 하려면 어떻게 해야 할까? 그녀는 몇몇 이야기의 중간에, 그리고 이야기와 이야기 사이에 보여줄 만한 영상을 찾으려고 기록 보관소를 뒤졌다. 재연을 할까도 생각했다. 과거의 짧은 순간들, 말로 불러내는 영화적 교령회를 만드는 것이다. 저급한 황색신문 같은 다큐드라마, 교육 방송에서 본 폴 리비어의 질주*의 '극화' 같은 느낌은 원하지 않았다. 그리고 사람들이 말하는 동안 사진만 줌인 줌아웃 하면서 보여준다면 삼류 슬라이드처럼 보일 것 같았다. 하지만 사실 그녀는 슬라이드를, 덜컥하고 넘어갈 때까지 사진 한 장에 대해 생각하게 만드는 점을 좋아하는 편이었다. 사건 이전과 이후와 당시를 찍은 사진은 굉장히 많았다. 어찌어찌하면 사진을 움직이게 만들 수도 있을 듯했다. 스톱모션애니메이션 기법을 사용해서 사진의 부분 부분을 골라 살짝 변화를 주면 사진 속 사람들이 움직이는 것처럼 보이게 할 수 있었다. 이것

---

* 1775년 4월 18일 밤에 폴 리비어가 말을 달려 영국군이 렉싱턴과 콩코드로 진격하고 있음을 식민지 민병대에 알린 일을 가리킨다. 헨리 워즈워스 롱펠로의 시 〈폴 리비어의 질주〉(1861)를 통해 유명해졌다.

은 재연일 뿐 실제가 아니었다. 조작이었다. 그녀는 한 걸음 더 나아가 캠퍼스에 카메라를 가져가서 그날의 느낌을 (아마추어용 필름인, 거친 입자의 슈퍼 8밀리로) 세밀하게 재창조했다. 배우도 썼지만 아주 짧게, 반짝 지나가는 정도로만 썼다. 한 팔이 움직이고, 제복 입은 사람이 총을 쏘기 위해 무릎 꿇는 정도. 그것은 물론 1970년 그날의 재창조는 아니었다. '실제'의 느낌은 그날을 상기시키는 장면을 사용함으로써 만들어냈다. 그래서 그녀의 재연은 집단 기억을 (시각적) 자료로 활용했다. 사진은 이미 오래전부터 사람들 머릿속에 1970년의 느낌을 덧써왔다. 그들이 〈라이프〉 잡지에 실린 사진들을 봤을 때 실제로 본 것은 바로 그 덧써진 이미지였다. 메도는 거친 입자의 슈퍼 8밀리를 16밀리로 확대했다. 그리고 꿈속 분위기의 조명이 켜진 스튜디오 안에서 발사되는 소총과 캠퍼스 지도의 클로즈업을 땄다. 그런 장면 하나하나가 말하는 사람의 의식을 보여주는 것처럼. 그리고 아주 짧게, 조작한 사진 애니메이션을 사용했다. 이것들을 모두 편집해서 이어 붙이자 참가자들이 들려준 이야기에 굉장한 드라마와 사실성이 더해졌다. 이야기가 생명을 얻었다.

그때 그녀가 예상치 못했던 요소가 등장했다. 양측 사람—(지금은 30대인) 학생들과 (마찬가지로 30대인) 주 방위군—모두가 정부 공작원 혐의자를 언급한 것이다. 그녀는 자신이 메모판에 붙여두었던 기사와 거기 나온 이 인물에 대한 묘사를 기억해냈다. FBI가 아니냐고 '몇몇이 의심한' 과격파 학생에 대한 문장이 하나 있었다. 그들은 이 남자가 주 방위군을 향해 총을 쐈다고 생각한 어떤 사람의 말을 인용했다. 그 총격으로 인해 방위군이 뒤돌아서 무릎을 꿇고 학생들에게 총을 쐈다. 그녀는 그날에 관한 이야기 일부의 중심에서 어떤 음모론이 자라나고 있음을 발견했다. 방해 공작원, 악귀. 이 공작원, 이 모든 폭력 사태를 야기한 혐의를 받고 있는 자는 대체 누구였을까? 어쩌면 그날의 사건은 이자의 책임일지도 몰랐다. 학생들은 확실히 아니다. 하지만 전적으로 방위군의 잘못 또한 아닌지도 모른다.

"거기서 그자를 봤어요. 총을 갖고 있었죠. 총을 쏜 직후에 쏴야 했다고, 어쩔 수 없었다고 말했어요." 총격이 끝난 후에 광장에 나왔던 켄트 대학교 교수가 말했다. "그러고 나서 체포됐다가 풀려났다고 들었어요. FBI 소속이리고 히더군요."

"그 사람이 뭘 했나요?"

"방위군을 도발한 탄환을 쐈어요." 그가 말했다.

"직접 보셨나요?"

"아뇨. 하지만 다른 사람들이 봤어요."

"FBI가 켄트 대학교 학생 시위대에 잠입했다고 생각하세요?"

"잠입 수사관들은 당연히 있었죠. 사람들이 폭력과 혼란에 빠져들도록 부추기는 건 항상 요원들이에요. 학생운동가들의 신뢰도를 떨어뜨리고 싶어 했으니까요."

"하지만 그들이 한 일이라곤 학생들을 피해자로 만든 것밖에 없잖아요."

교수는 어깨를 으쓱하며 씩 웃었다. "그들이 영리하다거나 효과적이라고 하진 않았어요. FBI잖아요."

하지만 일부 병사들도 그 말을 믿었다.

"테이프, 녹음테이프를 들어보면 우리가 무릎을 꿇고 사격하기 전에 한 발의 총성이 들려요." 그 말은 사실이었다. 비디오는 없었지만 녹음테이프는 존재했다. 어떤 프로젝트를 진행 중이던 학생이 기숙사 방 창틀에 녹음기를 놔두었기 때문이었다. 그것은 잡음─오디오상의 거친 입자—이 굉장히 많아서 펑 소리와 쿵 소리로 가득했다. 메도는 그것을 영화에 삽입하고 검은 화면과 함께 재생했다. 그리고 소리를 녹취한 자막을 검은 화면에 띄웠다. 누가 말을 하고 있으면 그 소리가 나올 때 큰 글자로 타이핑한 단어가 화면에 나타났다. 너 그리고 그들이 온 후에 그리고 데려간 그리고 그들에게 말해 그러고 나서 문제의 총성이 들리고, (총성), 텅 빈 화면, (달리는 소리), 그다음에 준비 비슷하게 들리는 단어. 그다음에 (알아들을 수 없음), 몇 초간 빈 화면, 그다음에 (총성, 비명).

텅 빈 화면에 소리만 나가는 것은 오도의 소지가 있고, 다른 감각을 차단하는 방식으로 뭔가를 따로 떼어내는 것은 그 내용이 무엇이건 간에 어색하거나 이상해 보일 수 있는 게 사실이다. 그리고 그 소리가 무엇이라는 암시를 주면 관객은 자기가 그것을 들었다고 생각하게 된다. 메도는 그 사실을 알았다. 그리고 공작원 얘기가 한번 언급된 후에는 자신이 인터뷰하는 모든 사람에게 그 이야기를 꺼내리라는 것도 알았다. 때로는 촬영 중에 그에 관한 질문을 던졌고, 때로는 촬영 전에 상대방과 그 이야기를 나눴다. 그거 아세요? 여러 분이 이 얘기를 하셨는데 말이죠. 그러면 그 사람은 메도가 인터뷰 영상을 찍을 때 공작원을 언급하게 된다. 하지만 그녀는 이미 가짜 영상과 진짜 영상을 섞었다. 그녀의 영화는 의도적으로 양식화하고 구성한 작품, 현실의 여러 버전 중 하나였다. 순수하고 오염되지 않은 대상이 아니었다. 여기서 자르고, 이건 저것 다음에 붙이고, 이건 잘라내고, 이런 질문을 하고, 이런 반응을 하고, 어떤 영상을 보여준다. 그것은 허구에 가까운 무엇이었다. 실제 삶의 조각들로 구성된 허구였다. 혼합물, 결합체였다. 실제로 일어난 사건의 줄기는 하나였지만 그것은 기억과 시간과 사람들의 바람이 담긴 허언에 가렸다. 그녀는 그 사실을 전하고 싶었다.

영화는 천천히 음모론으로 기울었다. 사람들은 연이어 돌고 돌아서 공작원 얘기로 돌아왔고 빠짐없이 그를 궁극적 책임자라고 비난했다. 방위군이 뒤돈 데는 이유가 있을 테니 아마 이게 맞을 것이다. 그 믿음은 좌파 학생들을 대상으로 한 폭력 사건 대부분이 이 공작원 같은 자들의 선동으로 일어난다는 점에서 시작됐다. 그리고 켄트 주립 대학교를 어슬렁거리던, FBI의 비호를 받는 듯한 인물이 있었던 것 또한 사실이었다. 그는 항상 집회에 참석했고 힁상 사진을 찍었다. 그는 여러 면에서 그곳에 어울리지 않았다. 사람들은 그가 마약 단속반 같은 걸 거라고 생각했다. 그리고 방위군은 누군가가 자기들을 향해 총을 쐈다고 확신했다. 돌 몇 개 때문에 실탄을 쏘라는 명령이 내려오진 않았으리라는 것이었다. 비록 몇몇 병사가 꽤 심각한 부상을 입었다고 주장한 만큼, 위험한 돌이긴 했지만 말이다. 그 밖에도 시멘트 덩어리와 가스통도 있었다. ("돌로 사람을 죽일 수도 있잖아요. 우리는 학생들하고 같은 나이였지만 대학에 가지 않았어요. 자원입대하거나 징집됐는데 운 좋게 주방위군이 돼서 본국에 남았죠. 운 좋게라니, 허 참!")

결국 메도는 이 영화가 나아가야 할 방향을 알게 됐다. 이 영화를 찍기 시작한 지도 벌써 1년이나 되었던 것이다. 하지만 그를 찾아내서 통화하기까지 또 1년이 걸렸다. 일단 보스턴 근교에서 그를 찾아내고 나니 인터뷰해달라고 설득하기는 쉬웠다. 그는 줄곧 일말의 의구심을 가지고 살아온 터였다. "얘기하겠습니다." 그는 고통스러워했다. 이 세상에 변절자보다 더 경멸당하는 사람은 없었다. 길을 잘못 든 광신자? 괜찮다. 하지만 사기꾼, 거짓말쟁이, 배신자? 모두가 마빈 조지프에 대한 미움으로 단결했다.

마빈이 사는 곳은 부분별로 높이가 다른 작은 벽돌집으로, 오래된 참나무가 늘어선 교외의 거리에 있었다. 그녀는 마빈을, 마빈만은 그의 집 거실에서 찍기로 했다. 그의 평범함이 생생하게 느껴지도록. 사람들은 완전히 만족스러운 이야기, 악당을 기대할 것이다. 하지만 그녀는 그들에게 알 수 없음, 무의미함, 실수를 줄 작정이었다.

"괜찮은가요?" 그가 말했다. 그는 와이셔츠 위에 깃 넓은 정장 재킷을 입고 있었다. 살집이 있는 데다 유행 지난 에이비에이터 선글라스를 쓰고 거기다 꽉 째는 셔츠까지 더하니 약간 포르노 제작자 같아 보였다. 이건 옳지 않았다. 메도는 조금 헐렁한 셔츠와 좀 더 점잖은 재킷을 찾아주었다. 구레나룻은 밀라고 하지 않았지만 선글라스는 벗어달라고 했다. 안 그러면 조명이 많이 반사되거든요. 그녀가 말했다. 그녀는 그가 수치스러워하고 모든 것을 부인하겠지만 설득력은 없을 것으로 예상했다. 그러나 명백한 무력함 때문에 다른 사람들의 후회와 바람을 위한 희생양으로 특징지어지리라고 봤다. 그가 무슨 말을 하건 상관없이. 하지만 예상과 달리 그는 완벽하게 카메라를 위해 준비한 일장 연설을 했다. 몇 분 만에 자기 인생을 다시 썼다.

"이래서 내가 당신과 얘기하고 싶다고 한 겁니다." 그가 말했다. 그가 몸을 앞으로 기울이면서 카메라를 똑바로 쳐다봤다.

"나는 방위군에게 총을 쏘지 않았어요." 그가 말했다. "하지만 FBI를 위해 일했던 건 사실입니다." 그는 지금껏 공식적으로 정보원이었음을 인정한 적이 한 번도 없었다. 메도는 살갗에서 찌릿찌릿함을 느꼈다. 그녀는 그를 쳐다보면서 한마디도 하지 않았다. 그가 말하게 놔뒀다. 이야기를 하는 동안 그의 얼굴은 점점 생기를 띠었고 이목구비는 더욱 또렷해졌다. "나는 사진가였어요. 과격파도 아니었고 학생도 아니었죠. 시위

하는 학생들을 찍는 걸 좋아했어요. 흥미로워 보였고 정말 열정적이었거든요. 가끔은 무서웠지만 아름다울 때가 많았죠. 다들 젊고 아름다웠어요." 그가 회상에 잠긴 듯 잠시 말을 멈췄다.

"내가 사진 찍는 사람으로 알려져 있었기 때문에 FBI가 내 사진 일부를 달라고 했습니다. 사실이에요. 시키는 대로 했다는 건 부인하지 않겠습니다. FBI가 두려웠어요. 다들 그랬죠. 그들에게 사진을 주고 그 대가로 돈을 받았습니다. 그건 사실이에요." 마빈은 잠시 시선을 내리깔았다. 그리고 깊은 숨을 들이쉬었다. "학생들 사이에서 나는 이미 정부원으로 알려져 있었어요. 나이도 많았고 같이 어울리지도 못했거든요. 멋있는 애들처럼 옷 입는 법도 몰랐고, 곱슬머리라 길러도 멋있지도 않고 말이죠. 그래서 이미 외부인 취급을 받고 있었어요. 그런데 어떤 여자애한테 잘 보이겠답시고 FBI가 내 사진을 사 갔다는 말을 한 겁니다." 그가 씁쓸하게 웃었다. "좀 순진했던 거죠. 전혀 약삭빠르질 못해서 매번 안 좋은 상황에 처했어요. 그 여자의 환심도 못 산 주제에 그때부터 잠입 공작원이라는 낙인까지 찍힌 겁니다. 나는 그게 뭔지도 몰랐는데 말이에요." 그가 고개를 저었다. 그리고 다음 순간 정말로 놀라운 부분이 나왔다. 커다란 영화적 눈물이 흐르기 시작한 것이다. 찔끔찔끔 또는 지저분한 종류가 아니라 우아한 눈물 줄기가 뺨을 흘러내렸다. 확실히 눈에 보이는 감정 표시였다.

"나는 그날 광장에 있었어요. 늘 그랬듯이 좀 외따로 떨어져서. 다들 오늘 대치가 있으리라는 걸 알고 있었고 나는 몇몇 신문의 비상근 통신원이었거든요. 그게 내가 먹고사는 방법이었어요. 시위 사진을 찍을 작정이었죠. 내가 하려고 했던 건 그게 전부입니다." 그는 말을 멈추고 손수건으로 눈물을 훔쳤다. "총을 갖고 있었던 건 사실입니다. 하지만 그건 살해 위협 때문이었어요. 예전에 두들겨 맞은 적도 있었고요. 그날은 총이 장전돼 있으리라는 생각도 안 했습니다. 그냥 누가 달려들 때를 대비해서 갖고 있었던 거예요. 사람들을 쫓아버릴 수 있도록."

마빈이 잠시 말을 멈췄다가, 갈라졌지만 단호한 목소리로 말했다. "나는 그날 절대로 총을 쏘지 않았습니다. 쏘지 않았다고 맹세합니다." 잠시 침묵. "사람들은 지금껏 수년 동안 나를 괴롭혀왔습니다. 한밤중에 전화를 걸어서 내가 네 명의 아이를 죽였다고 말하곤 했죠. 경찰이 그날 나를 체포한 이유는 학생 몇 명이 나를 공격해서 내가 겁을 주려고 총을 뽑았기 때문입니다. 하지만 경찰 보고서를 보면 내 총에서 총알이 발사된 적이 없다고 나와 있어요. 사람들이 FBI가 보고서를 조작했다고 생각한다는 거 압니다. 이 끝없는 편집증에 내가 뭐라고 답할 수 있겠어요? 해답은 없습니다." 그가 어깨를 으쓱하더니 시선을 내리깔았다.

"그래요, 내가 어설프고 멍청한 얼간이였다는 건 인정합니다. 학생들이 내가 거기 있는 걸 원치 않음을 분명히 했을 때 사라졌어야 했다는 것도 인정합니다. 그들을 탓하지 않아요! 당시에는 이렇게 생각하지 않았지만 FBI가 사람들의 인생을 망쳤어요. FBI한테 사진을 줘서 미안합니다. 그날 일어난 일에 대해서도 진심으로 유감이에요. 나도 그 장면을 목격했고 절대 잊지 못할 겁니다. 우리 아이들이 우리 아이들에게 살해당하다니. 아무런 이유도 없이."

마빈의 연설은, 진실이건 아니건 간에, 영화에서 가장 핵심적인 순간이었다. 메도는 그것을 기획했고, 무대를 마련했으며, 마지막 대사를 마빈에게 주었다. 그의 말이 최고의 대사였기 때문이다.

영화의 첫 가편집본에서 교수는《시련》*에서 튀어나온 인물처럼 보였고 마빈은 피해자처럼 보였다. 메도는 편집을 다시 해서 더 복잡하게 만들었다. 울면서 거의 뉘우치는 것처럼 보이는 설득력 있는 방위군 병사를 맨 끝에, 마빈 뒤에 배치했다. 이런 실제 인물들의 삶과의 상호작용이 괜찮아 보였다. 이거 봐, 이거 봐. 이거 완전 괜찮다고. 그녀는 의문을 제기하고 있었고 그로 인해 사람들이 불편함을 느낀다면 더더욱 좋았다.

그녀는 한 장면을 더 찍었다. 촬영기사가 메도가 사진발 잘 받는 조수 카일과 함께 편집하는 모습을 찍었다. 카메라가 편집본을 보고 있는 메도와 카일을 보여줬다. 교수 장면 다음에 마빈 장면이 이어졌다.

메도가 말한다. "마빈은 굉장히 설득력 있지만 이건 마빈 한 사람에 관한 영화가 아니야. 죄책감 느낀다고 인정한 방위군 병사 불러올 수 있나?" 카일이 끄덕인다. "그 사람을 끝에다 끼워 넣자. 그 사람의 말이 마지막 대사가 되게 해서 마빈의 얘기를 조금 복잡하게 만드는 거야."

"살아남은 학생을 넣는 건 어때?" 카일이 말한다.

"아냐. 우리가 생존자들에게 어떤 감정을 느끼는지는 다 알잖아."

"무슨 말이야?"

"안 좋다고. 학생들을 생각하면 마음이 안 좋지. 그들의 마음도 안 좋아. 그건 너무 쉬워. 하지만 방위군은? 마빈은? 마찬가지로 안 좋아도 더 흥미롭지. 그들로 끝내자고."

그리고 영화는 울고 있는 병사를 한 번 더 보여주고 끝난다. 메도는 이것이 가짜 결말임을 알았다. 하지만 그것은 스스로 가짜임을 숨기지

---

* 미국의 극작가 아서 밀러의 희곡(1953). 17세기 매사추세츠주 세일럼에서 있었던 실제 마녀 재판을 소재로 했다. 여러 등장인물이 자신의 잘못을 은폐하기 위해 무고한 사람을 마녀로 고발하여 결국 사형시키는 이야기이다. 1996년에 〈크루서블〉로 영화화되었다.

않고 인정하는 가짜 결말이었다. 그러고 나서 보니 메도가 끝에만 나오는 것이 너무 어색해 보였다. 그녀와 카일은 다시 앞으로 돌아가서 여기저기에 그녀의 영상과 음성을 삽입했다. 그녀의 질문들. 스틸 사진을 가지고 애니메이션 작업을 하는 뒤통수. 캠퍼스에서의 새로운 장면 촬영. 그녀는 몇 가지 수법을 보여주었지만 물론 다 보여주진 않았다. 그것은 여전히 고도로 조직된 작품이었다. 중립적 해석이라기보다는 에세이였다. 확실한 견해가 있었다. 영화는 세상에 대한 한 가지 생각이다. 메도는 그렇게 생각했지만, 사람들이 뭔가에 대한 사전 지식을 가지고 있더라도 시각적 이미지가 그들이 아는 것을 전부 무효로 만들리라는 것도 알았다. 영화적 진실은 그런 점에서 기만적이다. 그것이 말하는 것과 보여주는 것은 서로 굉장히 다를 수 있다. 그리고 관객은 분명 자신이 본 것을 진실이라 믿으며 돌아갈 것이다. 그녀는 이 문제를 자기 영화에서 분명하게 드러내야겠다고 생각했다. 문제를 다루는 올바른 방법은 그것을 해결하는 것이 아니라—어차피 불가능하므로—영화의 소재로 사용하는 것이다.

몇 주 후에 그녀는 카일을 시켜서 자신이 나오는 장면을 다 잘라내게 했다. 그녀가 자기 영화를 보는 모습을 보여주는 가짜 장면은 디크 영화에서 사용한 기법과 너무 흡사했다. 그 모든 자기 반영성*은 그녀가 볼 때 너무 자아도취적이고, 음, 너무 뻔한 것 같았다. 어차피 타이틀에 '메도 모리 감독 작품'이라고 떡하니 나오지 않는가. 물론 이 영화는 그녀가 특정한 방식으로 편집하고 구성한 것이었다. 물론 그 객관성은 미심쩍었다. 인터뷰 대상들 각각의 1인칭시점으로 구성되었기 때문이었다.

---

* 영화 안에서 영화라는 매체의 속성, 영화와 현실과의 관계를 탐구하는 것을 말한다.

〈켄트 주립 대학교: 회복〉은 조사하고 촬영하고 편집하고 홍보하는데 4년이 걸렸다. 마침내 공개했을 때 그녀는 사람들이 조작이고 거짓이라고 말하길 기다렸다. 이의를 기대했다. 하지만 그런 일은 일어나지 않았다. 어쩌면 시기와 관련 있었는지도 모른다. 영화가 처음 공개된 9월은 부시 대통령이 사막의 폭풍 작전*을 개시한 직후였기 때문이다. 누구나 전쟁을 생각하고 있었고 〈켄트 주립 대학교: 회복〉은 몇몇 비평가들의 민감한 부분을 건드렸다. 그렇게 여러 영화제에서 수상한 뒤 온국민이 사막의 폭풍 작전의 실제 공습 장면을 보고 난 겨울에는 아카데미상 장편 다큐멘터리상 후보에 올랐다. 가장 먼저 전화한 사람은 캐리였다.

"믿어지지가 않아!" 캐리가 전화기에 대고 환호성을 질렀다. 메도가 웃었다. "그러니까 내 말은, 너는 완전 천재니까 당연히 믿어지지만, 세상이 마침내 너를 이해했다는 게 믿어지지 않는다는 거야. 오, 세상에, 너 내 말뜻 알지." 캐리가 또다시 환호를 질렀다. "전부 다 말해봐." 캐리가 말했다.

"인터뷰랑 비평 몇 개가 올라올 예정이고 로스앤젤레스, 뉴욕, 샌프란시스코에서 시사회가 잡혀 있어."

"그거 잘됐다!" 캐리가 말했다.

"그래." 메도가 말했다. "네 영화는 어떻게 돼가?" 캐리가 학생 때 찍은 단편영화 〈여자 학교〉는 꽤 많은 상을 받아서 작은 독립 영화사로부터 지원을 받아 그것을 바탕으로 한 장편영화를 만들 수 있게 되었다. 그녀가 메도에게 〈여자 학교〉 작업을 도와달라고 부탁했지만 메도는 너무

* 1991년 걸프전 때 연합군의 바그다드 공습 작전명.

바쁘다고 말했다. 사실 메도는 그 영화가 좀 유치하다고 생각했고 그녀의 눈에 캐리가 그 영화를 찍고 편집하려는 방식은 너무 평범하고 지루해 보였다.

"잘돼가." 캐리가 말했다. "3주 후에 촬영 들어가거든."

메도는 시상식에 카일을 파트너로 데려갔고 두 사람은 자신들이 상을 타지 못할 거라 확신했기에 즐거운 시간을 보냈다(비록 그녀는 후보가 호명될 때 순간적으로 숨이 멎었지만). 지난 몇 주 동안 일부 아카데미 회원과 여러 유명 비평가 그룹에 속한 이들이 메도의 영화에 사용된 허구 장면과 애니메이션을 비판했다. '진정한' 다큐멘터리가 아니라는 것이었다. 하지만 상관없었다. 이제부터는 그녀가 만드는 영화를 사람들이 볼 것이었기 때문이다. 더 이상 빈둥거리는 어린애가 아니었다. 메도한테 있어서 모든 것이 달라지진 않았고 그녀가 예상했던 대로 바뀌지도 않았다. 영화를 제작할 때 생기는 문제들도 여전했고 그녀의 실력이 갑자기 향상된 것도 아니었으니까. 하지만 이제 그녀에게는 명성이라는 것이 생겼고 그것은 제작비를, 연줄을, 신뢰를 쉽게 얻도록 도와줬다.

중단된 디소토 영화 프로젝트

〈켄트 주립 대학교: 회복〉을 제작하던 도중에 그녀는 고등학교 때 처음 알게 된 언더그라운드 영화감독 보비 디소토를 떠올렸다. 그는 1970년과 1971년에 놀라운 단편영화 몇 편을 만들었지만 그의 유명세는 거의 1972년 폭탄 테러 이후 그가 잠적한 사실에 기인했다. 메도는 디소토를 찾아내려 했다. 그가 자란 캘리포니아에서 시간을 좀 보내고 나서 미국 북서부에서도 좀 찾아다녔다. 하지만 아무도 그녀와 얘기하려 하지 않았다. 그의 가족도, 친구들도. 그렇게 막다른 곳에 다다르자 그녀는 포기했다. 그러나 시간 낭비만 한 건 아니었다. 그의 영화 장면들을 〈켄트 주립 대학교: 회복〉에 사용했기 때문이다.

〈트루먼 연기하기〉(1993)

〈트루먼 연기하기〉는 금방 만들었다. 그것은 두 번째 원폭 투하에 대한 짧은 추측성 에세이였다. 트루먼과 나가사키에 관한 기록 영상들 사이사이에 방 안에 있는 배우의 모습을 삽입했는데 그 배우는 사실 양복을 입고 트루먼으로 분장한 메도였다. 그녀는 트루먼의 일기를 낭독했다. 메도가 트루먼의 생애를 읽기 시작할 때 화면에는 보통 사람들의 집안 풍경을 보여주는 기록 영상, 즉 아주 초기의 가정용 카메라로 찍은, 20세기 초의 희귀 영상이 나왔다. 그녀는 그것이 트루먼의 성장기에 미국 중산층이 갖고 있던 안전감을 전달해주길 바랐다. 그리고 그 사이사이에 1940년대 평범한 일본 사람들의 홈 무비를 삽입했다. 정확히 말하면 홈 무비는 아니었지만 겉으로는 그렇게 보였다. 정원에 있는 여자, 놀고 있는 아이들. 메도는 장면과 장면 사이에 커다란 자막을 넣고 일부 영상에 색깔을 입혀서 각 장면을 구분하는 동시에 통일감을 주려고 했다. 이 영상들이 나가는 동안, 트루먼이 소이탄으로 도시들을 계속 폭격하는 것보다는 원자폭탄 하나를 떨어뜨리는 게 낫다는 것을 스스로에게 어떻게 증명하는지 보여주기 위해, 트루먼의 일기를 읽었다. 트루먼이 스스로를 변호하게끔 했음에도 불구하고 그가 제시한 대부분의 이유는 두 번째 폭탄 투하에 의해 거짓말이 되었다. 그 와중에도 어찌어찌해서 그녀는 세계를 바꿔버릴 수 있는, 이 상상 초월의 힘이 트루먼—전임자*가 사망하기 전까지는 원자폭탄의 존재조차 몰랐던 사내—의 수중에 들어가게 된 경위를 부각했다. 그의 꾸밈없는 인간적인 면모는 누가 살고 누가 죽을지를 결정한 순간 사라졌다고 생각됐다. 그녀는 트루먼을 연기하면서 덜덜 떨었다. 이 영화는 그녀의 복합적 투영이자 지금껏 해왔던 재연으로부터 또 다른 무언가로의 도약이었다. 그리고 그것을 어떻게 해석해야 할지 아는 사람은 아무도 없었다. 그것은 다큐멘터리라기보다는 환상곡이었고 상영 기회를 거의 얻지 못했으며 아무런 상도 타지 못했다. 확실히 켄트 주립대 영화 이후에 사람들이 그녀에게 원한 것은 아니었다. 이 사실은 그녀에게 기쁘면서도 복잡한 심경을 안겨주었다.

〈켄트 주립 대학교: 회복〉의 성공과 디소토 프로젝트의 실패와 〈트루먼 연기하기〉의 삐뚤어진 만족감 이후에 메도는 다음 프로젝트를 무엇으로 할지 생각하기 위해 휴식을 갖기로 했다. 그리고 몇 년 만에 처음으로 부모님과 긴 시간을 함께 있기 위해 로스앤젤레스 집으로 날아갔다. 메도는 자신의 옛 방에서 자면서 한 번도 그곳을 떠난 적 없는 것처럼 옛 삶을 연기했다. 왠지 모르게 그러고 싶었다. 그리고 스스로가 약간 퇴행하게 놔두었다. 텔레비전에서 방영되는 영화와 비디오를 보고, 서늘한 사막의 밤에 뒤뜰 테라스에서 담배를 피우고, 어머니와 함께 값비싼 백포도주를 마시고, 심지어 쇼핑도 갔다. 몇 시간씩 벼룩시장에 머물며 오래된 물건을 구경했다. 고장 난 옛날 전자 제품을 집어 들고, 별가치 없는 물건들이 들어 있는 상자를 뒤적거리고, 구식 장비 몇 가지를

---

* 해리 S. 트루먼 부통령은 1945년 4월 12일 프랭클린 D. 루스벨트 대통령이 임기 중에 사망함에 따라 대통령 자리에 올랐다.

샀다. 자신의 눈길을 사로잡고 관심을 끄는 거라면 뭐든 상관없었다. 그렇게 산 것을 방에 가져가서 낮은 선반에 늘어놓았다. 어떨 때는 상자에 들어 있는 낡은 엽서들을 휙휙 넘기면서 오래전에 죽은 사람들이 남긴 짧은 글을 읽었다. 그런 식으로 하루를 보냈다.

집에 온 것도, 집에 머무는 것도 그녀를 심란하게 만드는 요소였다. 자신의 옛 삶을 다시 찾아온 유령이 된 듯한 기분을 느끼지 않을 수 없었기 때문이다. 이 집의, 이 도시의 모든 것이 그대로인데 자기만 아닌 것 같았다. 달라진 메도가 로스앤젤레스로 인해 자신의 어른이 된 자아를 그리워하고 있었다. 그리고 그녀의 친구들은 전부 뉴욕에 있었다.

"메도!" 캐리가 말했다.

"어떻게 지내?" 메도가 베이지 플라스틱 무선전화기에 대고 말했다. 그녀는 침대에 대자로 누워 어머니의 부르고뉴산 백포도주를 두 잔째 마시기 시작하던 참이었다.

"지금 돌기 일보 직전이야. 후반 작업 이것저것 다 하고 있거든. 이게 꿈이 아니라니 믿어지지가 않아."

"아. 잘됐네." 메도가 말했다. "나는 본가에 있는데 아무것도 안 하고 있어."

"그럼 왜 거기 있는 거야?" 캐리가 말했다. "뉴욕으로 돌아와."

"그럴 거야. 좀 더 있다가. 그냥 재정비가 필요한 것 같아. 영화 왕창 보고 생각하고."

"뭐라고? 영화를 왕창 본다고? 네가? 진짜?" 캐리가 말했다. 그리고 웃었다. "나도 거기 갈 수 있으면 좋을 텐데. 설사 네가 무슨 포르투갈 어부들에 관한 실시간 반서사 에세이를 보게 만든다고 해도……."

"사실 나는 스크루볼 코미디* 영화만 생각하고 있었어. 〈아이 양육〉,

〈뉴욕행 열차 20세기〉, 〈그의 연인 프라이데이〉……."

"그거 구미가 당기는데!" 캐리가 말했다.

"여기 오지그래?" 메도가 말했다. "네가 원하는 거 뭐든 볼 수 있어. 피터 셀러스** 축제를 할 수도 있고. 우디 앨런 영화를 봐도 되고. 난 다 좋아."

"메도, 나도 그러고 싶지만 지금은 안 돼. 일하는 중이잖아."

"알았다, 알았어." 메도가 말했다.

"너 괜찮아? 뭐 새로운 거 작업 중이야?" 캐리가 말했다.

"난 괜찮아. 근데 이만 끊어야겠다."

"전화해줘서 고마워. 너 돌아오면 우리 진짜 한번 만나자."

"그래. 그리고 난 그 포르투갈 어부 영화 정말 보고 싶어."

캐리가 웃었다. "〈생선의 길〉 말이지?"

"아니, 내 생각엔 〈비늘: 눈〉이었던 것 같아."

"〈생선을 가진 남자〉야."

"〈생선의 승리〉일걸."

"〈생선의 피〉라니까." 캐리가 말했다. "아니다, 잠깐. 〈ㅅ은 생선의 준말〉이었어."

"넌 웃지만……" 메도가 말했다. "난 지금 말한 영화 중에서 뭐든 보겠어."

캐리의 전화가 끊기는 소리가 들리자마자 메도는 빛나는 통화 버튼

---

* 1930~1940년대에 유행한 영화 장르. 남녀가 만나 사랑의 결실을 맺기까지의 과정에서 성적, 계급적 차이에 의해 발생하는 갈등을 두 사람의 재담을 통해 유쾌하게 그렸다.

** 영국의 영화배우(1925~1980). 대표작으로 클루조 경감 역을 연기한 〈핑크 팬더〉 시리즈와 〈닥터 스트레인지러브〉 등이 있다.

을 누르고 신호음을 기다렸다가 카일의 전화번호를 눌렀다. 그녀는 그에게 비행기 푯값을 내주겠다고 했고 부모님은 카일이 그녀의 방에 같이 묵는 것을 허락했다. 그가 도착하고 나서 사흘간은 부모님이 없는 낮 동안 거의 섹스 하는 데만 집중했다. 그녀는 카일이 자신의 침대, 자신의 방에서 자신의 책과 고등학교 때 벽에 붙인 포스터에 둘러싸여 있는 것을 즐겼다. 하지만 사흘째 오후가 되자 그것도 지겨워졌다.

메도는 일어나서 작은 티셔츠와 팬티를 입었다. 그리고 가방을 뒤적거려 담배를 꺼낸 뒤 창가 의자에 앉았다. 그녀는 책상다리를 하고 창문을 열고는 담배에 불을 붙였다.

카일이 침대에서 그녀를 빤히 쳐다봤다.

"왜?" 그녀가 말했다.

"이 방이 최고급 스위트룸 같다는 건 알지?" 그가 말했다. 메도가 웃음을 터뜨렸다. "정말이라니까. 호화로운 작은 욕실도 딸려 있지, 커다란 침실 있지, 거기다 대기실 같은 작은 방도 있잖아. 스위트룸이라고."

메도가 어깨를 으쓱하고는 열린 창문 쪽으로 담배 연기를 내뿜었다.

"뭘 뭄바이 빈민가 출신처럼 굴고 그래." 그녀가 말했다.

카일이 "하!" 하고 기가 차다는 듯 웃었다.

"내가 장담하는데……" 메도가 말을 계속했다. "웨스트체스터 부촌에서 욕실 딸린 침실 얘기를 듣는 건 흔한 일일걸."

"인종차별주의자." 카일이 미소 지으며 말했다. "그리고 뭄바이가 아니라 다카*의 빈민가겠지!"

"어쨌든 간에 웨스트체스터에서는 그렇다고." 그녀가 말했다.

* 방글라데시의 수도.

"이건 차원이 다른 부(富)야."

메도는 방 안을 둘러보면서 남들의 눈으로 본 이 집을 상상했다. 이 집이 호화로워 보이는 이유 중 하나는 어머니가 화려하고 퇴폐적인 인테리어─벨벳 쿠션, 실크 카펫, 샹들리에─로 가득 채웠기 때문이었다.

"난 이제 베이컨이랑 달걀 먹을래." 메도가 말했다.

몇 시간 후 그녀는 벨에어의 언덕을 한참 달리고 나서 경치 좋은 풀장에서 수영을 했다. 그러자 부모님이 돌아왔고 늘 그랬듯 저녁 식사는 손님들과 함께했다. 처음에 메도는 이런 저녁 식사가 자신을 위해서 아니면 부모님이 친구들에게 자식 자랑을 하기 위해서라고 생각했다. 하지만 며칠이 지나자 이것이 그녀가 집을 떠난 뒤로 부모님이 계속 해오던 것, 일종의 오락거리임을 깨달았다. 어제까지 메도와 카일은 저녁 식사 때마다 포도주를 너무 많이 마시고는 주 요리가 끝나자마자 자리를 빠져나와 그녀의 방에서 영화를 봤다.

하지만 오늘 밤 메도는 계속 남아 있었다. 아버지 손님 중 한 명이 할리우드 인사들에게 전화하던 수수께끼의 여자 '니콜' 얘기를 꺼냈기 때문이었다.

"나한테만 그랬던 게 아니야. 이쪽 업계 사람 여러 명한테 전화했더라고. 그래서 다 같이 그 여자 얘기를 하곤 했지." 아버지의 고객이자 친구이기도 한 시나리오작가 제러미가 말했다.

"나도 그 여자 얘기 들은 기억이 있는 것 같아." 아버지가 말했다. "전화로 남자들을 유혹했지?"

"하지만 폰 섹스는 아니었어." 제러미가 말했다. "그게 특이했지. 굉장히 사적이고 에로틱하기까지 했지만 노골적이진 않았거든. 그러니까, 소문이 그렇더라고. 나는 두 번밖에 통화 안 해봐서 잘 몰라. 난 별 매력을 못 느꼈는데 그 여자도 같은 생각이었나 봐. 다시는 전화 안 한 거 보면. 하지만 몇 명은 그 여자한테 집착하게 됐지."

"당신한테도 전화 왔었어?" 그녀의 어머니가 아버지에게 물었다. 아버지가 고개를 저었다.

"아마 '창의적인' 유형한테만 걸었을걸." 그가 말했다. "속물이지." 다들 웃음을 터뜨렸다.

"잠깐, 잠깐만요. 그럼 그 여자가 무작위로 이 사람들한테 전화하곤 했다는 거예요?" 메도가 물었다.

"응, 근데 꼭 그렇지도 않아. 상대방의 주변 친구들을 알고 있었거든. 어찌 된 영문인지, 모르는 사람이 없었어. 그 여자는 자신감이 넘쳤고 상대방이 자기도 모르게 설득되게 만드는 재주가 있었지. 잭 쿠사노도 그 남자들 중 한 명이었어."

"너 잭 쿠사노 기억나니? 우리 집에도 두어 번 왔었잖아. 로버트 더마코랑 일하는 사람." 그녀의 아버지가 말했다.

"당연히 기억나죠. 괜찮은 분이었는데. 로버트 더마코 감독과의 작업이 어땠는지 자세하게 들려주셨어요. 그리고 존 캐서베티스 감독에 대해, 우리 둘 다 얼마나 〈사랑의 행로〉를 좋아하는지에 대해 얘기했죠. 그런데 잭 쿠사노 씨가 그 여자랑 통화했다고요?" 메도가 말했다.

"꽤 깊이 빠졌다고 들었어. 이삼 년 동안." 제러미가 말했다.

"그거 놀랍네. 그럴 사람으로는 안 보였는데." 그녀의 아버지가 말했다.

"한 번이라도 직접 만나본 사람 있어요?" 메도가 물었다.

"아니. 만나려고 하면 더 이상 전화하지 않았대. 그리고 어느 날 모든 전화가 끊어졌지. 몇 년 전에 그렇게 사라져버렸어." 제러미가 말했다.

"이유가 궁금하네요." 그녀가 말했다.

식탁에 침묵이 감돌았다. 모두가 메도를 쳐다봤다.

"이런 이런." 아버지가 미소를 띠며 말했다.

"왜요?" 그녀가 말했다. "흥미롭잖아요."

메도는 '니콜'이 마침내 만나주기로 한 후에 전화를 끊었다. 그녀와 대화하고 나니 마음이 약간 불편했다. 니콜이 주저하고 있음은 부인할 수 없지만 메도의 이야기를 듣고 기뻐하는 것처럼 들렸다. 메도가 자신을 찾아냈다는 사실에 감명받았던 것이다. 그녀의 통화 상대였던 남자들 중 한 명인 잭 쿠사노가 메도에게 니콜의 전화번호를 주었다. 자신이 사는 글러버스빌에서 두어 시간만 가면 되는 시러큐스 지역 번호임을 보고 메도는 운명의 계시로 받아들였다. 그 번호는 결번이었지만 통신사에서 (메도가 집안에 급한 일이 있다고, 언니를 찾고 있다고 말하자) 예전에 그 번호를 썼던 여자의 이름을 찾아주었다. 그녀의 본명인 에이미 앤 토머스와 시러큐스라는 지명을 알고 나니 전화번호부만 찾으면 되는 간단한 문제였다.

"여보세요?"

"여보세요. 니콜 씨 되시나요?" 마지막 순간에 메도는 에이미의 전화상 가명을 사용하기로 했다. 단지 그녀가 어떻게 반응하나 보기 위해서였다. 잠시 침묵이 흘렀다.

"네, 제가 니콜이에요."

그 여자의 목소리를 들었을 때 메도는 이 영화를 만들어야만 함을 알았다. 굉장히 매력적인 목소리였다. 목소리의 힘에 관한 영화를 만들겠다는 빼딱한 생각을 하니 흥분이 됐다. 곧바로 자신이 끌리는 것을 느낄 수 있었다. 메도는 영화를 위해 인터뷰해달라고 니콜을 설득하려 했다.

하지만 그녀는 메도의 말을 듣고 나서 정중하게 거절했다.

"저는 당신이 매력적인 사람이라고 생각해요. 할리우드의 거물들을 사로잡았잖아요. 그러고는 갑자기 한꺼번에 그만둬버렸죠. 당신은 전설이에요."

"듣기 좋은 말이긴 한데 실제론 그렇게 매력적인 사람은 아니에요. 제 생각엔."

"그럴 리가요. 저는 정말로 믿어요. 아무도 당신이 지닌 신비감을 거부하지 못하잖아요."

"신비감은 제 정체가 밝혀지기 전까지만 지속될 뿐이에요. 저는 정체를 밝히고 싶지 않고 영화에 나오고 싶지도 않아요." 그녀가 말했다. "그러니까, 그래서 전화를 사용했다는 걸 아시겠죠?"

메도가 웃었다. 이 여자는 똑똑했다.

"물론이죠." 메도가 말했다. "그러면 촬영은 하지 말죠. 목소리만 녹음할 수도 있지 않겠어요? 흐으음. 당신의 집과 당신의 세상만 찍고 당신은 안 찍을 수도 있죠. 왜냐하면 정말 굉장한 이야기잖아요. 그리고 당신은 남성의 욕망을 해체한 천재적 방식, 천재적 사기, 엄청난 속임수를 성공시킨 데 대한 찬사를 받을 자격이 있어요."

"저는 그 일을 그런 식으로는, 속임수라고는 생각하지 않아요."

"표현이 너무 강하고 흔한 것 같긴 하네요. 본인이라면 어떻게 표현하시겠어요?"

메도는 일을 천천히 진행했다. 니콜과는 며칠 후에 다시 통화하기로 했다. 메도는 그녀를 재촉하지 않았다. 자신의 전작들에 대해 얘기하고 니콜에게 비디오테이프를 보내줬다. 나는 어느 정도 명성도 있고, 어디까지나 호의적인 관점에서 재미있는 작품을 만들 것이다. 여자를 치켜세우기 위해 한 말이긴 해도 진심이었다.

"저는 당신을 이해해요." 메도가 말했다. "우리는 비슷해요. 당신은 사람들의 마음을 읽을 줄 알죠. 당신은 발명가이고, 이야기를 빚어내는 사람이에요." 그녀는 이것이 두 사람의 공동 작업이라며 니콜을 안심시켰다. 그리고 이렇게 말했다(물론 협박이 아니라 단순히 사실을 말한 것이었지만). "당신 기분은 존중해요. 하기 싫다고 하셔도 괜찮아요. 인터뷰 없이도 영화는 만들 수 있으니까요." 니콜은 메도의 관심을 싫어하는 것 같지 않았다. 오히려 통화하는 것을 즐겼다. 그러면서도 촬영이나 대면은 허락하지 않았다. 메도의 본능이 니콜은 그다지 바쁜 삶을 사는 사람이 아니라고 말해주었다. 메도는 자신이 시러큐스에서 이 여자와 시간을 좀 같이 보내면, 그녀 자신과 그녀의 삶에 깊은 관심을 표하면, 니콜이 마음을 돌릴 가능성이 높다는 것을 알았다. 하지만 니콜은 계속 싫다고 했다. 그러다 실마리가 나타났다. 메도가 잭 쿠사노와 인터뷰하기로 했다는 얘기를 꺼냈던 것이다.

"잭이랑 얘기했어요?"

"네, 몇 번요."

그러자 니콜은 촬영만 하지 않는다면 메도를 직접 만나겠다고 말했다.

사라진 자들의 아이들

〈내부의 교환원〉을 끝냈을 때 메도는 결과물이 마음에 들지 않았다. 상황이 출연진에게 안 좋게 흘러갔기 때문이라기보다는 자신이 너무 많은 부분에 관여했기 때문이었다. 영화가 너무 부자연스럽고 억지스럽고 진부하게 끝났을까 봐 걱정됐다. 그래서 얼른 새로운 것을 시작했다. 다음 영화에서는 자신의 존재를 완전히 숨기고 어떠한 개입도 하지 않고 싶었다.

메도와 카일은 새 영화를 위한 조사와 계획에 뛰어들었다. 그들은 그녀가 세 든 워싱턴하이츠의 아파트에서 일했다. 그 집은 방 두 개, 거실, 식당이 있는 널찍하고 저렴한 곳이었다. 거실 창문으로 고개를 내밀어 왼쪽을 쳐다보면 멀리 조지워싱턴교가 보였다. 월세가 그렇게 싼 이유는 어디를 가려고 하든 A호선을 타고 한참 가야 했기 때문이었다. 그 동네에는 그녀와 동류인 사람은 한 명도 없었지만 메도는 개의치 않았다. 맨해튼인데도 전혀 맨해튼처럼 느껴지지 않고 젊은 도미니카인들과 나이 든 이탈리아인들이 살아서 마치 외곽처럼 느껴졌다. 그리고 더 넓은 공간이 필요하지만 뉴욕 시를 떠나 뉴저지나 근교로는 가기 싫은, 열심히 사는 중산층 가족들도 있었다. 뉴욕에 있지만 뉴욕에 있지 않은 듯한 한적함이 느껴졌다. 심지어 길가에 주차를 할 수도 있었고 북부로 가기도 편했다. 다리에 올라가서 유료 고속도로를 타고 가다가 I-87 고속도로로 접어들기만 하면 됐다. 글러버스빌까지 세 시간 만에 갈 수 있었다.

그녀는 관심 가는 이야기를 찾기 위해 타블로이드 신문을 읽다가 어느 날 데사파레시도스(아르헨티나 군사정부의 '더러운 전쟁' 동안 사라진 사람들)의 아이들에 관한 기사를 읽었다. 메도는 시시한 국내 사건과는 비교도 안 될 진짜배기에 굶주려 있었다. 그녀는 극적인 상황을 일부러 만들어내고 싶지 않았다. 삶과 죽음, 거짓과 기만에 관한 영화를 만들고 싶었다. 그녀는 기사에 나온 젊은이들, 자신의 친부모를 처형한 사람들에게 자신이 입양되었다는 사실을 알게 된 이들의 이름을 적었다. 그중 몇 명이 미국의 기숙학교에 다니고 있어 연락을 취했다. 다들 자신의 부모에 대해 알게 된 사실을 받아들이려 애쓰고 있었고, 머리로는 이해해도 진심으로 믿지는 못했다.

마리아 수아레스라는 한 소녀가 기꺼이 인터뷰에 응했다. 그녀는 자신의 '아버지'를 옹호하고 싶어 했다. 친자 확인 검사에서 그가 그녀의 아버지가 아님이 밝혀졌고, 그녀가 납치된 아기들 중 한 명임을 보여주는 기록이 있다는 것을 메도가 알고 있는데도. 메도는 그녀가 자신의 삶에 대해 교실에서, 기숙사에서, 친구들과 함께 밖에서 이야기하는 것을 찍었다. 그녀가 가끔씩 아버지에 대해, 그가 반체제운동가들에게 한 일에 대해 얘기해도 아무 반응도 하지 않았다. 그저 빨래를 하거나 밥을 먹는 그녀의 곁에 있을 뿐이었다. 그녀가 카메라의 존재를 잊어버리길 바랐기 때문이다. 소녀가 완전히 자신을 믿게 될 때까지 그렇게 몇 주를 보냈다. 그런 다음 그녀를 방 안에 앉히고 친자 확인 검사와 그것의 의미에 대해 말해달라고 조용히 부탁했다. 소녀는 자신의 아버지가 끔찍한 일을 했고 평생 동안 자신에게 거짓말했음을 인정했다. 그녀는 눈물을 흘리면서, 갑자기 인생을 처음으로 되돌릴 순 없는 거라고, 아버지가 자신을 사랑한 건 사실이라고 말했다. 그녀의 무력함과 혼란스러움은 영화의 강렬한 부분에 적합했고, 그녀의 감정적 딜레마는 가슴 아팠다. 메도는 촬영을 끝낸 뒤 비디오를 보고 나서 자기가 정말로 관심 있는 게 무엇인지 깨달았다. 그것은 불쌍한 아이들, 피해자들이 아니었다. 그녀는 부모들, 가해자들을 원했다. 부모들과 이야기해야 했다.

메도의 아버지가 아르헨티나행 비행기 표와 그녀 혼자 (제작진 없이) 사용할 미니 디지털 비디오카메라를 사줬다. 그녀는 부모들의 집에 찾아가서 그들을 찍었다. 인터뷰는 안 할게요, 하고 약속했다. 집과 물건들과 얼굴만 찍었다. 매일 나타나서 말없이 모든 것을 촬영했다. 하지만 그들은 그녀가 왜 왔는지, 왜 관심을 갖는지 알고 있었다. 그래서 가끔씩 그녀에게 말을 걸거나 넌지시 암시하거나 자신들의 행동을 정당화하곤 했다. 메도는 자신이 질문할 필요가 없음을 깨달았다. 누군가에게 카메라를 들이대는 것 자체가 신문(訊問)이었기 때문이다. 함께 보내는 시간이 길어질수록 그들은 점점 긴장을 풀었다. 그녀가 이해해주길 바랐다. 촬영한 분량이 엄청나게 쌓였지만 끔찍하리만큼 따분했다. 뉴욕의 아이들과 아르헨티나의 '부모들'이 평범한 주제―그들의 일과, 휴가계획, 가족 여행의 추억―에 관해 이야기하는 것. 혹은 이야기하지 않는 것은.

악명 높은 '죽음의 비행'*에 관련됐다는 소문이 있는, 마리아의 가짜 아버지 라울 수아레스 대령은 메도에게 자신의 목공 작업실을 보여줬다. 그는 책꽂이를 만들고 있었다. 겉보기에는 상냥하고 위험하지 않은 50세의 아버지이자 남편으로 보였다. 그가 작업을 하다가 때때로 천천히 조심스럽게 에스파냐어로 말을 하면 메도는 거의 알아들을 수 있었다. 그는 시시한 농담을 했다. 시를 암송했다. 완벽한 열장이음** 만드는 법을 설명했다. 그녀가 그의 비위를 맞추면서 그를 멋있는 사람이라고 생각하는 척한 지 몇 시간 만에 마침내 그가 전쟁 때 이야기를 꺼냈다. 에둘러서 '그 시절' 또는 '그 사람들'이라고 표현했다. 이름이 아니라 대명사로만. 그의 타당한 이유들. 오랫동안 갈고닦은 합리화. 의심의 여지 없는 행동들과 흠 없는 양심. 그는 자유롭게 말할 수 있었다. 레이 데 푼토 피날***이 최고 수뇌부의 주동자들을 제외한 전원을 기소 면제 해주었기 때문이다. 그리고 다음 순간 카메라 정면에 대고 거의 자백에 가까운 말이 나왔다. 그는 군사정부가 이 나라의 반란 분자들을 청소해준 것을 자랑스럽게 생각했다. 그리고 그들의 자식들은 두 번째 기회, 애국주의자들에게 양육될 기회를 얻은 것이었다. 수아레스는 이 모든 것을 아주 침착하게 얘기했고 자신의 정당함을 믿었다. 메도는 그의 이야기에서 어떠한 틈도, 어떤 죄책감이나 후회의 기색도 찾지 못했다. 그는 자신이 자애로운 아버지라고 말했다. 그 역할을 발견했고 연기했고 믿

---

* '더러운 전쟁' 동안 정부는 임신부들이 아이를 낳길 기다렸다가 약에 취하게 한 후 비행기에 태워서 먼 바다에 던져버렸다.

** 못이나 접착제를 쓰지 않고 홈을 파서 두 나뭇조각을 연결하는 방법의 일종.

*** '전면 중단법'이라는 뜻. 1986년 제정된 이 법은 '더러운 전쟁' 동안 일어난 범죄에 대한 차후의 조사 및 기소를 금지했다. 신분 사기와 미성년자 실종만이 예외로 지정되었다.

었던 것이다. 자신이 행한 선(善)을 근거로 들 수도 있었다. 메도는 우리 인간이 자기 위안을 위한 망상을 만들어내는 기계라는 사실에 매료되었다. 우리의 언어, 우리의 말, 끊임없이 변하는 우리의 마음과 생각, 이 모든 것들이 우리 자신마저 속아 넘어갈 법한 거짓말이라는 구조물을 만드는 데 동원되는 것이다. 그러니 세상이 이토록 비열한 곳일 수밖에. 우리 모두가 자기 자신의 끔찍한 잔인성은 외면한 채 서로를 비난만 하는 곳.

뉴욕에 돌아와 카일과 함께 촬영분을 보면서 메도는 약간 역겨움을 느꼈다. 그녀의 영화 〈사라진 자들의 아이들〉은 대단히 독특한 방식으로 완성되어가고 있었다. 그것은 설교하기 위한 에세이가 아니었다. 메도는 어떤 뉘앙스도 첨가하지 않았고, 아무것도 비난하지 않았다. 그녀가 느끼기에 문제는, 다큐멘터리 감독들이 마치 미국인이 텔레비전에 나오는 머나먼 세계의 참사를 보는 것과 같은 방식으로 피사체를 바라볼 수도 있다는 점이었다. 지켜보기만 하고 개입하진 않는. 자신과 그 세계 사이에 놓인 거리에 기뻐하고, 자신을 그 사건에 너무 깊이 엮이지 않게 해주는 힘과 특권에 기뻐하면서. 우리 모두에게서 그토록 멀리 떨어져 있는 사람들의 공포를 언급하는 것으로 만족하는.

이 문제를 극복하기 위해서는 특정한 사실에 관객의 주의를 집중시키지 말아야 하고 신랄해서도 안 되고 담담하게 있어야 한다고 그녀는 생각했다. 그래서 더러운 전쟁 관련 통계와 단조로운 가정생활을 대놓고 병치하는 것 같은 일은 하지 않았다. 멀리 떨어져 있는 우리가 가해자들을 증오할 수 있게 만드는, 단순한 아이러니도 넣지 않았다. 그녀가 이렇게 한 이유는 자신이 이 괴물 같은 사람들, 이 냉혹한 살인자들과 유괴범들의 신뢰를 얻었기 때문이 아니라 인간적인 일상성, 그들의 괴물 같지 않은 면모가 관객에게 전달되길 원했기 때문이었다. 그러한 모순과 거기서 빚어지는 긴장감이 명백하길 바랐다. 그들은 끔찍한 정권에 협력한 동시에 자신이 훔친 아이들을 사랑했다. 이 사실이 그녀에게 가져다준 불편함을, 그녀는 타당한 감정이라고 생각했다. 그리고 자신이 이 영화에 점점 무감각해져가기 시작하자 많은 부분을 카일에게 맡겼다. 그 모든 것에 익숙해진 것이다. 전에는 영화를 만들면서 한 번도 그런 느낌을 받은 적이 없었다.

어느 날 오후 그녀는 아파트를 슬쩍 빠져나와 유니언스퀘어에 갔다. 그리고 혼자 빌리지 이스트 극장까지 걸어가서 캐리의 장편영화 〈여자 학교〉의 표를 샀다. 몇 주 전에 개봉했는데도 아직까지 보지 않은 터였다. 그녀가 보게 된 것은 월요일 2회차였다. 관람석에는 몇 명뿐이었지만 그녀는 흥행이 잘되고 있음을 알았다. '올여름 가장 웃기는 영화'가 〈뉴욕 타임스〉의 평이었다. 적어도 바깥의 포스터에 적힌 인용구에 따르면 그랬다.

그녀는 캐리의 가벼운 코미디를 보기에 적합한 상태가 아니었다. 속에서 저항감을 느꼈고 모든 농담과 우스꽝스러운 동작이 나오기 전에 그것을 위한 설정을 발견했고 언제 나올지를 예견했다. 나름대로 잘 만든 영화였다. 목표―여자들이 주인공인 야한 청춘 코미디를 만들겠다는―는 충분히 실현되었다.

메도는 영화가 끝날 때까지 기다리지 못하고 중간에 나와버렸다. 그리고 길을 걸어가다가 우뚝 멈춰 서서 극장을 향해 돌아섰다. 나한테 무슨 문제가 있는 거지? 왜 이렇게 옹졸한 거야? 다른 날이었다면―혹은 그녀의 인생에서 다른 시기였다면―깔깔 웃고 영화의 재미에 푹 빠졌을 것이다. 캐리의 완벽한, 장난스러운 코미디에. 메도는 꼼짝 않고 거기 서서 안경을 들고 눈물을 닦았다. 웬만해선 흘리지 않는 그 눈물을. 대체 나는 어떤 종류의 인간이 되어버린 걸까, 그리고 왜 더 나은 사람이 될 수 없는 걸까?

캐리가 영화를 보러 가다

그들이 그간 소원했던 데는 이유가, 굉장히 설득력 있는 이유들이 있었다. 메도는 통화하기 힘들고, 때때로 차가우며, 자기 앞에 있는 사람한테만 관심을 쏟는 인물이었다. 어떤 사람들은 그냥 원래 그랬다. 하지만 제일 친한 친구랑 최근에 연락하지 못했음을 깨닫는 것은 슬픈 일이었다. 그리고 사실 캐리의 현재 생활을 보면 그녀에겐 메도보다 더 가까운 친구들이 있었다. 캐리는 메도의 신작에 대해 아무 얘기도 듣지 못하다가 어느 날 갑자기 〈내부의 교환원〉의 상영회 초대장을 받았다. 더 많이 전화하지 못한 캐리의 잘못이었지만 요즘은 누구하고든 연락을 유지하기가 힘들었다. 윌이랑 대화하는 것을 깜빡하고 지나가는 날도 있었다. 촬영 중에는 매일 열두 시간 근무. 후반 작업 때도 거의 비슷했다. 그녀는 이제 충분한 예산과 유명 배우가 보장되는 상업 영화를 만들 기회를 잡았다. 그래서 줄곧 정신없이 바빴지만 메도의 상영회에 꼭 가겠다고 결심했기에 그렇게 했다.

그것은 다큐멘터리영화제의 일환으로 월터 리드 극장*에서 상영되었다. 극장이 만원이어서 메도는 찾지 못했다. 캐리는 어둠 속에 앉아 메도가 자신의 영화 〈여자 학교〉를 보았을까 생각했다. 영화를 봤지만 마음에 들지 않아서 자신에게 아무 말 않은 건 아닌지 걱정됐다. 사실 메도의 취향은 아니었으니까. 하지만 캐리는 단지 메도가 너무 바빠서 보러 갈 시간이 없었던 것뿐이고 나중에 보고 나서 한마디 해줄 거라고 생각하기로 했다. 〈내부의 교환원〉의 팸플릿에는 메도의 말이 인용되어 있었다.

나는 처음 시작할 때부터 형태적 문제에 부딪혔다. 어떻게 해야 눈에 보이지 않는 이야기를 눈에 보이게 만들 수 있을까? 나는 청각을—시각이 아니라—이 영화의 지배적인 감각으로 만들 방법, 관객이 어떻게든 듣게 만들 방법을 찾으려 했다. 하지만 영화의 말미에 가면 또다시 시각의 힘이 우리를 압도한다. 예를 들어 마지막 장면, 니콜의 모습을 담은 소리 없고 기나긴 롱 테이크가 그렇다. 가장 길고 진실한 시간 동안 한 장면에 남아 있는다는 생각은 체사레 차바티니**의 것으로

캐리는 이 부분에서 팸플릿을 내려놨다. 세상에! 메도는 가끔 지나치게 잘난 척할 때가 있다니까! 하지만 그런 생각을 하자마자 죄책감을

---

* 뉴욕 맨해튼에 위치한 링컨센터의 건물들 중 영화 협회가 사용하는 곳이다. 영화 협회는 매년 뉴욕 영화제와 갈라 트리뷰트 행사를 주최하고 있다.

** 이탈리아의 시나리오작가(1902~1989). 네오리얼리즘의 주창자 중 한 명으로 비토리오 데시카 감독과 함께 〈자전거 도둑〉, 〈밀라노의 기적〉, 〈두 여인〉 등을 만들었다.

느꼈다. 게다가 그것은 사실도 아니지 않은가? 메도는 척하는 게 아니었다. 그건 정확한 표현이 아니었다. 그녀는 자의식이 강하고 야심이 많았다. 그녀가 자기 자신을 너무 진지하게 생각해서 캐리는 때때로 피곤하다고 느꼈다. 작품이 스스로 말하게 해야 하는 것 아닌가? 하지만 기치를 내거는 위대한 영화감독은 많았다. 에세이와 논박. 어째서 메도는 안 되는가? 캐리는 어째서 메도에게 이토록 가혹한 것인가?

조명이 어두워졌다. 어둠 속에서 기다리는 동안 여러 번, 그리고 마지막 자막이 올라가면서 음악이 나올 때 또 한 번 그 느낌이 들었다. 이 영화, 메도의 영화는 시작했을 때부터 계속 컴컴했다. 오직 여자의 목소리, 아름다운 목소리와 검은 화면뿐이었다. 내 이름은 에이미예요. 하지만 젤리와 니콜로 알려져 있기도 하죠.

그 목소리는 계속해서 여자의 이야기를 들려주고 화면은 검은 상태에 머문다. 캐리는 그것이 켄트 주립대 영화의 검은 화면 부분에 아주 가깝다고, 어쩌면 너무 가깝다고 생각했다. 시각적 이미지를 사용하지 않을 거면 뭣 때문에 영화를 만드나? 왜 메도는 영화에서 가장 중요한 감각을 배제하길 원했던 걸까? 하지만 물론 검은 화면도 시각적 이미지이긴 하다. 그렇지 않나? 여자의 목소리가 전화 해킹을 설명할 때 메도는 옛 전화기들의 사진과 여러 가지 버튼음을 첨가한다. "나는 전화를 좋아했어요. 왜냐하면 전화상에서는 나 자신이 될 수 있었거든요. 나의 진짜 모습, 내가 됐어야 했지만 되지 못한 모습 말이에요. 난 한 번도 그걸 거짓말이라고 생각하지 않았어요. 오즈는 버튼음과 기계를 원했지만 나는 늘 내부의 교환원과 연결되는 게 기뻤어요." 그리고 화면은 다시 검은색으로 되돌아간다.

"그게 뭐죠?" 메도의 목소리.

"내가 원하는 어디로든 연결해줄 수 있는 사람들이에요. 기계 깊숙이 숨어 있는, 한마디로 초(超)교환원이죠. 내가 그들과 연결되고 싶었던 이유는 그들이 저 크고 넓은 세상 어딘가에 있는 목소리이자 인간이었기 때문이에요. 당시 내가 거의 장님이었던 점을 잊지 마세요. 그들은 어딘가에서 나에게 말을 걸었어요. 그들도 내가 누구인지 몰랐고 나도 그들이 누구인지 몰랐죠. 전화상의 목소리일 뿐이었으니까. 오즈와 헤어지고 전화 해킹을 그만둔 후에 혼자 이 작은 아파트로 이사 와서 1973년부터 쭉 살고 있어요."

메도가 영화 속 여자 '니콜'의 모습을 계속 보여주지 않는데도 캐리는 마음을 빼앗겼다. 가끔씩 니콜의 독백에서 발췌한 하얀 글자가 검은 화면에 끼어들었다가 폭죽처럼 사라지면서 희미한 흔적을 남긴다. 그녀는 자신의 삶, 어린 시절, 어쩌다가 일시적으로 시각을 잃었는지를 이야기한다. 여전히 영화는 니콜을 보여주지 않는다. 아마 시러큐스로 추정되는 흑백의 도시 풍경은 빛바랜 11월의 황량함으로 가득하다.

"이별 후에 시력을 거의 회복한 건 굉장한 일이었어요. 내 취미는 언제나 영화 보기였거든요. 시력을 거의 잃었을 때도 계속 영화를 보려고 했죠. 그 정도로 좋아했어요."

이제 스크린 안에 또 다른 스크린이 보인다. 마치 영화관처럼. 하지만 영상이 흐릿해서 움직이는 형태와 색만 보일 뿐이다.

"나는 소리를 듣고 흐릿한 형체를 봤어요. 때로는 내가 볼 수 없는 것을 채우려는 환영처럼 느껴질 때도 있었죠."

계속해서 나오는 흐릿한 영상의 한가운데를 환한 동그라미가 가린다.

"그건 어쩌면 우리가 지각하지 못하는 맹점, 우리 눈에서 광수용체가 없는 부분을 뇌가 채우는 방식과 같을지도 몰라요. 나는 스크린의 일부분을 보면서 나머지 부분에 뭐가 있을지를 상상했죠. 그러면 실제로 보이는 것보다 더 많은 것을 보고 있다고 착각하게 돼요."

흐릿한 영상이 움직이는 속도가 점점 느려지다가 마침내 정지 화면이 되면서 필름 프레임 사이의 경계선이 드러난다. 그리고 그 위로 메도의 목소리가 깔린다. "모든 영화는 일종의 환영이다. 1분에 스물네 개의 정지 화면을 보면서 그것을 움직임으로 인식한다는 점에서. 속도가 눈을 속이고, 눈은 빠진 부분을 스스로 채운다. 연속적인 착각이라는 형식인 셈이다." 영상의 속도가 빨라지면서 차츰 초점이 맞춰진다. 그것은 프랜시스 포드 코폴라의 영화 〈컨버세이션〉의 장면이다. 진 해크먼이 도청 장치를 찾느라 자신의 아파트를 뒤집어엎고 있다. 해크먼이 벽지를 하나하나 뜯어내는 동안 니콜의 목소리가 들린다.

"오즈가 떠난 후에는 항상 시네플렉스에 갔어요. 〈TV 가이드〉를 훑어보고 나서 내가 봐야 하는 영화에 동그라미를 쳤죠. 가끔은 밤을 새우기도 했어요." 이제 다른 영화 장면이네. 흑백인데 뭐지? 아녜스 바르다의 〈5시부터 7시까지의 클레오〉군. "또 다른 취미는 남자들에게 전화를 걸어서 대화하는 거였어요. 취미 이상이었죠. 남자들에게 전화하는 건 내 소명이었어요. 소명이라는 말 알죠? 사명을 뜻하는. 전화하는 게 내 사명*이었던 셈이죠."

"낯선 사람들한테요?"

"네, 통신판매업에 종사하면서 영업 전화 거는 법을 배웠지만 이 전화에는 아무런 이유가 없었어요. 어쨌든 돈 때문은 아니었죠." 그녀의 목소리가 점점 작아진다. 전화기 옆에 놓인 카드 뭉치의 클로즈업. 그다음

* 전화하기(calling)와 사명(calling)이라는 동음이의어를 활용한 말장난이다.

은 전화번호를 누르는 여자 손의 근접 숏, 미국을 가로지르는 전화선의 짧은 애니메이션. "어느 날 내 취미 두 가지를 합칠 기회가 찾아왔어요."

메도의 카메라가 교묘하게 조명을 비춘 롤로덱스를 향해 천천히 다가간다. 여자를 찍은 장면은 없다. 이제 곧—캐리는 생각했다—저 여자의 모습을 보여줘야 할 거야.

영화는 각자 카메라를 향해 떠들고 있는 남자들의 얼굴로 넘어간다. 중년 남성 셋, 다들 연예계에서 성공한 사람들이다. 모두가 자신에게 전화를 걸었던 니콜이라는 여자에 대해 얘기하고 있다. 차례대로 한 명씩 자신이 전화상으로 맺었던 관계를 묘사함으로써 니콜이 남자들에게 전화할 때 일종의 매뉴얼을 따랐음을 보여준다. 남자들을 조종하고 같은 수법을 반복했다는 사실을 통해 니콜의 사기꾼으로서의 면모가 부각되기 시작한다.

세 사람은 뭔가가 이상하다는 건 눈치챘지만 그래도 그녀가 어떻게 생겼는지 궁금했다고 말한다. 그리고 또다시 검은 화면과 함께 커다란 자막이 나온다. 카메라 없이 인터뷰한 지 몇 주 만에 마침내 니콜이 촬영에 동의했다. 그리고 니콜의 전신 숏이 처음 나온다. 그녀는 작은 개의 목줄을 잡고 거리를 걷고 있다. 목소리에 비해 늙어 보이고 세월을 직격으로 맞은 몸은 하얗고 울룩불룩하다. 블라우스가 몸에 좀 째서 단추 사이가 약간씩 벌어져 있다. 니콜이 걸어가는 모습을 보자 캐리는 피곤해졌다. 이 이야기가 앞으로 어떻게 진행될지 예상이 됐다. 다음 장면으로 넘어가면 니콜이 파란 기모노를 입고 소파에 앉아 있다. 아까보다 예뻐 보인다. 못생긴 얼굴도 아니고—캐리는 생각했다—메도가 조명 설치를 잘했네. 금발 몇 가닥이 얼굴 주위로 힘없이 내려와 있긴 해도 머리는 잘 잘랐고 머릿결도 좋다. 화장한 얼굴은 동그랗지만 피부가 깨끗하고, 눈과 입은 동글동글한 게 귀엽게 생겼다. 그러니까 그녀는 그런대로 매력적인, 덩치 큰 50대 여자다. 하지만 미인과는 거리가 멀다. 그녀가 말을 하면 좀 더 사랑스러워진다. 목소리는 부드러움과 허스키함의 경계에 있다. 그녀가 웃는다. 우아하고 감정이 풍부한 웃음소리다.

"잭은 특별했어요. 내가 마지막으로 전화—그녀가 말을 멈추고 적당한 표현을 찾으려 두리번거리다가 미소 짓는다—로 관계를 맺었던 사람 말이에요."

카메라 밖에서 들리는 메도의 목소리. "무슨 일이 있었죠? 어째서 잭만은 특별했던 건가요?"

또 한 번의 긴 침묵. 메도는 사람들이 침묵하도록, 아무 말 않도록 내버려두는 것을 참 잘했다. 그리고 영화에 자신의 질문을 포함시키는 것도. 캐리는 그런 침묵이 편집될 때가 정말 싫었다. "잭을 정말로 사랑하게 됐거든요—니콜이 계속 얘기하는 동안 화면은 부엌에 있는 잭으로 넘어간다—그리고 잭도 저를 사랑했다고 생각해요. 아니, 사랑했다는 걸 알아요." 그는 프렌치 프레스로 커피를 우리고 있다. 커피를 기다리는 동안 그가 담배에 불을 붙인다. 이제 더 이상 니콜의 목소리는 들리지 않는다. 이것은 잭이 라이터를 켜는 소리다. 그리고 기침 발작을 하는 소리다. 그는 니콜보다 나이가 많아서 예순이 훨씬 넘어 보인다. 풍성한 반백 머리에 검은 스웨터를 입고 있다. 그는 소멸해가는 것의 매력을 지녔다. 담배가 가져다준 수많은 주름, 나이로 인해 흐릿해진 턱선. 그는 자신의 기침 발작에 씁쓸하게 웃더니 니콜 얘기를 하기 시작한다. 오래전이라고 하면서도, 그녀에게 느꼈던 애착을 묘사할 때는 여전히 언짢아하고 있음을 알 수 있다. 그가 만나달라고 그녀를 설득했던 얘기를 한다. 이때 메도는 화면을 니콜에게로 넘긴다. 니콜이 자기 친구 사진을 잭에게 보냈던 얘기를 한다. 그래서 잭을 절대 만날 수 없었던 것이다.

"왜 본인 사진을 보내지 않았나요?"

"날 봐요." 그녀가 말했다. "내가 누군가의 환상처럼 보여요?"

"왜 환상이어야 하죠?"

"내가 그걸, 그런 사람이라고 상상하는 걸 즐겼으니까요. 그들을 위해서였던 만큼 저 자신을 위해서이기도 했어요."

"하지만 상대방은 그 사실을 모르잖아요." 또다시 침묵. 니콜이 동요한 듯 얼굴을 붉힌다. 약간 감정적이 된 듯하다. 수치심. 그것이 정확한 표현이다. 캐리는 메도가 니콜을 그 이상 밀어붙이지 않길 바랐다.

"잭한테는 달랐어요. 점점 더 내 진짜 모습에 가까워졌죠. 다른 상황에서 만났다면 우리는 굉장히 잘 맞았을 거예요."

이제 잭의 차례다. 메도는 맬리부 해변을 걷고 있는 그를 보여준다. 캐리는 이 영화가 앞으로 어떻게 흘러갈지에 호기심이 생겼다. 무슨 말을 하려는지는 뻔했지만. 우리가 얼마나 자신의 본모습을 감추고 몸에 얽매여 있는가. 우리 몸이 우리에게서 차지하는 비중은 얼마만큼인가? 그리고 왜 여성과 남성에게 적용되는 잣대는 그렇게 다른가? 왜 통통하고 시들한 니콜은 늙고 지친 잭보다 훨씬 덜 매력적인가? 그것은 단순히 성공이나 돈의 문제가 아니다. 남성과 여성의 문제다. 캐리는 얼굴이 후끈 달아오르는 것을 느꼈다.

캐리는 메도의 영화를 보고 있었지만 자신의 삶, 자신의 실망스러운 몸에 대해서도 생각하고 있었다. 서른두 살이 채 안 되었는데도 그녀가 만나는 흥미로운 남자들의 얼굴에서 그녀의 몸에 대한 생각을 읽을 수 있었다. 가령 캐리가 다른 감독과 즐거운 대화를 나누고 있다고 가정하

자. 그녀와 비슷한 정도로 성공한, 또래의 누군가와. 배우까지는 갈 생각도 없다. 그저 그녀와 같은 일을 하는 남자, 화려함을 위해 만들어진 사람이 아니라 카메라 뒤에 서는 사람이면 된다. 그녀는 유대감을 느낄 것이다. 그때 상대방이 말한다. 제 아내를 소개할게요. 혹은, 이쪽은 제 여자 친구예요. 그리고 너무나 젊고 완벽한 여자가 등장한다. 숨 막힐 정도로 매력적인. 어떻게 봐도 멍청하지 않은. 자기 배우자를 향한 존경과 흠모로 가득한. 어째서 이 남자들은 모든 것을 가진 걸까? 해답은 너무나 뻔했다. 그런데 캐리 옆에 있는 건? 이제는 어떻게 비위를 맞춰야 할지도 알 수 없는, 지치고 짜증스러운 남편이었다. 그녀의 일이 잘 풀리는 것과는 반대로 그가 서서히 멀어져가고 있음을 그녀는 알았다. 캐리의 눈앞이 눈물로 흐려졌다.

여기서부터 영화는 니콜의 모습을 삽입하지 않고 잭의 독백을 그대로 보여준다. 메도는 아무 말도 하지 않지만 그녀의 존재가 느껴진다. 잭이 그녀를 향해 말하고 있기 때문이다. 카메라는 메도이고, 기다림은 질문이다. 메도가 좋아하는 기법 중 하나다.

잭이 니콜에게 바람맞은 이야기를 들려준다. 그가 하얀 소파에 앉더니 다리를 꼬고 담뱃불을 붙인다. "지금은 다 잊었지만 몇 년 동안은 이유를 알아내려 애썼죠. 나는 바람둥이가 아니에요, 알겠어요? 내가 아는 많은 남자들과는 달라요. 나는 이혼남이고 일을 많이 해요. 흔한 얘기죠. 니콜은 내 말을 잘 들어줬고 나는 그녀를 기분 좋게 해줬던 것 같아요. 내가 그럴 수 있다는 게 좋았죠. 나는 좀 냉소적이고 세련되지 못한 사람이지만 전화로 들리는 니콜의 목소리에는 뭔가 특별한 점이 있었어요. 그녀는 내 말허리를 끊지 않았어요. 자기 인생 얘기를 들려줬고 나는 내 얘기를 해줬죠. 그녀를 만나고 싶었어요. 사실은 그녀와 함께하고 싶었죠. 어떤 대가가 따르든 내 삶을 완전히 바꿀 작정이었어요. 그런 감정은 난생처음이었죠."

침묵, 그리고 잭이 시선을 옆으로 돌렸다가 다시 카메라를 쳐다본다.

"나는 그녀가 시러큐스 대학교에 다니는, 영화 산업에 관심이 많은 학생이라고 생각했어요. 자라기는 여기서 자랐을 거라고 생각했던 것 같아요. 모르는 사람이 없어 보였거든요. 아, 모르겠어요. 니콜의 성장 배경에 대해서는 자세히 아는 게 별로 없었으니까. 그녀가 구체적인 부분은 빼고 말했거든요. 우리는 영화랑 음악 얘기를 했어요. 어린 시절 얘기도 했죠. 그녀는 굉장히 똑똑하고 상냥했어요." 그가 어깨를 으쓱한다. "그래요, 마지막에 나를 바람맞히고 사라져버리기 전까지는 상냥했죠."

잭이 담뱃불을 붙이고 한숨을 쉬더니 담배 연기를 내뿜는다. "그녀를 만나고 싶었어요. 그녀도 나를 만나고 싶어 하는 것 같았고요. 나한테 자기 사진도 보내줬거든요." 여기서 드디어 메도가 한 번 끊고 오래된 스냅사진으로 화면을 가득 채운다. 수영복 차림의 아름다운 여인. 니콜은 확실히 아니고, 심지어 젊은 니콜도 아니다.

메도의 목소리가 말한다. "사진 속 그녀의 모습을 보고 기뻤나요?"

"네, 하지만 놀라진 않았어요. 전화 목소리로 굉장한 미인이라는 걸 알 수 있었으니까요. 물론 나이 차가 많이 나긴 했죠. 이런 말 하면 진부하다고 하겠지만 남들이 어떻게 생각할지는 상관없었어요. 그녀를 사랑했으니까. 옛날 사진일지도 모른다고 생각했지만 그녀가 아니라고, 최근 사진이라고 했어요. 내가 그 말을 안 믿을 이유가 없잖아요?" 그가 담배를 비벼 끈다. "그다음부터는 얘깃거리라고 할 만한 것도 없어요."

잭은 미소 짓고 있지만 목소리에 점점 날이 서는 것을 느낄 수 있다.

"나는 그녀에게 일등석 비행기 표를 사 보냈어요. 원래 굉장히 검소한 사람이라 그런 건 한 번도 해본 적이 없었는데 말이에요. 난 니콜한테 푹 빠져 있었어요. 비행기를 탈 때 그녀가 사랑받고 있다고 느끼길 바랐죠. 준비는 완벽했어요. 전날 밤 통화했을 때도 이상한 점이나 아리송한 힌트 같은 건 전혀 없었거든요. 나는 차를 몰고 로스앤젤레스 공항에 갔어요. 손에는 빌어먹을 꽃다발과 그녀랑 약속한 팻말을 들고서. 저녁 식사는 집에서 할 작정이었죠. 그날 저녁에 먹을 음식을 샀을 때만큼 행복했던 적이 없었어요. 수많은 여자들이 내 앞을 지나가는데 니콜처럼 생긴 여자는 없더군요. 내 팻말을 쳐다보는 여자도 없었고요. 나는 멍청하게, 우스꽝스럽게 한 시간 동안 거기 서 있었어요. 그리고 직원에게 모든 승객이 내린 거냐고 물어봤죠. 그렇다더군요. 니콜 램포어가 비행기에 탔냐고 물어봤어요. 안 탔다더군요. 공중전화로 그녀에게 전화를 걸었어요. 아무도 받지 않았고 자동 응답기로 넘어가지도 않았어요. 계속 신호만 갈 뿐이었죠."

"무슨 일이 일어났다고 생각했나요?"

"처음에는 혹시 사고가 났나 걱정했어요."

잭에 뒤이어 이번에는 니콜이 같은 이야기를 들려준다. 마찬가지로 독백이다. 그녀의 입장에서 이야기한다. "계획을 짤 때는 갈 생각이었어요. 가고 싶었죠. 잭에 대해, 바닷가 집에 대해 상상했었으니까요. 함께 저녁을 요리하는 것, 같은 침대에서 자는 것, 더 이상 외롭지 않은 것에 대해서도. 섹스와 애정에 대해서도. 누군가에게 속하는 것에 대해서도. 하지만 갈 수 없었어요. 심지어 공항버스도 탔어요. 하지만 버스가 도착하자 꼼짝하지 못했죠. 버스가 공항을 다시 빠져나와서 멀어질 때까지 가만있었어요." 니콜이 손으로 눈물을 훔친다. "잭을 만날 수 없었어요. 마주할 수 없었어요."

"뭘 마주할 수 없었다는 거죠?"

"내가 거짓말을 했고 그가 이해하지 못하리라는 점. 내가 내면까지도 사랑받을 수 없는 여자라는 점을요. 제가 한 짓은 부끄러운 일이었어요. 못할 짓이었죠. 나는 전화를 거는 것도, 그의 전화를 받는 것도 그만뒀어요. 그냥 그렇게 끊어버렸죠."

그녀가 잠시 침묵한다.

"입이 열 개라도 할 말이 없어요. 일이 그렇게까지 된 건 내 잘못이니까요. 전화를 걸었던 모든 남자들 중에 정말로 만날 생각을 했던 사람은 잭뿐이었어요. 하지만 결국은 다른 남자들과 똑같이 끝났죠. 내가 끊어버리는 것으로요."

다음 부분은, 아마 예상되겠지만, 메도가 둘을 만나게 하는 이야기로 이루어진다.

"지금 그녀에게 당신을 만날 생각이 있다고 제가 말한다면 어떨 것 같나요?"

잭이 고개를 젓는다. 카메라로부터 시선을 돌려버린다. 한 손으로 눈을 가린다. 그리고 마음을 다잡는다. 고개를 흔든다. 그러고 나서 카메라(메도)를 쳐다본다.

"그녀가 너무 그리워요. 아직도. 한심하지만."

"사진 속 여자는 니콜이 아니에요."

잭이 체념한 듯 고개를 끄덕인다. "네. 그렇겠죠."

"그래도 그녀를 만나고 싶나요?"

"그래요."

니콜이 외출 준비를 하고 있다. 캐리는 벌써부터 뱃속이 불편했다. 메도는 저 사람들한테 왜 저런 짓을 하는 거야? 저 사람들은 또 왜 시키는 대로 하는 거고?

메도는 식당에 앉아서 기다리는 잭을 보여준다. 현장음은 전혀 없고 오직 음악뿐이다. 낮고 일정하고 단순한 박자다. 니콜이 걸어 들어온다. 그녀의 얼굴은 이미 상처받은 표정이다. 그녀는 떨면서 테이블을 향해 다가간다. 카메라가 줌인 해서 미디엄숏이 되는 순간 두 사람이 만나고 불길한 음악 소리가 점점 커진다. 참사가 분명하다. 니콜을 본 잭의 표정. 그리고 잭을 본 니콜의 표정. 그들은 자리에 앉는다. 잭이 뭔가 말하고 있지만 들리는 것은 여전히 시끄럽고 고압적인 음악 소리뿐이다.

다음 장면에서는 혼자 집에 있는 니콜의 영상 위로 잭의 목소리가 깔린다. 개밥을 주고 소파에 앉는 니콜은 특히 더 쓸쓸해 보인다.

"그녀는 나한테 거짓말을 했고 날 갖고 놀았어요." 카메라가 계속 그녀를 비추는 동안 그가 말한다. "처음부터 그녀의 외모에는 관심이 없었어요." 장면이 바뀌어, 담배를 피우고 있는 잭. "그녀가 내 앞에 나타나기 전까지는 깨닫지 못했었지만 전부 거짓말이었어요. 외모나 나이만이 아니에요. 마침내 그녀를 만나서 다행이에요. 이제야 모든 게 사기였다는 걸 알게 됐으니까요. 존재하지도 않는 사람을 사랑할 순 없죠. 그 말 중에—그녀의 모습 중에—하나라도 진짜가 있었는지 어떻게 알겠어요? 나는 그녀를 믿었다고요." 그는 매우 화가 나 있다. 그리고 다시 화면이 바뀌면 니콜이 어색하게 소파에 앉아 있다. 저렇게 표정이 멍한 것은 분명 촬영이 시작되길 기다리고 있기 때문이다. 메도가 이미 촬영을 시작했지만 니콜은 모르고 있다. 카메라가 아직 꺼져 있다고 생각할 때 찍으면 누구든 이상해 보인다는 사실을 캐리는 알았다. 그 점을 이용하는 것은 일종의 조작이었다. 캐리가 니콜이 앉아 있는 모습을 계속 지켜보는 동안 잭의 목소리가 말한다. "대체 나한테 왜 그랬대요?"

카메라는 대단히 불편한 30초 동안 여전히 아무것도 모른 채 멍하니 있는 니콜을 찍는다. 그리고 마침내 들리는 니콜의 목소리. "사랑 때문에 그랬어요."

영화가 끝난다.

젤리

젤리는 뉴욕 시로 가는 버스를 탔다가 다른 버스로 갈아타고 뉴저지 이모 댁으로 갔다. 그리고 다음 날 아침 뉴욕으로 돌아가서 〈내부의 교환원〉을 상영 중인 맨해튼 남쪽의 극장에 갔다. 메도가 보낸 기자 간담회나 시사회 초대장은 모두 무시했지만 이제야 비로소 영화를 보고 싶은 마음이 든 것이다.

그녀는 어둠 속에 앉아서 커다란 스크린에 비친 자신의 커다란 얼굴을 쳐다봤다. 그리고 잭을 보았다.

그녀는 자신을 처음 본 잭의 표정을 지켜보았다. 메도는 대화 내용을 녹음하지 않았다. 메도에게는 무슨 말이 오갔는지가 중요하지 않았기 때문이다. 하지만 젤리에게는 중요했다. 잭은 그녀를 봐서, 실제로 만나게 돼서 기쁘다고, 하지만 그녀가 자신에게 그토록 많은 거짓말을 했다는 사실은 잊을 수가 없다고 말했다. 그중에서도 최악은 그녀가 그를 버린 방식, 연락을 끊어버린 것이었다. "나는……" 그가 말했다. "당신이 나를 사랑한다고 생각했어요." 그때 젤리는 무슨 말을 해야 할지 몰랐다. 영화 속 젤리는 자기 손만 내려다보고 있다.

그러나 현실 속 젤리는 잭의 얼굴을 보면서 실망감이나 혐오감 같은, 자신이 두려워했던 것들을 찾고 있었다. 하지만 그녀가 잭의 얼굴에서 본 건 그런 것들이 아니었다. 당시에는 어쩔 줄 몰라 하느라 보지 못했던 무엇. 굉장히 또렷한 표정이 그의 얼굴을 스쳐 지나간다. 상처받은 얼굴. 고통스러운 표정. 마치 누군가가 그의 뺨을 때리기라도 한 것 같았다. 하지만 다음 순간 그 표정은 완전히 사라진다. 그리고 냉소적인 노인이 다시 자리를 차지해 그의 얼굴은 차갑고 짜증스러워 보인다. 마침내 젤리가 고개를 들어 그를 본다. 영화에서는 들리지 않지만 그녀는 그때 "미안해요"라고 속삭였다.

젤리는 평생 동안 마음을 진정시켜주는 영화관의 어둠을 사랑했고 그것을 필요로 했다. 스크린 위의 그림자들이 그녀에게 육체가 있다는 사실을, 그녀가 어떤 공간에 있다는 사실을 잊게 만드는 것이 좋았고, 영화의 빛과 소리가 그녀를 집어삼켜서 모든 걸 잊고 거기에 푹 빠지게 만드는 것이 좋았다. 하지만 이번에는 아니었다. 자기 자신이, 자신의 보잘것없는 삶이 커다랗게 확대되어 남들 앞에 전시된 것을 보자 모든 게 망가졌다.

젤리는 얼굴이 뜨거워졌고 목이 메어 숨이 막혔다. 눈물이 흘러넘쳤고 눈앞이 흐릿해졌다. 그녀가 눈을 감고 두 주먹으로 이마를 꼭 누르자 손가락 관절 때문에 머리가 아파왔다. 자신이 숨을 내쉬면서 신음하는 소리가 들렸다. 그녀는 잭에게 화가 난 게 아니라 자기 자신과 저 메도라는 여자에게 화가 났다. 나는 왜 잭을 만나야 했나? 메도라는 여자의 설득에는 대체 왜 넘어갔을까? 남을 설득할 줄은 아는 그녀도 자기를 변호할 말은 생각이 안 났다.

그녀는 눈을 뜨고 참을 수 있을 때까지 영화를 보고 있다가 자리에서 벌떡 일어났다. 그리고 비어 있는 좌석들을 따라 휘청거리며 옆으로 걸어서 통로에 도달했다. 그녀는 스크린에서 시선을 돌려 극장의 어두운 구석을 쳐다봤다. 그리고 눈을 깜박여서 출구에서 나오는 빛이 보이자 거기로 향했다.

3부

여성과 영화

연재 「나의 시작은」 36회: 캐리 웩슬러

서두 메모, 2015년 1월 15일: 나는 '여성과 영화' 시리즈가 영화감독들에게 훌륭한 자산이라고 생각하면서도 지금껏 기고하길 망설여왔다. 물론 예술가가 되기까지의 궤적에 대해 이것이 유일무이한 정답이라고 말할 수 있는 사람은 아무도 없지만 예술가라면 자신의 이력에 관해, 즉 누구에게서 영감을 받았고 어디서 도움을 받았는지 (그리고 무엇에 상처를 받았는지) 이야기할 수는 있다. 내가 망설였던 이유는 순전히 개인적인 것이었다. 사적인 일을 공개하고 싶지 않기 때문이다. 나는 사람들이 추측하고 평가하길 원치 않았다. 하지만 아이러니하게도, 사실 침묵은 누구도 보호해주지 않는다. 사람들은 나를 어떻게 생각하는지 공개적으로 말할 것이고, 추측하고 비난할 것이다. 그에 대해 불평할 생각은 없다. 관객과 만나려면 반드시 따라오는 부분이니까. 그렇지 않은가? 변명을 하고 싶은 건 아니다. 그저 내가 가진 모든 것에 대해 감사를 표하고 싶을 뿐이다. C. 웩슬러

나의 초창기 영화들은 뉴욕 대학교 티시 영화 학교를 다녔다는 사실과 거기서 맺은 인맥 덕분에 만들어졌다. 나는 훌륭한 영화감독인 교수님들의 관대함에 은혜를 입었고 이에 대해 영원히 감사할 것이다. 하지만 여기까지는 이미 알려지고 밝혀진 사실이다. 오늘은 조금 다른 옛이야기를 하고 싶다. 왜냐하면 나는 사람의 감수성이 훨씬 이른 시기에 형성된다고 확신하기 때문이다. 그 후에 일어나는 일은 결단력과 운의 문제지만 자세히 들어가면 세속적이고 실용적이다. 어렸을 때의 감수성이야말로 사람을 특별하게 (그리고 아마도 야심가로) 만드는 것이다.

나는 70년대와 80년대에 로스앤젤레스에서 자랐다. 사랑과 혼돈의 어린 시절은 혼란스러울 만큼의 특권과 어려움으로 가득했다. 부모님은 내가 여덟 살 때 이혼했고 우리는 한 번도 큰돈을 가져본 적이 없었다. 그런데도 돈 있는 사람들처럼 살았을 때가 많았다. 아버지—몇 년 전 세상을 떠난—는 내가 어렸을 때 다양한 형태의 파산을 겪었고, 어머니는 안정적이지만 수입이 적은 영어 및 연극 교사로 일했다. 그래서 예행연습과 연극반 지도 때문에 방과 후에도 대부분 학교에 남아 있어야 했다. 나는 외동딸이었으므로 대개 오후 시간을 혼자 집에서 보냈다. 70년대에는 흔한 일이었다. 다들 부모는 이혼했고 어머니는 직장에 다녔으며 아이가 학교 끝나고 저녁때까지 집에 혼자 있는 것을 아무렇지도 않게 생각했다. 외롭긴 했지만 무한한 자유가 있었고 나는 그 자유를 주로 텔레비전 시청과 먹는 데 썼다. 대개 하루 최소 여섯 시간씩 텔레비전을 봤다. 이때는 암울했던 시절이라 텔레비전이 정말 끔찍했다. 〈사랑의 유람선〉, 〈미녀 삼총사〉, 〈소머즈〉, 〈좋은 시절〉, 〈제퍼슨 가족〉, 〈도니와 마리〉 같은 프로를 봐야 했다. 주말마다 하는 토요일 아침 애니메이션은 더했다. 워너 브라더스가 만든 괜찮은 작품들을 제외하곤 대부분의 애니메이션이 2셀 방식*에 조잡했다. 〈스파이더맨〉, 〈슈퍼 프렌즈〉, 〈조시와 야옹이들〉이 그랬다. 나는 이런 것들을 몇 년 동안 봤고 그 대부분을 보고 또 봤다. 우리가 지치고 체념한 태도로 '재방'이라고 불렀던 것 때문이었다. 텔레비전이 내 어린 시절에 얼마나 큰 영향을 미쳤는지 설명할 수 있는 유일한 방법은 나의 평범한 하루를 묘사하는 것뿐이다. 예를 들어 열두 살 때 화요일은 이런 식이었다.

집에 와서 거대한 책가방을 식탁 위에 던진다. 커다란 유리컵에 태브 다이어트 콜라를 따르고 케임브리지나 슬림패스트** 파우더 아니면 뭐가 됐든 우리가 그달에 '하고 있는' 것―어머니와 나는 그때그때의 유행 다이어트를 할 때가 많았다. 다이어트는 우리가 늘 같이하는 것이었다―을 먹는다. 텔레비전을 켠다. 잠깐. 그게 아니라 텔레비전을 켜는 게 먼저다. 내가 간식을 챙기는 동안 부엌에서도 들리도록 소리를 한껏 키운다. 방과 후에는 케이블 채널에서 돌아가며 재방영하는 옛날 프로들을 봤다. (주로 〈별난 커플〉과 〈119 구조대〉를 봤지만 때로는 〈멋쟁이 수사대〉나 〈파트리지 가족〉을 보기도 했다.) 5시쯤 되면 텔레비전을 계속 보면서 숙제를 꺼내곤 했다. 6시에는 텔레비전을 껐다. 왜냐하면 1) 엄마가 집에 오고 2) 뉴스가 시작되기 때문이었다. 나는 내 방으로 가서 레코드를 틀어놓고 바닥에 앉아 숙제를 더 했다. 아니면 아빠가 사준 비디오카메라를 가지고 놀거나 춤을 추거나 건성으로 윗몸일으키기를 할 수도 있었다. 그러고 나서 저녁을 먹을 때는 엄마랑 텔레비전 앞에 앉아서 화요일 황금 시간대의 〈행복한 날들〉과 〈라번과 셜리〉를 봤

---

*   원래 1초당 24프레임, 즉 24장의 그림이 필요한데 제작비 절감을 위해 12장만 그려서 1장을 두 번 찍는(2셀=2프레임) 방식을 말한다.

** 다이어트 보조 식품 상표명.

다. 30분짜리 연속극과 그 사이사이에 무한히 반복되는 광고로 이루어진 세계. 9시 이후는 보다 '성숙한' 시간대였으므로 대개 책을 읽는 중간중간에 화면을 올려다보면서 〈세 친구〉와 〈택시〉의 줄거리를 따라잡곤 했다. 여기서 신기한 점은 바로 이거다. 나는 이렇게 텔레비전을 시청하는 동안 정말로 책도 읽고 숙제도 했다. 그 프로그램들이 그다지 흡입력도 없고 집중력을 요하지도 않았기 때문에 내가 하고 있던 일에 열중할 수 있었던 걸까? 또 하나 짚고 넘어가야 할 것 같은 부분은 이런 프로그램들 대부분이 내용의 수준에 있어서 얼마나 형편없는지를 내가 알고 있었다는 사실이다. 나는 〈세 친구〉가 바보 같고 우습지도 않다는 걸 알았다. 녹음된 가짜 웃음소리를 따라 웃지도 않았다. 나는 시트콤을 많이 봤지만 그렇게 많이 웃었다는 생각은 전혀 안 든다. 그저 텔레비전을 보는 것 자체를 즐겼을 뿐이다. 텔레비전은, 그 익숙한 소리와 화면은 위안이 됐다. 집 안을 생기 있고 편안하게 만들어줬다. 그것은 내가 집 밖의 세상과 접속하는 방법이었다. 그 시절에는 누구나 같은 날 같은 프로를 봤기 때문에 〈한 번에 하루씩〉이나 〈매쉬〉의 내용을 가지고 친구들과 대화할 수 있었다. 그것은 무한히 이어지는 실이었다. 그래서 우리 세대는—내가 특이한 게 아니었다!—좋은 프로가 가끔 섞인 끔찍한 텔레비전을 양분 삼아 자랐다. 지금 그 시절을 돌이켜보면 한마디로 이거다. 거지 같은 프로들 덕분에 훌륭한 프로그램에 진심으로 감사하게 됐다. 좋은 프로 혹은 재밌는 프로가 있으면 새로운 가능성으로 세상이 환해지는 것만 같았고 그러고 나서는 또다시 좋은 프로를 발견할 때까지 쓰레기 속을 헤집고 나아가야만 했다. 나는 〈왈가닥 루시〉와 〈딕 밴 다이크 쇼〉의 재방영을 좋아했다. 지금도 그 주제가를 듣기만 하면 마음속 깊은 곳이 조금이나마 행복해지는데 거의 본능적 반응

에 가깝다. 나는 그런 프로를 보고 웃다가 내 웃음소리에 깜짝깜짝 놀라
곤 했다. 텔레비전 스피커에서 계속 흘러나오는 가짜 웃음소리와 너무
달랐기 때문이다. 그러면 문득 내 모습이, 오후의 고독 한가운데서 커튼
사이로 쏟아져 들어오는 햇빛에 먼지가 아른거리는 아지랑이가 피어오
를 때 내 입에서 진짜 웃음이 터져 나오는 광경이 의식돼서 웃음을 그
쳤다. 그때가 유일하게 내가 외롭다고 느낀 순간, 지금 나를 쳐다봐주거
나 나와 같이 웃고 있나 볼 수 있는 남동생이 있었으면 하는 순간이다.
사람들이 웃을 때 일어나는 이상한 현상이 있다. 마치 평소에는 숨겨져
있던, 세상의 우스꽝스러움에 대한 비밀이 지금 불쑥 튀어나온 양, 이
순간을 공유할 누군가를 필요로 하는 것이다. 진심으로 웃기 위해서는
그 웃음을 들어줄 사람이 필요하다. (어쩌면 그래서 정신이상의 전형적
인 예가 자기만 알아듣는 농담을 하고 미친 듯이 웃어대는 사람들인지
도 모른다.) 하지만 나는 나를 정말로 웃기는 것에 굉장히 끌렸다. 주말
이면 〈SNL〉을 보기 위해 11시 30분이 넘도록 안 자고 기다렸다. 나에게
는 정말 끝내주는 프로그램이었다. 나는 성인 유머를, 내가 제대로 이해
하지 못하지만 이해하고 싶은 섹스나 마약 관련 농담을 좋아했다. 내가
따라 웃은 이유는 내 몸에서, 연기자들의 몸에서, 실제 관객들의 웃음소
리에서 그 농담을 느낄 수 있었기 때문이었다. 그것이 그 시절 나의 방
식이었다. 내가 못 알아들어도 웃긴 농담에는 웃기. 그것은 자신의 미래
에 관한 소원과 같다. 엄마가 자러 간 후까지 깨어 있는 것도 즐거움의
일부였다. 토요일에는 〈SNL〉, 금요일에는 〈미드나이트 스페셜〉*을 보기

---

* 1972~1981년에 NBC에서 방송했던 심야 음악 프로그램. 대부분의 음악 프로에서 립싱크를
하던 시대에 라이브 연주를 하는 것으로 유명했다.

위해서였다. 나는 〈TV 가이드〉를 보면서 내가 봐야 하는 모든 프로그램에 동그라미를 쳤다. 예를 들면 디나 쇼어나 마이크 더글러스의 토크쇼에 나오는 출연자 이름에 쳤다. 보고 싶은 영화에도 동그라미를 쳤지만 그때는 텔레비전만큼 영화를 좋아하진 않았다. 내가 필름누아르에 푹 빠져 있었다거나 어떤 사람들처럼 〈자니 기타〉를 조금이라도 보기 위해 새벽 2시까지 기다렸다고 말할 수 있었으면 좋겠지만 그때는 옛날 영화에 별로 관심이 없었고 평범한 영화를 좋아했다. 그래서 헤일리 밀스가 나오는 〈페어런트 트랩〉에 동그라미를 치거나 나중에 텔레비전용으로 편집된 〈터닝 포인트〉, 〈줄리아〉, 〈독신녀 에리카〉 같은 영화를 보곤 했다. 나는 뮤지컬을 좋아했다. 50년대에 나온 MGM 사(社)의 고전뿐만 아니라 60년대에 나온 허접한 영화들도 좋아했다. 뭔가에 대한 감정이 북받쳐서 갑자기 노래 부르며 춤추기 시작한다는 발상이 마음에 들었다. 하지만 나의 감수성은 대개 형편없는 텔레비전 프로그램에 의해 형성됐다. 그것은 파도처럼 나를 덮쳤고 어린애인 내가 보기에도 진부하고 정형화된 생각과 상투어와 우격다짐으로 이루어진, 끊임없는 잡음을 만들어냈다. 하지만 나는 그로 인해 진부한 취향을 갖게 되기는커녕 오히려 색다른 뭔가를 더더욱 갈망하게 됐다고 생각한다. 훌륭한 것 혹은 보다 더 좋은 것은 대체 뭘까 상상하게 됐다. 광고와 틀에 박힌 프로그램과 무감정한 가짜 웃음소리가 만드는 소음을 뚫고 나에게 와닿은 것, 내가 갈망했던 것은 나를 놀라고 기쁘게 할 뭔가였다. 독창성 없는 영상을 계속 보면서 자랐는데도 나는 로퍼 씨*의 재미없는 야한 농담이나 〈한 번에 하루씩〉에서 "우-우-우" 야유를 부르는 진부한 이야기 이상의 뭔

* 시트콤 〈세 친구〉의 등장인물 스탠리 로퍼.

262

가를 맞이할 준비가 되어 있었다. 이러한 굶주림 속으로 첫 행운의 조각이 딱 적절한 시기에 찾아왔다. 중학교 3학년 때 들은 영어 수업에서 특이한 영화들을 잔뜩 보여줬던 것이다.

어머니가 교사인 덕에 얻은 혜택 중 하나는 샌타모니카의 웨이크 학교―예술을 중점적으로 가르치는 사립 중등학교인―수업료를 면제받은 것이었다. 그 시절의 웨이크 학교는 소박한 재단으로, 조립식 교실들이 좌우로 늘어선 골목에 불과했다. 하지만 그때도 (그리고 지금도) 교사진은 대단히 우수했다. 웨이크에 다닌 것은 여러 면에서 내가 영화감독이 되는 데 도움이 됐다. [편집자 주: 캐리 웩슬러는 전국의 여러 명문 고등학교에 재학 중인, 형편이 어려운 여학생들에게 장학금을 수여해왔다.] 나는 영어와 언론정보학을 가르쳤던 (지금은 은퇴한) 전설적인 제이 호즈니 선생님의 수업을 듣는 엄청난 행운을 누렸다. 그는 절대로 우리를 무시하지 않았고, 도전적이고 중요한 영화들을 가르쳐줬다. 예를 들면 F. W. 무르나우의 〈선라이즈〉나 카를 드레위에르의 〈잔 다르크의 수난〉 같은 걸작 무성영화를 보여줬다. 또 40년대와 50년대의 상징적인 미국 영화들을 필름누아르나 서부영화에만 국한하지 않고 소개해줬다. 그중에서 삐딱한 여자들이 나오는 더글러스 서크의 영화들을 나는 좋아했다. 내가 생각하는 소비문화를 (생기 넘치는 테크니컬러로) 예찬하는 동시에 전복하는 것 같았기 때문이다. 선생님은 〈페르소나〉, 〈자전거 도둑〉, 〈8과 1/2〉, 〈쥘과 짐〉 같은 유럽 영화도 보게 했다. 우리는 물론 장뤽 고다르의 〈네 멋대로 해라〉뿐만 아니라 〈주말〉도 봤다. 고다르의 영화적 농담을 '이해'할 때 얼마나 넓은 세계가 눈앞에 펼쳐지는지 지금부터 내 말을 들어보라. 〈주말〉에는 미레유 다르크가 교통사고 난 차 앞에 멈춰 서서 시체가 입은 명품 청바지를 벗기는 순간이 있다. 이 장면을 보고 웃었던 일이 (캘리포니아 남부 출신 여자애인) 나를 바꿔놨다. 우리는 고다르의 유명한 '마르크스와 코카-콜라의 아이들'*이 아니라 텔레비전과 태브 콜라의 아이들에 더 가까웠지만 우리 중 몇 명은 재미있고 도발적인 농담을 향한 깊은 갈망, 미국인의 천편일률적인 아동기 깊은 곳에서 솟아난 욕구를 갖게 됐다. 고다르의 유머가 재밌어 보이는 것은 나에게 〈매드〉 잡지**를 읽거나 〈몬티 파이튼〉***의 관념적 개그를 보거나 왜키 패키지스****의 풍자적 광고를 수집하는 것과 같은 효과를 가져왔다. 극소수만 알아듣는 냉소적 농담은 우리가 여전히 소비하던 모든 쓰레기, 매일 그 안에서 헤엄치던 TV 프로들에 대한 예방접종이었던 것이다. 그런 쓰레기에 푹 절어 있긴 했지만 우리는 그것이 나쁘다는 걸, 그리고 그것이 나쁘다는 걸 우리가 안다는 사실을 스스로에게 상기시켰다. 말하자면 의미와 진정성을 만들기 위해 아이러니를 기본으로 장착한 것이다. 이런 감수성이 우리 세대의 특징이다. 그리고 제이 호즈니 선생님의 영화 수업은 그 모든 것을 볼 기회와 접근법을 나에게 가르쳐주었다. 그리하여 문화는 나의 수확물이 되었다. 이런 여러 가지를 어린 나이에 알게 된 것이 얼마나 큰 축복이었는지는 이루 다 말할 수 없다.

* 고다르의 〈남성, 여성〉(1966)에 나오는 자막. 이 영화의 남성 등장인물들은 베트남전과 드골 정권에 반대하는 좌파(마르크스의 아이들)고, 여성 등장인물들은 체제 순응적이고 소비문화에 탐닉하는 부르주아지(코카-콜라의 아이들)다.
** 1952년 창간된 미국의 풍자 잡지. 대중문화, 정치, 유명 인사 등 풍자 대상을 가리지 않는다.
*** 1969년 BBC에서 처음 방송된 블랙코미디 시리즈 〈몬티 파이튼의 비행 서커스〉를 가리킨다. 각본, 연기, 연출을 도맡은 코미디 그룹 몬티 파이튼은 이후 영화, 음반, 책, 뮤지컬까지 진출하면서 대중문화 전반에 지대한 영향을 끼쳤다.
**** '웃기는 포장'이라는 뜻으로 1967년 처음 발매된 미국의 트레이딩 카드(수집용 카드. 대표적인 것이 야구 선수들의 사진과 기록이 인쇄된 야구 카드) 및 스티커를 말한다. 식품, 세제, 담배 같은 소비재 포장을 패러디 한다.

이런 것들을 아는 사람은 겁내느라 시간을 낭비하지 않는다. 그리고 소수의 아는 자로서 대단한 힘을 가지게 된다. 그것이 코미디가 내게 그토록 중요한 이유다. 코미디는 문화의 일부인 동시에 문화를 저격한다. 주류이면서 체제 전복적이다(적어도 이상적으로는). 그렇게 학교는 나에게 큰 변화를 가져다줬다. 하지만 내 수련기의 나머지 한쪽은 우정으로부터 왔다. 그 시절, 그리고 성인이 되고 나서도 오랫동안 나의 제일 가까운 ('제일 친한'은 아닐지라도) 친구는 메도 모리였다.

나는 중학교 2학년 때 웨이크 학교에서 메도를 만났다. 처음 봤을 때는 나보다 연상인 줄 알았다. 그녀는 몸에 딱 달라붙는 검은색 진 바지와 검은 모터사이클 부츠 위에 골 진 검은색 터틀넥 스웨터를 입고 있었다. 그녀는 날씬했고 가슴이 납작했으며 비대칭으로 자른 갈색 단발머리에, 어두운 빨간색 립스틱 외에는 화장기 없는 얼굴이었다. 크고 곧은 코 때문에 예쁘장하다기보다는 반항적이고 날카로운 인상이었다. 그 패션은 펑크를 약간 60년대 비트족* 스타일로 변형한 것으로, 열세 살짜리에게는 어마어마한 화려함이었다. 당시 나는 여전히 금발 머리를 나풀거리면서 파란색 아이라인을 삐뚤삐뚤하게 그리고 다녔으니까. 프레드 시걸에서 산, 너무 꽉 째는 청바지를 발목 길이로 잘랐는데—그땐 다들 그랬다—그 옷을 입고 멋있어 보이기엔 내가 너무 뚱뚱해서, 불룩한 배를 가리려고 위에 헐렁한 남자 셔츠를 입었다. 그래서 아마 더 뚱뚱해 보였을 것이다. 나는 내 몸이 불편하고 어색했기 때문에, 메도에게서 가장 인상적이었던 점은 그녀가 얼마나 당당하게 자기 몸 안에 살고

---

* 1950~1960년대에 활발했던 '비트 운동'의 추종자. 기성 사회의 권위주의와 획일주의에 반대했으며 마약, 재즈, 섹스, 선 불교를 통한 개인적 해방, 정화, 계시를 주장했다.

있는가였다. 그녀가 미끄러지듯 교실에 들어오면 모든 시선이 그녀를 향했지만 그녀는 그런 관심에 동요하지 않는 것 같아 보였다. 나는 그녀에게 반했다. 사춘기 소녀가 으레 갖는, 동경과 질투가 반반 섞인 감정이었다. 아무 일도 없었다면 몇 년 동안 먼발치에서 동경만 했을 텐데 뜻밖의 행운으로 중학교 3학년 때 제이 호즈니 선생님의 영어 우등반 수업에서 그녀 옆자리를 배정받았다. 바로 그 첫날 나는 그녀를 가까이서 자세히 보게 되어 몹시 들떴다. 그녀는 이젠 검은색을 버리고 하얀 셸 셔츠* 밑에 하얀 카프리 팬츠**의 밑단을 굽 없는 앵클부츠 안에 넣어 입고 있었다. 붓 아이라이너로 그린 완벽한 고양이 눈매에, 립스틱 색깔은 굉장히 옅었다. 날렵하고 섹시한 암고양이, 하지만 근육질 팔과 약간 남자 같은 태도 때문에 변형된 모습이었다. 그녀가 자리에 앉을 때 나는 왼쪽을 흘끗대지 않을 수 없었다. 그녀에게서는 담배 냄새가 났다! 정말 흥분됐다. 내가 빤히 쳐다보는 걸 그녀가 눈치채자 나는 킥킥 웃기 시작했다. 예나 지금이나 긴장하면 나오는 버릇이었다.

"뭐야?" 메도가 물었다. 하지만 짜증보다는 피로가 담긴 말투였다. 나는 킥킥대고 웃느라 말을 제대로 할 수가 없었다. 그래서 숨을 가다듬었다.

"아무것도 아냐." 내가 말했다. "네 옷 멋있다."

"그래?" 그녀가 말했다.

"내가 요즘 복고풍 날라리 스타일에 꽂혔거든." 나는 그렇게 말하곤 바보 같은 웃음을 터뜨렸다. 그녀는 눈을 뒤룩거렸지만 사실은 웃고 있음을 알 수 있었다.

---

* 짧은 여성용 민소매 윗도리. 대개 디자인이 단순하고 단추가 등에 달렸으며 가슴이 파이지 않았다.
** 몸에 딱 맞는 7~8부 길이의 여성용 바지.

"그러니?" 메도는 헐렁한 남자 셔츠와 청바지—너무 꽉 째서 무릎을 굽히면 옷감 접히는 곳에 살이 집히는—를 입은 나를 위아래로 훑어보았다. "지금 그 옷은 무슨 스타일인데?"

"뚱뚱하고 가난한 스타일." 내가 말했다. 그 말에 그녀는 껄껄대고 웃었다. 서늘해 보이는 외모와는 어울리지 않는 소리였다. 그것이 우리의 공통점이었다. 시끄럽고 어색하고 숙녀답지 않은 웃음소리. 그녀가 활짝 미소 짓자 큰 입이 날카로운 인상을 부드럽게 만들어주었다. 그녀는 그때도 지금도 매혹적인 사람이었다.

그날 수업이 끝났을 때 그녀는 나에게 방과 후에 자기 집에 놀러 오라고 말했다. 나는 당연히 승낙했다. 거기 간다고 해서 내가 놓칠 게 뭐가 있었겠는가? TV 프로랑 슬림패스트? 하지만 그 전에 우선 마지막 수업을 땡땡이치자고 그녀가 제안했다. 우리는 골목 저편에서 싸구려 타코를 파는 루시네 노점까지 걸어가서 은박지에 싸인 기름진 케사디야를 먹었다. 그리고 커피를 사러 샌타모니카 부두까지 걸어가기로 했다. 나는 그녀가 담배를 말아 피우는 모습을 쳐다보았다. 담배 피우는 그녀의 모습을 보면서 왠지 모르게 지금 나의 성년기가 시작되었고 메도가 그 열쇠가 될 것임을 깨달았던 기억이 난다. 정말이지 그보다 더 깊은 인상을 받을 수는 없었을 것이다.

우리는 입에서 나는 담배 냄새를 지우기 위해 아이스크림을 먹고 메도 어머니가 커다란 녹색 벤츠를 몰고 우리를 데리러 올 시간에 맞춰 학교로 돌아왔다. 그 자동차는 옹이 진 목재와 황갈색으로 내부가 꾸며져 있었고 크림색 가죽 냄새를 풍겼다. 우리 어머니의 낡은 혼다 시빅에서 나는, 프렌치프라이와 옥수수 모양 사탕에 전 냄새와는 너무 달랐다. 벨에어에 위치한 그녀의 집은 샌타모니카에 있는 우리의 자그마한

셋집과 비교하면 어마어마하게 화려했지만 나는 그런 데 익숙했다. 웨이크 학교에 다니는 아이들은, 나를 비롯한 장학생 몇 명을 제외하고는, 누구나 돈이 많았기 때문이다. 그 정도 부유함은 그 세계에서는 지극히 평범한 것이었다. 하지만 나를 정말로 놀라게 했던 건 그녀가 수집한 책과 음반이었다. 알고 보니 그녀는 세련되고 아름다울 뿐만 아니라 똑똑하기까지 했던 것이다. 내가 잠깐이나마 이건 불공평하다고 생각했음을 인정한다. 메도는 모든 것을 다 가진 애였다. 하지만 나는 그때 마음을 바꿔 이렇게 생각했다. 쟤는 나랑 친구가 되고 싶어 해. 그렇게 생각하니 매우 기분이 좋았다. 우리는 방바닥에 앉아서 〈토킹 헤즈: 77〉 앨범을 들었다. 나도 갖고 있던 앨범이었다. 다들 갖고 있었다. 그 시절에는 청바지든 음반이든, 학년 전체가 똑같이 행동했다. 약간의 차이만 있을 뿐 아이들이 갖고 있는 음반이 거의 똑같았다. 하지만 메도가 나를 바꿔놓은 지점이 바로 여기였다. 텔레비전을 보는 대신 우리 둘이 영화를 만들자고 제안한 것이다. 그녀는 슈퍼 8밀리 카메라와 진짜 흑백필름을 갖고 있었는데 이건 드문 일이었다. 그녀는 집 뒤의 협곡에서 우리가 서로를 찍어주길 원했다. 그래서 그렇게 했다. 먼저 메도가 관목과 바위 사이를 걷고 있는 나에게 지시했다.

"넌 뭔가를 잃어버린 거야." 그녀가 말했다. "뭔가 중요한 걸."

나는 앞을 쳐다보면서 걸었다. 내가 협곡에서 길을 잃었고 출구를 찾고 있다고 상상했다.

"왼쪽으로 가. 그쪽에 빛이 내리쬐고 있으니까." 왼쪽으로 갔다. "아름다워! 우아." 그녀가 말했다. "그냥 천천히 걸으면서 최대한 슬픈 생각을 해." 나는 작년에 죽은 우리 개 실베스터를 생각했다. 실베스터 생각을 하면 몇 초 만에 눈물을 흘릴 수 있었다. "좋아." 메도가 속삭이자 나

268

는 그것을 느꼈다. 분위기가 고조되면 늘 그 일이 일어났다. 진짜 눈물이 흘러넘치는 것이 느껴지자 나는 거대한 젖은 국수가 되어 앞으로 철퍼덕 엎어졌다가 몸을 뒤집은 다음에 엉덩이 무게를 이용해서 다시 몸을 일으키고는 메도의 웃음소리가 들릴 때까지 동작을 더욱더 과장했다. 웃음소리가 들리자 나는 넘어짐을 계속 반복했고 만화 같은 효과음을 내면서 온몸이 아플 정도로 바위 위를 굴러다녔다. 나는 사람들을 웃기기 위해서라면 무슨 짓이든 하곤 했다. 그리고 다리 걸리기와 넘어지기는 거의 백발백중 실패하는 법이 없었다.

그러고 나서 내 차례가 되자 나는 약간 어쩔 줄을 몰랐다. 그래서 내가 뭘 보고 싶은지를 생각했다. 나는 메도에게 무심하게 풀장 끝까지 걸어가서 완전히 무표정한 얼굴을 하고 옷을 다 입은 채로 물에 빠지라고 말했다.

"진짜로?" 그녀가 말했다.

"내가 원하는 건 그거야." 내가 말했다. "빠지는 거. 예상치 못하게. 그게 다야." 메도는 처음엔 웃었지만 곧 아주 심각한 표정으로 풀장 끝까지 아주 천천히 걸어갔다. 내가 그녀를 찍는 동안 그녀는 하얀 옷을 입은 채로 풀장 가장자리에 발을 모으고 서 있었다. 꼼짝도 않고 무표정하게. 그러더니 몸을 흔들기 시작했다. 처음에는 약하게 나중에는 크게, 하지만 여전히 무표정한 채로, 그러다가 베인 나무가 물 위로 넘어지듯 쓰러졌다. 나는 아마 그 순간부터 메도를 사랑하기 시작했을 것이다.

두어 시간 동안 촬영하고 나서 메도는 다음 주에 편집할 수 있게 필름을 현상해놓겠다고 약속했다. "난 편집할 줄 몰라." 내가 말했다.

"내가 가르쳐줄게." 그녀가 말했다. "너도 네가 아는 걸 나한테 가르쳐줘." 나는 그때껏 남과 함께 작업해본 적이 없었다. 그래서 나의 이상한 세계관을 다른 사람들과 나눌 수 있다는 건 내게 새로운 발견이었다.

"내가 만든 비디오가 몇 개 있어." 내가 그녀에게 말했다.

"그래?" 그녀가 말하면서 속을 채운 올리브*를 입안에 집어넣었다. 우리는 방금 냉장고에서 고급 애피타이저가 들어 있는 플라스틱 통을 잔뜩 꺼낸 참이었다.

"아빠가 작년 크리스마스에 비디오카메라를 사주셨거든." 내가 말했다. "그래서 바보 같은 시리즈를 만들었지."

"예를 들면?" 메도가 정말 흥미가 동한 표정으로 말했다.

나는 쿡쿡 웃기 시작했다.

"뭔데?"

"진짜 실없는 거야. 우리 고양이 덴턴이 덴턴스러운 짓을 하는 걸 찍어. 실뭉치를 쫓거나 창밖을 내다보거나 걸어 다니거나 하는…… 그리고 내가 덴턴의 속생각을 내레이션으로 집어넣는 거지." 그것이 텔레비전 보기 외에 내가 외로운 주말을 보내는 방법이었다. 이런 실없는 비디오를 찍고 그걸 틀어보는 것.

"진짜?" 그녀가 물었다.

"처음엔 그렇게 시작했어. 그러다가 점점 더 정교해졌지. 카메라를 삼각대 위에 설치하고 덴턴을 향하게 놓은 다음에 덴턴이 의미심장하게 창밖을 내다보는 동안 사르트르나 카뮈를 소리 내어 읽는 거야." 메도가 "아아" 소리를 내면서 고개를 한쪽으로 기울였다. "프랑스어로 읽어주면

---

* 씨를 뺀 자리에 고추, 양파, 케이퍼, 아몬드, 마늘, 오렌지 및 레몬 껍질, 앤초비 등을 넣어 만든 올리브 피클.

더 효과가 좋아. 덴턴의 프랑스어는 완벽하거든."

"물론 그렇겠지."

"또 어떨 때는 덴턴을 찍는 동안 음반을 틀어놔. 주로 뮤지컬이나 오페라. 덴턴이 나방한테 살금살금 다가가거나 아무것도 안 하고 있을 때 우리는 〈카르멘〉의 한 소절을 듣는 거지. 덴턴은 〈남태평양〉의 노래도 좋아해." 나는 태브 콜라를 한 모금 꿀꺽 삼켰다. "난 그걸 '덴턴의 일기'라고 불러."

"너 정말 웃긴 애구나." 메도가 웃긴다는 게 마치 무슨 진단명인 것처럼 말했다. "그런 일기가 몇 개나 있어?"

"스무 개쯤? 나 혼자 틀어보고 마는 거니까."

"편집도 안 하고 단일 숏이라고?"

나는 어깨를 으쓱했다. "그냥 찍다가 앵글을 바꿔야 되면 꺼. 장난으로 만드는 거니까."

"편집을 하지 않으면 정말로 영화를 만드는 게 아니야. 그냥 촌극을 찍는 거지."

"네가 그렇게 말하니까 재밌네. 예전엔 가짜 광고도 만들었거든."

"비디오카메라로?"

"응. 많이 만들었어. 감독, 주연 다 내가 해서. 덴턴이 가끔 찬조 출연했지. 처음에는 말장난이나 〈크랙트〉 잡지*에 나왔던 걸 흉내 내려고 했어. 그런데 그냥 내가 찾은 소품이랑 애완동물들하고 광고를 똑같이 재연하는 게 더 재밌다는 걸 깨달은 거야. 연기나 대사를 더 정확하게 따

* 1958~2007년에 발행되었던 미국의 유머 잡지. 〈매드〉를 모방한 잡지들 중 가장 오래 살아남았다.

라 할수록 비디오가 더 웃기게 나오더라고."

"재밌네. 왜 그런지 생각해봐야겠어. 웃긴 포인트가 어딘지 모르겠다는 거지?"

"응, 정말 그래."

"그러니까 넌 뭔가를 만드는 걸 좋아하는구나." 그녀가 말했다.

"내가 언젠가 너한테 보여줬으면 좋겠어?" 내가 빨간 파프리카로 돌돌 만, 완벽한 구형의 모차렐라 치즈를 세 개째 삼키며 말했다.

"볼 필요도 없어. 훌륭하리란 걸 아니까." 그녀가 그렇게 말하더니 큰 소리로 웃음을 터뜨렸다.

우리는 계속 부엌에 앉아 우리끼리 음식을 먹었다. 메도의 부모님은 아무 데서도 보이지 않았다. 저녁 식사를 하러 외출한 게 분명했다. 우리 둘은 많이 다르기도 했지만 고독이 친숙하다는, 현실 세계 안에 자기만의 세계를 만드는 데 익숙하다는 공통점을 갖고 있었던 것 같다. 내가 아는 건 그날 메도네 집에서 메도와 함께 있는 게 정말 편했다는 것뿐이다. 잠시 후에 어머니가 나를 데리러 왔고 집에 가는 동안 나는 쉬지 않고 메도에 대해 떠들어댔다.

일주일 후 현상소에서 필름이 나오자 우리는 메도의 영사기로 '편집 전' 영상을 보았다. 나의 멍청이 재주넘기가 먼저, 그다음이 메도의 통나무 쓰러지기였다.

"네가 하니까 더 웃긴다." 내가 말했다.

"왜 그렇게 생각해?" 그녀가 어리둥절한 얼굴로 물었다.

"왜냐하면 매력적인 마른 여자가 바보 같은 짓을 할 거라고 예상하는 사람은 아무도 없거든. 하지만 뚱뚱한 여자는 웃긴 짓을 해야만 하지. 내 말은, 안 그러면 뭐 하러 그 여자를 보고 있냐 이거야, 안 그래? 뭘 할지가 예상되면 그렇게 웃기지 않아."

"난 네 말이 맞는지 모르겠어. 누군가에게 이건 코미디라고 말해주면 그 사람은 웃어도 된다는 걸 알아. 그리고 웃긴 게 나올 거라고 기대하는데 실제로 웃기지." 그녀가 말했다. 나는 곰곰 생각했다. 그리고 고개를 끄덕였다.

"하지만 그래도 네 게 더 재밌어." 내가 말했다.

"네 거겠지. 나는 배우였을 뿐이야. 네 영화라고." 그녀의 말이 옳았다. 그것은 내 영화였다. 그때까지는 그런 생각, 그런 문장이 머릿속에 떠올랐던 적이 한 번도 없었다. 그녀는 내 영화를 어떻게 편집해야 할지를 내게 가르쳐줬다.

우리가 함께하는 삶이 이미 시작된 것이었다.

우리는 거의 매일 방과 후에 함께 어울렸는데 장소는 거의 매번 메도네 집이었다. 가끔 영화를 만들기도 했지만 영화를 볼 때가 훨씬 많았다. 메도는 이때부터 이미 영화광이었다. 우리는 예술영화 재개봉 극장인 누아트에 가서 그때 상영 중인 영화를 무조건 봤다. 매주 토요일에는 웨스트우드빌리지에 가서 하루 종일 영화를 보면서 보냈다. 이 극장에서 저 극장으로 옮아 다니며 상영 중인 모든 영화, 즉 스펙터클영화, 청춘 영화, 전쟁 영화, 희극 영화를 다 봤다. 그리고 호즈니 선생님의 수업이 위대한 옛날 영화의 세계로 가는 문을 열어주었기에 우리도 메도네 집에서 더욱 알려지지 않은 영화들을 비디오로 보기 시작했다. 외국 영화, 미국 흑백영화, 무성영화, 다큐멘터리 가리지 않고 다 봤다. 그리고 마음에 드는 영화는 보고 또 봤다. 그 결과, 좋은 작품은 보면 볼수록 더욱더 훌륭해진다는 사실을 발견했다. 관련 영화를 다 봤는지도 중요했다. 메도가 제임스 캐그니한테 빠졌을 때는 〈포효하는 20년대〉, 〈공공의 적〉, 〈더럽혀진 얼굴의 천사〉, 〈화이트 히트〉*를 봤다. 대사를 외우고 장면을 기억했다. 우리 스스로가 우리만의 참조와 반복으로 이뤄진 배타적 세계가 되었다. 그 영화들을 모르는 사람은 우리를 안다고 할 수 없었다.

우리는 그 나이대의 어떤 여자애들이 단짝과 하는 행동을 했다. 학교에서는 서로에게 쪽지를 보냈고 각자 집으로 돌아간 후에는 전화를 걸어 통화하면서 숙제를 같이 했다. 때로는 메도의 슈퍼 8밀리 카메라와 16밀리 카메라 그리고 나의 비디오카메라로 영화도 만들었다. 서사시, 단편영화, 패러디를 만들었다. 그리고 마침내 메도의 열여섯 번째 생일이 되었을 때 그녀의 부모님이 차를 사주었다. 우리는 이제 무엇이든 마음대로 할 수 있었다. 차를 몰고 해변에 가거나 영화관에 가거나 그냥 드라이브를 갈 수도 있었다.

하지만 그 시절에도 우리는 서로 많이 달랐다. 메도는 자기가 보고 싶은 것에 있어서 굉장히 진지했고 늘 나보다 강박적이었다. 고등학교 2학년 때의 어느 토요일이 생각난다. 나는 〈리치몬드 연애 소동〉을 한 번 더 보고 싶었다. (그 전 주말에 둘이서 이미 본 터였다.) 메도는 누아트에서 하는 영화를 보고 싶어 했다. 장 외스타슈의 〈나의 작은 연인들〉이었다.

"하룻밤밖에 안 한단 말이야." 그녀가 말했다. 그 시절에는 그런 게 중요했다. 어떤 영화를 볼 기회가 딱 한 번밖에 없을 때가 가끔 있었다. 아직 비디오로 출시되지 않은 영화들이 많았기 때문이다. 전날 밤에 그녀

---

* 전부 제임스 캐그니 주연작.

는 나를 끌고 같은 감독의 다른 영화인 〈엄마와 창녀〉를 보러 갔었다. 프랑스 영화라 자막을 봐야 했다. 쉴 새 없는 대사와 길고 정적인 숏, 어두운 흑백 화면 때문에 다큐멘터리처럼, 시네마베리테 영화처럼 보였다. 세 시간 반 동안 조울증 걸린 장피에르 레오가 줄담배를 피우는 영화. 아직 성 경험이 전혀 없었던 나로서는 성적 좌절에 대한 프랑스 영화를 보는 것이 굉장히 멋있게 느껴졌다. 결과적으론 그 영화를 보길 잘했다고 생각했지만 그런 영화를 또 보고 싶진 않았다.

하지만 메도는 단호했다. 오늘 밤은 외스타슈의 유일한 다른 영화를 '큰 극장 화면에서' 볼 수 있는 기회라는 말은 최종 평결처럼 들렸다.

"오, 맙소사, 오늘은 토요일이잖아." 내가 말했다. 그녀가 어깨를 으쓱했다. "오늘은 좀 바보가 되면 안 돼? 장 외스타슈가 천재이긴 하지만 늘 천재들의 영화만 볼 필요는 없잖아?"

"늘은 아니야." 그녀가 말했다. "오늘 밤만이야."

"나는 그냥 한 대 피우고 몽롱한 상태에서 영화를 보고 싶어." 내가 말했다. "웃기는 영화로."

우리는 결국 〈나의 작은 연인들〉을 보러 갔다. 알고 보니 그 영화는 걸작이었다. 게다가 컬러였고 저번 영화보다 짧기까지 했다. 그러고 나서 우리는 메도의 방에서 창밖으로 연기를 내뿜으며 마리화나를 피운 다음 〈몬티 파이튼〉을 봤다. 그것이 우리의 타협안이었다. 대개 내가 메도가 원하는 것을 했다. 내가 그걸 더 잘했기 때문이라고 생각한다. 그녀는 영화란 무엇인가 혹은 무엇이 될 수 있는가라는 생각 자체에 도전하고 싶어 했다. 메도는 늘 모든 것에 의문을 품었다. 그리고 자기 자신과 관객에게 도전하고 싶어 했다. 하지만 나는 달랐다. 아마 게을렀던 것 같다. 모든 면에서 무기력했다. 내가 영화로부터 원한 것은 메도와는 반대로 아주 천천히 나타났다. 나는 모든 걸 바꾸고 싶지도 않았고, 극적이고 딱딱한 방식으로 도전하고 싶지도 않았다. 그저 형편없는 시트콤을 보면 이렇게 생각했다. 어떻게 하면 더 나아질까? 어떻게 하면 정말 재미있어질까? 혹은 마음에 드는 코미디를 보면 내가 연출했다면 어떻게 만들었을까를 상상했다. 예를 들면 주요 등장인물이 남자가 아니라 여자인, 바보 같은 청춘 코미디. 여자의 관점에서 찍되 남자들이 나오는 영화만큼 야하고 웃기게 만들기. 나에겐 그런 게 급진적으로 보였다. 그런 걸 만들고 싶었다. 나는 도전이 아니라 유혹을 원했다. 혹은 형식 전체를 뒤집어엎는 대신, 도전을 조금씩 몰래 들여오고 싶었는지도 모른다. 메도와 나는 서로 많이 달랐지만 내가 영화를 만들 수 있음—만들어야 함—을 깨닫게 해준 사람이 바로 메도였다. 그녀가 했기 때문에 나도 했다. 서로 의견도 달랐고 만들 가치가 있는 영화란 무엇인가에 대한 생각도 달랐지만 그런 토론을 통해 우리 둘 다 더 나은 사람이 되었다. 내 생각에 호즈니 선생님의 수업과 메도의 우정이 아니었다면 나는 영화감독이 되지 않았을 것이다. 그들이 아니었다면 나는 타재나에 사는 가정주부가 돼서 여자 친구들 모임에서 백포도주 몇 잔 마시고 실없는 농담이나 하는 사람이 됐을 것이다. 그게 뭐 나쁘다는 건 아니다. 그들이야말로 나의 관객이자 나와 동류니까. 하지만 지금은 그들을 위한 영화가 영화관에 있다. 메도가 나를 그런 방향으로 이끌었기 때문에—거기엔 의심의 여지가 없다—티시 학교와 그에 뒤이은 모든 일을 겪게 됐다. 나는 지금도 영화 한 편을 만들 때마다 메도가 어떻게 생각할까를 생각한다. 그리고 그 결과 더 위험한 도전을 하고, 더 신랄한 농담을 하게 된다. 어쨌든 간에 그것은 내가 세상을 보는 방식의 일부인 것이다.

이제 메도 모리에 관한 몇 가지 사실을 밝혀야 할 때가 된 것 같다. 아마 다들 이미 알고 있어서 새로운 사실이라 할 만한 게 전혀 없긴 하지만. 바로 메도와 오슨 웰스의 '연애'에 관한 이야기다. 그녀는 그의 영화를 사랑하고 그를 사랑한다. 하지만 그녀가 1년 동안 그와 같이 살았거나 혹은 만난 적이라도 있냐고? 아니, 그런 적은 없다. 그녀의 글을 주의 깊게 읽어보면 단서는 거기에 다 들어 있다. 적어도 웰스의 팬들에게는 그러하다. (주소도 틀리고, 사망일도 틀리고, 〈시티 라이트〉가 아니라 〈역마차〉니까 등등.) 메도는 자기가 우화적 소설이라 부르는 것, (반은 꿈이고 반은 사실인) 자신에 관한 소망이 담긴 이야기를 창조했던 것이다. 나는 메도를 알기에 오직 나만이 그녀를 완벽하게 이해할 수 있는 것 같다. 메도는 장난기가 많고 자신의 진실을 자기만의 방식으로 이야기한다. 그것이 어떻게 들어맞는지 알기 위해서는 그녀의 눈으로 바라본 세계, 그녀의 상상력에 굴복해야 한다. 어떤 의미에서는 그녀야말로 웰스의 진정한 연인이다. 웰스, 위대한 사기꾼, 얼버무리는 사람, 내가 지금부터 너를 조종할 거라고 말함으로써 마술을 더욱더 마술답게 만드는 굉장한 거짓말쟁이. 교묘한 속임수, 전부 그녀의 특징이다. 그녀는 영화란 착각 위에 세워진 예술형식이라고 말하곤 했다. 정적인 영상을 빠르게 보여줌으로써 움직인다는 착각을 불러일으키기 때문이다. 그 모든 것이 메도에게는 마술 기법이고 영화를 그토록 놀랍고도 아름답게 만드는 이유 중 하나다. 즉, 영화는 실제가 아니라는 점이다. 그녀는 한 번도 웰스를 만난 적은 없었지만 그를, 그라는 추상적 개념을 전적으로 사랑했다. 고등학교를 졸업했을 때 그녀는 내가 그랬듯이 대학교에 진학하기 위해 뉴욕에 갔다. 그러나 입학을 1년 미루고 글러버스빌의 아무도 사용하지 않는 폐공장에 있는 넓은 스튜디오를 빌려서 혼자 영화를 만들었다. 다음 해 가을에 마침내 학교를 다니려고 했을 때는 오래 버티지를 못했다. 자기만의 방식으로 영화를 만들고 싶어 했기 때문이다. 내가 대학교 1학년 때 여름에 그녀는—우리는—일종의 영화 캠프를 만들었다. 니컬러스 레이가 뉴욕주 빙엄턴에 만들었던 영화 창작 집단에서 얻은 아이디어였다. [편집자 주: 니컬러스 레이는 제자들과 함께 〈우린 다시는 집에 돌아갈 수 없어〉라는 다큐멘터리를 만들었다. 그 영화는 **여기**와 넷플릭스에서 볼 수 있다.] 그것은 고등학교 졸업 이후 우리의 유일한 공동 작업이었다.

메도와 내가 절교했다는 소문에 대해 말하면, 그런 적은 없다. 진실은 그렇게 극적이지 않다. 그냥 세월이 흐르면서 서서히 멀어졌을 뿐이고 그녀는 지금도 나의 가장 오랜 친구다.

마지막으로, 그녀는 왜 영화제작을 그만두었는가? 나도 잘 모른다. 메도는 개인적인 이유로 더 이상 영화를 만들지 않게 되었다. 2001년에 있었던 사고와 관련이 있을 거라 짐작할 뿐이다. 그녀는 일선에서 물러났고 지금은 올버니의 대학교에서 영화를 가르치며 아주 소박한 삶을 살고 있다. 나는 그녀의 선택을 존중한다. 하지만 그녀의 작품이 그립고 그녀도 그립다.

예전에 메도가 예술가가 된다는 것에 대해 했던 말로 이 에세이를 끝맺겠다. 예술가가 된다는 건 어떤 면에서는 사기야. 또 어떤 면에서는 마술이지. 하지만 뭔가를 만들려면 수집가도 되어야 해. 수집가가 뭐냐고? 음, 도둑을 좋게 표현한 거지. 아무도 원치 않는 것을 가져간다는 점만 제외하면. 특이한 생각이나 물건만 가져가는 게 아니야. 익숙한 것을 유심히 관찰해서 남들이 간과하거나 무시하거나 버리는 것을 찾아내야 해.

—2015년 1월 15일, 캐리 웩슬러

캐리 웩슬러는 1966년에 로스앤젤레스에서 태어났다. 그녀가 연출한 장편영화는 총 여섯 편으로 〈여자 학교〉(1997), 〈여군들〉(2001), 〈린디의 마지막 기회〉(2003), 〈성공하기〉(2008), 〈우리가 바로 부모님이 멀리하라 경고했던 자들이다〉(2011), 〈아기!〉(2014)이다. 그녀의 작품들은 전미작가조합 각본상을 수상하고 골든글로브상 뮤지컬·코미디 부문 작품상 후보에 두 번이나 오르는 등 평단의 극찬을 받았다.

관련 링크
캐리 웩슬러, **미라 셜리핸과의 대담: 8회**
메도 모리, 연재 「나의 시작은」 32회, 2014년
메도 모리 인터뷰, 〈사운드 온 사운드〉, 1999년 6월 호

댓글을 허용하지 않습니다

캐리가 진실을 말하다

캐리가 에세이를 통해 메도에 대해서 공개적으로 이야기한 것은 모두 사실이었지만 그녀는 자기가 말한 것보다 메도의 신경쇠약에 대해 훨씬 더 많이 알고 있었다. 그런데 이것이 올바른 표현인가? 남한테는 절대 그렇게 말하지 않겠지만 그것은 사실 신경쇠약이었다. 그리고 사고가 났을 때 시작된 게 아니라 세라 밀스와 문제의 영화—2001년에 세라에 관해 만들려 했던—와 함께 시작되었다. 메도는 그녀의 결백을 밝히기 위한 수단으로 영화를 만들 생각을 했다(세라의 결백을 밝히면서 이상한 방식으로 메도의 결백도 밝히는). 하지만 결과는 뜻대로 되지 않았다. 캐리는 〈뉴욕〉 잡지에 혹독한 기사가 실렸을 때 메도에게 전화를 했었다. 기사의 제목은 「괴물들의 시녀」로, 〈사라진 자들의 아이들〉에 관한 기사였다. 메도의 인터뷰도 있었지만 그녀가 자기 영화에 대해 한 이야기는 아르헨티나인 생존자들의 발언에 의해 효력을 잃었다. 생존자들 대부분은 영화를 직접 보지는 않고 이야기만 전해 들은 사람들이었다. 메도의 미묘하고 불편한 작품은 '학살 옹호 영화'로 명명되었다. 그녀는 왜 학살에서 가까스로 살아남은, 몇 안 되는 생존자들의 영상은 포함하지 않았는가? 그리고 사라진 자들의 사진을 들고 있는 가족들의 영상은? 그들의 고통은 이 '이상한' 영화에서 배제되었다. "저는 피해자들이 아니라 가해자들에게 관심이 있습니다. 저는 관객들이 가해자를 복잡한 인간으로 보길 원했어요. 우리가 가해자들과 별반 다르지 않다는 사실을 깨닫길 바랐죠. 그들에게 면죄부를 주기 위해서가 아니라 우리 모두가 공범이라는 사실을 말하기 위해서요." 하지만 그녀의 사진—뉴욕주 북부에 있는 그녀의 '영화 공장'에서 촬영한 이 흑백사진에서 그녀는 청바지를 입고 모터사이클 부츠를 신은 채 전경에 놓인 탁자 위에 긴 다리를 올리고 있어 건방진 데다 심드렁해 보이기까지 했다—밑에 붙은 캡션은 '저는 피해자들이 아니라 가해자들에게 관심이 있습니다'였다. 그것은 지극히 잘못된 이유로 메도를 예찬하는 동시에 매도하는 듯한 기분 나쁜 기사였다. 여기에 섹시하고 똑똑한 상류층 여자가 있다. 우리는 이 여자를 싫어하고 그녀에 대한 욕을 듣는 것을 좋아하지 않나? 결국 이 기사가 하고 싶은 얘기는 이거였다. 이 여자는 대체 자기가 뭐라고 생각하는 건가? 캐리는 그것을 읽은 후에 워싱턴하이츠의 아파트와 글러버스빌에 모두 전화를 걸어서 메시지를 남겼다. "메도, 하루빨리 널 만나야겠어. 내가 임신했다는 얘기 했나? 전화 줘." 한참 후에 마침내 메도가 전화를 했고 그들은 캐리네 집에서 가까운, 브루클린의 어느 식당에서 만나기로 했다.

캐리는 문을 쳐다보면서 메도를 기다리고 있었다. 주차를 못 하고 있나, 아니면 기차 타고 온댔나? 캐리는 고개를 흔들었다. 그녀는 어쩌면 임신 기간 내내 호르몬으로 인한 치매를 겪게 되어 있는지도 몰랐다. 그 주제에 관한 책을 깜짝 놀랄 만큼 많이 읽었다. 자기가 그런 데에 영향 받기 쉬운 성격임을 알면서도 참을 수가 없었다. 그러다가 IQ를 10이나 떨어뜨리는 '젖뇌'에 관해 읽었을 때는 베일이 천천히 내려오듯 머리가 멍해지는 것을 느꼈다. 젖뇌는 수유('젖')의 산물이지 임신 중에 일어나는 현상이 아님에도 그랬다. 이유가 무엇이든, 상상에 의한 것이든 생물학적인 것이든 간에, 머리가 잘 안 돌아가고 깜빡깜빡할 때가 잦았지만 그 영향은 미미했다. 그녀가 별로 개의치 않았기 때문이다. 캐리는 빈 의자를 향해 웃으면서 자신의 부푼 배를 쓰다듬었다. 자신의 몸속에 뭔가가 들어 있는, 느릿하고 묵직한 느낌이 좋았다. 하나의 세계가 그녀에게 왔기에 다른 것은 하나도 중요치 않았다.

캐리가 펄쩍 뛰었다. 메도가 허리를 굽혀서 그녀의 볼에 입 맞췄기 때문이었다.

"메도!" 캐리가 말했다. 메도에게선 구강 청결제와 담배 냄새가 났다. 캐리는 메도가 두껍게 자른 원목을 여러 개 붙여서 만든 탁자 건너편의 긴 의자에 앉아서 모자와 선글라스를 벗는 모습을 바라보았다.

메도의 검은 머리는 길고 반질반질하게 펴져 있었다. 나이 서른다섯에 벌써 얼굴 주위로 새치 몇 가닥이 보였지만 캐리는 그것이 꽤나 멋있어 보인다고 생각하며 뿌듯해했다. 캐리는 정말로 매력적인 여자에게서 나이의 흔적을 발견할 때마다 스스로 대견해하며 생각했다. 저 여자는 웃을 때 눈가에 주름이 지지만 멋있어 보여. 진짜 정말로 그래. 적어도 저 여자의 경우에는. 하지만 그다음에는 대개 화살을 안으로, 자신에게 돌렸다. 하지만 나는 턱선의 탄력이 사라져가는 기미가 보이기 시작하는 게 너무 싫어. 그게 멋있어 보이는 사람은 아무도 없어. 지금도 사진을 찍으면 엄마처럼 내 왼쪽 턱이 특히 울퉁불퉁한 게 보여. 그런데 어쩔 도리가 없어, 정말로.

"좋아 보인다." 메도가 엷은 미소를 띠며 말했다.

"쳐다보지도 않고 말은 잘하네, 이 망할 거짓말쟁이야." 캐리가 말하며 고개를 내저었다. 그러자 메도가 아까보다 활짝 웃었다. 캐리가 자리에서 일어나 옆으로 돌아섰다. 메도가 그녀를 위아래로 훑어봤다.

"아주 건강해 보이고 얼굴에서 빛이 나고 그러네." 메도가 말했다. 캐리가 고개를 끄덕였다. "그리고 좀 조용해졌나? 편안해지고, 만족스러워 보이고?"

캐리가 코웃음을 쳤다. "그래, 게다가 우쭐대기까지 한다니까. 문 열어주세요, 길을 비키세요. 내 몸이 바로 그 이유예요, 여러분. 이 몸 안에서 사람을 만드는 중이거든요. 당신은 하는 일이 뭐예요?" 캐리가 말했다.

"진짜, 엄마가 된다는 게 이렇게 상상 이상의 기분일 줄 몰랐어."

웨이트리스가 왔다. 메도는 포도주 한 잔을 주문했고 캐리는 크랜베리 주스와 탄산수를 주문했다. 웨이트리스가 주문한 음료와 빵 바구니를 가져왔다. 캐리가 빵 하나를 집어서 버터를 발랐다. 포도주가 약간 그립긴 했지만 먹을 때 거의 죄책감을 느낄 필요가 없다는 사실은 좋았다. 아마 여섯 살 이후로 한 번도 해본 적 없는 일이었다.

"윌은 어떻게 지내?" 메도가 물었다.

"잘 있어." 캐리가 말했다. "윌이 문예창작과 대학원 여기저기에 원서 냈다고 내가 얘기했나?"

"들은 것 같아. 윌이 소설을 쓰고 싶어 하는 줄은 몰랐는데. 아니면 시를 쓰려는 거야?"

윌은 최근 힘든 시기를 보내고 있었다. 마흔 살이 되었을 때 그는 변화가 필요하다고 결정지었다. 밴드 멤버들을 불러 모으는 것도 지겨웠고 동네 식당에서 웨이터로 일하는 것도 지긋지긋했기 때문이다. 원래 훌륭한 작사가였던 그는 그때부터 단편소설을 쓰기 시작했다. 그러던 어느 날 그가 굉장한 흥분 상태로 집에 와서는 캐리에게, 자기 자신에 대해 마침내 깨달은 사실이 있다고 말했다. 그는 자기가 문예창작과에 진학하는 게 대단히 좋은 생각이라고 믿었다. 몇 년 동안 집필에만 전념할 수 있도록 지원금을 주는 곳으로 가겠다는 것이었다. 캐리는 솔직히 월의 단편들이 기발하고 꽤 웃기다고 생각했으므로 그 계획에 찬성했다. 하지만 속으로는 그가 합격하지 않길 바랐다. 아이오와시티나 샬러츠빌이나 시러큐스로 이사 가긴 싫었기 때문이다. 오, 절대 싫었다. 그리고 사실 가려도 갈 수도 없었다. 그렇게 되면 그들은 3년 동안 떨어져 살아야 할 터였다. 그래서 마음속 깊은 곳에서는, 이기적이고 너무하지만, 합격하지 말라고 빌었다. 그는 문창과가 유명한 학교들에 전부 원서를 넣었고 미시간 대학교와 버지니아 대학교에서는 대기자 명단에 올랐지만 결국 모든 곳에서 떨어졌다. 얼마 전까지만 해도 캐리가 기꺼이 이 모든 것을 메도에게 털어놓던 시절이 있었다. 하지만 지금은 상황이 달라졌다. 그녀는 월과의 삶을 보호해야겠다고 느꼈고 아마도 자신이 그렇게 느낀다는 사실을 메도가 알길 원치 않았다.

"소설. 월의 단편들은 아주 훌륭하거든." 캐리가 말했다. "어둡지만 코믹하고 언어유희가 많이 나와."

"말장난 말이야?" 메도가 미심쩍은 듯 한쪽 눈썹을 치켜세우며 물었다.

"아니, 빌어먹을 말장난 말고!"

메도가 미소 지었다.

"매드 리브스* 같은 거 말이야." 캐리가 말했다. 메도는 포도주를 마시다가 이 말을 듣고 너무 웃겨서 사레들릴 뻔했다. "아니, 그러니까, 전문

용어를 가지고 농담을 하거나 여러 가지 언어 체계를 파괴해서 말이 안되게 만들거나 과장하는 거지. 뉴에이지 동기부여 강사나 회사 중역들이 하는 것처럼. 그런 거야."

메도는 고개를 끄덕이고 자기가 시킨 음식을 쳐다봤다. 그녀는 깨작대면서 음식을 먹는다기보다는 뒤적거리기만 하고 있었다. 그러다가 웨이터를 부르더니 포도주를 한 잔 더 주문했다.

"어쨌든 아무 데도 못 붙었어. 얼간이들 같으니. 그래서 당분간 윌은 집에서 엄마 노릇을 할 예정이야."

"윌은 좋겠네."

"그러게."

메도는 포도주를 마시고 식당 안을 둘러봤다.

"너희 부모님은 어떻게 지내셔?" 캐리가 물었다.

"잘 지내셔. LA에서 〈여군들〉 시사회 했을 때 널 보셨다더라. 좋아하셨어. 굉장히 영리하고 재미있는 영화였대."

"그래? 보러 와주시고 감사하네." 캐리는 메도가 더 말하길, 자기도 영화를 봤다는 얘길 하길 기다렸지만 그녀는 캐리 뒤의 공간에서 뭔가 쳐다볼 만한 것을 찾아냈다. 확실히 마음이 딴 데 가 있었다. "넌 어때, 메도? 어떻게 지내?"

메도가 그녀를 쳐다보더니 또다시 엷은 미소를 지었다. "잘 못 지내, 캐리."

"그 바보 같은 기사 때문이야?"

---

* 미국의 게임책. '애드리브'를 살짝 변형한 제목이다. 먼저 주제어를 보고 주어진 조건(인물, 장소, 색깔 등)에 맞는 여러 개의 단어를 적는다. 그리고 뒤이어 나오는 이야기의 빈칸에 방금 적은 단어들을 순서대로 집어넣으면 말이 안 돼서 웃긴 이야기가 완성된다.

메도는 '다 잊었다'고 말하듯 손을 내저었다. 하지만 그렇지 않은 게 분명했다. 그녀가 또다시 캐리 어깨 너머의 공간을 쳐다봤다.

"놈들이 너에 대해서 한 얘기는 멍청하고 말도 안 되는 소리였어. 네가 에롤 모리스*였다면 절대 빌어먹을 시녀라고 부르지 않았을 거야."

"그 얘긴 하고 싶지 않아."

"넌 왜 나한테 전화 안 해?" 캐리는 자신의 목소리에서 꾸짖는 기색을 느낄 수 있었다.

"너무 바빴어, 정신없이. 세라 밀스에 관한 영화를 만들고 싶거든. 방화죄로 종신형을 살고 있는 여자인데 나는 무죄라고 생각해. 하지만 먼저 준비를 해야 돼. 어떤 방식으로 접근할지 정해야 하니까. 이제는 다들 내 영화를 싫어하는 것 같거든."

"그렇지 않아. 너는 존경받고 있어."

메도가 고개를 저었다. 그러곤 한숨을 내쉬었다. "너한테는 모든 게 쉽지. 한 번도 실패한 적이 없으니까." 메도가 말했다.

"그래? 그렇게 보일 수도 있겠다." 캐리가 말했다. 지금껏 자신이 운이 나빴다고 진심으로 반박할 순 없었다. 열심히 일하긴 했지만 우연히 일이 잘 풀렸을 때도 많았다. 그녀는 그걸 알고 있었다.

"그리고 네가 원했던 걸 다 가졌잖아." 메도가 턱짓으로 캐리의 배를 가리키며 말했다. "영화. 가족. 전부 다."

"좋아, 내 말 잘 들어. 세상에 겉보기만큼 실제로도 단순한 건 없어. 내가 내 인생에 대해 너한테 말해줘야겠니?"

---

* 미국의 다큐멘터리영화 감독(1948~). 대표작으로 경찰 살해범이라는 누명을 쓴 사람에 관한 이야기 〈가늘고 푸른 선〉(1988), 아카데미상 수상작인 〈전쟁의 안개〉(2003)가 있다.

메도가 고개를 저었다.

"예를 들면 나는 곧 아기를 낳을 예정인데 내 남편은 더 이상 나랑 자고 싶어 하지 않는 것 같아. 바람을 피우고 있다고 난 확신해." 캐리는 그때까지 이 말을 머릿속으로 생각해본 적도 없었고 하물며 입 밖에 내어본 적은 당연히 없었다. 그녀는 울기 시작했다. 메도가 다른 곳으로 시선을 돌렸다. "난 지금 영화도 마무리해야 되는데 아이도 낳아야 돼. 힘들어 죽겠다고."

"월이 개자식인 건 유감이다만 놀랍진 않다. 결혼이란 게 다 그렇지 않아? 어느 시점에는?"

"맙소사! 넌 어쩜 그렇게 나한테 매정하니?" 메도는 캐리의 말이 농담인 양 미소 지었다. 캐리는 메도에게 정말로 화가 나기 시작하는 것을 느꼈다. "너 그 기자한테 내 영화 안 봤다고 했지. 설사 그게 사실이더라도 내가 그걸 읽으면 상처받을 거란 생각 안 했어?" 캐리는 문제의 〈뉴욕〉 기사에서 메도가 이렇게 말한 것을 읽었다.

> "대부분의 영화는 관객에게 아첨할 뿐이에요. 그들이 스스로의 도덕적 잣대에 뿌듯해하게 만들죠. 상황을 단순화해요. 세련된 척하기 위해 겉으로만 복잡해 보이는, 명백한 악당이 나오죠." 그녀의 친구 캐리 웩슬러의 신작인 블랙코미디 〈여군들〉에도 적용되는 얘기냐고 묻자 그녀는 고개를 저었다. "그 영화를 안 봐서 모르겠네요."

캐리는 기자가 메도에게 덫을 놓았음을 알고 있었다. 하지만 그래도 아프긴 마찬가지였다. 메도는 아무 말도 하지 않았다. 그저 자기 손만 쳐다보고 있었다. 캐리의 저번 영화 때 메도는 짧고 애매하게 긍정적인 이메일을 보냈다. 캐리의 영화와 관련해서는 그것이 캐리가 메도에게 기대한 최선이었다. 하지만 이번에는 그것마저도 없었다.

"그리고 내가 메시지 남겨도 전화하는 법이 거의 없지." 캐리가 말했다. "내가 너한테 무슨 잘못이라도 했니? 할 수만 있다면 난 널 돕고 싶어."

고개를 든 메도의 눈이 빨갰다. 그녀는 아무 말도 않은 채 눈물을 닦았다.

캐리는 분노가 사그라들면서 다른 감정으로 바뀌는 것을 느꼈다. 그녀는 메도에게 더 따스한 세상을 만들어주기 위해, 어떻게든 그녀를 기쁘게 하기 위해 자신이 할 수 있는 일이 무엇인지 알아내려고 머리를 빨리 굴렸다.

"세라 밀스에 관한 영화 만드는 걸 내가 도와줄 수 있어. 네 방식대로 네 영화를 만드는 거야. 우리 제작사에서. 내가 도와줄게."

메도가 어깨를 으쓱했다. 포도주를 한 모금 마셨다. "솔직히 네가 가진 건 원치 않아."

"너 언제부터 이렇게 변했니?" 캐리가 말했다.

"몰라." 메도가 고개를 저었다. "나도 모르겠어. 어쩌면 난 좋은 사람이 아닌가 보지." 메도가 얼굴을 일그러뜨리며 한 손으로 입을 가렸다. 캐리는 메도가 우는 모습을 거의 본 적이 없었다.

"나 참. 장난해? 너도 다른 사람들이랑 다르지 않아. 좋은 면도 있고 나쁜 면도 있다고."

"어쩌면 그래서 내가 끔찍한 짓을 저지른 사람들에 관한 영화를 만드는지도 몰라. 도덕적 기형의 옹호자. '괴물들의 시녀.' 내가 나쁜 사람이더라도 별로 상관없어. 단지 그 사실을 모르는 게, 스스로 좋은 사람이라고 생각하는 게 싫을 뿐이야. 그게 중요한 것 같아."

캐리가 메도의 팔에 손을 얹었다. 메도는 여전히 호리호리하고 딱딱했지만 지금 캐리는 다른 종류의 딱딱함을 느꼈다.

"그게 네 작품에 담긴 통찰 중 하나잖아. 세상에 순수한 무엇인 사람은 없다는 거. 나쁜 사람들도 그냥 인간일 뿐이지."

메도가 담배 한 개비를 꺼냈다. 캐리가 그것을 뚫어져라 처다봤다. "불은 당연히 안 붙일 거야." 메도가 씁쓸하게 웃었다. "문제는, 내 얘기가 바로 그거라는 거야. 만약에 모두가 착한 동시에 나쁘고 모든 것이 복잡하다면 아무것도 문제가 되지 않겠지. 하지만 나는 그냥 사람들이 원하는 것을 주고 그들이 이미 아는 얘기를 들려주는 게 정답이라고 생각지 않아. 사람들이 내 영화에 환호한다면 뭐 하러 이 짓을 하냐 이거야."

"말도 안 되는 소리 하지 마. 넌 그냥 나를 밀어내려는 것뿐이야."

"미안해. 너만 그렇다는 게 아니야. 우리가 하는 일에는 역겨운 면이 있어. 너무 많은 에고를 담아놓고 겉으로는 그 이상의 뭔가인 척하지. 단순한 자기선전이 아닌 체하는 엉성한 위장. 하지만 실제로는 나의 지성과 재능을 광고하는 행위일 뿐이야."

캐리는 과거에도 메도가 이와 비슷하게 행동하는 것을 본 적이 있었다. 다방면에서 최상류층에 속한 여자인 메도가 자신의 특권을 거부하는 것. 하지만 이번에는 지금껏 캐리가 봐온 것보다 더 극단적이고 불안해 보였다. 메도는 불 붙이지 않은 담배를 계속 입에 물고 있었다.

"가야겠다. 모든 게 엉망진창이야."

"가지 마." 캐리가 말했다. 하지만 메도는 일어나서 가버렸다.

그날 저녁 메도가 전화해서 미안하다고 말했다. 캐리의 이번 영화를 안 봐서 미안하고, 사실은 스스로한테 화난 거면서 캐리한테 화풀이해서 미안하다고.

"알아." 캐리가 말했다. 그녀는 메도를 사랑했고, 그 사실은 영원히 변하지 않을 터였다. 캐리는 어떡해서든 자신이 가장 편안하게 느끼는 그 감정에 이르는 방법을 찾아낼 것이었다. 불행한 결혼 생활 때문에, 평생 친구마저 자신을 떠나지 않게 만드는 것이 더욱 시급한 과제가 되었다. 그래서 메도가 자신을 아무리 함부로 대해도 캐리는 우정을, '최고의' 우정을 고집할 작정이었다. 친구끼리는 어떤 상황에서도 서로 받아줘도 되지 않나? 결혼이 반드시 성취감을 줘야 하고 빌어먹을 공동의 기적이어야 하는 것과 달리 우정은 삐뚤어지고 일방적이고 말이 안 될 수도 있지만, 그 뒤에 아주 오랜 세월이 존재한다면, 버릴 수 없는 것이 바로 우정이었다. 설사 최근에는 메도를 향한 자신의 헌신이 거의 보답받지 못하고 있음을 캐리가 느낀다 하더라도 이제 와 바꾸기에는 이미 너무 늦은 것이었다.

메도는 세라에 관한 영화를 정말로 만들고 싶다고 말했다. 그녀는 열여덟 살 때부터 20년째 감옥에 있는 여자였다. "알았어." 캐리가 대답했다. 메도는 세라가 두 사람, 남자 친구와 딸을 방화 살인 한 죄로 수감 중이라고 말했다. 하지만 증거―현장에서 발견된 촉매―는 부패 검사가 조작한 것이었다. 세라는 자신이 저지르지도 않은 범죄를 자백하고 유죄를 인정했다. 어쩌면 메도가 세라를 도울 수도 있지 않겠는가? 그녀의 결백을 증명하는 것이다. 메도는 이 영화가 세라의 인생에 어떤 변화를 가져다주길 바랐다. 그녀를 이용만 하는 것이 아니라 돕고 싶었다. 캐리는 영화제작을 돕겠다고 약속했다.

전화를 끊고 나서 캐리는 치즈 샌드위치를 만들어 먹고 싶어졌다. 윌은 밴드 연습을 하러 나가고 없었고 그녀는 잠이 오지 않았다. 캐리는 빵의 안과 겉에 버터를 바르고 안에 치즈를 여러 겹 넣은 다음 프라이팬에 놓고 구웠다. 그리고 두껍게 썬 감자튀김을 커다란 볼에 부어놓고 샌드위치와 같이 먹었다. 그걸 다 먹고 나서는 당근 케이크 한 조각을 또 먹었다. 먹으면 먹을수록 더 많이 먹고 싶어졌다. 나중에 기분이 나빠지리란 건 그녀도 알았다. 이미 바지는 터질 것 같았고 배와 넓적다리가 점점 살찌고 있었기 때문이다. 하지만 먹으면 마음이 안정됐고 그녀는 잠을 자야 했다. 잠시 후 킹사이즈 침대에 누운 그녀는 평소보다 더 외롭다고 느꼈다.

결국 메도는 세라 밀스 영화를 만들기 시작했지만 거의 시작하자마자 파투가 났다. 세라 밀스 영화가 엎어졌기 때문에 다른 어느 누구도 세라 밀스 영화에 대해 알지 못했다.

메도는 이젠 절친한 전 남자 친구가 된 카일을 제작진으로 데려왔고 그들은 베드퍼드힐스 여자 교도소에서 세라를 촬영하기로 했다. 직접 만나서 대화하는 것은 이번이 처음이었는데 메도는 세라가 이야기를 들려주면 거기서 다음에 뭘 찍을지에 대한 아이디어를 얻을 수 있길 바랐다. 캐리는 자기 영화 후반 작업 중이었는데도 촬영 첫날에는 따라가야겠다고 생각했다. 세라도 만나고 싶었고 메도에게도 힘이 되어주고 싶었기 때문이다.

캐리는 메도랑 카일과 함께 차를 타고 베드퍼드힐스 교도소에 갔다. 위치가 묘하게, 부촌인 웨스트체스터 바로 옆에 붙어 있어 어쩌다 이렇게 됐나 궁금했는데 어쩌면 주민들에게 여자 교도소는 남자 교도소만큼 거슬리지 않았는지도 몰랐다. 시설 대부분이 실외에 있다는 점도 놀라웠다. 첫 보안 검색대를 통과할 때는, 사전에 장비를 갖고 들어가도 된다는 허가를 받았는데도, 굉장히 꼼꼼히 검색을 당했다. 막대기처럼 생긴 금속 탐지기가 임신한 배 주위와 밑을 지나갈 때 캐리는 불안감으로 움찔움찔했다. 저주파 전자기장은 임신부에게도 안전하다는 사실을 알고 있었지만 속으로 계속 되뇌었다. 철저한 검색 후에 적외선으로만 읽을 수 있는 도장으로 손등에 숫자를 찍고 나서 안내에 따라 철조망 울타리로 둘러싸인 옥외 통로를 지나갔다. 울타리 위에서는 나선형 가시철사가 빛나고 있었다. 통로를 지난 다음, 조명 밑으로 손을 통과시켜서 숫자를 보여주고 다시 한번 보안 검색을 한 후에야 비로소 널찍한 방으로 안내되었다. 영화에서 본 교도소 면회실보다는 초등학교 교실에 더 가까워 보였다. 한쪽 벽 전체가 창문이었는데 날씨가 화창해서 밝은 빛이 방 안을 따뜻하게 비췄다. 뒤쪽에는 재소자의 아이들을 위한 놀이 공간이 있었다. 상자 안에 가득 쌓인 장난감 위에는 여러 가지 동물을 그린 화려한 벽화가 있었다. 그리고 방 가운데에는 갈색 합판 탁자들과 자주색 플라스틱 주형 의자들이 놓여 있었다. 재소자와 면회자 사이에 방탄유리나 창살은 없었다. 가까운 벽에는 교도관의 높은 책상 옆으로 자판기가 길게 늘어서 있었다.

"내가 예상한 거랑 다르네." 캐리가 메도에게 속삭였다.

"보안 수준이 낮아 보이지만 그건 면회자들의 편의를 위한 거야. 이 여자들은 면회가 끝날 때마다 한 명도 빠짐없이 알몸 수색을 받는다고. 얼마나 치욕스러울지 상상이 가니? 노인이나 모범수도 예외 없어."

그들이 도착했을 때 세라는 이미 지정된 자리에 앉아 있었고 그 옆에는 개 한 마리가 있었다. 세라가 교도소 내에서 맹인 안내견이나 외상 후 스트레스 장애 환자의 동물 매개 치료를 위한 개를 훈련시키는 프로그램을 운영하고 있었기 때문이다. 개는 목줄 없이도 그녀의 발치에 얌전히 앉아 있었고 세라는 가끔씩 개의 머리를 쓰다듬거나 뭐라고 속삭이거나 했다. 메도는 여기 오기 전에 캐리에게, 세라가 감옥에 있는 동안 축산학 학사, 석사 학위를 땄다고 말해줬다.

그리고 캐리와 몇 번 통화하면서 세라 사건에 대한 배경지식과 자신이 여기에 관심을 갖게 된 이유를 들려줬다.

"내가 잠깐 만났던 변호사가 사법 정의 구현단에서 일하는데 그게 뭐 하는 데냐 하면……."

"뭐 하는 데인지는 나도 알아. DNA 증거로 부당한 판결을 무효화하는 데잖아." 캐리가 말했다.

"맞아. 그런데 최신 기술로 증거를 재검사하기도 해. 이 경우에는 화재 감식 전문가들이었지. 그리고 유일한 증거가 경찰에게 편리한 자백뿐이거나 할 때 그런 경우를 재검토해."

"세라는 많이 어렸으니까." 캐리가 말했다.

"그래, 겨우 열여덟 살이었지. 세라는 방화 혐의에 대해 자백했고 유죄를 인정했어. 75년형에서 종신형을 받았기 때문에 2054년까지는 가석방 심사 대상에조차 못 들어간다는 거지. 국선변호인은 무능했고 검사는 부패했을지도 몰라." 캐리는 메도가 처음에는 검사가 부패했다고 단언하더니 지금은 '했을지도 모른다'는 단서를 달았음을 알아챘다.

"하지만 세라 사건이, 음, 폐기된 진짜 이유는 세라가 심각한 마약중독자였던 데다 성생활이 문란하다는 기록이 있어서 당연히 유죄라고 생각됐기 때문이야."

"자기가 안 했으면 왜 자백하는데?"

"하! 너 블랙 달리아* 사건 때 자기가 엘리자베스 쇼트를 살해했다고 자백한 사람이 몇 명인지 알아? 60명이야. 농담 아니고 진짜로."

"정말?"

"사람들이 아무거나 자백하게 만드는 건 어려운 일이 아니야. 인간은 굉장히 외부의 영향을 받기 쉬운 존재라고."

세라는 정확히 캐리가 예상한 대로 작고 예쁜 여자였다. 녹색 작업복과 배기팬츠를 입고 있는데도 균형 잡힌 몸매임을 알 수 있었다. 20년 전 신문의 사진 속 그녀는 재판정으로 끌려가는 중인데도 젊고 섹시해 보였다. 모두가 그녀의 미모를 알아차렸고 그 사실이 그녀에게 불리하게 작용한 듯했다.

메도는 탁자를 사이에 두고 세라 맞은편에 앉았다. 카일이 두 사람의 옆모습을 한 화면에 담길 원했기 때문이다. 그녀는 신문 장면을 찍은 비디오테이프에 용의자의 모습만 보일 때 사람들이 카메라 관점의 편견이라는 것을 갖게 되어 용의자를 유죄로 인식한다고 말했다. 반면에 신문자의 얼굴과 신문 과정이 같이 나오면 편견은 사라진다. 그래서 메도는 자신도 화면 안에 들어가길 바랐다. 세라가 카메라 대신 자신을 쳐다보길 원했다. 캐리는 메도 뒤에, 하지만 화면에 안 잡히는 곳에 앉았다. 그녀는 세라가 말하는 모습을 정면에서, 즉 메도와 똑같은 각도에서 볼 수 있었다.

"우선 20년 전 그날 밤에 무슨 일이 있었는지부터 말씀해주실 수 있나요?" 메도가 물었다.

---

* 블랙 달리아(검은 수선화)는 1947년에 살해된 엘리자베스 쇼트에게 언론이 붙인 별명이다. 당시 사체의 훼손 상태가 심각하여 큰 화제가 되었지만 결국 미제로 남았다.

"네. 그 일에 대해 누구한테 얘기해본 지가 굉장히 오래됐네요. 하지만 저는 이제 마음을 정리했고 준비가 됐어요."

세라는 차분하게 메도를 향해 미소 지어 보인 후 탁자 위에 놓인 자신의 두 손을 내려다보았다. 그녀는 천천히, 신중하게 이야기를 시작했다.

"저는 열여덟 살이었어요. 두 살배기 딸 크리스털린이랑 남자 친구 제이슨과 함께 살고 있었죠. 그날은 크리스마스를 2주 앞둔, 12월의 어느 눈 오는 밤이었어요. 저녁 식사 후에 크리스털린을 재우고 나서 자정쯤 됐을 땐 제이슨과 저는 이미 제정신이 아니었어요. 약을 너무 많이 먹은 데다 술까지 마신 상태였거든요. 비디오를 찍기 위해서는 그래야 했어요. 당신도 들었겠지만, 섹스 비디오 말이에요."

그녀는 말을 멈추고 눈을 들어 메도를 쳐다봤다.

"비디오 얘기는 들었어요. 돈을 벌기 위해 집에서 섹스 비디오를 찍었죠? 그 얘기 좀 해주시겠어요?"

캐리는 메도가 나중에 영화를 구성할 때 조명이 어둡고 화면이 일렁거리는 오래된 포르노 비디오 장면들을 강조하리라는 생각을 하지 않을 수 없었다.

"비디오 내용은 평범한 섹스가 아니라 다른 어떤 것이었어요. 제가 눈가리개를 한 상태에서 제이슨이 저한테 여러 가지를 하는 거였죠. 처음엔 비디오를 찍기 싫었지만 좋은 돈벌이였고 우린 항상 돈이 필요했어요. 눈가리개를 하게 된 이유는 제가 촬영하는 게 부끄러웠기 때문이었죠. 멍청하게, 내 눈을 가리면 아무도 나를 볼 수 없다고 생각했거든요. 그게 사실이 아닌 줄은 알았지만 그렇게 생각하면 마음이 편했어요. 제이슨이 눈가리개를 씌우면, 특히 제 손을 묶으면, 촬영 중이라는 사실이 신경 쓰이지 않았죠. 솔직히 말하면 나중에는 그걸, 눈가리개를 정말로 좋아하기 시작했어요. 그러니까, 내가 아무것도 할 수 없다는 느낌에 중독된 거죠. 앞을 보거나 움직일 수 없을 때는 모든 것이 평소와 다르게, 더 강렬하게 느껴지거든요. 비디오를 볼 사람들에 대해서는 생각하지 않으려 애썼죠. 하지만 섹스는 좋았어요. 경찰은 그걸 거친 섹스라고 부르더군요. '거친 섹스 비디오'라고. 하지만 그건 사실이 아니에요. 제이슨은 비디오 속에서는 저를 전혀 아프게 하지 않았어요. 다 연기였으니까요. 하지만 섹스 중이 아닐 때는 가끔 화가 났을 때 저를 아프게 했어요. 주먹을 휘두른 적은 없었지만 아프게 밀거나 밀쳤죠. 경찰은 그게 제 동기라고 했어요. 그날 밤 제이슨이 저를 미는 바람에 계단에서 굴러 떨어져서 다리가 심하게 멍들었거든요."

세라가 말을 멈추더니 흘낏 곁눈질을 했다. 그러고는 허리를 숙이고 옆에 앉은 개의 머리를 쓰다듬은 뒤 다시 메도를 쳐다봤다. 무감정하고 사무적인 말투였다.

"촬영을 마친 후에 우리는 말다툼을 하기 시작했고 그때 그가 저를 밀었어요. 뭣 때문에 싸웠는지는 기억이 안 나요. 하지만 대개는 제이슨이 제가 바람을 피웠다거나 피우고 싶어 한다고 말해서 싸우곤 했죠. 제이슨은 그런 식이었어요. 많은 남자들이 그렇죠. 침대에서는 여자가 적극적이고 거칠게 하길 원하면서 끝나고 나면 비난하듯이 난리를 떨어요. 그날 밤 제이슨이 제 뺨을 때리고 계단 위에서 밀어서 제가 밖으로 뛰어나갔던 게 생각나요. 그때 술과 약에 너무 취해 있어서 밖이 춥고 눈이 왔는데도 티셔츠와 팬티 차림으로 집 뒤로 뛰어갔어요. 맨발로요. 그때 제이미슨 부인이 저를 본 거예요. 저는 제이슨에 대해서 소리치고 있었어요. 죽여버리겠다고 했죠. 그 순간 크리스틸린이 잠에서 깼어요. 애가 자지러지게 우는 소리가 들렸지만 너무 화가 나서 멈출 수가 없었어요. 차고 문이 열려 있더군요. 저는 차고 안에 있는 제이슨의 차에 이것저것을 집어 던졌어요. 그가 집 밖으로 나오게 만들고 싶었지만 제이슨은 계속 아무 반응도 없었죠. 집에 불을 지르겠다는 것 같은 말은 하지 않았어요. 그건 제이미슨 부인의 상상이에요. 저는 열린 차고 안에서 떨면서, 크리스털린만 없었으면 당장 차를 몰고 어디론가 가서 새 출발 할 텐데 하고 생각했어요. 그리고 진정이 되자 추워서 덜덜 떨기 시작했죠. 크리스털린의 울음소리가 멈췄어요. 뒷문으로 들어가 보니 제이슨이 소파에 뻗어 있더군요. 저는 2층으로 올라가서 크리스털린 방 맞은편의 제 방 침대에서 그대로 곯아떨어졌어요. 그리고 얼마 후에 잠에서 깼는데 아마 탄내를 맡아서 그랬던 것 같아요."

"그러니까 당신은 어디에도, 그러니까 실수로라도 불을 지르지 않았다는 거군요. 뭔가를 타는 채로 놔두지도 않았고요?"

"네."

"경찰에는 왜 본인이 집에 불을 질렀다고 했죠?"

"저 때문에 집에 불이 났을 수도 있었으니까요. 저도 흡연자였고, 제이슨도 흡연자였어요. 우리 둘 다 약에 취해 있었기 때문에 제가 담뱃불을 켠 채로 정신을 잃었을 수도 있었죠. 전에 그런 상태였을 때 음식을 태운 적도 있었거든요. 그래서 혹시 모른다고 생각했어요."

"하지만 그날 밤은 아니었다는 거죠?"

"네. 저는 몇 시간 동안 경찰의 신문을 받았어요. 겁먹고, 나이도 어렸었고요. 경찰은 거친 섹스 비디오가 재판에 사용될 거고 신문에도 실릴 거라고 말했어요. 그리고 제이미슨 부인이 저를 봤다는 말도 했죠. 혼란스러웠어요. 모든 게 제 잘못처럼 느껴졌죠. 그래서 신문을 받기 시작한 지 몇 시간 만에 제가 제이슨에게 복수하기 위해 집에 불을 질렀다고 말한 거예요."

"당시 공개되지 않은 증거에 따르면 불은 콘센트에 과전류가 흐르면서 누전이 일어나는 바람에 시작되었다고 하더군요. 어쨌든 방화의 요건은 고의성이지 부주의함이 아니에요."

"맞아요." 세라가 고개를 끄덕이며 말했다. "저도 들었어요."

"하지만 화재가 일어났던 밤으로 돌아가봅시다."

"크리스털린이 죽었죠." 세라가 시선을 내리깔며 말했다.

"무슨 일이 있었는지 말씀해주시겠어요?"

"네, 얘기할게요." 세라가 다시 눈을 들어 메도를 쳐다보면서 심호흡을 했다. 말하는 목소리에는 높낮이가 없었지만 굉장히 천천히 이야기했다. "저는 잠에서 깼어요. 여전히 약 기운에 몽롱한 상태였는데 방이―세상이―온통 뿌옇더군요. 그때 그냥 도로 자고 싶었던 게 기억나요. 그 후로 오랫동안 그때 도로 잠들었더라면 얼마나 좋았을까 생각했었죠. 연기와 냄새가 훅 끼쳐 왔고 가슴이 죄어드는 게 느껴졌어요. 목구멍이 타는 것 같았어요. 집이 너무 더웠고 숨을 쉴 수 없었죠. 저는 침대 밑으로 기어 내려갔어요. 제이슨은 침대에 없었으니까 소파에 있었을 테고 그때쯤엔 이미 죽어 있었을 거예요. 저는 복도로 기어 나갔어요. 아래층에서 올라오는 연기와 제 머리 위의 연기가 보였죠. 저는 크리스털린의 방문을 올려다봤어요."

캐리는 세라의 밋밋한 어조에서 안 좋은 예감, 이상한 기분을 느꼈다. 갑자기 욕지기가 올라왔다.

"이 부분은 한 번도 얘기한 적 없어요. 경찰은 불을 어떻게 질렀나 알아내기 바빠서 이 부분에 대해서는 별로 얘기할 기회가 없었죠. 저는 크리스털린의 방문을 향해 기어가서 문을 밀어 열었어요. 방 안으로 들어가서 일어나 보니 애가 아기 침대 속에서 자고 있더군요."

캐리는 방을 나가고 싶었다. 하지만 그러지 않았다. 메도는 굳은 표정으로 열중해서 듣고 있었다. 캐리는 큰 숨을 들이마시고 무슨 얘기가 나올지 기다렸다.

세라는 마치 지금 눈앞에 아기가 있는 것처럼 위를 올려다봤다가 다시 내려다봤다. 그러고는 메도의 얼굴을 똑바로 쳐다봤다. "아기가 자고 있는 걸 봤어요. 그 애를 내려다보면서 내가 얘를 안아 올려서 데리고 나가지 않으면 죽으리란 걸 알았죠. 몇 초 동안 그렇게 서 있었어요. 눈물 콧물이 흘렀고 연기는 점점 더 심해졌죠." 세라가 고개를 끄덕거렸다. 그러다가 끄덕임을 멈췄다. "하지만 저는 아이를 안아 올려서 데리고 나가지 않았어요." 세라가 말했다. "그러지 않았어요. 그 대신……."

"컷!" 메도가 단호한 목소리로 외쳤다. 그러고는 "그만해요. 제발 더 이상 아무 말 하지 마요"라고 말했다. 그녀의 목소리는 속삭임에 가까웠다. "맙소사." 그녀가 캐리를 쳐다봤다. 캐리는 배를 움켜쥐고 울고 있었다.

"당신은 무슨 일이 일어났는지 듣고 싶은 줄 알았어요." 세라가 말했다.

"아뇨, 더 이상은 듣고 싶지 않아요. 미안해요."

그들은 말없이 짐을 쌌다. 차에 올라타서 카일이 운전하는 동안 메도는 담배만 피울 뿐 아무 말도 하지 않았다. 몇 분 뒤 메도가 카메라에서 비디오테이프를 꺼내 양손으로 쥐었다. 플라스틱 케이스를 힘주어 누르자 테이프가 휘어지더니 부러졌다. 캐리는 아무 말도 하지 않았다. 메도가 뒷좌석의 캐리와 운전석의 카일이 동시에 보이도록 왼쪽으로 돌아앉았다.

"내가 아는 한, 우리는 아무것도 못 들은 거야. 이 영화는 찍지 않을 거야. 나는 손 뗐어." 그녀가 말했다. "나는 조심스럽게 누른 베개나 조그만 목을 부러뜨린 포옹이니 뭐니 그딴 것에 대해서는 듣고 싶지 않아."

"변호사한테 말해야 하나?" 캐리가 말했다.

"아니. 우리가 아는 한, 저 여자는 거짓말을 지어내는 정신병자야. 그리고 우리는 저 여자를 저대로 내버려둘 거야."

"나도 찬성." 카일이 말했다. "세라 밀스에 대해서는 우리 모두 싹 다 잊어버려야 해. 저 여자가 방화죄에 대해서 무죄로 풀려나도 상관없고."

"그러진 않을 거야. 변호사 말로는 감옥에서 나오고 싶어 하지도 않는데." 메도가 지친 듯이 말했다. "내가 바랐던 건……" 메도가 한숨을 쉬었다. "나도 모르겠다."

기차역에 도착하자 캐리와 카일은 차에서 내리고 메도가 운전석으로 옮아 앉았다. 캐리가 메도 쪽 차창을 향해 허리를 숙였다.

"너 괜찮겠어?" 캐리가 물었다.

"응." 메도가 말했다. "그냥 자백이 지긋지긋할 뿐이야."

"오늘 꼭 운전해서 돌아갈 필요는 없잖아. 시내에서 자고 가지 그래?"

"괜찮아. 지금 돌아가고 싶어." 메도가 말했다. 그리고 캐리는 떠나가는 차를 바라보았다.

캐리의 기억으로 메도의 어머니가 전화해서 사고에 대해 알려준 것은 그로부터 사흘 후였다.

다마스쿠스의 순간

1

2015년 봄 학기에 메도는 DIY 영화 과목을 가르쳤다. 이 수업의 수강 인원이 늘 초과된 이유는 상업 영화를 무시하는 학생들에게 인기가 있었기 때문이었다. 그들은 세이디 베닝*처럼 되고 싶어서 지금은 단종된 피셔프라이스의 픽셀비전 카메라를 이베이에서 사서 관객을 불편하게 하는 비디오를 만들거나, CCTV 영상을 편집해서 줄거리를 만들거나, 스톱모션 애니메이션 기법을 사용해서 아이러니하고 아동용이 아닌 주제에 대해 이야기했다. 그녀는 제자들을 좋아했다. 그들은 이제 2주 동안 다뤘던 1970년대 아프리카계 미국인 영화감독들의 'LA 반란'**이라

---

* 미국의 레즈비언 비디오 아티스트(1973~). 주로 대중문화를 소재로 하여 성 정체성과 성장기의 내적 갈등이라는 주제를 다룬다.

** 1960년대 말~1980년대에 UCLA 출신 흑인 감독들이 일으킨 영화 운동. 라틴아메리카, 유럽, 아프리카 영화의 영향을 받아 할리우드 고전 영화와는 전혀 다른 스타일로 흑인들의 현실을 반영한 영화를 만들었다.

는 주제를 마무리하려는 참이었다. 그것은 반(反) 블랙스플로이테이션 * 영화들을 말했다. 오늘은 메도가 가장 좋아하는 작품 중 하나인, 찰스 버넷의 〈양 도살자〉**에 대해 이야기 나눌 예정이었다. 학생들은 그 주초의 수업 시간에 이 영화를 다 함께 관람했다.

"〈양 도살자〉는 버넷의 석사 과정 졸업 작품이었습니다. 생각해보세요. 버넷은 겨우 만 달러의 예산으로 이 영화를 만들었어요. 학교 카메라를 사용해 16밀리 흑백으로 찍었고 학교 편집실에서 편집했죠. 주말만 이용해서 5년 넘게 작업했고, 자기 동네인 와츠에 사는 비전문 배우들을 썼으며, 자기가 어렸을 때 다니던 장소들에서 촬영했어요. 그는 '한 사람의 평범한 일상'을 원했다고 말합니다. 대본이 있는 허구의 영화이지만 실제 삶을 많이 담고 있고 굉장히 긴, 아이들이 노는 장면으로 유명하죠. 아름다운 영화예요. 곳곳에서 이 동네의 가난이 드러나지만 버넷은 롱 테이크와 놀라운 구성과 멋진 음악을 사용해서 그것을, 자세히 들여다볼 가치가 있는 뭔가인 것처럼 다룹니다."

메도는 잠시 뜸을 들였다가 말을 이었다. "오늘날에는 적은 금액으로도 디지털카메라를 사고 노트북으로 편집을 할 수 있죠. 혹은 아이폰으로 촬영과 편집을 할 수도 있고요. 하지만 현실을 보세요. 원래대로라면 지금 영화계는 놀라운 제도권 밖 영화, 독립 영화, 가내수공업 영화로 홍수를 이뤘어야 해요. 그런데 그런 영화들은 어디 있나요? 지금까지의

---

* 1970년대에 흑인이 주요 관객층으로 부상하자 이들을 위해 흑인 배우들을 주연으로 기용해 만든 영화들을 말한다. 하지만 범죄자, 창녀 등 백인들의 고정관념에 따른 캐릭터가 반복되면서 사회적 비판과 함께 인기가 시들었다. 대표작으로 〈샤프트〉(1971)가 있다.

** LA 반란의 멤버인 찰스 버넷(1944~)의 작품(1978). 양 도살장에서 일하는 스탠을 중심으로 흑인들의 고단한 삶을 네오리얼리즘 스타일로 그렸다.

장벽이 기술이었다면 이제 그 장벽은 사라졌는데 왜 올버니의 어떤 영화광이 가내수공업으로 〈양 도살자〉 같은 위대한 미국 영화를 만들지 않을까요? 혹은 존 캐서베티스의 영화 같은 것을 만들지 않을까요? 왜냐하면 재능 있는 아이들이 그런 영화를 만드는 대신 TV 프로의 슈퍼컷*을 만들고 있지 않으면, 바인이나 인스타그램에 올릴 셀카 내지 허세 동영상을 만들고 있기 때문이에요. 얄팍하고 유행 타는."

그녀는 자신이 때때로 꼰대처럼 말한다는 사실을 개의치 않았다. 학생들은 그녀를 존경했고 그녀의 말에 귀 기울였다. 그들 중 한 명은—그녀는 확신했다—뭔가 굉장한 것을 만들 터였다.

"물론 지금 어디선가 훌륭한 가내수공업 영화가 만들어지고 있는지도 모르죠. 그런데 우리의 관심을 끌기 위해 경쟁하는 수많은 시각적 잡음들 사이에서 어떻게 우리가 그 작품을 보거나 찾아내겠어요? 모든 플랫폼을 점령하고 있는—메도는 말을 멈추고, 아주 심각하고 아주 근엄한 얼굴로 손을 내저었다—고양이 파르쿠르** 비디오들 사이에서 말이에요." 학생들이 킥킥댔다.

수업이 끝난 뒤 그녀가 짐을 챙기고 있을 때 한 학생이 다가와서 그녀가 고개를 들 때까지 기다렸다.

"모리 교수님, 저 〈사라진 자들의 아이들〉을 봤는데 너무 좋았어요."

"아, 다행이네요." 메도가 말했다. "옛날에 만든 영화인데."

"그리고 캐리 웩슬러 씨의 에세이를 읽었어요." 그녀가 말했다. "선생님 에세이도요." 그녀는 '에세이'라고 말할 때 손가락으로 따옴표를 만

---

* 서로 관계없는 기존 영상 여러 개를 이어 붙여서 새로운 하나의 영상을 만드는 기법.
** 도시 및 자연 환경 속에 존재하는 여러 가지 장애물을 맨손으로 타고 오르거나 뛰어넘는 운동. 영화 〈야마카시〉로 유명하다.

들면서 미소 지었다.

메도는 학생들이 언젠가 그것에 대해 물어보리라는 것을 알고 있었다. 메도는 한번 씩 웃고 나서 가방의 지퍼를 닫았다. 메도는 이 학생을 좋아했다. 그녀는 늘 수업을 열심히 듣고 흥미로운 의견을 내놨다.

"선생님의 에세이는 대단했어요. 사람들이 완전히 혼란에 빠졌으니까요". 그러고는 "저는 선생님이 팬 픽션을 쓰신 줄 몰랐어요. 그리고 상대가 늙고 뚱뚱한 오슨 웰스라는 점이 정말 멋져요. 늙고 뚱뚱한 오슨 웰스를 주인공으로 한 사람은 아무도 없었으니까요. 젊고 날씬한 웰스에 대해 쓴 사람들은 많지만 선생님이 하신 걸 한 사람은 아무도 없을 걸요"라고 말했다. 학생의 얼굴이 빛났다. 그녀는 뭔가를 기다리고 있는 듯했다. 하지만 메도는 고개만 끄덕이고 아무 말 않은 채 기다렸다. "그런데 한 가지 여쭤봐도 될까요, 교수님?"

"그럼요."

"그렇게 영화에 열정이 많으신데 왜 감독을 그만두려고 하세요? 여쭤봐도 될지 모르겠지만."

"물어봐도 괜찮아요. 그냥 더 이상 영화를 만들고 싶지 않아요. 예전엔 만들고 싶었지만……." 메도는 말을 멈추고 이 젊은 여자의 얼굴을 쳐다봤다. "이젠 아니에요." 학생이 고개를 끄덕였다. "미안하지만 이만 회의에 가봐야겠네요."

"아, 그러세요." 학생이 문을 향해 걸어가다가 돌아서서 메도를 쳐다봤다. "그거 아세요? 선생님은 농담하신 거지만 사실은 고양이 파르쿠르 비디오가 많이 있어요. 고양이 비디오의 하위 장르 같은 거예요."

메도가 웃으면서 어깨를 으쓱했다. "그렇겠네요." 학생이 강의실을 나가자 메도가 말했다. "팬 픽션이라고? 맙소사."

집에 돌아온 메도는 노트북을 열고 캐리의 에세이를 다시 읽었다. 캐리는 사고가 메도를 바꿔놓았다고 썼고 그 말은 분명 사실이었다. 물론 캐리는 그 이상을 알고 있었지만 그 부분을 여기에 쓸 수는 없었다. 하지만 세월이 흐르면서 메도는 전체적인 그림을 훨씬 더 선명하게 보게 되었다. 인생이 바뀌면 새로운 삶이 갑자기 펑 하고 나타난 것처럼 보일 수 있다. 다마스쿠스의 순간*, 개종인 것이다. 하지만 솔직히 말하면 그녀는 그것이 여러 개의 순간들, 즉 복수의 중요한 사건들이 켜켜이 쌓여서 이뤄진 것임을 알았다. 그 하나하나가 그녀를 바꿔놓고 새로운 삶을 향해 그녀를 돌려놓았다. 그것은, 당시에는 그렇게 느껴지지 않았지만, 하향 나선이 아니라 내향 나선, 고둥 나선, 스피라 미라빌리스**였다. 마치 그녀가 일련의 사건들을 자신에게 끌어당긴 것처럼, 그녀를 진정한 자신에게로 움직인 것처럼.

첫 번째 사건은 니콜/젤리/에이미로부터 걸려 온 전화였다. 그것은 〈내부의 교환원〉이 개봉한 지 한참 뒤에, 메도가 〈사라진 자들의 아이들〉을 한창 촬영 중일 때 걸려 왔다. 메도는 음성 사서함에 남겨진 메시지를 받았다. 그녀는 스스로를 니콜이나 에이미가 아니라 젤리라 칭했다. 메도는 그녀에게 전화를 걸었다. 자신에게 무슨 일이 닥칠지는 전혀 몰랐다. 그 여자가 영화를 다시 보고 좋았다고 말하기 위해 전화했을 거라고 진심으로 믿었다.

젤리: 이제야 당신 영화를 봤어요. 당신이 나에 대해 만든 영화 말이에요.

메도: 그러셨어요.

젤리: 그 전까지는 나 자신을, 내 인생을 보기가 두려워서 보고 싶지 않았었어요.

메도: 이해해요.

젤리: 당신은 이해 못해요. (침묵) 당신은 아무것도 몰라요. 사실 어떤 여자들은 사랑을 이해 못하죠. 난 그 사실을 알고 있었으니 당신이 가르쳐줄 필요는 없었어요. 내가 세상의 비웃음을 당할 필요는 없었다고요. 당신에게 모욕당할 필요도 없었고요. 나는 지금도 충분히 괴로워요. 나를 비난할 자격이 있는 사람은 잭뿐이었어요.

메도: 저는 당신이 굉장하다고 생각해요. 그래서 당신이 얼마나 흥미로운 사람인지를 보여주려고 했어요.

젤리: 생각해주는 척하지 마세요. 나는 바보가 아니에요. 당신을 믿을 만큼 순진하긴 했지만. 당신한테는 뭐든 할 수 있는 힘이 있었고 당신은 무슨 일이 일어날지 정확하게 알고 있었어요.

메도: 저는 당신을 믿었어요. 그래서 잭이…….

젤리: 뭐라고요?

메도: 저는 정말로 잭이 당신을 사랑해서 용서할 거라고 생각했어요. 당신을 이해할 줄 알았어요.

젤리: 당신은 내가 모욕당하도록 함정에 빠뜨렸어요. 남들에게 어떻게 보일지도 알았죠. 당신이 촬영했으니까.

메도: 전 몰랐어요. 일이 이렇게 될 줄은 몰랐다고 맹세해요.

젤리: 나한테 이런 짓을 한 건 당신이에요. 당신이 저지른 짓이라고

요. 아주 가혹하고 비열한 짓이었죠.

메도: 정말 죄송해요.

젤리: 당신은 날 가지고 놀았어요. 그리고 그 결과를 보고도 영화를 세상에 내놨죠. 세상의 모든 일이 촬영될 필요는 없어요. 대중한테 보여질 필요도 없고요. 그래서 이 영화가 기여한 바가 뭐죠? 이 영화의 목적이 뭐예요?

메도: 저도 모르겠어요. (침묵) 모르겠네요.

젤리: 난 당신이 상황 파악을 제대로 하길 바랐을 뿐이에요. 당신이 한 짓과 내 기분이 어땠는지를.

메도: 알겠어요. 죄송합니다.

젤리: 어떤 사람들은―예를 들면 당신은―정말 운 좋은 인생을 살고 있는 거예요.

메도는 젤리의 전화에 대해 아무에게도 얘기하지 않았지만 젤리가 한 말을 잊는 것은 불가능했다. 나중에 〈사라진 자들의 아이들〉 때문에 엄청난 비판을 받았을 때 그녀는 계속 젤리의 책망을 떠올렸다. 메도는 뭔가 새로운 일을 해야 했고 그것이 두 번째 사건을 가져왔다. 도중에 취소된 세라 밀스의 자백, 그리고 이상하게 감정이 결여돼 있었던 그녀의 자백 태도. 그 경험은 메도를 송두리째 흔들어놨고 그것이 세 번째 사건인 사고로 이어졌다. 그 어리석고 부주의한 사고.

베드퍼드힐스에서 세 시간을 달려와 집까지 겨우 몇 분 거리만을 남겨놓았을 때 메도는 내일 아침에 먹을 커피나 음식이 없음을 깨달았다. 그래서 장을 보기 위해 프라이스 초퍼 슈퍼마켓에 들렀다. 카드를 긁고 기다리고 있을 때였다. 피곤한 그녀에게 계산대 직원이 "고맙습니다"라고 말하며 영수증을 건넸다. 이미 문을 향해 걷기 시작한 후에야 비로소 자기도 "고맙습니다"라고 말했어야 한다는 생각이 떠올랐다.

"잠시만요"라고 여직원이 외치는 소리가 들렸다. 메도가 뒤돌아보니 여직원이 메도가 장 본 것을 들어 보이고 있었다.

"아, 내 짐! 미안해요. 감사합니다." 메도는 밝게 말하며 비닐봉지를 받아 들었다. 차가 어디 있지? 그녀는 차를 찾기 위해 리모컨 버튼을 눌렀다. 버튼이 딸깍하자 헤드라이트가 깜빡였다. 아, 저기 있네.

세라의 손이 조금 떨리지 않았다면 그녀가 심약한 상태였음을 절대 알 수 없었을 것이다. 그리고 영어를 못하는 사람은 그녀가 무슨 말을 하고 있는지 짐작하는 게 불가능했을 것이다. 그녀는 너무 침착했다. 설사 20년이 지났다 한들 그렇게 침착할 수가 있나?

메도가 차의 시동을 걸었다. 그리고 히터를 틀었다. 라디오를 켰다가 다시 껐다. 마치 그 〈브라더스 키퍼〉*라는 다큐멘터리영화 같았다. 거기에도 노인이 카메라 앞에서 형을 죽였다고 자백하는 장면이 있지 않나?

사람들은 무슨 말이든 할 것이다. 메도는 "자백하겠습니다"라고 소리 내어 말했다가 차 안에서 평소와 다르게 들리는 자기 목소리에 깜짝 놀랐다. 그리고 웃었다. 어쩌면 텔레비전과 영화에서 자백 장면을 너무 많이 봐서 그런지도 몰랐다. 핸들을 살짝 잡은 메도의 손은 4시 방향과 7시 방향에 놓여 있었다. 목이 뻐근했다. 그녀는 한 손을 넓적다리 위에 놓고 다른 손으로 핸들 위쪽을 잡아서 한 손으로도 핸들을 조작할 수 있게 했다. 석양이 그녀의 눈을 정면으로 비췄다. 해가 지는 쪽으로 달

---

* 조 벌린저, 브루스 시노프스키 감독의 다이렉트 시네마 다큐멘터리(1992). 용의자가 자신의 형을 죽였다고 자백했다가 나중에 철회하여 무죄를 선고받는다.

려가고 있었기 때문에 선글라스를 꼈는데도 눈이 부셨다.

"자백할게요." 그녀가 말했다. "나는 똑똑해 보이려고만 애쓰는 끔찍하고 이기적인 인간입니다." 그녀가 미심쩍은 투로 말했다. "아니 정말, 난 그저 성공하려고 노력하고 있을 뿐이에요. 다른 사람들을 관찰하는 걸 통해서요. 나한테는 진정한 자아가 없는 것 같아요." 그녀가 말했다. 여전히 앞이 보이지 않았으므로 선바이저를 내리기 위해 손을 뻗었다. 그러면서 좌회전 차선으로 들어가기 위해 차선을 바꿨다. 지금껏 수천 번은 해온 좌회전이었다. 그렇게 좌회전을 할 때 메도는 이미 집 앞에 차를 대고 그토록 원하던 잠을 자기 위해 침대를 향해 걸어가고 있었다. 그녀의 눈은 왼쪽을 봤지만 사실은 아무것도 보고 있지 않았다. 클랙슨 소리가 들렸고 자신의 차가 다른 차의 측면을 향해 돌진하는 것이 보였다. 브레이크를 밟았지만 차는 제자리에 멈추는 대신 팩 돌았다. 차들이 서로 닿기 직전에 그녀는 이것이 큰 사고가 될 것임을 알았고 자기가 죽을지도 모른다고 생각했다.

다른 차의 측면을 받았을 때 그녀의 차 앞부분은 찌그러지면서 찢겨 날아갔다. 그리고 폭발이 있었다. 에어백이 그녀의 얼굴을 칠 때 두 손은 아래로 눌려서 꼼짝할 수 없었다. 에어백이 다 펴졌을 때는 탄내만 났다. 그러고 나서 에어백의 바람이 빠졌지만 그녀는 턱에 뭔가가 붙은 느낌을 받았다. 메도는 걸쇠를 잡아당기면서 차 문을 밀었다. 끼익 소리가 크게 났지만 문이 열렸고 그녀는 비틀거리며 내렸다.

"괜찮으세요?" 어떤 여자가 그녀에게 물었다. 메도는 고개를 끄덕였지만 몸이 뒤로 휘청하면서 차에 부딪쳤고 여자가 그녀를 부축해서 연석까지 데려갔다.

"내 얼굴." 메도가 말하면서 자기 턱을 만지려 했다.

"만지지 마세요. 에어백에 화상을 입은 것 같아요. 그리고 무릎은 아프지 않아요? 움직이지 마세요. 구급차가 오고 있어요."

구급대원들이 그녀에게 담요를 덮어줬다. 그리고 그녀를 눕힌 다음 얼굴에 뭔가를 붙였다. 얼굴이 아프기 시작했다. 탄내는 플라스틱 냄새와 시큼한 냄새가 뒤섞여서 고약했다. 갑자기 욕지기가 올라올 것만 같은 기분이 들었다.

구급차를 타고 가는 동안 딱 한 번, 물어볼 게 생각났다.

"다른 운전자는 어떻게 됐어요? 다른 운전자는 괜찮아요?" 구급대원이 고개를 끄덕였다.

"병원으로 데려갔어요. 지금 치료 중이에요."

"맙소사. 많이 다쳤어요?" 메도는 일어나려 했다. 구급대원이 부드럽게 그녀를 눌러서 다시 눕혔다.

"그건 모르겠지만 치료받고 있으니까 걱정 마세요."

"내가 무슨 짓을 저지른 거야." 메도가 울었다. "오, 하느님, 내가 무슨 짓을 저지른 거지?" 울기 시작하자 온 얼굴과 가슴이 다 아팠다.

"그건 사고였어요. 그냥 사고요. 진정하세요. 다 괜찮을 거예요."

메도는 고개를 저으면서 눈을 감았다. 아니에요. 당신은 몰라요. 나는 끔찍한 인간이에요. 늘 이런 식이라고요.

그건 사실이었다. 최근 메도는 난폭하게 운전했다. 보지도 않고 도로로 끼어들었고 차선을 바꿀 때도 후방을 거의 확인하지 않았다. 굉장히 빨리 달렸고 핸들을 한 손으로 느슨하게 쥔 채 방향을 꺾었다. 이 중에 고의로 한 것은 하나도 없었다. 의식의 표면까지 올라왔던 것도 하나도 없었다. 뇌진탕 때문에 하루 밤낮을 병원에 입원하고서야 비로소 그녀는 자신이 그동안 얼마나 사고를 자초해왔는지 기억해냈다. 중앙분리대 혹은 나무 혹은 도로 경사면을 들이받고 튕겨 나가고 싶은 욕망. 죽고 싶어서가 아니라 뭔가에 쾅 하고 부딪혀서 자신의 의식이 각성하길 바랐기 때문에. 하지만 절대—맹세컨대—다른 사람을 다치게 하는 일은 상상조차 한 적 없었다.

피해자는 서른 살 여성이었는데 부상은 심각하지 않았다. 에어백으로 인한 손 골절과 멍 조금, 뻣뻣한 목이 다쳤다. 하지만 메도는 그녀가 운이 좋았음을 알았다. 메도의 부주의의 대가가 누군가의 목숨일 수 있었음에도 메도는 아무 생각 없이 거기로 뛰어들었을 수 있었다.

메도의 어머니가 비행기를 타고 날아와서 그녀를 차에 태워 가려고 기다리고 있었다. 메도는 약해져 있었고 스스로를 돌볼 수 없었다. 침대에 누워서 2주 동안 쉬어야 했다. 그래서 나이 서른다섯에 어머니의 보살핌을 받게 되었다. 하지만 그녀는 전혀 개의치 않았다. 언제 봐도 아름답고 친숙한 사람인 어머니가 그녀의 얼굴에 흘러내린 머리카락을 뒤로 넘겨줬다. 어머니는 음식을 쟁반에 담아 그녀에게 가져다줬다. 그녀를 일으켜 앉히고 등 뒤에 베개를 받쳐줬다. 어머니는 그녀에게 책과 얼음물을 가져다줬다. 그녀를 욕실까지 부축했고 다정하게 얼굴을 어루만진 뒤에 잘 자라고 입 맞췄다. 메도는 거기에 굴복했다. 어머니의 사랑에 아무런 저항감이 없었다. 그녀는 무력했고 어머니는 그녀를 도와줬다. 하지만 여전히 밤에 자려고 누울 때마다 어둠 속에서 눈을 크게 뜬 채 한참 허공을 쳐다보았다. 그녀의 삶이, 이 세상이, 이번 사고가 좋지 않음을 알았기 때문이다.

카일이 찾아왔다. 캐리는 전화를 했다. 메도는 그들 모두에게 자기는 괜찮다고, 조금 쑤실 뿐이라고 말했다. 턱에 에어백이 붙었던 곳은 보기 흉했지만 그것마저도 금방 나을 터였다. 캐리가 두 번째로 전화했을 때 메도는 말했다. "사람들이 왜 한번 아프고 나면 변하는지 알아? 자신이 지금 어디 있는가에 대해 생각해볼 시간이 생기기 때문이야. 그리고 자기한테 남은 게 얼마 없다는 사실을 알게 되지."

메도는 평생 동안 자신의 엄격한 자기 심문을 특별히 자랑스러워했다. 하지만 그 수많은 자기 심문도 그녀가 파괴적인 사람이 되는 것을 막진 못했다. 세상을 더 나은 곳으로 만들기는커녕 몇몇 사람의 인생을 더 나쁘게 만들기까지 한 사람. 그녀는 병상에서의 마지막 며칠을, 목록을 작성하며 보냈다. 중독자 갱생 프로그램에서 이렇게 하지 않나? 그녀는 공책에다 자신의 크고 작은 죄에 대해 적었다. 마치 작은 것들을 정확하게 적으면 큰 것에 몰래 다가갈 수 있기라도 한 것처럼.

메모:
내가 지은 죄

나는 술 취했을 때 대담하게 친구 남편에게 추파를 던졌다. 그의 넥타이를 만지면서 눈을 들여다봤던 게 기억난다. 그 이상의 일은 없었지만 그때 기억을 떠올리면 움찔하게 된다.

나는 예쁘고 고른 글씨로 내 영화에 대한 찬사를 적어 보낸 이모의 편지에 한 번도 답장을 하지 않았다. 마음은 있었지만 하지 않았다.

나는 은사님들에게—심지어 제이 호즈니 선생님에게도—여러 가지 가르침에 감사하는 편지를 보내지 않았다. 지금도 생각은 자주 하지만 단 한 번도 보내지 않았다. 표현하지 않은 감사는 진정한 감사가 아니다.

나는 카일을 포함, 진지하게 사귀었던 남자 친구 세 명을 두고 바람을 피웠다. 들킨 적도 몇 번 있었지만 대부분은 들키지 않았다. 내가 남자들과 자고 다니던 방식은 요즘 내 운전 스타일과 비슷했다. 의도적으로는 아니었지만 급회전을 해서 아무렇게나 부딪혔고 거짓 말하고 깜빡깜빡하고 바람피우면서도 어떻게든 살아나갈 방법을 찾았다. 아무 의미는 없었지만 내가 그러기 위해 수고를 아끼지 않은 것으로 보아 사실은 큰 의미가 있었음을 인정해야 했다. 집에서 멀리 떠나와서, 아는 사람이 아무도 없는 파티에 가서 쉽게 넘어올 것 같은 한 사람에게 시선을 고정하고 택시나 엘리베이터에 올라탈 때까지 흔들리지 않았다. 이상적인 곳은 호텔 방이었다. 누구에게도 속하지 않은 장소였고 우리 두 사람의 인생과 무관한 공간에 존재했기 때문이다.

나는 캐리의 영화를 다 보진 않았다. 캐리가 그런 대접을 받아야 할 애가 아닌데도, 캐리는 내 영화를 다 봤는데도. 그리고 때로는 캐리가 연이어 성공하지 않길 바랐다. 때로는 남들이 실패하길 원했다. 그냥 남이 아닌, 내 친구가 실패하길 바랐다.

그리고 젤리가 나온 그 빌어먹을 영화. 그게 최악이었다. 나는 젤리가 모욕당할 걸 알았다. 그런데도 밀고 나갔다. 도대체 뭣 때문에 그랬을까?

나는 항상 거짓말을 한다. 부모님에게, 연인들에게, 출연자들에게, 스스로에게.

나는 돈을 쓴다. 부모님에게서 받은 돈을 내 예술과 허영에 쓴다. 내 영화와 관련된 다양한 단체에 푼돈을 기부했지만 전부 나 자신을 위해서였다. 내가 얼마나 좋은 사람인지 보여주려고, 내가 만든 모든 영화에서 두드러져 보이는 나르시시즘을 상쇄하려고.

나는

메도는 포기했다. 자기비판을 장황하게 늘어놓는 것 자체가 터무니없
었다. 누구한테도 아무런 도움이 되지 않는 일이었다. 그녀의 죄책감과
목록 작성조차도 자기애적 행동, 그녀가 어떤 종류의 인간인지를 증명
하는 방법이었다. 마음속 한편에서는 이미 말하고 있었다. "나쁜 행동은
누구나 하지만 나는 그 사실을 인정했으니까 특별한 사람이야." 공책을
침대 밖으로 던져버리고 베개에 얼굴을 처박자 딕의 딱지가 아파서 움
찔했다. 그녀는 마침내 잠들었다. 잠이 올 때는 늘 갑자기 엄습했다. 꿈
없는, 길고도 깊은 잠이.

메도의 어머니가 주스와 하얀 알약 하나를 가져왔다. 메도는 알약을
집어서 혀 위에 놓고 주스를 삼켰다. 그녀가 어머니를 올려다봤다. 어머
니가 말했다. "뭘 좀 먹어야지. 토스트 좀 먹어봐." 메도는 아무것도 바르
지 않은 토스트를 집어서 한 입 베어 물었다. 그리고 아무 말 없이 어머
니를 쳐다보면서 씹었다. 삼킬 때 목구멍이 좀 아팠다.

"잘했다." 어머니가 말했다. 메도는 한 입 더 베어 물고 천천히 씹었
다. 토스트를 다 먹었다.

"너 샤워 좀 해야겠다. 내가 욕실까지 데려다줄게."

메도가 두 다리를 들어서 침대 옆으로 내렸다. 몸이 뻣뻣하고 욱신거
렸기 때문에 똑바로 서기 위해서는 어머니가 필요했다. 샤워를 시작한
지 몇 분밖에 안 지났는데 뜨거운 물 때문에 현기증이 났다. 어머니가
그녀에게 수건을 둘러주고 목욕 가운을 입혀줬다.

"팔을 여기로 집어넣어. 그래." 그녀가 말했다. "침대로 돌아가기 전에
이 닦자."

메도는 이를 닦고 나서 뭔가를 기대하듯 어머니를 쳐다봤다.

"이제 침대로 돌아가서 쉬어." 이렇게 말하고 어머니는 메도를 부축해서 침대까지 걸어갔다. 메도를 침대에 앉히고 다리를 한 번에 한쪽씩 침대 위로 올린 다음 눕혔다. 시트를 끌어 올리고 나서 그 위에 담요를 덮었다. 어머니는 불을 끄고 메도의 이마에 입 맞췄다. 메도는 목록을 작성하지도, 울지도, 물건을 집어 던지지도 않았다. "이제 좀 쉬렴"이라는 어머니의 말 외에는 아무것도 생각하지 않았다. 그리고 어머니가 시키는 대로 했다.

어머니가 떠나고 몸이 완전히 나은 후에 메도는 자신이 달라졌기를 바랐다. 밥을 먹고, 잠을 자고, 신문을 읽고, 운동을 했다. 앞으로 뭘 해야 할지 알 수가 없었다. 마치 뭔가 굉장한 일이 일어나길 기다리는 사람처럼 그녀는 한 발짝 떨어져서 숙고하며 자신의 예전 삶을 돌이켜보았다.

다마스쿠스의 순간

2

　돈이란 누구에게나 복잡한 문제였지만 메도는 나이를 먹을수록 자신이 가진 부가 불편해지는 듯했다. 돈 달라고 하는 사람에게 돈을 주는 것은 (평생 동안) 메도의 습관이었다. 길모퉁이의 사람들, 종이컵을 내미는 손 혹은 그냥 빈손. 가로등이나 고속도로 진입 램프 옆에 매직 마커 형광펜으로 '저는 재향군인입니다. 도와주세요. 저는 살 집이 없습니다'라고 쓴 판지를 들고 서 있는 남자들. 때로는 피어싱을 하고 텅 빈 눈빛을 가진 지저분한 10대 소녀. "실례합니다. 집에 갈 차비 좀 빌려주실 수 있어요?" 지하철이나 버스에서 모든 사람으로 하여금 시선을 돌리거나 땅바닥을 쳐다보거나 강철 같은 집중력으로 신문을 들여다보게 만드는, 진부한 연설을 늘어놓는 남자. 그런 연설은 늘 곤욕스러웠다. 목소리에 담긴 고단함 때문에 다 듣기도 전부터 수없이 연습한 거짓말이라고 느껴졌다. 그녀는 그들이 그만하길 원했다. 곤궁을 연기하지 않길 바랐다. 그런 연설을 한다고 뭐가 달라지겠는가? 어차피 돈 줄 사람은 주고 안 줄 사람은 안 줬다. 그 이유가 무엇이든 연설은 아니었다. 그녀는 연설이 시작되자마자 돈을 꺼냈다.

그 작고 무의미한 액수의 돈을, 받는 사람은 늘 고마워하고 메도는 늘 멋쩍고 민망해했다. 돈을 건네는 순간은 언제나 똑같았다. 그녀는 돈을 내밀고 있지만 자기가 돈 달라고 하는 사람과 닿고 싶지 않음을 안다. 그래서 억지로 돈을 그 사람의 손안에 밀어 넣고, 억지로 그 사람과 눈을 마주치고, 아주 잠깐이라도 미소 짓고, 자신의 손가락이 그 사람의 더럽고 거친 손가락을 스치게 한다. 그리고 그 짧은 순간 동안 거리의 삶, 껴입은 더러운 옷, 며칠씩 몇 주씩 씻지 않은 피부의 촉감이 어떤지를 살짝 엿본다. 그러고 나서 항상 메도는 수치심을 느낀다. 자신이 그들을 보거나 만지길 꺼리는 데 대한 수치심, 그들이 고마워하는 데 대한 수치심, 하지만 대부분은 자신의 행동이 얼마나 하찮고 자기만족을 위한 것인가에 대한 수치심이다. 그래서 적선을 하기 싫다. 감상적이고 이기적일 뿐 아니라 자신의 죄책감을 덜기 위한 방편이기 때문이다. 스스로 좋은 사람인 것처럼 느끼기 위해 타인의 가난을 이용한다는 것, 심지어 자신이 가진 행운과 특권을 상기하기 위해 타인을 이용한다는 것, 이것이 수치스럽다.

하지만 이 또한 사실이다:

수치심에도 불구하고 메도는 잠시나마 기분이 좋아진다. 아무리 복잡한 기분일지언정 평소의 무관심을 버리는 것, 익숙한 반경을 잠깐 동안 벗어나는 것은 기분 좋은 일이다. 그녀가 지금껏 운 좋은 인생을 살아왔음을 인정하는 데는—그것을 인정하는 것, 그것을 마주하는 것—적어도 일말의 진실이 있다.

그리고:

적선에 아무리 문제가 많아도 그 대안은 참을 수가 없다. 그 사람을 무시하는 것. 시선을 피하고 빨리 지나가는 것. 싫다고 말하는 것(마치 이 대화가 실제로는 일어나지 않은 것처럼 거의 들리지 않는 목소리로 또는 마찬가지로 완전히 개입하거나 대화의 물꼬를 트고 싶지 않아서 고개를 살짝 흔들면서). 이런 행동을 하고 나면 기분이 너무 끔찍해져서 실제로 그녀가 (신호등이 바뀌려고 해서, 양손에 짐을 들고 있어서, 아마—맙소사—조금 늦어서 서두르느라) 누군가를 무시한 경우에는 곰곰 생각하다가 자신의 이기심을 너무 통렬하게 느낀 나머지 그 사람을 찾기 위해 방향을 돌려서(다음 블록에서 차를 돌리거나 다시 그 모퉁이로 걸어가 양손의 짐을 내려놓고 지갑을 찾아서) 그녀가 무시하고 지나갔다는 사실을 그가 알아채기라도 한 양 사과를 하고(그런 사람들이 무슨 그녀의 사과를 원하겠는가. 그녀는 상황을 한층 더 어색하고 보기 흉하게 만들고 있을 뿐이다. 그녀의 사과는 단지 자신의 너그러움, 자신의 덜렁거림에 대한 허영심을 벌충하기 위한 수단일 뿐이다) 5달러나 10달러를 준 뒤 그 사람이 감사 인사를 하기 전에 서둘러 자리를 피했다. 왜냐하면 감사 인사는 너무 과하고 그녀가 받을 자격이 없기 때문이다(때로는 이것이 완전히 거래라고 느껴지기도 한다. 그들이 그녀에게 감사하게끔 만들기 위해 그녀가 돈을 주는 것이다. 그녀는 그들에게서 감사라는 감정을 사고 있는 것이다).

하지만 물론 이것도 있다:

그들은 돈을 원하고 필요로 한다. 이 욕구와 필요에 대해서는 의심의 여지가 없다. 그들은 절박하기 때문에 돈을 달라고 한 것이다. 설사 부질없을지라도 그들은 원한다. 그 또한 그들에게 도움이 되기 때문이다. 그녀는 그들이 음식이나 마약이나 음료수, 아니면 이 세 가지 모두를 사리라는 것을 알았다. 어쩌면 담배나 실내에서 마시는 진하고 달콤한 커피 한 잔일 수도 있다. 어쩌면 핸디 와이프스 물티슈, 치약, 욕실 딸린 방일 수도 있다. 하루를 견디는 데 필요한 것이라면 무엇이든 살 수 있다. 그래서 거절할 수가 없다. 적선을 생각하면 이 모든 것이 떠올랐는데 그녀는 늘 적선에 대해 생각했다. 하지만 대부분의 사람들처럼 금방 다른 생각에 빠져들기도 했다. 하지만 그때 이 특별한 여자와 관련된, 이 특별한 사건이 일어났고 메도는 자신이 계속 새로이 발견 중인 다양한 방식을 통해 자기가 변하고 있음을 알았다.

메도는 아까부터 우체국 주차장에 들어와 있었다. 대기 줄이 길 것이 분명했다. 주차장이 거의 만원이었기 때문이다. 그녀는 오른쪽으로 손을 뻗어서 조수석에 놓여 있던 소포를 집어 들었다. 왜 오전 10시가 우체국이 붐비는 시간인 것인가? 그녀는 차 문을 잠그면서 코트 주머니 속을 더듬거렸다. 휴대전화, 지갑, 담배.

뻣뻣한 밤색 곱슬머리의 키 큰 여자가 메도와 동시에 유리문에 손을 뻗었다. 여자는 돌진하는(항상 서두르는!) 메도를 보고 멈칫했고 두 사람 다 잠시 망설이다가 여자가 멈춰 서서 메도에게 문을 열어줬다. 메도는 "고맙습니다"라고 말했다. 여자는 커다란 밤색 눈으로 환하게 활짝 웃으며 그녀를 쳐다봤다가 땅바닥을 쳐다봤다. 그녀는 어딘가 굉장히 특별해 보였다. 어려 보였다. 메도는 그녀를 앞질러 가다가 여자보다 먼저 줄에 서게 될 것이 걱정되었다. 그 여자—여자라기보다는 소녀—는 거의 그녀에게 굴복한 것이나 다름없었다. 뭔가 미안하기라도 한 것처럼. 지적장애인인가? 메도는 두 번째 문 앞에 서서 문을 열고 키 큰 소녀가 먼저 지나가길 기다렸다. 소녀는 이번에도 망설였으나 메도가 손짓으로 줄을 가리키자 크게 뜬 눈을 반짝이며 설핏 미소를 지어 보였다. 그녀는 긴 줄에서 메도 앞에 섰다.

그날은 땅이 진창이고 공기가 짭짤하고 추운 날이었다. 소녀가 스카프를 풀고 회색 외투의 단추를 끄르더니 외투를 벗었다. 감색 폴리에스터 바지와 스웨터 차림의 그녀는 날씬하고 키가 컸다. 손목에는 옷이 든 비닐봉지가 걸려 있었다. 메도는 그녀가 조심스럽게 외투를 돌돌 만 뒤에 줄에서 빠져나가 방 한구석에 외투를 내려놓는 것을 지켜보았다. 그녀는 외투를 그곳에 단정하게 놓고는 지퍼 달린 작은 주머니만 꺼내고 불룩한 비닐봉지를 코트 위에 놓았다. 그러고 나서 다시 메도 앞자리로 돌아왔다. 그녀의 바짓단에는 진흙이 말라붙어 있었다. 노숙자인지도 몰랐다. 하지만 그 외에는 너무 깨끗해 보였다. 그리고 노숙자가 그렇게 외투와 짐을 안심하고 구석에 놔두고 오겠는가? 그녀는 어리고 예쁘고 깨끗했다. 길에서 사는 것 같지 않았다. 하지만 여기에 오기 위해 길을 한참 걸어온 것은 확실했다. 부츠도 없이, 짐은 비닐봉지에 넣어서.

줄은 천천히 움직였다. 키 큰 소녀가 맨 앞에 섰을 때쯤 메도는 지갑을 꺼내 들고 있었다. 메도는 자기가 든 소포를 보면서 이름을 제대로 적었는지 읽어보고 포장이 잘됐는지 확인했다. 지갑을 확인하고, 휴대전화로 시간을 확인했다. 그녀는 기다렸다. 창구 두 개가 동시에 비었다. 바짓단에 진흙이 묻은 키 큰 소녀가 그중 하나로 갔고 메도는 그 옆 창구로 갔다. 메도 앞의 우체국 직원은 그녀의 소포를 끈으로 묶고 나서 무게를 달고 있었다. 그때 키 큰 소녀를 담당한 옆 창구 직원이 크고 또렷한 목소리로 말했다.

"저기요! 좋은 소식이에요. 제가 난민 센터에 전화해봤는데 비자 문제가 해결될 때까지 거기 머물면서 우편물도 받을 수 있대요."

메도는 곁눈으로 소녀를 흘끗 봤다. 역시 그랬구나. 그녀는 미국인이 아니라 외국인이었던 것이다. 그녀는 손에 녹색 여권을 들고 있었다. 메도는 직원에게 신용카드를 건넸다. 소녀를 향해 돌아서지 않았는데도 그쪽 직원이 소녀에게 하는 말을 들을 수 있었다.

"이제 뭘 해야 하나 하면 워싱턴의 대사관에 이 여권을 빠른우편으로 보내면 돼요. 그러면 그쪽에서 바로 다음 날 돌려보내줄 거예요. 하지만 배송료가 20달러니까 왕복 40달러를 내야 해요." 긴 침묵이 이어졌다. "죄송해요." 직원이 말했다. "하지만 여권이 확실하게 오고 가려면 그렇게 해야 돼요."

우체국 직원의 목소리는 친절했다. 메도는 그녀를 존경했다. 그리고 뒷줄이 안달하는 것을 느낄 수 있었다. 메도는 자기 창구의 직원이 영수증을 주길 기다리고 있었다.

"4달러요?" 키 큰 소녀가 영국식 악센트로 말했다. 메도는 곁눈으로 소녀의 손에 들린 지퍼 달린 지갑이 열려 있는 것을 보았다.

"아뇨, 사아시입 달러요. 4, 0요." 직원이 종이쪽지에 숫자를 썼다.

키 큰 소녀가 미소 띤 얼굴로 자기 지갑을 내려다보며 고개를 저었다.

"알아요. 죄송해요." 직원이 말했다. "하지만 배송료가 그래요. 그건 저도 어떻게 할 방법이 없어요. 일단 난민 센터에 가서 뭐라고 하나 들어보세요. 그리고 다음에 다시 오셔서……." 키 큰 소녀는 아무 말 없이 서 있었다. 메도는 영수증을 지갑에 욱여넣다가 현금 칸에 20달러짜리 두 장이 있는 것을 보았다. 지갑에 현금이 정확히 40달러 있었다. 정확히. 그녀는 그것을 지갑에서 꺼냈다. 무대에 올라가는 사람처럼 심장이 약간 두근거리기 시작하는 것을 느꼈다.

메도는 옆 창구의 키 큰 소녀를 향해 걸어갔다. 그리고 지나가면서 아래를 내려다보고는 카운터에 놓인 소녀의 손 옆에 20달러 지폐 두 장을 놨다.

"그렇게 해요. 빠른우편으로 보내야죠." 메도는 소녀를 쳐다보지도 않고, 심지어 발걸음을 멈추지도 않은 채 말했다. 하지만 그들이 그녀의 말을 이해했을 때, 돈이 창구로 들어갈 때, 고개를 돌려서 잠깐 그들을 돌아봤다. 키 큰 소녀가 고개를 들면서 높은 목소리로 "고맙습니다"라고 말했다. 그녀는 입을 활짝 벌리며 미소 지었고 직원은 웃음을 터뜨렸다. "올버니에 온 걸 환영해요, 아가씨!" 직원이 외쳤다. 줄이 등 뒤에 있어서 보이진 않았지만 메도는 자신을 쳐다보는 시선을 느낄 수 있었다. 메도는 걸음을 더 빨리했고 다시는 뒤돌아보지 않았다. 그리고 주차장에 접어들자 차를 향해 돌진했다.

그녀는 상기된 채 차에 올라탔다. 귓속에서 심장이 쿵쾅거렸다. 그녀는 가만히 앉아 있었다. 키 큰 소녀는 정말 놀라고 기뻐 보였다. 별것도 아니었는데. 그 돈은 메도에게 아무 의미도 없었다. 40달러가 주저 없이 쓰였다. 자선이나 선행이라고 부를 수도 없을 정도였다. 그녀의 심장은 계속 귓속에서 박동을 울렸다. 메도는 자신의 흥분된 숨소리를 들을 수 있었다. 얼마나 작고 쉬운 행동인가. 얼마나 뿌듯한가. 메도는 차 키를 쥔 채 운전석에 앉아 있었다. 그러다가 한 손으로 이마를 짚고 턱을 숙인 채 낮게 흐느끼기 시작했다. 눈물이 눈앞을 흐리고 뺨을 흘러내리는 것이 느껴졌다. 그녀는 손바닥을 펼쳐서 이마를 짚고 잠시 동안 머리를 기댔다. 손바닥은, 자기 것일 때조차도, 사람을 진정시켜줬다. 그녀가 계속 울자 울음소리가 귓속을 울렸다. 메도는 이마에서 손을 떼고 똑바로 앉았다. 글러브 박스에서 휴지를 찾아내 콧물이 흐르기 시작한 코에 갖다 댔다. 마음이—그녀는 숨을 들이쉬고 콧물을 훌쩍이며 생각했다—정말 평온해졌어. 그녀는 휴지로 코를 눌렀다. 그 눈물, 그 손짓, 그 행위, 그 순간, 그 미소. 놀랄 만큼 기분이 좋았다.

그녀는 가야 했다. 여자가 나올 때 여기 숨어 있고 싶진 않았다. 키를 꽂는 그녀의 손이 떨렸다. 마음이 너무 들떠서 꼭 취한 것 같은 기분이었다. 그녀는 심호흡을 했다. 우아. 하지만 이제 가야 했다.

메도는 키를 돌려서 시동을 걸었다. 뜨거운 바람과 라디오 소리가 훅 끼쳤다. 그녀는 음량을 낮췄다. 아까와는 기분이 또 달라졌다. 우스웠다. 그 사이에 뭐가 달라질 수 있다고. 그녀는 안전벨트를 맸다. 손으로 더듬어서 지갑, 껌, 휴대전화를 확인했다. 그리고 후진을 했다.

메도는 예전에 신문에서 스크랩한 젤 크라빈스키에 관한 기사를 기억해냈다. 스튜디오에 도착해서 파일을 샅샅이 뒤진 끝에 그 기사를 찾아냈다. '한 장기 기증자의 관대함은 지나침의 기준이 과연 어디부터인가라는 의문을 제기한다.' 백만장자였던 젤은 어느 날부터 자신의 전 재산을 기부하기 시작해서 결국 소박한 집 한 채만 남겼다. 다른 사람들은 충분히 갖지 못하는데 왜 나는 필요 이상을 가져야 하는가? 그것은 아주 단순한 질문이었다. 그런 다음 거기서 한 발짝 더 나아갔다. 어떤 사람들은 이식을 기다리는데 왜 나는 신장을 두 개 가져야 하는가? 그래서 그는 하나를 생판 남에게 주었다. 그 기사는 그의 관대함이 일종의 정신병이라고 추측했다. 그의 관대함은 너무 극단적이어서 필자에게 거의 기괴하게 보였고, 합리적인 독자에게도 아마 그러하리라고 본 것이었다. 하지만 메도가 감탄했던 부분은 그 결정이 감정적인 것이 아니었다는 점이었다. 그것은 젤의 입장에서는 도덕적 논리이자 의무였고 해를 끼치기보다는 선을 행해야 한다는 의지였다.

어떻게 선해질 것인가? 어쩌면 그녀는 영원히 선한 사람은 될 수 없을지도 몰랐다. 하지만 선행을 할 수는 있었다. 메도는 신장을 기증하지는 않겠지만 자신의 삶은 바꿀 수 있었다. 방법은 꽤 뻔했다. 순수한 선만 남을 때까지 재정비하는 것이었다.

우선은 돈이었다. 그녀는 항상 대부분의 사람들보다 많은 돈을 갖고 있었다. 하지만 그게 세상에 무슨 도움이 되었나?

그녀는 아버지에게 얘기해서 아버지가 쥰 신탁자금으로 글러버스빌과 올버니 사이의 푸른 언덕에 있는 작은 집과 거기 딸린 땅을 조금 마련했다. 그것은 완벽하게 보존된 19세기의 소금통형 집*으로, 벽난로가 있었고 실평수는 겨우 74제곱미터밖에 안 됐다. 그녀가 앞으로 지불해야 할 것은 세금뿐이었다. 그녀는 워싱턴하이츠의 아파트도 처분하고 창고 스튜디오도 처분했다. 남은 돈은 전부 그녀가 지정한 비영리단체에 보내기로 했다. 가장 큰 기부금이 가는 단체 중 하나는 사법 정의 구현단이었다.

그녀는 자유로워졌다고 느꼈다. 일을 진행할수록 살림이 더 단출해졌다. 그녀는 더 많은 돈을 기부할 수 있도록 소유물도 조금씩 팔아 없앴다. 중고 가게에서 산 옷을 입었고 육식을 그만뒀다. 지출은 최소한으로 줄였다. 그럴수록 기분이 좋았지만 정도를 지나치진 않았다. 밥을 굶거나 모든 육체적 쾌락을 끊지는 않았고 DVD와 책도 남겨뒀다. 그녀는 스스로를 평가해보았다. '모호크족의 백합' 가데리 데가귀타처럼 될 생각

* 앞에서 보면 2층, 뒤에서 보면 1층짜리 집으로 보이는, 미국 뉴잉글랜드 지방의 전통 가옥. 원래의 2층집에 달개를 잇대어 지으면서 생겨난 형태다.

은 없었다. 부족이 궁핍이 되는 지경까지 이르도록 두진 않을 것이었다.

캐리가 가끔씩 전화했지만 메도는 자신의 생활에 대해 잘 알려주지 않았다. 하지만 결국은 그녀에게 그동안 자신이 무엇을 해왔는지 들려줬다.

그러자 캐리가 주저 없이 말했다. "집을 팔아. 차도 팔아. 애들도 팔아. 딴 남자 만나. 다 잊어. 난 돌아가지 않아. 다 잊어!" 〈지옥의 묵시록〉에 나오는 대사였다. 두 사람 다 웃었다. "네가 커츠를 소환했구나."

"그 말을 한 사람은 커츠가 아니야, 너도 알겠지만." 메도가 말했다. "그건 콜비의 편지였어."

"알아, 알아." 캐리가 말했다. "하지만 다들 커츠가 한 말로 기억하지." 침묵이 흘렀다. "너 괜찮은 거지?"

"노력 중이야." 메도가 말했다.

정말로 겸허해지는 게 가능할까? 그렇진 않다. 하지만 그녀는 가볍게, 조용히 걸어갈 순 있었다.

그녀는 뭘 버려야 했을까? 그녀가 가진 것 중에 뭘 버려야 했을까?

그녀는 동물 보호소에서 개 두 마리를 입양했다. 그리고 자원봉사를 했다. 낙후 지역의 산부인과에서, 성인을 위한 문맹 퇴치 센터에서, 환경보호 운동 단체에서. 그녀에게는 특별히 유용한 기술이 없었으므로 대개 전화를 걸어서 기부금을 부탁하는 일을 맡았다. 그녀는 세상이 정말로 좋아지려면 자선이나 선행이 아니라 제도적 변화가 필요함을 알았다. 하지만 그래도 자신이 생각해낼 수 있는 작은 선행을 무엇이 됐든 지금 당장 하라고 스스로를 채근했다. 그러면 그녀의 삶은 견딜 만해졌고 밤에 잠을 잘 수 있었다.

이런 참회하는 삶을 3년간 산 뒤에 메도는 올버니의 한 대학에서 영화 가르치는 일을 맡기로 했다. 예술학사 과정이었고 그녀는 실기 교수였다. 그녀가 영화제작은 가르치고 싶어 하지 않자 학교에서는 그녀에게 영화 이론을 가르치라고 했다. 이론 전공자들이 아니라 영화감독들을 위한 이론 수업이었다.

메도는 자신이 연구하고 싶은 영화라면 뭐든 가리지 않고 가르쳤다. 다시 스무 살로 돌아간 것만 같았다. 첫 학기 때 그녀는 한 학기 내내 필름누아르만을 아주 이상한 순서로 가르쳤다. 물론 다큐멘터리영화도 가르쳤다. 그다음에는 유럽의 뉴 웨이브 영화를 덜 알려진 영화들에 초점을 맞춰 가르쳤다. 하지만 그녀가 가르치면서 가장 즐거웠던 것은 '혁신자' 수업 중에서 오슨 웰스에 관한 부분이었다. 웰스는 학생들에게 뻔하고 과대평가된 사람으로 인식돼 있었다. 그녀는 그들에게 왜 웰스가 자신이 가장 좋아하는 감독인지를 보여주고 싶었다. 그 노력이 효과가 있었을 때, 학생들이 이해했을 때, 그녀가 학생들을 흥분시켰을 때, 그녀는 이 또한 일종의 선행임을 알았다.

4부

젤리와 잭

잭은 어느 날 밤 그녀에게 전화해서 음성 사서함에 메시지를 남겼다.

그는 빌어먹을 위로자들과 돌봄이들이 지긋지긋했다. 그저 애완견 샌디와 같이 앉아서 해변을 바라보고 싶을 따름이었다. 선택지와 완화 치료와 위안에 대해서는 더 이상 듣고 싶지 않았다.

샌디는 완벽한 위안이었다. 녀석은 예전과 똑같았다. 잭이 자신을 산책시켜주고 밥을 줄 거라 기대했다. 졸린 듯 소파 위에 엎드려서 그의 다리에 턱을 얹었다. 다른 모든 사람들은 병에 대해 얘기하거나, 병에 대해 얘기하지는 않지만 계속 거기에 대해 생각하고 있었다. 그의 딸은 그가 담뱃불을 붙이거나 술을 한 잔 따르면 움찔했다. 그가 진단받은 병과 이 고질들은 아무 관련이 없는데도. 어차피 기정사실인데 이 모든 걱정은 대체 뭘 위한 것인가?

그는 문득 자신의 예후는 모르고 그냥 아는 사이인 누군가와 대화하고 싶다는 사실을 깨달았다. 그리고 자기가 니콜과 얘기하고 싶음을 깨달았다.

참담했던 그들의 만남과 영화 개봉 이후, 그는 마침내 그녀를 잊었다고 생각했다. 그녀는 그에게 음성 메시지, 사과하는 메시지를 두 번 남겼다. 하나는 촬영 직후에, 하나는 그로부터 몇 달 후에. 하지만 그는 그녀에게 전화하지 않았다.

지금은 그때와는 다른 느낌, 덜 상처받은 느낌이었다. 치유된 기분을 느끼고 싶다면 불치병에 맡겨라. 그녀는 그에게 전화했고 그들은 예전처럼 대화를 나눴다. 그는 자기가 죽어간다는 사실을 그녀에게 말하지 않았다. 대신 이런저런 이야기나 음악을 들려줬다. 그러면 그녀는 거기에 대한 자신의 생각을 말했다. 니콜은 변함없이 상냥하고 총명했다. 그들은 이제 매일 통화하는 관계로 되돌아갔다. 예전에 그랬듯 같이 본 영화 얘기를 했고 그녀는 때때로 그에게 자신의 삶, 진짜 삶에 대해 들려주기도 했다.

캐리가 영화를 보러 가다

연습이 엄청 길어지고 있어. 정말, 정말 미안한데, 엄마 혼자 가면 안 돼?

그녀의 아들 대시는 완전한 문장에 구두점까지 찍어서 문자를 보냈다. 생각해주는 척하는, 엄마용 문자였다. 노인한테 정말 천천히 말하는 것의 문자 버전인 셈이었다. 그녀는 이렇게 답장을 보내고 싶었다.

하지만 12월 26일에는 '항상' 우리 둘이 영화 보러 갔었잖아!!

그들은 원래 액션 스펙터클영화인 〈맨포머스〉를 보러 갈 예정이었다. 진짜 유치한 영화를 보는 것도 전통의 일부였기 때문이다. 하지만 그녀는 이렇게 문자를 보냈다.

ㅇㅇ 이따 보자

그녀는 사실 〈맨포머스〉를 보고 싶지 않았다. 전혀. 하지만 영화를 한 편 보고 싶긴 했다. 필름 포럼에서는 그녀가 얘기만 듣고 직접 보지는 못한, 베라 히틸로바의 〈데이지즈〉 복원판을 상영 중이었다. 메도가 그 주초에 그에 관한 이메일을 보냈었다. 내용은 달랑 링크와 한 문장뿐이었다. '단 하루, 이 영화를 큰 스크린에서 볼 수 있는 기회야. 갈래?' 캐리는 메도가 아직도 '큰 스크린에서'라는 말을 특전의 의미로 쓴다는 게 재밌었다. 이제는 아무도 큰 스크린에 관심이 없었다. 게다가 캐리는 크라이티어리언 컬렉션에서 나온 〈데이지즈〉 블루레이 DVD를 갖고 있어서 언제든 자기가 원할 때 집에서 편안하게 꽤 큼직한 스크린으로 볼 수 있었다. 비록 아직까지도 그러지 못하고 있긴 했지만. 그녀는 자기도 정말 가고 싶지만 크리스마스 다음 날에는 아들과 스펙터클영화를 보러 가는 전통이 있다고 답장했다. 그리고 조만간 메도를 만나서 저녁이나 점심 식사를 같이하고 싶다고도 썼다. 캐리가 에세이를 온라인에 게재한 후에 처음으로 메도에게서 온 연락이었다. 그녀는 메도가 그 글을 읽었는지 전혀 알지 못했다. 하지만 물론 그녀가 읽지 않았을 리 없었다.

캐리는 택시를 타고 가서 6로(路)에서 내렸다. 5시인데 벌써 어두워지고 있었다. 그녀는 표를 사서 극장 안으로 향했다. 상영관이 반쯤 찬 것을 보고는 신기한 눈으로 뉴욕 시의 영화광 동지들을 훔쳐봤다. 바깥 세상은 쇼핑 천국인데 여기 골수 영화 마니아들은 체코 뉴 웨이브의 세계로 순간 이동 되기만을 기다리고 있었다. 그때 메도의 목소리가 들렸다.

"캐리!" 메도는 가운데 뒤쪽에 혼자 덩그러니 앉아 있었다. 그녀가 캐리를 손짓해 불렀고 캐리는 미소 지으며 그녀를 향해 걸어갔다.

"못 오는 줄 알았는데?" 그들이 좁은 좌석 앞에 서서 어색하게 포옹할 때 메도가 말했다.

"아들이 날 바람맞혔어!" 캐리가 어깨를 으쓱하며 말했다. 그들은 자리에 앉았고 캐리는 둘 사이의 공간을 아들 대시와 그의 밴드 근황을 알려주는 것으로 채웠다. 그때 조명이 어두워지기 시작하자 메도가 캐리를 향해 몸을 기울였다.

"네가 쓴 에세이 읽었어. 너무 좋게 썼더라." 그녀가 말했다.

캐리가 속삭였다. "네가 화낼까 봐 걱정했어." 그러자 메도가 눈웃음을 지으며 고개를 저었다.

예고편이 나오는 동안 캐리는 어두운 극장에 앉아 큰 스크린을 보는 데서 오는, 설레는 흥분의 파도가 밀려오는 것을 느꼈다. 이곳에는 잠시 멈춤도, 스마트폰으로 검색하기도 없었다. 집에서 소파에 앉아 있다가 잠드는 것과는 정말 달랐다. 오로지 영화에만 집중하는 다른 사람들과 함께 극장에 앉아 있는 것, 그것은 종교의식에 가까웠다. 그녀는 때때로 자신이 이 행위를 얼마나 사랑하는지를 잊곤 했다.

이 영화는 시시각각 리드미컬하게 바뀌는 형광색 필터를 씌운, 환상적인 타블로* 속에 등장하는 젊은 여자 둘에 관한 작품이다. 영화 내내 막간이 나올 때마다 똑딱거리는 시계 소리가 일련의 점프 컷을 끌고 나가는 동안 소녀들은 비키니 차림으로 나온다. 때로는 실제 시간보다 빠르게, 때로는 실제 시간보다 느리게. 둘 다 경계가 명확한, 해체된 시간이다. '줄거리'는 두 소녀가 미친 듯이 날뛰는 이야기다. 그들은 부유

---

* 뤼미에르형제 등이 만든 초기 영화에서 마치 회화나 연극처럼 카메라와 배경은 고정한 채 연기자만 움직이게 하여 촬영하는 기법을 말한다.

한 중년 남성들과 저녁 식사를 하러 나간다. 그러고는 우스꽝스러울 정도로 많은 양의 음식을 먹어서 나이 든 남자를 겁에 질리게 하고 때로는 다양한 종류의 음식을 그의 얼굴에 튀긴다. "나는 먹는 걸 좋아해요"라고 한 소녀가 외칠 때 캐리는 웃지 않을 수 없었다. 소녀들은 구역질이 날 만큼 많이 먹고 마시고 담배 피운 후에 데이트 상대를 기차역에 버리고 온다. 데이트 사이사이에는 물건을 불태우고, 훔치고, 사람들 다리를 걸고, 비키니를 입고, 장난 전화를 걸고("여보세요? 죽어, 죽어, 죽어."), 귀여운 소녀풍의 옷을 입고 빈둥거린다. 이 모든 장면이 다 웃기지만 캐리를 아연실색하게 만든 것은 영화의 결말 부분이었다. 마지막 장난은 두 여자가 상다리가 부러지게 차려진 파티 음식을 작살내는 것을 보여준다. 그들은 후루룩 쩝쩝 소리, 음식이 으깨지는 소리와 영상의 향연 속에서 음식을 입안에 욱여넣는다. 다음 순간 영화는 갑자기 소녀들이 식탁 위에 서 있는 장면으로 바뀐다. 그들은 하이힐을 신은 채 접시와 유리잔과 남은 음식 사이를 쿵쾅거리고 걸어 다니면서 다 박살 낸다. 이 장면에 담긴 부조리와 현기증은 지극히 동유럽스러웠다. 하지만 마지막 장면은 캐리가 지금껏 본 어떤 영화와도 달랐다. 소녀들은 신문지를 몸에 노끈으로 묶어서 만든 옷을 입고 돌아와서, 빨리감기한 정신없는 동작으로 깨진 유리잔과 접시를 식탁 위에 다시 차리면서 합창하듯 속삭인다. "우리는 착하고 부지런해. 우린 행복할 거고 모든 건 근사할 거야." 캐리가 기쁨의 비명을 지르고 나서 고개를 오른쪽으로 돌려 메도를 슬쩍 보니 그녀는 스크린을 뚫어져라 쳐다보며 미소 짓고 있었다. 캐리는 다시 영화를 봤다. 그때 화면에서는 소녀들이 으깨지고 흐트러진 케이크와 고기를 커다란 접시 위에 쌓아 역겨운 더미를 만들면서 계속 속삭이듯 구호를 외치고 있었다. "우리는 모든 걸 할 거고, 우리는 착하고 행복하고 아름다울 거야. 그리고 다시 행복해질 거야." 캐리는 메도가 자신의 손을 잡는 것을 느꼈다. 메도가 다른 행동은 전혀 없이 캐리의 손을 꼭 쥐자 캐리도 메도의 손을 꼭 쥐었다.

키노글라스*

그리고 메도는?

그녀는 수업을 했다. 영화를 보고, 학생들의 얼굴을 봤다. 어느 날 그녀는 학생들에게 안드레이 타르콥스키의 〈안드레이 루블료프〉**를 보여줬다. 자신이 처음으로 그 흑백 영상을 보았을 때가 떠올랐다. 15세기에 영화를 만들었다면 아마 이랬을 거라고 생각했었다. 그리고 호즈니 선생님이 했던 말이 기억났다. 타르콥스키는 이 영상을 통해 우리가 무한을 느끼게끔 만들려 했으며, 무한을 표현할 수 있는 형식을 찾고 싶어 했다고. 그게 다였다! 하지만 그녀는 다음과 같은 작용이 일어난다고 봤다. 타르콥스키의 영화들은 관객이 풍경 속에 있는 인물을 보게 만들었

---

* '영화의 눈'이라는 뜻으로, 지가 베르토프가 주창한 몽타주 이론이다. 그는 인간은 불완전한 존재, 기계는 완벽한 존재이므로 카메라(기계)로 촬영한 화면을 편집(시공간의 통제)함으로써 육안으로는 볼 수 없는 진실에 다가갈 수 있다고 봤다.
** 실존 인물인 15세기 러시아의 성화 화가 안드레이 루블료프의 전기 영화(1966).

다. 관객은 구도의 아름다움에 차츰 몰입하다가 결국 조바심을 잃고 일시성과 다음 장면에 대한 집착을 잃었다. 결국 그와 함께 영화 안에 머물게 됐다. 그리고 물질계와 신비계가 하나가 됐다. 타르콥스키는 무엇이 진실인지 보여주기 위해 마법과 책략을 사용했다.

또 뭐가 있나?

어느 날 수업을 마친 후에 그녀는 야외 탁자에 앉아서 점심을 먹었다. 날씨가 쌀쌀하면서도 화창했다. 다가오는 봄 냄새를 공기에서 맡을 수 있었다. 그녀는 눈을 감고 태양 쪽으로 고개를 돌려 눈꺼풀 너머에서 비치는 붉은 빛을 보았다. 그런 다음 눈을 뜨고 파란 하늘을 쳐다봤다. 구름 몇 가닥이 지평선의 굴곡과 똑같은 모양으로 떠 있었고 밝은 광선이 뒤에서 구름을 비춰 틴토레토의 그림처럼 구름의 윤곽을 따라 빛나는 선을 그렸다. 실제가 아니라 영화 같네, 그녀는 생각했다. 그녀는 하늘과 햇빛을 바라보다가 다시 눈을 감고 여러 가지 이미지의 만화경을 상상했다. 폭포, 바람 속에서 삐걱거리는 우뚝 솟은 나무들, 강과 땅 사이를 빙글빙글 도는 새가 그리는 원호, 피부에 전기가 흐르는 반짝이는 정글의 양서류, 눈[雪]이 저물녘 하늘을 채울 때의 은은한 분홍 빛, 얼어붙은 눈 위에서 날카롭게 반짝이는 달빛. 그때 그녀는 일정한 소리를 들었다. 이것은 리드미컬한 심장박동 소리인가, 아니면 윙윙대는 컴퓨터 소리인가, 아니면 혹시 기계음인가, 기차의 철컹철컹 소리인가? 그녀는 눈을 감고 벤치에 앉음으로써 그 소리에 귀 기울이려 애썼다. 자신이 작게 느껴지면서도 뭔가와 연결된 느낌이 들었다. 아까의 이미지들을 다시 떠올렸다. 하지만 이번에는 거의 스톱모션에 가까운 슬로모션으로, 일그러진 소리와 함께 떠올렸다. 크레인이 그녀를 들어 올리면서 시야도 공중으로 붕 떠올랐고 그다음에는 카메라가 이 모든 것 위를 날아가기 시작했다. 그녀는 와이드 앵글과 딥 포커스, 인류 이후 혹은 이전의 풍경, 길고 서정적인 안개 같은 영화를 상상했다. 하지만 그것만은 아니었다. 어떤 사람을 제대로 찍으면 이것, 잠깐 엿본 이 궁극의 아름다움에 필적할 수 있으리라고 생각했다. 이름 붙일 수 없는, 있을 수 없는, 보이지 않는 뭔가를 이미지가 전달하는 것이 가능할까? 인간 의식의 영향을 받지 않은 이미지란 과연 뭘까. 얼핏 본 것? 더 조용하고 단순한 것이 필요했다. 예를 들면 꾸밈없는 얼굴을 하고 홀로 앉아 있는 사람—어떤 사람이든, 어떤 얼굴이든—같은. 이미지는 어디까지 평범해질 수 있었을까, 소박해질 수 있었을까? 그녀가 논박이나 저항을 포기하게 만들 뭔가여야 했다. 그녀는 이 영화를 만드는 것을 상상했지만 한편으로는 제작 과정에서 모든 것이 달라지리란 걸 알았고 또 그러길 바랐다. 또다시 자신의 비전이, 자기 자신이 달라지길 바랐다.

죄수

세라 밀스는 이른 아침에 감방 안에서 무릎을 꿇었다. 세라는 종교를 믿지 않았지만 영혼의 존재는 믿었다. 현실 세계가 아무것도 주지 않을 때 달리 뭘 할 수 있겠는가? 그녀는 기도했지만 신에게 기도하진 않았다. 자기 딸 크리스틸린에게 기도했다.

그녀는 매일 아침 잠에서 깨자마자 이렇게 했다. 무릎을 꿇고, 눈을 감고, 양 손바닥으로 두 눈을 꼭 눌러서 모든 빛을 차단했다. 그렇게 조금 기다리다가 오감에 신경을 집중하기 시작했다. 감방 동기가 그녀에게 이 오감 모으기와, 이 방법을 개발한 예수회 사제 성 이그나티우스 로욜라에 대해 말해주었다. 뭔가를 이뤄달라고 기도하려면 각각의 감각을 사용해서 그것에 대한 직접경험을 만들어내야 했다. 예수회 수사들은 예수의 삶을 경험하기 위해 이 오감 모으기를 사용했다. 그리고 세라에게는 자기만의 방식이 있었다.

그녀는 꼭 누른 눈꺼풀 너머를 들여다보면서 집 안이 어떻게 생겼었는지를 떠올렸다. 고양이 발톱 자국이 줄무늬처럼 나 있는 검은 가죽 소파가

놓인 거실. 플러그를 꽂아놔서 색등과 리본이 반짝이는 크리스마스트리. 내가
시판되는 빨간 소스를 넣고 스파게티를 만들었는데 가스레인지 위에 놓고 자리
를 비운 동안 눌어붙어서 집 안은 이미 탄내로 가득했어. 소파에 앉아서 멘톨
담배를 피웠더니 목구멍에서 마르고 거친 박하 같은 맛이 났지만 담배 연기를
늘 맡다 보니 냄새는 거의 느낄 수 없었지. 나는 크리스마스트리를 계속 쳐다
봤어. 아까 먹은 약 때문에 깜빡이는 색등의 잔상이 계속 눈에 남아 있어서 내
가 트랜스 상태에 있다고 생각했거든. 나는 소파에서 꼼짝하지 않았어. 이때는
기분이 아주 좋았지. 트리 옆에는 크리스털린, 너도 앉아 있었어. 네 하얀 머리
는 숱이 적었고 너는 머리 빗는 걸 싫어했어. 머리가 삐죽삐죽 섰었지? 너는 분
홍색 봉제 인형을 빨면서 트리를 쳐다보고 있었어. 발 달린 파란 잠옷을 입었는
데 첫 단추는 풀고 있었지. 트리 밑에 선물은 없었지만 너는 트리 장식을 좋아
했어. 나는 몽롱한 상태로 널 보고 있었어. 네가 손가락 하나를 뻗더니 빨간 전
구를 탁 쳤지. 나는 가만히 보고만 있었어. 그러자 네가 까르륵 웃으면서 아까
보다 세게 한 번 더 쳤고 그때 내가 말했지. "보기만 하고 만지지 마, 크리스털
린!" 전구가 빙빙 돌면서 흔들렸고 그 안의 빛도 같이 움직였지. 네가 웃는 소리
를 나는 들을 수 있었고 20년이 지난 지금도 똑같이 들을 수 있어. 그다음에 나
는 너를 침대로 데려갔어. 너를 안아 올렸을 때 어찌나 무겁던지. 내 팔에 느껴
지는 무게가. 너를 안고 걸어갈 때 다리가 후들거리는 걸 느꼈지. 맨발이라 발
가락으로 계단에 깔린 카펫을 움켜쥐었어. 네 방은 난장판이었어. 나는 네 잠옷
지퍼를 열고 기저귀가 젖지 않았나 확인했지. 다시 지퍼를 채울 때 너는 꼬물거
렸고 잠옷에서는 플라스틱과 베이비파우더 냄새가 났지. 아기 침대 안에 넣자
네가 울기 시작해서 나는 아래층으로 내려가 냉장고에서 주스가 담긴 젖병을
꺼냈어. 그때 제이슨이 들어와서는 멈춰 선 내게 다가와 나의 맨다리 뒤에 손
을 얹었지. 그의 손이 점점 위로 올라왔고 나는 허리를 숙이며 제이슨에게 기댔

어. 그때 네가 위층에서 빽 하고 울기 시작했지. 나는 여전히 주스 병을 든 채로 신음했어. 그래, 목구멍 깊숙이에서 지친 신음 소리를 냈지. 나는 계단을 올라 갔어. 너는 침대 안에 서서 울고 있었고 커다란 눈물방울이 빨간 볼을 흘러내렸 지. 나는 너한테 젖병을 줬어. 너는 곧바로 울음을 멈춘 다음 두 손으로 병을 쥐 고 빨기 시작했지. 나는 침대 안으로 팔을 뻗어서 네 겨드랑이를 잡고 들어 올 렸어. 그리고 뜨겁고 부드럽고 눈물에 조금 젖은 네 볼에 뽀뽀했지. 내가 두 팔 을 다시 펴자 네가 젖꼭지를 문 채로 웃고 있는 걸 볼 수 있었어. 나는 다시 너 를 침대 안에 내려놓고 바닥에 눕혔어. 네가 많이 피곤했는지 눈꺼풀이 금방 감 기기 시작했더라. 나는 너에게 뜨개 담요를 덮어주면서 말했어. "잘 자라, 아 가." 그리고 잠깐 동안 네 통통한 뺨을 어루만졌지. 사과 주스, 베이비파우더 그 리고 내 담배 냄새가 났어. 나는 불을 끄고 네 방문을 닫았어.

세라는 계속 무릎을 꿇은 채 눈을 감고 두 손으로 눈꺼풀을 누르고 있었다.

마지막으로 네 목소리를 들었을 때 나는 차고에서 제이슨에게 소리를 지르 고 있었어. 네 울음소리가 들렸지만 그냥 네가 그치기만 바랐지. 너에게 가지는 않았어. 나는 계속 소리를 질렀고, 제이슨은 나를 무시하고 있었어. 모든 게 멈 춰버렸으면 했어. 나는 흐느끼고 있었고 계단에서 떨어진 것 때문에 아팠거든. 다리는 빨갰고 허벅지는 쑤셨어. 옷은 팬티와 티셔츠뿐이었고. 추위와 여러 가 지 약물 때문에 몸이 덜덜 떨렸지. 이가 저절로 빠득빠득 갈렸고, 아프고 추운 것보다 화가 났어. 나는 제이슨의 차에 삽을 집어 던졌어. 자전거펌프도 집어 던졌지.

마지막으로 널 봤을 때 나는 네 방에 있었고 너는 자고 있었어. 연기 때문에 목구멍이 쓰렸어. 마룻바닥에서 올라오는 열기를 느낄 수 있었어. 침대 위에서 내려다보니 너는 잠든 것 같아 보이더라. 너는 울고 있지 않았고 나는 눈물 콧물을 흘리고 있었지. 네가 살아 있는지 어떤지 알 수가 없었어. 확인하지도 않았고, 너를 안아 들고 집 밖으로 뛰쳐나가지도 않았지. 그러지 않았어. 그럴까 생각도 했지만 네 침대 앞에 서 있던 순간에는 그러지 않기로 결심했지.

처음 이 연습을 시작하고 몇 년 동안은 이 부분을 생각할 때 다음의 장황한 설명을 덧붙이곤 했었다. 그러지 않기로 결심했지. 네가 나처럼, 우리 엄마처럼, 우리 모두처럼 되지 않도록. 실패작 말이야. 나 같은 실패작. 네가 항상 돈이 모자라고 돈이 없어서 모든 게 너무 힘든 삶에 대해 알지 못하도록. 너의 그 완벽한 몸과 싸우게 되지 않도록. 남자들이 너에게 상처 입히지 못하도록. 내가 너에게 상처 입히지 못하도록. 그때 이런 말들을 생각한 건 아니란다, 아가. 그저 내 피곤한 몸으로 느꼈을 뿐이고, 그때 내 머릿속에 있던 유일한 말은 '애를 그냥 내버려둬'였어. 하지만 그때 세라는 이 이유들, 자기가 그런 행동을 한 이유라고 스스로 생각하는 것에 대한 이야기를 거둬들이기 시작했다. 설사 그것이 사실일지라도 그녀가 지금 버리려고 하는 자아의 죄책감만 덜어줄 뿐이었기 때문이다. 그녀는 자기가 한 일에 대해서만 생각해야 했다.

연기 때문에 숨이 막혀서 네 방 창가로 가서 창문을 열었어. 공기가, 차가운 밤공기가 밀려 들어오자 숨을 쉬고 싶어져서 창밖으로 몸을 내밀었지. 너를 연기로 가득한 방 안에 남겨둔 채 나는 점점 공기를 향해 움직였고 정신을 차렸을 때는 잔디밭에 누워 있었고 누군가가 나에게 산소마스크를 씌워서 구급차에 실었어. 이게 내가 한 짓이야, 크리스털린.

세라는 거기서 생각을 멈췄다. 이 부분도 더 이상 덧붙일 필요가 없었다. 그건 잘못된 행동이었어. 끔찍하게 나쁜 짓이었고 너를 구하지 않아서 정말 정말 미안해. 이것은 고백이 아니었다. 이것은 감방 안의 고독한 삶이었다.

세라는 여전히 무릎을 꿇고 두 눈을 누르고 있었다. 그녀는 매일 이렇게 크리스털린과의 마지막 시간을 되새겼다. 매일 기억이 다시 찾아왔고, 매일 세라는 그것을 떠올려야만 했다. 세라가 스스로 기억하게 만드는 것은 중요했다. 그러고 난 뒤에야 자신을 놓아줄 수 있었기 때문이다. 여전히 무릎을 꿇고 있는 그녀는 이제 용서 비슷한 것을 느꼈다. 그것은 신에 의한 것도, 크리스털린에 의한 것도, 이 세상 어느 누구에 의한 용서도 아니었다. 그녀는 자기 자신의 무의미에 용서받았다고 느꼈다. 바깥으로부터, 감방 안에 무릎 꿇고 있는 자신의 모습을 보았을 때 그녀는 영광스러우리만치 무의미했다. 너무나 무의미해서 공기와도 같았다. 그녀가 원한 것, 생각한 것, 아는 것은 중요치 않았다.

반복되는 나날은 어떤 효과를 가져왔다. 그 단조로움을 알면서도 맞서 싸울 수가 없었다. 그래서 그에 맞는 자기만의 반복, 의례를 만들어야 했다. 이 이른 아침 비몽사몽간의 무릎 꿇기가 바로 세라의 의례였다.

그녀는 감은 눈 속의 어둠을 깊이 응시했다. 어둠 속을 들여다봤다. 시각적 자극이 거의 없을 때 뇌는 스스로 이미지를 창조한다. 세라는 이 현상의 이름이 '죄수의 영화관'이라는 것을 모른다. 이것은 뇌의 착각이다. 아무것도 보이지 않는 상태가 장관으로 변했다. 고립이 환각으로 변했다. 충분한 시간이 흐르고 나면 일련의 빛이 보였다. 이 가짜 이미지는 안섬(眼閃), '빛 보여주기'라는 뜻이다. 하지만 세라는 그것이 엄청난 깊이를 가진 강렬한 색채들과 모자이크 같은 또는 교회 타일 바닥 같은 또 때로는 고둥의 나선 같은 무늬를 보여준다는 사실밖에 몰랐다. 이런 환상이 그녀가 살아온 시간, 의무, 행동에 대한 책임을 면제해주지는 않았다. 하지만 그 대신 세라를 그녀라는 사람의 한계, 그녀가 저지른 행동의 한계 너머로 데려갔으므로 이에 대해 그녀는 고마움을 느꼈고 이로써 마침내 위안을 느꼈다.

감사의 말

　우선 필 랩슬리의 《전화 폭파하기》에 감사한다. 브라이언 버로의 〈배니티 페어〉 기사 「미란다 집착증」과 미란다 그로브너는 이 소설에 등장하는 원형적 캣피싱*의 요소에 영감을 줬다. 메도의 〈배리 린든〉 장면 분석은 마틴 스코세이지의 다큐멘터리 〈마틴 스콜세지의 영화 이야기〉에서 일부를 따왔다. 상상 속 오슨 웰스의 대사는 그가 죽던 날 밤 〈머브 그리핀 쇼〉에 출연해서 했던 말에서 가져왔다. 소실된 영화를 재현한다는 발상은 가이 매디슨이 제공했다. 제임스 베닝의 〈RR〉**은 메도의 기차 영화 목록에 속하지만 이 책의 시대 배경보다 너무 늦게 제작되어 언급되지 못했다. 그의 작품은 이 책의 제목을 정할 때 방향을 제시해주

---

*　SNS상의 가짜 신분을 이용하여 벌이는 사기. 이에 관한 내용을 다룬 미국의 다큐멘터리 〈캣피쉬〉(2010)의 제목에서 유래한 용어다.
**　미국의 실험적 풍경 영화 감독인 제임스 베닝의 다큐멘터리영화(2007). RR은 Railroad(철도)의 약자다.

기도 했다.

멜러니 잭슨과 돈 들릴로가 이 소설에 보여준 지지에 감사한다. 편집자 낸 그레이엄의 지성과 열정에 감사한다. 영화와 관련하여 다각도로 도와준 로저 핼러스, 래키 바자카스, 제임스 레이신, 로버트 폴리토, 톰 러디, 샘 그린, 베넷 밀러에게 감사한다. 영화 관련 질문에 이메일로 답해주고 이 소설에 경의의 표시로 그의 이름을 사용하도록 허락해준 짐 호즈니에게 감사한다. 전화 해킹 부분을 읽고 조언해준 코디 카벌에게 감사한다. 다양한 의견과 대화를 통해 작업에 도움을 준 켈리 루어크, 에릭 비앤키, 크리스틴 힐리, 스콧 힐리, 스털링 영먼, 마리 로렌츠, 세라 하웰, 레이철 쿠슈너, 주디스 클라크에게 감사한다. 작업할 수 있는 시간과 재정적 지원을 제공해준 시러큐스 대학교와 문예창작 프로그램에 감사한다. 이 책을 지지해준 수전 몰도, 캐서린 모너핸, 대니얼 로덜을 비롯한 스크리브너 출판사의 모든 직원들에게 감사한다. 이 소설을 읽고 유익한 조언을 해준 나의 어머니 에미 프래스카에게 감사한다. 나의 글쓰기를 변함없이 응원해주는 조너선 디에게는 아무리 고마움을 표해도 부족하다.

옮긴이의 말

1966년 미국 뉴저지주에서 태어난 데이나 스피오타는 어린 시절 여섯 번이나 이사를 다닌 탓에 자연히 책과 영화와 음악에 빠져들었다. 그러다가 아버지가 대학 동창인 프랜시스 포드 코폴라 감독의 영화사 '아메리칸 조이트로프'의 사장이 되면서 열세 살 때 처음으로 로스앤젤레스라는 대도시에 정착하게 된다. "건축물과 지형 안에 누군가가 읽어주길 기다리는 비밀스러운 역사가 있다고 느낀 것은 난생처음이었다. 교외에서는 그런 것을 느낄 수 없다. 교외는 정반대의 목적으로 설계되었기 때문이다. 거기에는 읽어야 할 역사도, 복잡한 사정도 없다"는 작가의 말에서, 메도의 집이 위치한 협곡이나 뉴욕주 북부의 지형을 공들여 묘사한 이유를 찾아볼 수 있다. 이러한 지리적, 문화적 성장 배경은 그녀에게 깊은 영향을 미쳤다(스피오타는 코폴라의 영화 〈럼블 피쉬〉 제작진 명단에 '학생 참관인'으로 올라 있기도 하다). 모든 작품의 공간적 배경이 로스앤젤레스인 이유도 바로 이 때문이다.

그녀는 작품 속 웨이크 학교의 모델로 추정되는 크로스로즈 학교—이 학교의 졸업생으로는 귀네스 펠트로, 잭 블랙, 리브 타일러, 마이클 베이 등이 있다—를 졸업한 뒤 뉴욕의 컬럼비아 대학교에 진학하지만 2학년 때 부모님의 이혼과 아버지의 파산으로 어쩔 수 없이 자퇴한다. 즉 (로스앤젤레스/할리우드/샌타모니카에서 '보통'으로 간주되는) 부유층 메도의 삶으로부터 (같은 곳에서 '가난뱅이'로 간주되는) 중산층 캐리의 삶으로 하루아침에 추락한 셈이다. 생계를 꾸리기 위해 시애틀의 음반 가게에서 일하다가 가까스로 에버그린 주립 대학교를 졸업하고 문예지 〈쿼털리〉에 취직하면서 다시 뉴욕으로 돌아온 그녀는 편집장 고든 리시의 소개로 돈 들릴로를 만난다. 그리고 그는 그녀에게 평생의 멘토가 된다.

웨이트리스로 일하면서 쓴 첫 장편소설 《번개 들판》(2001)을 출간했을 때 그녀는 서른다섯 살이었다. 두 번째 장편소설 《서류를 먹어라》(2006)는 (지금은 이혼한) 남편과 함께 뉴욕주 북부에서 레스토랑을 경영하던 시절에 몰래 썼다. 이 책의 성공으로 조지 손더스와 메리 카 같은 유수의 작가들이 교수진으로 있는 시러큐스 대학교 문예창작과에 부임하면서 비로소 안정적인 작품 활동을 할 수 있게 되었다.

《순수한 인생》은 작가의 간명한 문체 때문인지 짧은 길이에도 불구하고 30여 년에 걸친 두 사람의 우정, 전화 해킹, 아르헨티나의 더러운 전쟁, 트루먼과 원자폭탄, 켄트 주립 대학교 총격 사건, 80년대 미국의 인기 시트콤, 각종 영상 기기, 영화사(史), 그중에서도 특히 예술영화, 예술과 현실의 관계, 작가와 작품의 관계 등 너무나 많은 이야기를 담고 있다. 그중에서 필자가 주목한 부분은 (대중적 희극 영화 감독인 캐리를 제외한) 두 주인공 메도와 젤리에게서 볼 수 있는 '내가 생각하는 나'와 '실제의 나', 그리고 그 둘 사이의 간극에 대한 이야기였다.

> 창조적인 거짓말, 나 자신에 관한 거짓말은 거짓말이라고 부르면 안 된다. 다른 단어가 필요하다. 가공, 일종의 희망 사항, 사실에 가까운 무엇, 아직까진 아무것도 없는 가능성의 안개라 해야 할지도 모르겠다. 훔친 요소들과 지어낸 요소들로, 그러니까, 지어낸 것. 그것을 말하는 동안에는 거짓말보단 꿈에 가깝게 느껴져야 한다.

사람은 누구나 자기 자신에게 관대하고 스스로를 미화하는 경향이 있다. 하지만 이 두 사람의 문제는 이들이 만들어낸, 자신에 대한 허상이 직업(?)적 특수성 때문에 머릿속에만 머물러 있지 않고 세상 밖으로 나와서 그들 자신을 포함한 (이 책의 원제이기도 한) '순수한/무고한 사람들과 그 밖의 사람들'에게 상처를 입혔다는 점이다. 물론 어떤 관점에서 보면 무고한 사람은 아무도 없다고도 할 수 있다. 메도의 동기는 공명심과 자기애 내지 자아도취였고, 젤리의 동기는 자신의 진짜 모습으로는 받을 수 없는 사랑을 남자들에게 받고 싶다는 욕구와 자기가 원하기만 한다면 상대방의 마음을 쉽게 조종할 수 있다는 오만이었으며, 젤리의 전화 친구들은 그녀가 실제로는 금발 미녀가 아닌 줄 알았다면 그렇게까지 통화를 오래 지속하며 그녀에게 빠져들지 않았을 것이기 때문이다. 결국 이들의 거짓말은 현실과 충돌하면서 환멸의 순간을 가져오고 만다.

이 책을 읽은 독자라면 누구나 작가가 참으로 방대한 자료 조사를 했겠다는 생각을 했을 것이다. 이 책에서 언급되는 모든 인물—등장인물이 아니라 '언급'되는 인물—및 작품은 실제로 존재한다. 또한 허구의 등장인물과 관련된 내용조차도, 메도가 오슨 웰스와의 짧은 연애에 관해 쓴 에세이처럼 별개의 사실을 교묘하게 조합하거나 다른 것으로 바꿔치기하는 기법을 사용하고 있다. 그래서 영화에 관한 지식이 많은 독자는 곳곳에 숨겨진 힌트를 발견하는 즐거움을 누릴 수 있다. 예를 들어 메도 모리의 성(姓)은 오슨 웰스의 세 번째 부인 파올라 모리에게서, 캐리 웩슬러의 성은 촬영감독 해스컬 웩슬러*에게서 따왔다. 오즈의 절대음감 휘파람은 이 능력을 발견했을 당시 일곱 살 소년이었던 선천성 맹인 조 엔그레시아—후에 조이버블스로 개명—에게서, 캡틴 크런치 호루라기는 존 드레이퍼에게서 가져왔다.

또한 많은 사람들이 설마 저게 실제로 가능할까 의심했을, 젤리의 전화 연애는 1970년대부터 80년대까지 약 15년 동안 활동한 미란다 그로브너의 실화에서 가져왔다. 미란다, 아리아나 등 여러 가지 가명을 사용했던 휘트니 월턴은 1960년대에 뉴욕에 살면서 짐 모리슨, 밥 딜런 등과 친하게 지내다가 루이지애나주 배턴루지로 이사하게 되었다. 남부의 시골 마을에서 사회복지사—스피오타는 젤리의 직업을 통신판매원으로 설정함으로써 오히려 실화보다 더 설득력을 높여주고 있다—로 따분한 삶을 살던 그녀는 옛 친구들을 통해 유명 인사들의 전화번호를 손에 넣은 다음 그들에게 전화를 걸어 자신을 툴레인 대학교에 재학 중인

---

* 국제 촬영감독 조합이 선정한 '영화사상 가장 영향력 있는 촬영감독 10인' 중 한 명. 〈바운드 포 글로리〉(컬러)와 〈누가 버지니아 울프를 두려워하랴?〉(흑백)로 아카데미 촬영상을 받았다. 네스토르 알멘드로스가 아카데미 촬영상을 수상한 〈천국의 나날들〉의 경우, 당시 알멘드로스가 시력을 잃어가고 있었기 때문에 웩슬러가 반 이상을 촬영했다고 한다.

금발 모델이자 석유 재벌의 딸로 소개했다. 피해자는 빌리 조엘, 워런 비티, 에릭 클랩턴, 보노, 마이크 니콜스, 아트 가펑클, 피터 게이브리얼, 리처드 기어, 라이언 오닐, 폴 슈레이더, 마이클 앱티드, 자니 카슨 외에도 알려진 사람들만 다수이다.

그중 바브라 스트라이샌드, 다이애나 로스, 링고 스타 등의 음반을 제작한 프로듀서 리처드 페리는 친구에게서 그녀의 정체를 듣고 나서도 결혼까지 생각하며 오랜 설득 끝에 미란다를 만났지만 키 작고 뚱뚱하고 얼굴에 커다란 사마귀가 있는 추레한 30대 여자임을 확인하고는 이별을 고했다. 몇 년 뒤 그가 식당에서 우연히 퀸시 존스와 함께 있는 미란다를 만났을 때 두 사람은 함께 살 집을 알아보고 있었다. 그러나 그녀는 2016년 2월 24일 74세를 일기로 사망할 때까지 결혼한 적도 없고 슬하에 자녀도 없었다. 그녀가 80년대 중반에 갑자기 전화 걸기를 그만둔 이유는 피해자 중 한 명의 변호사로부터 협박을 당했기 때문이리라 추측된다. 1999년 〈배니티 페어〉의 기사를 통해 그녀의 이야기가 세상에 알려진 후 2000년 하퍼콜린스 출판사는 미란다에게 약 100만 달러의 계약금을 주고 회고록 출간 및 오디오북 녹음 계약을 맺었고 2001년에는 그녀의 전화 친구 중 한 명이었던 로버트 드니로가 이 책의 영화화 판권까지 구입했다. 그런데 출간이 예정되어 있던 2008년 1월, 하퍼콜린스는 이유를 밝히지 않은 채 돌연 이 책의 출간을 취소했다.

이 작품은 독특한 형식적 실험을 하고 있다. 3인칭 시점과 1인칭 시점을 오가는 형식은 다른 작가들에게서도 종종 볼 수 있지만 스피오타는 여기서 한 걸음 더 나아가 전기적 에세이, 비디오 녹취록, 일기, 인터넷 댓글 등을 자유롭게 활용하고 있다. 줄거리는 선형적 구조를 취하지 않고, 중심을 관통하는 하나의 사건이 존재하지도 않으며(물론 클라이맥스는 뭐니 뭐니 해도 〈내부의 교환원〉이라 볼 수 있지만, 젤리는 몰라도 메도나 캐리의 인생은 이 영화 하나를 향해 달려가고 있지는 않다), 띄엄띄엄 단속적으로 진행된다. 하지만 대부분의 연애소설이 오직 결혼만을 목표로 달려가다 결혼과 함께 해피엔드를 맞이하는 '결혼 플롯'이라는 구성을 취하는 것과 달리, 그러한 기승전결이 존재하지 않는 우정소설에는 이러한 구성이 더 적합할지도 모른다. 조앤 디디언, 돈 들릴로, 니컬슨 베이커, 브렛 이스턴 엘리스에 비견되곤 하는 데이나 스피오타를 처음으로 국내에 소개하는 심정은 정확히 설렘 반, 두려움 반이다. 모쪼록 그녀가 한국에서 많은 독자들을 만날 수 있길 바란다.

2017년 겨울
황가한

순수한 인생

1판 1쇄 인쇄 2017년 12월 20일
1판 1쇄 발행 2017년 12월 27일

지은이 · 데이나 스피오타
옮긴이 · 황가한
펴낸이 · 주연선

총괄이사 · 이진희
책임편집 · 심하은
편집 · 백다흠 강건모 이경란 최민유 윤이든 양석한
디자인 · 김서영 이지선 권예진
마케팅 · 장병수 최수현 김다은 이한솔
관리 · 김두만 유효정 신민영

(주)은행나무
04035 서울특별시 마포구 양화로11길 54
전화 · 02)3143-0651~3 | 팩스 · 02)3143-0654
신고번호 · 제 1997-000168호(1997. 12. 12)
www.ehbook.co.kr
ehbook@ehbook.co.kr

잘못된 책은 바꿔드립니다.

ISBN 979-11-88810-00-0 03840